新潮文庫

8月の果て

上巻

柳美里著

新潮社版

8125

目次

（下巻）

8月の果て 上巻

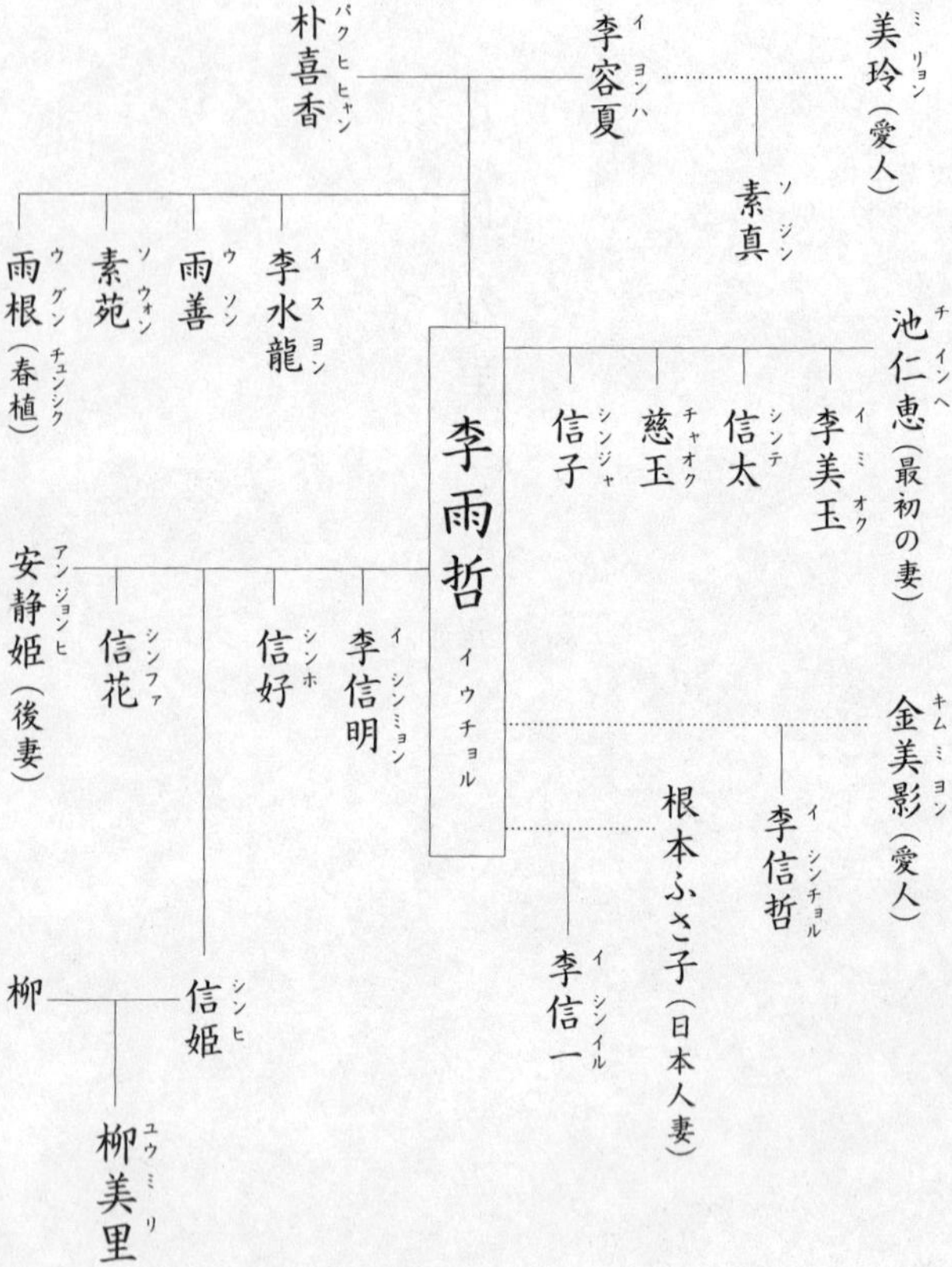
美玲《ミリョン》（愛人）
李容夏《イヨンハ》
朴喜香《パクヒヒャン》
素真《ソジン》
池仁恵《チインヘ》（最初の妻）
李美玉《イミオク》
信太《シンテ》
慈玉《チャオク》
信子《シンジャ》
李水龍《イスヨン》
雨善《ウソン》
素苑《ソウォン》
雨根《ウグン》（春植《チュンシク》）
李雨哲《イウチョル》
金美影《キムミヨン》（愛人）
李信哲《イシンチョル》
根本ふさ子（日本人妻）
李信一《イシンイル》
李信明《イシンミョン》
信好《シンホ》
信花《シンファ》
安静姫《アンジョンヒ》（後妻）
信姫《シンヒ》
柳
柳美里《ユウミリ》

第一章　失われた顔と無数の足音

川べりを走っているのに水音がしない　風の音もしない　水も風も不在を装《よそお》っている　聞こえるのは息の音だけだ　すっすっはっはっ　すっすっはっはっ　息が心臓に鞭《むち》をくれ　赤い馬がおれのなかを駈《か》けめぐり　汗の一滴一滴が叫びとなってふるい落とされる　叫ぶ　いや叫ばない　おれはうたうのだ　骨も朝鮮　血も朝鮮　この血この骨は　生きて朝鮮　死して朝鮮　朝鮮のものなり　歌が脚に拍車をかける　速く　速く　左膝《ひざ》の皿の下にも　右足くすり指の豆にも痛みはない　風はやんでいるし痛みはない　いまだ！　いましかない　いまのうちに引き離せ　うちの父母がわたしを捜したならば　光復軍《クアンボックン》に行ったと伝えておくれ　アリアリラン　スリスリラン　アラリヨ　光復軍アリランうたおうよ　引き離す？　だれを？　おれは密陽川《ミリヤン》の堤防を走っていたのではないのか？　ここはおれの故郷ではないのか？　どこの道を走っているのか？　大会に出場しているのか？　おれは先頭を走っているのか？　だれの息の音も迫ってこない　すっすっはっ

はっ　すっすっはっはっ　おれの息だ　すっすっはっはっ　すっすっはっはっ　いつも伴走してくれるおれの影がない　すっすっはっはっ　胸の日の丸も見えない　月も星も灯影《ほかげ》もない完全な闇《やみ》だ　振り向けばなにか見えるかもしれない　でも振り向いてはいけない　息を殺してだれかが追ってきているかもしれないから　走ろう　どこかから遠ざかり　どこかに近づいているということだけは確かなのだから　走るしかない　ハナトゥル《いっちにっ》　ハナトゥル《いっちにっ》　尻《しり》の穴をしめて　腿《もも》をあげて　腰から前に　ハナトゥル　ハナトゥル　頭を起こして　肘《ひじ》を振って　リズムよく　ハナトゥル　ハナトゥル　ハナトゥル　ハナトゥル　目を閉じたまま真っ直《す》ぐに飛ぶ鳥のように　狂風が吹くよ　狂風が吹くよ　三千万の胸に狂風が吹くよ　海にふんわり浮かんだ船は　光復軍を乗せてくる船だとさ　アリラン峠で　ドンドン太鼓鳴りゃ　漢陽城《ハニャンソン》の真ん中に　太極旗《テグッキ》がなびく　歌がからだのなかを吹き抜ける　古い歌だ　でも決してうたい古されることはない　名前が使い古されることがないように　歌と名前だけは声にしなければ死に絶えてしまう　名前　おれの名前　すっすっはっはっ　すっすっはっはっ　伝えられるものはひとつしかない　すっすっはっはっ　すっすっはっはっ　息が切れそうだ　深く息を吸って　吐く　もう一度深く吸って　吐く　さあ息が整った　すっすっはっはっ　すっすっはっはっ　脚を前に踏み出して声を発射する　李雨哲《イウチョル》！　すっすっはっはっ　すっすっはっはっ　父の名は李容夏《イヨンハ》　母の名は朴喜香《パクヒヒャン》　一歳で死んだ弟は水龍《スヨン》　二番目の弟雨善《ウソン》は生まれてすぐ

に死んだ　十一歳で死んだ妹は素苑《ソウオン》　二十三歳で殺された三番目の弟は雨根《ウグン》　生きているのは腹違いの妹の素真《ソジン》だけ　すっすっはっはっ　すっすっはっはっ　あぁ雨根　おまえの顔はおれにそっくりだった　背の高さも　走りかたも同じ　おまえに走ることを教えたのはおれだ　すっすっはっはっ　すっすっはっはっ　おまえは朝鮮民主愛国青年同盟に入った　共同生活の規則の侵害である不法行為の根本的な社会的原因が　大衆の搾《さく》取《しゅ》　彼らの窮乏と貧困とであることを　われわれは知っている　この主要な原因が排除されるとともに　不法行為は不可避的に死滅しはじめるであろう　すっすっはっはっすっすっはっ　おまえは拷問《ごうもん》されて脚を折られることを恐れ　アジトからアジトへと逃げまわり　集会やビラ撒《ま》きの合間に　それでも走ることをやめなかった　一九四八年八月の午後　雨根は校庭で走っていた　右翼の学生が密告して警察が十人もやってきた　弟は逃げた　すっすっはっはっ　塀を乗り越えようとしたとき　すっすっはっはっ脚を撃たれた　すっすっはっはっ　脚を引き摺《ず》り血を流しながら　すっすっはっはっ走った　すっすっはっはっ　五百メートルも山をのぼり　すっすっはっはっ　貯水池のところで気絶した　それが　どんな速度で　どんな順序で死滅するかをわれわれは知らないが　しかし　それが死滅するであろうということは知っている　それの死滅とともに　国家もまた死滅するであろう　おれは密航して日本に身を隠していた　おまえが撃たれて連行されたことはあとで知らされた　すっすっはっはっ　おまえは　いつ　どこ

で　殺されたのか　おれはおまえを埋葬することもできなかった　すっすっはっはっ
李雨根よ　おまえを殺した男たちの名を　おまえの命日を　おまえの骸《むくろ》が棄《す》てられた場所を　すっすっはっはっ　すっすっはっはっ　教えてくれ　おまえをこの腕に抱いたのは十二歳のときだった　赤ん坊の顔を見て　この子はおれが護《まも》る　ぜったいに哀《かな》しい思いをさせないと誓ったのに　アイゴー　ノムハダ！《ひどい》　セサンエ《ああ》　マルドアンデ！《しんじられない》　おれはおまえの死に顔を見ることさえできなかった　すっすっはっはっ　八月の午後　夕立が蟬《せみ》の声を刃物のように切断し　すっすっはっはっ　雨あがりの川べりを弟とふたりで走った　いいか雨根　水より速く走れよ　すっすっはっはっ　脚をゆるめるな　からだぜんたいが喉《のど》になったようなおまえの息の音が聞こえる　すっすっはっはっ　すっすっはっはっ　川が流れている　すぐそばを　見えなくても聞こえなくても　すっすっはっはっ　おれは感じる　雨のにおいがする　すっすっはっはっ　道をぬかるませているのは雨　おれのこころをぬかるませているのは恨《ハン》　すっすっはっはっ　川が流れている
どこから流れてきたのか　すっすっはっはっ　おれのアボジ《ちち》は流れものの占い師だった
流れ流れて　すっすっはっはっ　オモニ《はは》と盃《さかずき》を交わした　アボジは顔相占いをやめて
すっすっはっはっ　南川橋《ナムチヨンギヨ》の袂《たもと》でコムシン《ゴムぐつ》を売った　間違いだったよ　間違いだったよ
間違いだったよ　輿《こし》にのり嫁にきて　間違いだったよ　すっすっはっはっ　オモニの胎《はら》から生まれて残ったのはおれだけ　すっすっはっはっ　純潔を護って殺された阿娘《アラン》の伝

説を知っているか　すっすっはっはっ　阿娘の祟《たた》りなのか　弟たちは童貞で　妹は生娘のまま　すっすっはっはっ　死んだ　すっすっはっはっ　死んだよ　きょうだいたちはチョンガー亡霊となって彷徨《さまよ》っている　松林のなかで鳴く鳥はもの哀《がな》しや　阿娘の恨みを　哀しんでかい　嶺南楼《ヨンナムル》に射《さ》す月は　冴《さ》えわたるのに　南川江《ナムチョンガン》はだまって　流れるばかり　すっすっはっはっ　すっすっはっはっ　あぁ息が切れる　ハナトゥル　ハナトゥル　故郷の土に還《かえ》されることなく火葬され　灰を水に流された恨多き死者たちよ　ハナトゥル　ハナトゥル　モンダル鬼神たちよ　おれの脚に恨を与えてくれ　すっすっはっはっ　からだとこころがくたびれても　すっすっはっはっ　恨はくたびれない　すっすっはっはっ　すっすっはっはっ　水龍《スヨン》　雨善《ウソン》　素苑《ソウオン》　雨根《ウグン》　ひとの名は重い　生者の名よりも　すっすっはっはっ　死者の名のほうが重い　名より重いものはない　内鮮一体皇民化ノ進度ニ即シ名実共ニ皇国臣民タラシムルベク其《その》希望ニヨリ　創氏シ得ルノ途《みち》ヲ開キタルモノナリ　すっすっはっはっ　国本雨《くにもとう》哲《てつ》？　もう一度いってみろ！　国本雨哲だと？　殊《こと》ニ徴兵制度実施セラレタル今日皇軍トシテ些《いささか》ノ差別ナク渾然《こんぜん》一体トナリテ軍務ニ精励シツツアリ　若《も》シ現在軍隊中ニ金《きん》某　李《り》某等混リタリトセバニ思ヒヲ到《いた》サバ其利弊又自《おのずか》ラ明《あきら》カナルモノアリ　おれは徴兵を逃れて日本に密航した　すっすっはっはっ　下関で憲兵に見つかった　おれは走った　すっすっはっはっ　あれは鳥か　憲兵は声を呑《の》んだ　すっすっはっはっ　おれの名を呼べ　杭《くい》を打ちおろすようにおれの名を

呼んでみろ　すっすっはっはっ　すっすっはっはっ　おれは走ったよ　走ったとも　国本雨哲という名を振り切り　李雨哲《イウチョル》という名を遂げるために　すっすっはっはっ　すっはっはっ　おれはどこを走っているのか？　日本？　朝鮮？　すっすっはっはっ　真っ暗でなにも見えない　どこの国にも空はあるはずなのに　空が見えない　真夜中？　なぜおれは眠らずに走っているのか？　走りながら夜明けを待っているのか？　なぜ？　すっすっはっはっ　一歩一歩夜を引き延ばしている気がする　すっすっはっはっ　どこかに近づいているのではなく　どこかから遠ざかっているだけだとしたら？　すっすっはっはっ　すっすっはっはっ　忘れ去られるだけの道をぐるぐるまわっているのだとしたら？　すっすっはっはっ　足音がしない　はだしで走っているみたいだ　すっすっはっはっ　草？　土？　砂利？　砂？　足の裏になにも感じられない　おれはどこを走っている？　すっすっはっはっ　脚自体が感じられない　痛みがないせいか？　すっすっはっはっ　口のなかに唾液《だえき》が溜《た》まってくる　すっすっはっはっ　唾液を飲む　すっすっはっはっ　沼水のような味だ　すっすっはっはっ　冷たい水を飲んで落ち着きたい　呼吸が速くなっている　雨哲！　落ち着け！　深呼吸をして　すうっ　ふうっ　もう一度すうっ　ふうっ　肩に力が入ってる　肩をあげて　力を抜く　だらんと　そうだ　すっすっはっはっ　すっすっはっはっ　風だ　風が吹いてきた　速度を落とすなよ　すこし前傾で　腹筋に力を入れて　ハナトゥル　ハナトゥル　風を攻めろ　ハナトゥル　ハナ

トゥル　銃声を響かせ　血のにおいを運び　火の手をひろげる風め！「マハバンヤバラミルダ　シムギョン　グァンザゼボサル　ヘンシムバンヤバラミルダ」お経と銅鑼《ジン》の音が鼓膜の奥にからみついてくる　ハナトゥル　ハナトゥル「ハルベ《おじいさん》が死んだとき　子孫はだれもいなかったね　悲惨な死にかただ　だれかに袋叩《だた》きにされる死にかただけが悲惨なんじゃないよ　だれにも看取《みと》られない死だって悲惨だよ」女の声だ　おれのことを噂《うわさ》している「マハバンヤバラミルダ　慶尚南道密陽面《キョンサンナムドミリヤン》内《ネ》一洞《イルトン》七十五番地　壬子《イムジャ》十二月十九日生まれの李雨哲　アゼアゼバラアゼ」おれの名を呼ぶのはだれだ！「数千里離れた異郷の地から　数万里の縄をつかんで　ハルベがどんな顔か　ハルベがどんなひとか知りたくて　ここに訪ねてきたのだから　ハルベがしばらくここに立ち寄り　解脱法門をするあいだ　ほかの先祖は要らない」あそこにいるのはおれの孫娘じゃないか！日本で暮らしている娘の長女だ　そばに行ってやらなければ　クムジャドンア　ウンジャドンア　ウリベゴクドンイ！（金のような子よ　銀のような子よ　玉のような子よ）

三人の巫女《ムーダン》と一人の男巫《パクス》が、李雨哲《イウチョル》の魂を招いて死霊祭《シッキムクッ》をはじめようとしている。男巫が太鼓《プク》と銅鑼《ジン》を鳴らしながら般若心経《はんにゃしんぎょう》を唱えている。戸口に立った若い巫女が不浄霊を追い払うために白紙を焼いて闇に放つ。祭壇の蝋燭《ろうそく》には火が灯《とも》され、五芳神将《オバンシンジャン》の名が書かれた赤、白、緑、黄の禁縄《クムジュル》の札がかけられている。

柳美里は祭壇に供えられた林檎《りんご》、梨、柿、西瓜《すいか》、オレンジ、バナナ、栗、棗《なつめ》、トマトの色彩を眺めている。

男巫　マハバンヤバラミルダ、シムギョン、グァンザゼボサル、ヘンシムバンヤバラミルダ。むかしむかし、おおむかし、李雨哲氏の家族が密陽の地に暮らしていたころ、李雨哲氏はこの国の願いを叶《かな》えるために力を尽くし、この地を、この海を護《まも》ろうとした。そして死によって肉体を失い、恨《ハン》多き魂となった。今日、なぜ先祖の魂を呼び出し、なにを祈ろうとするのか。ウォルリチョンドモンサン、クギョンヨルバン、サムセジェブル、ウィバンヤバラミルダ。

銅鑼の音が激しくなる。神竿《シンテ》を握っている巫女の腕が稲のように震え、若い巫女が啜《すす》り泣きをはじめる。

巫女1　ハルベです！　ハルベがいらっしゃいました！

巫女2　(幼い子どもの声で) ハルベ！　ようこそいらっしゃいました。

巫女3　(男の声を絞り出して) アイゴー！　どうやってこんなところに　こんな遠く

まで　よくきた　ほんとうによくきた　アイゴー　パンガウォラ《なつかしい》

巫女2　(子どもの声を弾ませる)ハルベは喜んでいらっしゃいます。

巫女3　おれが名づけたかわいい孫よ　おまえはなぜハルベを訪ねてきたのか？　おまえの耳にハルベの噂が届いたのか？

柳美里　……ハルベと話したくて……。

巫女3　おぉ風が強くなった！　おれとおまえの声を吹き飛ばそうとしている　アイゴー　憎らしい風め！

柳美里　わたしにはちゃんと聞こえます。話してください。

巫女3　風がやんだら話してやろう

深夜零時、三月半ばだというのに吐く息が白い。霊を招くために戸口をひらいているせいだ。戸の外には白い布がひろげられ、豚の頭、果物、根菜、焼き魚、白米飯、ピビンパ、トトリムク、蒸餅《シルトク》、菓子、マッコルリ《どぶろく》が並べられている。長方形に畳まれたパジチョゴリとチマチョゴリの襟と、橋を象徴する布の上の三足のチプシン《わらじ》のなかには一万ウォン紙幣が挟み込まれている。

巫女3　声を聞くしかない魂なのに　耳の外で風が騒ぎ立てて邪魔している　おれのか

わいい孫娘よ　走ろう　走って風を追い抜こう

巫女2　（駄々をこねる幼児のように、柳美里の手をつかんで引っ張る）ねぇ、走ろうよぉ！

柳美里は肺に留《とど》めていた息をふうっと吐いて立ちあがり足踏みをはじめる。

巫女3　ハナトゥル《いっちにっ》　ハナトゥル《いっちにっ》　走りながら聞けよ　ハナトゥル　ハナトゥル　おまえの肩におれがときどき宿っていたのを知っているか　アイゴー　おまえは異国の地で　これ以上は生きられないと　すっすっはっはっ　何度も死のうとした　すっすっはっはっ　おまえのオモニ《おかあさん》もアボジ《おとうさん》も気づかなかった　だれも気づかないうちに部屋の鍵《かぎ》を閉めてベルトに首を通したときも　高いビルの柵《さく》を越えたときも　深い水を覗《のぞ》いたときも　おれが止めたのを知っているか　すっすっはっはっ　すっすっはっはっ　おれが伴走してやる　ハナトゥルハナトゥル　いっしょに走って　おまえを過去に引き合わせてやる　ハナトゥルハナトゥル　さぁ走ろう　オッカトン《たまのような》　ネソンジュヤ《おれのまごよ》　走って走って　風に問え　すっすっはっはっ　風に川のはじまりを問い糾《ただ》せよ

巫女2　むかしハルベは歌もうまかったよ。ハルベ、うたってよ。

巫女3　春が来るアリラン峠　燕《つばめ》来るアリラン峠　行く君はにくらしい　来る君はいと

しいね　アリアリラン　アリラン峠は　君来る峠　泣いても泣いても　君だけは　越えやしない

巫女2　走って！　もっと速く！

柳美里　（腕を大きく振って腿《もも》を高くあげて）すっすっはっはっ、すっすっはっはっ。

巫女3　結婚はまだかね？

柳美里　子どもはいるけど、夫はいません。

巫女3　アガ《あかんぼう》はどうやってきたね？

祭壇の前で走って足踏みしている柳美里の額から汗の玉が流れる。柳美里はカーディガンの袖《そで》で汗を拭《ぬぐ》う。

柳美里　すっすっはっはっ、すっすっはっはっ、子どもの父親は、妊娠六カ月のときに、すっすっはっはっ、いなくなりました。

巫女2　アイグ、ハルベ《おじいさん》が泣いてるよ。

巫女3　アイゴー　ブルサンハンゴッ《かわいそうに》　おまえもおまえのオモニもはずれの男を引いて

巫女2　この子のオモニは頭が痛い、おなかが痛い。ねぇ、ハルベ、治してやって。

巫女3　信姫《シンヒ》は苦労したな　さんざん働いて　おまえたちを食べさせた　アイゴー信姫や　ブルサンハン《かわいそうな》　ネ　タルア《おれのむすめよ》！
巫女2　（幼い声を拵《こしら》えて）オモニにいってあげて、今年は気をつけたほうがいいって。三年前から具合がよくないよ、今年は遠くまで出歩かないほうがいい。
巫女3　おまえのオモニをどうしよう　アイゴー！
巫女2　ハルベが解脱して極楽に行くことができたら治るわよ。ハルベにお酒を注いであげて。

柳美里は祭壇の盃《さかずき》にマッコルリを注ぎ、てのひらを額に掲げたまま膝《ひざ》を折って地面に額をつける朝鮮式のお辞儀を三回行う。

巫女3　すっすっはっはっ　未来の夫がおまえの前にいる　その男と来年か再来年に夫婦の契《ちぎ》りを結びなさい
柳美里　（首を傾《かし》げて）日本人ですか？
巫女3　あぁ　イルボンサラム《にほんじん》だ
巫女2　（子どもの声で）この子、気が強いよ、簡単には嫁に行けないよ。
巫女3　心配するな　もう出逢《であ》ってる　すっすっはっはっ　おまえの息子の名は？

柳美里　与陽《ともはる》です。

柳美里は巫女のてのひらにひとさし指で〈与陽〉と書く。

巫女3　与陽《ヨヤン》　いい名だ　密陽の陽だな

柳美里　陽という字は、彼が、すっすっはっはっ、子どもの父親が決めたんです。

巫女3　朗らかでひとに好かれる　すっすっはっはっ　ひとを朗らかにする

柳美里　彼は息子に逢いたくないといっているんですが、いつか逢えるでしょうか？

柳美里は陽《ひ》に灼《や》けた中年女性である巫女《ムーダン》の顔から祖父の表情を読み取ろうとしている。

巫女3　逢えない　すっすっはっはっ　逢わないほうがいい　おまえが嫁に行くと　おまえの息子はその男によくなつくよ　すっすっはっはっ　その男を父《おとうさん》と思うようになる　すっすっはっはっ　おまえの祖母《おばあさん》　すっすっはっはっ　安静姫《アンジョンヒ》は日本で暮らしているのか？

柳美里　去年の二月に亡《な》くなりました。

巫女3　アイゴー！　ほんとうか？

柳美里　ほんとうです、東京の病院で……。

巫女3　イルボンサラム《にほんじん》のように花と火で弔ったのか？

柳美里　火葬しました。骨はあなたの息子の信好《シンホ》が密陽《ミリャン》の土に埋めました。ハルベ《おじいさん》のとなりに。

巫女3　おれは墓などで眠らない　すっすっはっはっ　走る　すっすっはっはっ　すっすっはっはっ　すっすっはっはっ　すっすっはっはっ

柳美里　どこを走っているんですか？

巫女3　ひと気のない夜道を　すっすっはっはっ　数千里も夜を走り　数万里も夜を走り　すっすっはっはっ　すっすっはっはっ　風が夜明けを吹き飛ばし　すっすっはっはっ　朝は祈りのなかで閉じられた　すっすっはっはっ　だれに堪えることができるか　永遠の夜を走ることが　すっすっはっはっ　おれは悔いている

柳美里　なにを悔いているんですか？

巫女3　なにを？　なにもかもだ（怒りを目尻《めじり》とともに吊《つ》りあげて）おれになにを語らせる気だ！

柳美里　わたしは知りたいんです。なぜあなたが走るのをやめたのか、なぜ自分の国と家族を棄《す》ててひとりで日本に渡ったのか、なぜパチンコ屋を経営したのか、なぜ五十八歳になってふたたび走りはじめたのか、なぜふたたびすべてを棄ててひとりで帰国したのか、なぜひとりぼっちで死ななければならなかったのか……。

巫女3　すっすっはっはっ　疵《きず》は闇に口をひらく　すっすっはっはっ　痛みは出口を争っていっせいに声になる　すっすっはっはっ　闇に谺《こだま》する声を書き留めなさい　声が風を食らって消え失《う》せないうちに　すっすっはっはっ　書き留めなさい

柳美里　なぜ書かなければならないんですか？

巫女3　すっすっはっはっ　なぜ書くのか？　すっすっはっはっ　それはおまえが決めることではない　おまえは書かなければならないのだ

柳美里　……書かなければならない……。

戸口から夜風が吹き込み、巫女《ムーダン》たちは太鼓《プク》と銅鑼《ジン》を鳴らす手に力を込める。

男巫《パクス》　マハバンヤバラミルダ、シムギョン、グァンザゼボサル、ヘンシムバンヤバラミルダ。

巫女3　すっすっはっはっ　すっすっはっはっ　柳美里よ　この地でおまえの名前を持ち帰りなさい　そしておまえをはじめなさい　すっすっはっはっ　おまえははじまっていない　すっすっはっはっ　はじまるまえに終えることは許されない　すっすっはっはっ　おれの才能をおまえにやる　おまえに全部（水に流すように声をすうっと消

し、柳美里の顔をきっと睨《にら》む。そして突如として荒々しい声で）おまえの顔を剝《は》がせ！　血の滴《しずく》がすべり落ちる音を聞け！

柳美里　……。

巫女3　（声で抉《えぐ》るように）疵に口をつけろ！　血と膿《うみ》を啜《すす》れ！

男巫　ウォルリチョンドモンサン、クギョンヨルバン、サムセジェブル、ウィバンヤバラミルダ。

巫女3　（顔と声から険を抜いて）すっすっはっはっ　すっすっはっはっ　気をつけなさい　疵に呑《の》まれないように　すっすっはっはっ　おれはおまえをもう振り向かないすっすっはっはっ　いつもおまえのとなりを走っているからな　すっすっはっはっ　すっすっはっはっ

巫女2　（首を静かに戸口に向けて）ハルベ《おじいさん》、あなたの息子が参りましたよ。

戸口から李雨哲《イウチヨル》の三男、信哲《シンチヨル》が入ってくる。

巫女3　おぉきたか！　信哲や！

柳美里　（信哲に右手を差し出して）はじめまして、柳美里です。

李信哲　（柳美里と握手をしながら）遅れてすみません。クリスチャンなので、とようかどうしようか迷ったんですが……。

巫女3　おまえにはほんとうに悪いことをした　すっすっはっ　すっすっはっはっ

巫女1　（目を細めて）見えるよ。このひととオモニ《おかあさん》が真っ黒な格好をして部屋の隅っこに座っているのが。ごはんを食べられないからそうしてるんだ。

巫女3　すまなかった　すまなかったよ　すっすっはっはっ　おまえをエビオムヌン《ちちのな》チャシク《いこ》にしてしまって　アイゴー！

巫女《ムーダン》は李信哲の背中に両手をまわしてむせび泣く。

巫女は壁が崩れるように泣き伏す。その泣き声はこの世のどこにも響く場所がないような声で、膨らみも高まりもしないうちに声自身によって、喉《のど》の奥に押し戻されていった。

巫女3　ほんとうにすまない　すっすっはっはっ　すっすっはっはっ　父親とは名ばかりでなにもしてやれなかった　すっすっはっはっ　おまえの母親　すっすっはっはっ　金美影《キムミヨン》は生きているか？

李信哲　（巫女と柳美里の間に目を置いて）生きています。八十八歳です。耳が遠くて、大きな声で怒鳴っても聞こえないし、かなりぼけているので筆談もできません。でも、毎日欠かさず、目醒《めざ》めたときと眠る前、主に祈りを捧《ささ》げます。祈りの言葉だけはひとことも間違えないんです。

巫女3　むかしは　おまえのオモニ《おかあさん》は　すっすっはっはっ　チャントクテ《かめおきば》の甕《かめ》の上に水を供えて手を合わせていたものだがね　すっすっはっはっ　すっすっはっはっ

李信哲　あなたと別れたあとにクリスチャンになったんです。

巫女3　クリスチャンだろうが　仏教徒だろうが　先祖はいるだろう　すっすっはっはっ　おまえはアボジ《おとうさん》の死を知っていたか！

李信哲　あなたの死はリビアで知りました。わたしは米空軍で十五年働いたんです。レーダーの専門家で、韓国人としてはたったひとり、通信隊に所属していたんですが、カーター大統領の軍縮政策で解雇されました。スイス、スウェーデン、サウジアラビア、いろいろな国に行きました。リビアには一九七六年から四年間滞在してたんです。

巫女3　おれと別れたあと　すっすっはっはっ　オモニとおまえはどうやって暮らしたか？

李信哲　米軍基地でハウスガールをやって、わたしを食べさせてくれました。わたしも十六歳のときから庭師として働きながら夜間学校に通いました。

巫女3　アイゴー　コセンシキョックナ《くろうをかけた》　ほんとうにすまない　すっすっはっはっすっすっはっはっ

李信哲　正直にいうと、ずっと恨んでいました。いまも恨みは消えていないと思います。オモニは、信哲や、おまえは天の父の子となりなさい、天の父のこころが静かなように、おまえのこころも静かになるように祈りなさい、といつもいっていました。でも、いくら祈っても、わたしのこころに積もった恨《ハン》は消えませんでした。

巫女3　おまえはおれのなにを知っているか！

　李信哲は顔を伏せ、巫女は目で彼の肩を捕らえる。

李信哲　……なにも知りません。

巫女2　ハルベ《おじいさん》、もうお帰りになってください。そろそろ極楽のほうに……。

巫女3　このままでは行けない　息子と孫娘を置いて行けるはずがない

男巫《パクス》　グアンセウムボサル、ナムアミタブル……。

　太鼓《ブク》と銅鑼《ジン》の音が三月の夜を揺さぶる。

巫女3　すっすっはっはっ　すっすっはっはっ　信哲よ　逢《あ》いにきてくれてありがとう　これからはうなだれた記憶の面をあげなさい　おまえはなにも悪くない（次第に声よ

りも息の音のほうが大きくなっていく）オモニ《おかあさん》に親孝行しなさい　すっすっはっはっ
おまえのオモニは　すっすっはっはっ　もうじきおれが　すっすっはっはっ　連れて
行く　すっすっはっはっ
李信哲　……アボジ《おとうさん》……
巫女3　すっすっはっはっ　すっすっはっはっ
太鼓と銅鑼に手持ち鉦《クエンガリ》が加わり、それらの音に煽《あお》られたように風が強くなる。
柳美里は立ちあがる。
風が戸口から吹き込んだ瞬間、柳美里は祖父の息が耳のすぐうしろを通って背後に引
いていくのを感じる。
巫女2　（子どものように目を輝かせてはしゃいで）三人！　はぁ、ハルメ《おばあさん》が三人だ。
はははははは、ハルベはむかし将軍だったからだよ。最初のハルメと、（柳美里を
指差して）あんたのハルメと、イルボン《にほんじん》サラムのハルメ！
巫女が手持ち鉦を顔の前で激しく振る。

巫女2　喧嘩《けんか》になるからいっぺんに入ってこないで！　ひとりずつじゃなきゃだめよ！
巫女3　（声が出口を求めて巫女の唇をこじ開ける）アイゴー！　アイゴー！　呼んでくれてありがとう　ありがとうよ！　わたしはハルメだよ（李信哲と柳美里に顔を向けて）でもおまえたちとは一滴も血の繋《つな》がりはない
柳美里　ハルベの最初の奥さんの池仁恵《チインヘ》さんですか？
巫女3　わたしの娘たちはどこにいるか？
巫女《ムーダン》は不安げに部屋のなかを見まわしながら、右手で左手くすり指の指輪をまわすような仕種《しぐさ》をしているが、金の指輪をはめているわけではない。
柳美里　美玉《ミオク》さんと信子《シンジャ》さんはきていません。
巫女3　じゃあ　だれに話しかけたらいい？
柳美里　わたしに話してください。
巫女3　おまえはだれの子か？
柳美里　わたしは、李雨哲《イウチョル》と安静姫《アンジョンヒ》のあいだに生まれた信姫《シンヒ》の娘です。
巫女3　安静姫！　あの女の顔など見たくもない！　わたしを籍から抜いて　自分が籍に入った女！　おまえも安静姫の子か！

李信哲　わたしのオモニは金美影《キムミヨン》です。
巫女3　金美影！　おぼえてるともさ　OKカフェのダンサーだね　胸を突き出し腰をくねらせてナムピョンを誘惑したケカトゥンニョン！
（ナムピョン《おっと》　ケカトゥンニョン《めすいぬめ》）
李信哲　オモニは頭は弱いけれど善良なひとです。オモニが誘惑したんじゃありません、アボジ《おとうさん》に誘惑されたんです。
巫女3　あのひとが走ると女がついてきたよ　チュルチュル《ぞろぞろ》　チュルチュル《ぞろぞろ》とね　安静姫と金美影だけじゃない　両手の指じゃ足りないくらい女がいたさ　女と別れろと迫ったら　別れると約束した　でも隠れて逢っていたんだよ　そのことを詰《なじ》ったら帰ってこなくなった　わたしが知らないうちに安静姫はふたりの息子を生み　金美影も息子を生んだ　それがおまえだろ？　わたしは戸籍から抜かれても　ふたりの娘といっしょに待っていた　憎むことは待つことだと思うほど待って待って待ちつづけた　何年も何年も何年もだよ　でもあのひとはうちの前を通り過ぎもしなかった　わたしは家を出た　十三歳と七歳の娘を置き去りにして　わたしはあのひとに棄《す》てられた　あのひとの娘はわたしに棄てられた　信太《シンテ》が生きていればあのひとと別れることはなかったのに　アイゴ　キヨウン《かわいい》　ネセキ《わたしのむすこ》！　信太は活発で頭のいい子だったんだよ　よく近所の子と喧嘩してあざだらけになって帰ってきた　あのひとは信太を自分の命よりも大事にしていたよ　七つの誕生日を祝ったあと　信太の髪の毛が抜けはじめた

薬を飲んでも治らないから　巫女を呼んで憂患《ウファン》クッ（巫祭《ふさい》）をやってもらった　夕方の五時から翌朝の四時まで眠らないで　巫女は信太のからだを刀で祓《はら》って叫んだ　チャプキヤ《わるいやつ》　ムロカラ《しりぞけ》！　信太はもう死んでしまったと神を騙《だま》すために嘘葬《ホジャン》コリをやったんだよ　信太をマダン《にわ》に運び出してござで包み　ござの上にプゴ《ほしダラ》と刀を置いて　アイゴー　キヨウン《かわいい》　ネセキ《わたしのむすこ》　信太は土をかけられたんだ　それから三つの卵に呪《じゅ》符《ふ》や名前を書いて　信太にぶつけて生き返らせた　信太はじっと堪《こら》えていたよ　一度も泣かなかった　巫女はつぎからつぎへとわたしに命令した　酒を注ぎなさい　この酒じゃだめだ　べつの酒を持ってきなさい　井戸から水を汲《く》んできなさい　この水じゃだめだ　べつの井戸から水を汲んできなさい　豚足を十本　鶏を一羽買ってきなさい　鶏は自分の手で絞めなきゃだめだよ　ごはんを炊《た》きなさい　ごはんを炊きなおしなさい　信太のそばについていてやりたかったのに　わたしは座るひまもなかったよ　あれは何月だったんだろう　思い出せない　暑くも寒くもなかった　桜《ポッコッ》は散っていたね　鳳仙花《ポンソンファ》が咲いてたから遅い春だったんだろうね　美玉《ミオク》と信子《シンジャ》は鳳仙花で紅《あか》く爪《つめ》を染めていた　憂患クッは失敗だった　オントリムーダン《いんちき》め！　五百円も渡したのに！　信太は釜山《プサン》の済生《チェセン》病院に入院した　わたしは三カ月間も病院に泊まり込んだ　伝染病かもしれないから　ナムピョン《あのひと》と娘たちは見舞いにくることができなかった　からだの隅々まで痛みがひろがり　抱いても痛がるようになって　てのひらをさすり

ながら話してやることしかできなくなった　信太《シンテ》や　早くよくなってオンマ《おかあさん》とおうちに帰ろうね　ぼくおうちに帰りたいよ　アッパ《おとうさん》に逢いたいよ　アッパに肩車して走ってもらいたい　亡くなった日の朝　信太は血の気が失《う》せた乾いた唇を動かした　帰りたい　声は出なかったけれど聞きとれたよ　帰りたいといったのさ　わたしはあの子の顔に顔を近づけて囁《ささや》いた　いっしょに帰ろう　オンマがおぶってあげるからね　それが信太と話した最後だった　未婚で死んだから土葬することはできなかった　火葬して密陽川に流した　わたしたちは泣きながら陽《ひ》が暮れるまで川の水を眺めていたよ　一九四一年の七月　よく晴れた日だった　イルボンサラム《にほんじん》の役人がきて家中を消毒していった　何日も戸を開け放して置いたのに　消毒薬《カンコ》の臭いは消えなかった　あの日からナムピョン《しゅじん》は家に寄りつかなくなった

銀杏《ウネン》の枝が痛みにもだえるように風に吹かれている。

男巫《パクス》　グァンセウムボサル、ナムアミタブル……。

巫女3　信太はほんとうに優しい子だった　あんまり優しかったから死に慕われたんだろうよ　死は信太の足首をつかんで放さなかった　アイゴー！　ひとり息子に死なれた母親の気持ちがわかるか！（食い縛った歯のあいだから嗚咽《おえつ》が洩《も》れる）あのひとは

信太の名を奪った　三人の女が生んだ六人の子に信がつく名を与えた　信哲《シンチョル》　信明《シンミョン》　信好《シンホ》　信姫《シンヒ》　信花《シンファ》　信一《シンイル》　あのひとは信太を裏切った！　信太が許すと思っているのかい？　信太はモンダル鬼神となっておまえたちを呪《のろ》ってるよ　おまえたちはぜったいに幸せにはなれない　幸せにしてたまるか！

巫女2　あっ出て行く！　ハルメ《おばあさん》が出て行くよ！

柳美里　(立ちあがって戸口に向かって叫ぶ)待って！　待ってください！

男巫　ナムマハバンヤ　バラミルダ……。

柳美里　戻ってきてください！

巫女2　(両手をうしろに組んで拗《す》ねたように床を蹴《け》る)あぁあ、行っちゃったぁ、もう戻ってこないよ。戸口に隠れてるハルメがいるよ。イルボンサラムだ。ハルベ《おじいさん》にはイルボンサラムの奥さんがいたの？

柳美里　いました。根本ふさ子さんです。

巫女3　(戸の外に走り出て)ずうずうしい女だね！　ウリソンジュ《わたしのまご》がわたしを呼んでるんだよ　ソク《とっとと》　イルボヌロ《にほんへかえって》　トラガ《しまえ》！

巫女2　あっ、あんたのハルメに突き飛ばされた！

巫女3　(顔とからだで喜びを表して)アイゴー！　ウリソンジュヤ！　美里や　美里や！　アイゴ美里や！

巫女は柳美里を抱きしめる。
柳美里は巫女の心臓が弾むのを感じる。
ふたりの影はひとつに重なって濃さを増す。

巫女3　（柳美里の頬に唇を押しつけたり、髪の毛を掻《か》き混ぜたりして）アイゴーキポ《うれし》ラ《い》！　この子がわたしの孫ですよ！　ウリソンジュヤ《わたしのまご》！　アイゴキヨウォラ《かわいい》　チョン《なん》マルロ《て》　キヨップネ《かわいいんだろう》　目のなかに入れても痛くないウリソンジュヤ　アイゴー！

柳美里の顔は巫女の涙と鼻水で濡《ぬ》れる。
柳美里は喉《のど》に力を入れて笑いを堪え、このまま堪えていたら泣き出すかもしれないと思いながら巫女とからだを密着させている。

巫女3　むかしむかし　おおむかし　嶺南楼《ヨンナムル》のすぐ下で暮らしていたよ　息子を生んで娘を生んだけれどハルメはとても苦労したよ　ハルメの前の妻がふたりの娘を置いて再婚した　愛人がアガ《あかんぼう》を置いていなくなった（柳美里の肩に顎《あご》をのせて李信哲《イシンチョル》を睨《にら》みつけ）そのアガがおまえだよ　母親に棄《す》てられたふたりの娘を嫁がせ　おまえの母親

が息子を引き取りにくるまでの十年間　ハルメはほんとうに苦労した　なぜハルメが堪えることができたか？　ハルベ《おじいさん》の目に親しみがあり　ハルベの腕に力があり　ハルベの胸がひろくてあたたかかったからだよ　戦争が終わってイルボンサラム《にほんじん》が出て行って　やっとハルベと胎《はら》を痛めた子どもたちだけで暮らせると思ったのに　アイゴー！　ハルベがいなくなってしまったんだよ　日本に行ったということがわかって　ハルメは四人の子どもたちを連れて釜山《プサン》行きの夜行に乗った　釜山港で食堂をひらいて　日本から引きあげてくるひとたちの話を聞いた　でもだれも李雨哲《イウチョル》を知らない　日本に行って捜すしかない　ハルメはある金ない金掻き集めて船に乗った　門司に着いて　朝鮮人をつかまえては尋ねたよ　李雨哲という名の男を知りませんか？　背は五尺九寸　歳《とし》は四十　細面で目は小さいけれど狐《きつね》のような吊《つ》り目ではありません　笑うと目尻《めじり》が下がってとても優しそうに見えます　とても優しいんです　話し好きでひとを笑わせるのが得意です　長距離ランナーでした　いまは走ってないけれど筋肉は衰えていません　いつでも走れます　もしかしたら走っているかもしれません　夫の走る姿に見惚《みと》れないひとはいません　背筋をぴんと伸ばし　腕を大きく振って　飛び立とうとしているトゥルミ《タンチョウ》のようです　走り出したらだれにもつかまえることはできません　三宮で見かけたという噂《うわさ》を聞いては三宮に行き　猪飼野《いかいの》で見かけたという噂を聞いては猪飼野に行き　足の豆が潰《つぶ》れて血が出るまで歩いたよ　やっと見つけたハ

ルベはイルボンサラムの女といっしょになっていた　信一《シンイル》という名の一歳の男の子がいた　アイゴ　イゲムスンイリヤ《なんてことだろう》！　生まれ育った故郷を棄てて異国の地を捜し歩いたのに　イルボンサラムに夫を盗《と》られるなんて！　ハルメは女の頬を叩《たた》いてやった　そして真っ赤に腫《は》れた女の顔を見た　浅黒い丸顔　哀《かな》しそうな鹿《しか》みたいな目をしていたけれどなにかをいいかけたまま噤《つぐ》んでいる唇は強情そうだった　わたしのほうがずっときれいなのに！　わたしのほうがたくさん子どもを生んだのに！　あの女さっきそこに隠れてたからハルメが追い払ってやったよ　恥知らずな女め！　ウリソンジュ《わたしのまご》に近寄るな！　二度とわたしの前に現れるんじゃないよ！　わたしと子どもたちはあの女の家で暮らすようになった　アイゴー！　あの女とはじめて目を合わせた瞬間わたしのなかに恨《ハン》が忍び込んだ　恨は蜘蛛《くも》のように糸を吐き　わたしの胸と頭に巣を張った　アイゴ苦しい！　胸が苦しい！　頭が痛い！

巫女は両手で乳房をつかみ、髪の毛を掻き毟《むし》った拳《こぶし》で両腿《もも》を叩く。

男巫　ナムマハバンヤ　バラミルダ……。

巫女3　ケロウォ《くるしい》！　死んでも恨は出て行ってくれない　でも今日はウリソンジュに逢《あ》えてうれしくてうれしくて　ウリユクチン《わたしのにくしん》はたくさんきているかね？

柳美里　わたしひとりです。（といってからいい直す）信哲《シンチョル》さんがいます。
巫女3　アイゴ信哲や　おまえはわたしのことを悪くいいふらしているだろうけど　七歳まで育ててやった恩を忘れたか？
信哲　……。
男巫　（太鼓を叩きながら）ナムグァンセウムボサル　ナムソッカモニブル……。
巫女3　わたしは念仏を聞きにきたんじゃないよ　ウリソンジュの声を聞きにきたんだ　ウリチュンソンジュ《わたしのひまご》は元気かい？
柳美里　与陽《ともはる》は母に預けてきました。
巫女3　アイゴ四回しか抱いていないウリチュンソンジュヤ　与陽はわたしのはじめてのチュンソンジュだよ
柳美里　もうすこし大きくなったら密陽《ミリヤン》に連れてきます。
巫女3　ウリチュンソンジュを焼き場に連れてきてくれたね　小さな手で菊の花を握りしめて柩《ひつぎ》に入れてくれた（左耳をてのひらで覆《おお》い隠して）こっちの耳の上に
柳美里　……そうだったかもしれません。
巫女3　美里や　美里や　ウリソンジュヤ！　今夜招いてくれてどんなにうれしいか！（密陽アリランをうたいながら祭壇の前で踊りはじめる）ちょっと見てよ　ちょっと見てよ　わたしを見てよ　真冬に咲く花を見るように　わたしを見てよ　アリアリラ

ン スリスリラン アラリガナンネ アリラン峠を越えてきてよ やっと逢えたあのひとに 口きくことさえできないで はにかむだけのわたしなの 間違いだったよ 間違いだったよ 間違いだったよ 輿《こし》にのり嫁にきて 間違いだったよ

男巫《パクス》と楽士《アクサ》が太鼓《プク》、杖鼓《チャング》、銅鑼《ジン》、手持ち鉦《クエンガリ》で速いリズムを演奏し、三人の巫女たちが飛び跳ねながら、「オホ、ホイ！」「オルッス！」「チョッタ《いいぞ》」「チャルハンダ《うまいぞ》！」などと声を掛け合って場の雰囲気を盛りあげていく。

巫女1　ホイ！　ホイ！　イリオノラ《こっちにこい》、イリオノラー！　ハルメがお金がないといってるよ。

巫女に促されて、柳美里は財布から一万ウォン紙幣を何枚か抜き取り、供物膳《くもつぜん》の豚の口に紙幣をくわえさせ、鼻と耳の穴にも紙幣を捩《ね》じ込む。

巫女2　（あどけない表情とたどたどしい口調で）ハルメ、今日はたくさん使ってくださいね。今度はわたしがうたう番だから、あんたたちも踊ってよ。

柳美里は立ちあがり、巫女たちを真似《まね》て、両手を肩の高さにあげ擦り足で舞う朝鮮の踊りをはじめる。

巫女3 信哲《シンチョル》や！ 血がつながってなければいっしょに踊るのも嫌なのかい？ 踊って先祖の魂を楽しませればおまえもよくなるし おまえのオモニ《おかあさん》もよくなるんだよ 踊りなさい！

男巫・巫女2 （ふたりで声を合わせて） 腹を立ててなんになる 気をもんでなんになる 人生は春の夢 遊ばなくてどうする ニナノ ニルニリヤ ニルニリヤ ニナノ オルッサジョッタ オルシグナジョッタ 蜂や蝶々《ちょうちょう》は あっちこっち ひらひらと 花を訪ねて 飛んでいく

巫女《ムーダン》の手によって三角形の白い僧帽《コッカル》と家の守り神〈成造《ソンジョ》〉の神衣である深紅の〈紅天翼《ホンチョニク》〉を着せられた柳美里は、巫舞《ふぶ》に合わせて頭の上で五芳旗《オバンギ》を振る。

巫女1 チャルハンダ《うまいよ》！ この子、わたしよりうまいよ！

巫女2 あんたも、あんたのオモニもこの国にいたら巫女になっていたのよ。胸と頭が苦しいのは巫女になってないから。（信哲の腕を引っ張って立たせる） 座ってないで踊ってよ！

気が進まない様子で足踏みしていた李信哲だが、姪《めい》の舞につられて手脚でリズムをとりはじめる。

巫女1　（両手を打ち鳴らして笑いを放つ）後妻の孫娘と愛人の息子が踊ってるよ！

巫女3　（爆笑する）アイゴ　ウッキンダ《おかしい》！

巫女2　ハルメが笑ってるよ。

巫女3　コマプタ《ありがとう》　コマプクナ《ありがとね》

巫女2　踊りながら出ていったよ。

巫楽が動悸《どうき》と同じ速度で鎮まっていく。

巫女は赤、青、白、黒、黄の五《オ》芳神将旗《バンシンジャンギ》を束ねて竹竿《たけざお》を柳美里に突き出す。赤には虎、白には三人の童子、青には山神天王、黒には二頭の龍、黄には書をする老人が描かれている。一本を引かせて旗の色で吉凶を占う神将《シンジャン》コリだ。

柳美里は成就を示す赤を引き、李信哲は魔を示す黒を引く。

巫女3　（荒々しく立ちあがって五芳旗で李信哲の背中を撲《う》つ）おまえは何者だ！　なぜ黒い旗を引いたのか！　いくらハヌニム《かみさま》が大切だとしても、おまえには先祖がいないのか！　おまえはエビ《ちち》もエミ《はは》も見たことがないのか！　アドゥル《むすこ》もタル《むすめ》もいないのか！　海の底の蛸《たこ》なのか！

李信哲　申し訳ありません。これからは肝に銘じます。

巫女3　（吠《ほ》えるように）なにを肝に銘じるのか！

李信哲　ご先祖さまを敬います。

巫女3　おまえがいままでやってきたことはなんなのか！

李信哲　……なにもやっていません……。

巫女3　（黒い油のような目で）なにもやってないだと？　おまえは先祖の墓参りをしたことがあるか？

李信哲　ありません……でもこれからは……。

巫女3　痛い目に遭わせようか！

李信哲　許してください。

巫女2　（笑いながらうたう）金もなくなり、恋もなくなり、靴もなくなり……ははははは、一文無しのコンダル《ゴロツキ》が、はははは……。

手持ち鉦《クエンガリ》が怒りを煽《あお》るように激しくなり、巫女は李信哲を突き飛ばして腹の上に跨《また》がる。巫女の平手が弾《はじ》けるように鳴るが、李信哲は無抵抗で横たわっている。

巫女3　(立ちあがって踏みつけ)殺してやるか！　えい！　踏んづけてやる！

巫女2　アイゴ踏んづけられてたいへんだ！　はははは！

巫女3　わかったか！　ハヌニムも信仰で、ソッカモニ《おしやかさま》も信仰だけど、チョサンニム《ごせんぞさま》を大切にするのは信仰とはなんの関係もないことだ。

李信哲　わかりました。

巫女3　チョッタ《よろしい》！　起きなさい。

巫女2　ご先祖さまにお酒を注ぎなさい。お酒に言葉を添えることを忘れずにね。

李信哲は盃《さかずき》に酒を注ぎ、祭壇に向かって手を合わせる。
巫女は柳美里の背中を押して供物膳《くもつぜん》の前に進み、豚の頭を三枝槍《サムジチャン》で突き刺す神託を行うよう促す。もし神がクッ(巫祭《ふさい》)に満足していたら豚の頭はうまく立ち、クッを行ったひとの願いを聞き届けてくれる。
柳美里は祭器に盛られた塩で三枝槍を立てて豚の頭を突き刺すが、何度やっても手を放した途端に倒れてしまう。

巫女2　(両耳を硬くして)雨……。

巫女3　(息を殺して瞬《まばた》きする)雨だ……さっきから降ってるよ。

柳美里は戸の外に目をやるが、雨の気配はない。風さえも止《や》んでいる。

巫女2　……雨のなかを引き摺《ず》られて……脚から血を流して……。

巫女3　……山だ……山のなかに入ってく……穴がある……大きな穴だよ……雨が溜《た》まってぬかるんでる……。

男巫《パクス》　グァンセウムボサル、ナムアミタブル……。

柳美里　(息を吸って止めてから)……ハルベ《おじいさん》の弟、李雨根《イウグン》が二十三歳のときに行方不明になっているんです。校庭で走っているときに脚を撃たれて……祖父は長距離ランナーで、弟は中距離ランナーでした。弟のほうも、オリンピック出場も夢ではないくらいのタイムを持っていたそうなんですが……左翼の活動家として警察に追われていたんです。

巫女3　突き飛ばされた……穴に……二人の男が穴を囲んでるのが見える。

巫女2　(細い笛のような声で水仙花をうたいはじめる)**きみは冷たき　意志の翼で**

涯《はて》ない孤独の上を　飛ぶ哀《かな》しきこころ　慕いてまた慕いて死に　死してまた生き　また死す　哀れな魂

巫女3　シーッ！　口を動かしてるよ……魚のように口だけ動かしてる……口のなかに土が……死んで埋葬されたんじゃない……まだ息があるうちに土をかけられたんだ……雨が強くなったよ……あぁ雨が……掘り出してやらないと、話すことも、泣くこともできやしない。

柳美里　……なんとか遺骨を見つけてハルベのとなりに……。

巫女3　あんたの使命《サミョン》は骨を見つけることじゃないよ。魂《ホン》を引きあげることだ。錨《いかり》のように一族を沈めている魂をね。ひとつじゃないよ。ハルベも、ハルベの弟も、最初の奥さんも、最初に生まれた男の子も、ハルメ《おばあさん》も、イルボンサラム《にほんじん》のハルメもみんな重い恨《ハン》をかかえて沈んでいる。引きあげると約束できるか？　約束は果たせば終わるけれど、果たせなければ約束のままだ。あんたが死んでも終わらないんだよ。

巫女2　自信がないなら約束しないほうがいいよ。

柳美里は約束という言葉のなかに立ち尽くす。

柳美里　（喉《のど》に力を込めて声を引き摺《ず》り出す）　このままだとわたしも沈むんでしょう

か？

巫女3　おまえもおまえの息子も沈む。沈むか引きあげるか、どっちかだ。おまえがその名を与えられたときからおまえの運命《ウンミョン》は定まっていたんだよ。

柳美里　わたしの名前？

巫女3　むかしむかし、おおむかし、おまえのハルベのそのまたハルベも生まれていなかったころ、密陽《ミリヤン》はミリという名前だった。

巫女2　ミリ平野《ボル》だよ。

巫女3　おまえはこの地の名を背負っている。

巫女2　名前から逃げることはできないよ。

巫女3　約束するか？

柳美里　……はい……。

巫女3　約束するんだな？

柳美里　約束します。

巫女3　約束が果たせるように祈りなさい。

柳美里は朝鮮人のようにてのひらを額に掲げたまま膝《ひざ》を折って祈り、日本人のように正座をして合掌する。てのひらのなかで風が吹いているように感じる。

突然、巫女が真っ赤なチマ《スカート》を頭からかぶり、全身をわななかせる。

巫女2　どなたですか？

チマのなかから啜《すす》り泣きが聞こえる。

巫女2　お名前は？

巫女がかぶりを振って、赤いチマが大きく揺れる。

巫女2　どこの生まれですか？

巫女3　密陽《ミリャン》です

巫女2　李家《イガ》の血を引くかたですか？

チマのなかで髪の毛と絹が擦れる音がする。

巫女2　お招きしていないかたがどうしてここにいらっしゃったんですか？　お名前を

おっしゃってください。

巫女3　ナミコ　ハルコ　アイコ　ミヨコ　フミコ　ヨシコ　男たちの好きな名で呼ばれました

巫女2　イルボンサラム《にほんじん》ですか？

巫女3　父からもらった名前はいえません　ナミコとたくさん呼ばれました　でもナミコと呼ばれたくありません　わたしの名前を呼ばないで　わたしの話を聞いてください　わたしは李雨根《ウグン》さんの五つ歳下《としした》です　家もすぐ近くでした　兄が三人いて　女はわたしひとりでした　父はわたしが生まれて百日も経《た》たないうちに死んだので顔も知りません　母がよその家の畑を耕して　わたしたちを養ってくれました　わたしが十二歳になった年に母は再婚しました　義父はふたりの姉を連れてきました　いっしょに暮らしはじめて一年も経たないうちに姉たちは嫁いでいきました　わたしは義父をアボジと呼ぶことができませんでした　八月の終わりでした　近所の友だちと　学校で習った歌をうたいながら川原でゴム跳びをしていました　アメアメ　フレフレ　カアサンガ　ジャノメデオムカイ　ウレシイナ　ピッチピッチチャップチャップ　ランランラン　堤防の上を李きょうだいが走ってきました　密陽では　李雨哲さんを知らないひとはいませんでした　村中のひとが三年前の東京オリンピックが中止にならなければ出られたはずだったと噂《うわさ》していました　すっすっはっはっ　すっすっはっは

っ　汗のにおいと息の音が通り過ぎて　すっすっはっはっ　八月に長く引き延ばされた夕陽《ゆうひ》がふたりの肩を赤く沈め　すっすっはっはっ　すっすっはっはっ　息の音が遠くなる　すっすっはっはっ　すっすっはっはっ　お嫁に行くんなら雨根さんみたいなひとがいいな　あんたなんかもらってくれるわけないじゃない　雨根さんは釜山の草梁《チョヤン》商高に通ってるのよ　きっといいとこのお嬢さんをもらうわよ　ふぅん　でもひと目惚《ぼ》れするかもしれないでしょう？　だれに？　わたしに決まってるじゃない　わたしは雨根さんに恋心を抱いていました　アラアラ　アノコハズブヌレダ　ヤナギノネカタデ　ナイテイル　ピッチピッチチャップチャップ　ランランラン　陽が落ちかけたとき　ハナパジョッタ《いちぬけた》　トゥルパジョッタ《にいぬけた》　友だちはみんな帰ってしまいました　見知らぬ男が近づいてきました　男はひとり残ったわたしにあまりうまくない朝鮮語で話しかけてきました　イルボンノ《にほんの》　クンボクコンジャンネソ《ぐんぷくこうじょうで》　イ《は》ルハジアンケソヨ《たらかないか》　トヌル《おかねを》　マニ《たくさん》　パッコ《もらえて》　マシンヌンコド　モッコ《おいしいものをたべさせてもらえて》　エプン《きれいな》　ヤンボクル《ふくを》　イボヨ《きせてもらえる》　サンネン《さんねん》　イルハミョヌン《はたらけば》　チベ　トラワヨ《かえってこられる》　クジョンネ《そのまえに》　シジプカミョン《よめいりがきまったら》　オンジトンジ《いつでも》　チベウォヨ《かえっていい》　母や兄さんたちに相談したら　嫁入り前の娘を他所に出すわけにはいかないと止められるに決まってます　でも義父はわたしがいなくなってせいせいするかもしれない　まだ十三歳になったばかりなのに早く嫁に行けとうるさいんだから　日本で働けば三年は嫁に行かないで済みます　わたし

はその日本人の男と　三浪津《サムナンジン》駅で八時と約束して家に帰りました　つぎの朝　家族には内緒で着替えも持たずに　男とふたりで汽車に乗りました　奉天《ほうてん》行きの〈大陸〉です　生まれてはじめて汽車に乗れることと田舎から抜け出せることがうれしくてうれしくて　興奮のあまり疲れたのでしょう　漢江を見るのを楽しみにしてたのに　龍山の手前で眠ってしまいました　夢をみました　わたしは死者のようにおなかの上で手を組んで横たわっています　太陽はわたしの閉じた瞼《まぶた》の上にじっと注いでいます　雨あがりの草のにおいと川の水音がします　**すっすっはっはっ　すっすっはっはっ**　息の音が聞こえます　**すっすっはっはっ　すっすっはっはっ**　目を開けると　太陽が雨を蒸発させて　**すっすっはっはっ**　四本の脚がゆらめきながら近づいてきて　**すっすっはっはっ**　肩を叩《たた》かれて目を醒《さ》ましました　窓の外は雨でした　いつの間にかうしろの席に同じ歳《とし》のころの少女たちが座っていました　京城で乗ってきたのでしょう　いっしょに軍服工場で働く仲間だと思いました　つぎの駅は大連《だいれん》　大連　十九時四十五分　午後七時四十五分着です　車掌がいってまわりました　大連で一泊して船に乗せられました　着いた港は下関ではなく上海で　上海からさらに揚子江を遡《さかのぼ》って　着いたところは武漢でした　簡単服に着替えるようにいわれました　わたしがもらったのは赤い簡単服でした　このあとに起こったことは話すことができません　たったひとりだけ身世打令《シンセタリョン》(身の上話)をしたひとがいます　李雨哲さんです

柳美里　……どこで逢《あ》ったんですか？
巫女3　大連から釜山に向かう漁船のなかです
柳美里　……祖父が大連に行ったという話は聞いたことがないんですけど……。
巫女3　一九四五年八月のある日　洗濯物をかかえて外に出ると　藁半紙《わらばんし》のビラがあたり一面に散らばっていました　**日本軍降伏せり**　見張りの兵隊は立っていませんでした　わたしは逃げました　太陽は燃えさかり　わたしの頭や肩に火の粉を落とし　影までも焦《こ》がしました　あちこちで煙が立ちのぼっていました　上背のある向日葵《ひまわり》が日本人のように目を光らせていました　大連の収容所で帰国の船を待ちました　アメリカ人から小麦粉の配給をもらいました　むきだしのからだでむきだしの夜を過ごしました　大きな漁船でした　船が港を離れた途端に胸が詰まりました　わたしは十五歳になっていました　祖国は解放されましたが　わたしは母や兄や友だちに合わせる顔を失《な》くしてしまいました　皮を剝《は》がれた犬のようなからだを引き摺《ず》ってどこでどう生きればいいのでしょう　どうして生きなければならないのでしょう　深夜でした　甲板に出ると雨が降っていました　細い細い　濡《ぬ》れているのかどうかさえわからない雨でした　だれかが甲板に立っていました　目を疑いました　わたしは声をかけました　李雨哲さんですよね？　そしてわたしは身世打令をしました　どうしてもだれかに聞いてほしかったんです　彼はいっしょに雨に濡れ　いっしょに泣いてくれました

密陽《ミリヤン》までいっしょに帰ろうとさえいってくれました　そしてわたしの名を尋ねましたが　名前だけは打ち明けられませんでした　彼が船室に眠りに戻ったあとも　わたしは甲板に立ち尽くしていました　顔を雨に向けてうたいました　アメアメ　フレフレカアサン　ガ　ジャノメデオムカイ　ウレシイナ　ピッチピッチチャップチャップランランラン　アラアラ　アノコハズブヌレダ　ヤナギノネカタデ　ナイテイル　ピッチピッチチャップチャップ　ランランラン　ボクナライインダ　カアサンノ　オオキナジャノメニ　ハイッテク　ピッチピッチチャップチャップ　ランランラン　何度もうたいました　うたっているうちに雨が止んだら船室に戻ろうと思ったけれど　雨はわたしの顔を濡らしました　嗚咽《おえつ》がこみあげて歌が途切れました　わたしはわたしの名前を声にしました　アボジ！　アボジがつけてくれた名前だけはだれにも犯されていません　オモニ！　オモニが呼んでくれた名前には指一本触れさせていません　十三歳の処女の名です　わたしはわたしの名前を抱きしめました　雨が激しくなりました　わたしは海に飛び込みました

語り終えた巫女は真っ赤なチマをかぶったまま くるくると回転し気絶してしまう。ふたりの巫女が駈《か》け寄ってチマを脱がして抱きあげるが、巫女はぐったりとしている。

巫女1　あんたが密陽《ミリヤン》にくる前の夜、オンニ《ねえさん》は夢をみたんだよ。高い樹《き》の上で雨に打たれている夢を。このクッ（巫祭《ふさい》）をやったら凶《わる》いことが起きる、モンダル鬼神がやってくる、クッは成就しない、という神のお告げだったのよ。でもオンニは、たとえわたしの身に凶いことが起きたとしても、このクッはやらなければならないって……。

男巫《パクス》が水を飲ませると、巫女《ムーダン》は息を吹き返して目を見ひらく。

巫女3　娘は海に飛び込むときに自分の名を叫んだ。わたしの耳にその名が響いている。

巫女2　（密陽アリランをふらふらとうたう）ちょっと見てよ　ちょっと見てよ　わたしを見てよ　真冬に咲く花を見るように　わたしを見てよ　アリアリラン　スリスリラン　アラリガナンネ　アリラン峠を越えてきてよ

巫女は柳美里の耳に口を寄せて名前を囁《ささや》く。

巫女3　娘の名におまえの顔で答え、娘の顔におまえの名で答えなさい。

柳美里　……。

巫女3　わかったか？

柳美里　はい。
巫女3　娘を李家の嫁に迎えてやりなさい。
柳美里　え？
巫女3　李雨根《イウグン》の花嫁にしなさい。娘も李雨根も葬式をしていない。死後結婚《サフギョロン》のクッ
(巫祭《ふさい》)をやらなければならない。ふたりの魂が夫婦になって密陽に戻ったら、おま
えたちを護《まも》る祖先神《チヨサンシン》になってくれるよ。
巫女2　(鈴を振りながらうたう)やっと逢《あ》えたあのひとに口きくことさえできない
ではにかむだけのわたしなの　アリアリラン　スリスリラン　アラリガナンネ　ア
リラン峠を越えてきてよ
巫女3　(声と目からすべての力を抜いて)祈りなさい。
男巫　(太鼓《ブク》を叩《たた》きながら読経《どきよう》する)ナムマノルイシヨ　クチョクシンニョクイニ　テ
ジョンチンジャンイミョ……。
巫女3　長いお経だから楽に座りなさい。
　柳美里と李信哲《イシンチヨル》は並んで座る。
　読経は一時間を超えるが、ふたりは目を瞑《つむ》って手を合わせている。
　李信哲は流れる涙を拭《ぬぐ》いもせずに一心に祈っている。

巫女2　（夜道を歩く酔っぱらいのように密陽アリランのメロディーを口笛で吹いてから、別の歌をうたう）行くよ　帰るよ　幼子の手をとって　馬鈴薯《じゃがいも》を植え黍《きび》を植える山奥の故郷へ　（また別の歌を思いついて）尋ねて尋ねて　辿《たど》り着いた　あなたがいたところ　冷たい夜風が吹きつけるだけで　あなたの姿は見えない

巫女3　（投げやりに）アイゴ、ウリドンジャ、チャルハンダ《うまい》！

巫女2　（声を張って）あの月に訊《き》いてみましょう　あなたのいるところ

巫女3　チャルハンダ《うまいぞ》、チャル《じょうず》へ！

巫女2　泣いて泣いて　捜しても　あなたはどこへ

李信哲は自分の膝《ひざ》を握りしめて腕を突っ張らせ、吠《ほ》えるように泣く。

巫女2　サムチョン《おじさん》が泣いてるよ。こころはあるのにお金がないんだよ。日本からきたチョッカタル《めい》においしいものをご馳走《ちそう》してやりたい、いい服を買ってやりたい、でもどうすることもできない。それで辛《つら》いのよ、こころが痛いのよ。サムチョンはなにもいわないけど、暮らしがたいへんなんでしょ？

李信哲　（ポケットからハンカチを取り出して、涙を擦《こす》るように拭《ふ》く）だいじょうぶで

すよ。
巫女2　だいじょうぶといってもお金はないよ。
李信哲　なにをやってもうまくいかないんですよ……食用犬《シギョンキョン》を繁殖して商売していたんですけど、食べていけなくなって……全部売り払って（ハンカチで力任せに洟《はな》をかんで）なんとか仕事を見つけないと……。
巫女2　来年の夏からいいよ、今年はよくない、今年はもっともっと苦労する、アボジ《おとうさん》がそういってる。
李信哲　（また涙を流す）チョッカタルには感謝しています。本来なら息子のわたしがやらなければならないクッ（巫祭《ふさい》）を……。
巫女2　アドゥル《むすこ》が泣くとアボジも泣くよ。アドゥルやタル《むすめ》の手をとって死にたかったって。アボジは死ぬ前にアドゥルにとっても逢《あ》いたがってたよ。（幼女のように両手で顔を覆《おお》ってしゃくりあげ）八人も子どもがいたのに、たったひとりでごはんをつくって食べて、たったひとりでお酒を呑《の》んだよ。そして、たったひとりで死んだんだよ。真っ暗な家のなかで、おなかが痛くてのたうちまわって、だれにも名を呼んでもらえず、だれの名も呼ばないで……。
巫女3　祈りなさい。
李信哲　何回ですか？

巫女3　三回だ。ハヌニム《かみさま》ではなくて、自分のチョサン《そせん》に祈りなさい。

柳美里と李信哲が、立ちあがって両手をあげ座って伏す五体投地による祈りを行うと、男巫《パクス》が杖鼓《チャング》を打ち鳴らす。

三人の巫女がふたりの背中や肩を亡者《マンジャ》用の紙のチョゴリで擦ってから、ふたりのからだの前で長い白布を縛ってほどくことをくりかえす。亡者を恨《ハン》から解放し、極楽浄土へと導くコプリ（結び目解き）の儀式だ。

巫女3　（杖鼓に合わせてうたう）解いて行かれよ。千の結び、万の結びを解いて極楽浄土に行かれよ。陽《ひ》が暮れたら樹《き》の下で休んで行かれよ。悪運を全部持って行かれよ。

巫女たちは白布の橋《タリ》をふたりのからだで引き裂いて、亡者に道を拓《ひら》いてやる。死霊祭《シッキムクッ》のすべてのコリ（祭次）が終了した途端に、主巫《しゅふ》の顔から威厳が消え失《う》せ、市場でもやし《コンナムル》を売っている気のいいアジュンマ《おばさん》の顔と見分けがつかなくなる。

巫女3　（信哲の肩に手をまわし、世話好きの中年女のような口調で）このひとはおまえのサムチョン《おじさん》だ。おまえのオモニ《おかあさん》のきょうだいだ。腹違いでもハルベ《おじいさん》の子に変わりはない。命があるうちに日本に招待して、オモニに逢《あ》わせてあげなさい。きょうだいなんだから。きょうだいだろう？　逢いたいに決まってるじゃないか。ほんとうはハ《おば》ルメ《あさん》が生きてるうちに逢わせればよかったんだけど、知らなかったんだろう？

柳美里　……密陽《ミリャン》にいらっしゃるということは知っていたけれど、日本にいる親戚《しんせき》もあんまり仲がよくないから……。

巫女2　（鈴の音をたしかめるように振りながら）こっちのサムチョンもあっちのサムチョンもひと癖あるからね。なんにもいわなくてもわかるよ、目にちゃんと書いてある。ははははは。このサムチョンはこころがやさしいよ。日本に帰ったらサムチョンの話をちゃんとして、みんなが逢えるようにしてあげなさい。ハルベがそう望んでるよ。みんなハルベの子どもだからね。

巫女3　（何日も眠っていないような疲れ果てた声で）オモニにからだを気をつけるように伝えなさい。今年は雨の日には外に出ちゃだめだよ。ポヤク《かんぽうやく》をつくってあげなさい。ポヤク、ポヤクだよ。無事に年を越せばしばらくはだいじょうぶだ。おまえのア《む》ドゥル《すこ》は頭がいいよ。頭がいいから、いい学校に行かせてやりなさい。（停電したように黙り込んで）全部外で燃やしなさい。

柳美里　（巫女の両手を握りしめて）カムサハムニダ《ありがとうございます》。

柳美里と李信哲《イシンチョル》は、招いた亡者を見送る儀式を行うために巫女のあとについて外に出る。

巫女1　振り返っちゃだめよ。

巫女はマッコルリを地に注ぎ、死霊祭《シッキムクッ》に使った亡者用の紙のチョゴリ、紙牌《しはい》、禁縄《クムジュル》の札、紙銭などに火を放つ。

李信哲と柳美里は炎に向かっててのひらを合わせる。

炎に煽《あお》られて、チョゴリの襟に入っているノクチョン（ひと型の白紙）がお辞儀をして灰になる。

天まで真っ直《す》ぐ煙が立ちのぼれば願いが聞き届けられるということなのだが、煙は暁《ぎょう》闇《あん》に吸い込まれて行方がわからなくなる。

柳美里は、炎のなかで幕を閉じるものと幕を開けるものについて考えを巡らせている。

そのとき、待ち兼ねていたように雨の幕が降りてくる。

雨によって炎は打ち消される。

引き返してきた魂たちがふたりを取り囲み、雨となってその髪を、その膚《はだ》を撫《な》でさする。

李信哲は囚人のように頭を垂れ、焼け残った父親のためのパジチョゴリを凝視している。

柳美里はてのひらを雨に向ける。雨がてのひらを濡《ぬ》らす。てのひらにひとさし指で名前を書く。

柳美里。

カーテンコールをする観客の拍手のように雨音が激しくなる。

第二章　42・195㎞　4時間54分22秒

すっすっはっはっ　すっすっはっはっ　走っている　すっすっはっはっ　フルマラソンを走っている！　すぅはっはっ　すぅはっはっ　やっぱり　すっすっはっはっのほうがいい　すぅはっはっのほうがしっくりくることもあるんだけど　すっすっはっはっ　すっすっはっはっ　すっすっはっはっ

「いま、何分ペースですか？」

「速いです。一キロ五分半ぐらいです。もっと落としてもだいじょうぶですよ」

「もしこのままで行けたとしたら、ゴールタイムは？」

「えーっと、三時間五十二分四秒です」

「どうせ落ちていくんだから、走れるうちに走っときましょう。何分ペースに落ちると交通規制にひっかかるんでしたっけ？」

「七分ペースだと、すぐうしろで交通規制が解かれていくって感じになるでしょうね。

初マラソンのひとにとっては、五時間という制限タイムは決して易しくないですよ。柳さん、膝《ひざ》の調子はどうですか？」

「いまのところはだいじょうぶです……膝のことは考えないようにしてるんです……膝を意識すると膝を庇《かば》うような走りかたになっちゃう気がする……」

「わかりました。膝を忘れてくださいね。頭がちょっと右に傾いてますよ。そう、それで真っ直《す》ぐ。いっちにっ、いっちにっ、いちにいちに、いっちにっ！」

脚と腕の筋肉が佐藤千恵子コーチの声に反応する　いっちにっ　いっちにっ　いちにいちに　いっちにっ！　わたしとコーチのあいだに男性ランナーが割り込んでくる　いっちにっ　いっちにっ　肘《ひじ》がぶつかる　いちにいちに　いっちにっ！　追い抜かれるいったい何人のランナーに抜かれたんだろう　うしろを振り向いてみる　群衆　いっちにっ　いっちにっ　前もうしろも群衆　いちにいちに　いっちにっ！　参加総数は一万二千人だといってたから　五千人に追い抜かれたとしたらちょうど真ん中あたりだ　すっすっはっはっ　すっすっはっはっ
「みんな飛ばしてますけど後半かならず落ちてきます。このひとたちはあとで抜けるひとだと思ってください」

「でも、わたしもキロ五分半ペースなんて維持できませんよ。練習のときに走っていたのは六分半ペースでしょう」

すっすっはっはっ　まだ四キロも走っていないのに　五キロで折り返してきたトップ集団と擦れ違う　すっすっはっはっ　すっすっはっはっ　すっすっはっはっ

「あれ？　いませんね？」

「藤田敦史《ふじたあつし》選手ですか？　ほら、あそこ、あのひと。第二集団ですね。もちろん出たからには優勝を狙《ねら》ってるんでしょうけど、半年後のベルリンマラソンに照準を合わせて調整してるって噂《うわさ》もあるから」

すっすっはっはっ　すっすっはっはっ　彼らは一キロ三分ペースで走ってる　祖父は何分ペースで走っていたんだろう　孫基禎《ソンギジョン》さんが一九三六年のベルリンオリンピックで金メダルをとったときのタイムが二時間二十九分十九秒二　すっすっはっはっ　孫さんは三分半ペースだから　祖父もそれに近いペースだったんだろう　すっすっはっはっ　追い着くことは無理でも　一分でも　一秒でも　すっすっはっはっ　なんのために？　五十八歳でふたたび走りはじめ　すっすっはっはっ　狂ったように国内外のマラソン大会に出場して　すっすっはっはっ　家族を棄《す》てて生まれ故郷に帰り　すっすっはっはっ　最期《さいご》の朝も川べりを走って　すっすっはっはっ　走ることのなにが祖父を捉《とら》えたのか　すっすっはっはっ　四十二・一九五キロを走っている最中にひとの内側で起こることを知りたい　でも　すっすっはっはっ　同じ大会に出ていても優勝を目指している藤田敦

史選手と　完走できるかどうかもわからないわたしのなかで起こっていることは　すっすっはっはっ　まったく異なるだろう　すっすっはっはっ　藤田選手は走るために走りわたしは書くために走っている　走行速度　性別　性格　年齢　経験の差によってもすっすっはっはっ　重なることより重ならないことのほうが　すっすっはっはっ　でも走らなければなにも重ならない　そのスピードで走ることは不可能でも　その距離を走ることは可能だ　すっすっはっはっ　四十二・一九五キロを走ったという接点を持つことができる　すっすっはっはっ　四十二・一九五キロを走ったことがあるひとより　走ったことのないひとのほうが圧倒的に多いんだから　すっすっはっはっ　四十二・一九五キロ　ほんとうに完走できるんだろうか？　練習でのマックスは二十五キロ　三十キロは走っておきたかったんだけど　膝《ひざ》が痛くて　すっすっはっはっ　痛くて痛くて　すっすっはっはっ　左膝の外側の腸脛靭帯《ちょうけいじんたい》　すっすっはっはっ　このＯ脚とこの体重のせいだ　すっすっはっはっ　Ｏ脚は生まれつきだからしょうがないとしても　体重は五十キロまで落とすべきだった　すっすっはっはっ　からだが重い　今朝ホテルの体重計で計ったら五十四キロだった　すっすっはっはっ　すっすっはっはっ　走りはじめる前は五十一キロだったのに　すっすっはっはっ　レース前に四十七キロにすることを目標にしたら　すっすっはっはっ　それがプレッシャーになって　すっすっはっはっ　食べて食べて　すっすっはっはっ　羊羹《ようかん》　チョコレート　クッキー　すっすっはっはっ　二月

半ばから三月半ばにかけて二百キロも走ったのに　すっすっはっはっ　三キロも太った
普通に生活してる分には三キロ太ったって実感することはないけれど　走ると　すっす
っはっはっ　平坦《へいたん》な道で二倍　下り坂で三倍から四倍になるから　すっすっはっはっ
たった三キロでも　すっすっはっはっ　下り坂だと十二キロ！　一歳児を抱いて走って
るのといっしょだ　なんて馬鹿なんだろう　すっすっはっはっ　痛くなるんだろうな左
膝　すっすっはっはっ　もし十五キロ地点であの痛みが出たら　あとの二十七・一九五
キロ　すっすっはっはっ　どうやって走ればいいんだろう　すっすっはっはっ　休んだ
り歩いたりしたら制限時間内にゴールできなくなってしまう　すっすっはっはっ　すっ
すっはっはっ
「柳さん、どうしました？」
「え？」
「柳さんは痛みが出ると黙り込むから」
「だいじょうぶです」
「痛くなったらいってくださいね。さぁ、折り返し地点です」
すっすっはっはっ　すっすっはっはっ　なんか変だ　膝のことを考えたのがいけなか
ったのか？　脚が踵《かかと》のつきかたを迷ってる　そうじゃなくて　踵からついて五本の指で
地面をつかむように　すっすっはっはっ　だめだめ　地面を見てたら背中が丸くなる

すっすっはっはっ　目をあげて　背筋を伸ばして　膝のことは忘れて　体重のことも忘れて　すっすっはっはっ　なんにも考えないで　すっすっはっはっ　でも考えないで走ったら　足を外側に跳ねあげてしまう　O脚だから　すっすっはっはっ　いまはものすごく意識して真っ直《す》ぐ　真っ直ぐ　すっすっはっはっ　意識するのをやめると　小指のほうを擦《こす》って親指のほうを浮かせてしまう　一週間前に二十五キロ走ったときも右足くすり指に豆ができた　すっすっはっはっ　正しい走りかたをしていればこんなところに豆なんかできませんよ　すっすっはっはっ　佐藤コーチに注意された　すっすっはっはっ　母親も父親もO脚じゃないのに　だれから遺伝したんだろう　すっすっはっはっ　祖父はO脚だったんだろうか　すっすっはっはっ　すっすっはっはっ　すっすっはっはっ　すっすっはっはっ　祖父の現役時代を知っているひとに訊《き》くと　みんな　あんなきれいなフォームで走る選手は見たことがないって　すっすっはっはっ　身長が百八十センチもあって脚が長かったから　背広なんかもよく似合ったそうだ　百八十センチっていったら　すっすっはっはっ　一九一二年生まれとしてはとっても高い　祖父の弟はもっと高かったらしい　目立ったろうな　すっすっはっはっ　毎朝密陽《ミリャン》川の堤防の上をふたり並んで走って　すっすっはっはっ　近所の子どもたちはみんな拍手して応援したそうだ　すっすっはっはっ　わたしも子どものころから走るのが好きで　小四のとき　すっすっはっはっ　全校生参加のミニマラソン大会で二位になったことがある　すっすっ

はっはっ　あれは何キロだったんだろう？　十キロくらいかな？　校門を出て大岡川の川沿いを走った　すっすっはっはっ　中学に陸上部があったら入ったかもしれない　でも陸上部はなかったし　すっすっはっはっ　中二からグレて停学　停学　無期停学　すっすっはっはっ　十四歳から三十三歳まで　すっすっはっはっ　走ることとは無縁の生活をしていた　妊娠するまでチェーンスモーカーで　すっすっはっはっ　毎日七箱は吸ってたし　駅の階段をあがるだけでぜぇぜぇぜぇぜぇ　すっすっはっはっ　だいたいたった二カ月の練習でフルを走ること自体無謀だったのかも　すっすっはっはっ　からだが重い　絶食して四十七キロに落としてから走りはじめるんだった　すっすっはっはっ　佐藤コーチが　食べる量は減らさないで走ることで痩《や》せましょう　柳さん　すっすっはっはっ　五十四キロの体重を支える筋力があれば　膝は痛みませんよ　柳さんは筋力がないんです　すっすっはっはっ　ダイエットするより筋力トレーニングをしたほうがいいですっていうから　すっすっはっはっ　他人のせいにするのはやめよう　体重のことは考えない！　後悔もしない！　まだ痛くなってないんだから　すっすっはっはっ　とにかく脚を真っ直ぐ出して　すっすっはっはっ　踵から着地して　足裏を転がすように　だめだ　爪先《つまさき》をあげることを意識し過ぎ　すっすっはっはっ　踵だけで走ってるこれだと踵にかかる衝撃が大きくて　すっすっはっはっ　ぜんぜんフォームが定まらない　すっすっはっはっ　自分のフォームを見つけられない　変なところに力が入ってる

たとえば左肩　すっすっはっはっ　肩をあげて　落としてあっ南大門《ナムデムン》だ　あのカーブでスタート地点の光化門《クァンファムン》が見えるはずだ　すっすっはっはっもう九キロと考えるべきかまだ九キロと考えるべきか　とにかく五分の一は走ったわけだ　うちから江の島の頂上までが約十キロだから江ノ島弁天橋ぐらいか　すっすっはっはっ　まだだいじょうぶ　いつもは江の島で折り返すと稲村ケ崎の手前あたりで痛くなるけど　すっすっはっはっ　十五キロ前に痛くなったことなんてない　すっすっはっはっ　一歩　一歩　四十二・一九五キロに近づいているわけだから　とにかく一歩　一歩　すっすっはっはっ　完全に寝不足　すっすっはっはっ　密陽《ミリャン》で死霊祭《シッキムクッ》が終わったのが四時　駅前のモーテルで仮眠して　すっすっはっはっ　五時四十分にタクシーに乗って　釜山《プサン》空港に着いたのが六時半　金浦《キムポ》空港に八時に着いて　ロッテホテルにチェックインしたのが九時十五分　すっすっはっはっ　急いで着替えて佐藤千恵子コーチといっしょにタクシーに乗ってスタートぎりぎりで光化門に着いた　すっすっはっはっ　ほんとうにぎりぎりだった　屈伸をしている最中に大砲の空砲音が鳴った　すっすっはっはっ　でもエネルギーと水分はたっぷり蓄えてある　すっすっはっはっ　仮眠をとる前にコンビニで買ったおにぎり二個　菓子パン二個　バナナ二本　牛乳一パック　すっすっはっはっ　密陽からソウルに向かうあいだにおにぎり二個　バナナ二本　オレンジ一個　チーズ三個　すっすっはっはっ　牛乳とエネルゲンを一リットル以上飲んだし　すっすっはっはっ　問題は寝

不足だ　締め切りが重なって　この一週間全部足しても二十時間くらいしか眠ってない
すっすっはっはっ　すっすっはっはっ　すっすっはっはっ　すっすっはっはっ　すっすっはっはっ
「ウォークマン聞きながら走ってるひとがいますよ」
「あぁ、あの白人。自分の世界に浸ってますね」
「ウォークマンって重くないんですか？」
「ウエストポーチに入れてるでしょう」
「なに聞いてるんだろう。以前取材した帝京大の陸上部の監督は、走ってて調子がいいときはロッキーのテーマ曲が流れたっていってたけど」
すっすっはっはっ　鼻歌がうたえるぐらいのペースがいいと　マラソン入門の本には書いてあった　鼻歌がうたえなくなったら速すぎる　すっすっはっはっ　ペースが速すぎると体内に酸素を取り込めなくなって　息が切れてうたえなくなる　すっすっはっはっ　なにからうたおうか　祖父がうちにきたときにかならずかけていた韓国のレコード
すっすっはっはっ　すっすっはっはっ　祖父が背中を丸くして黒いレコード盤をプレイヤーにのせて針を落とす　チッチッ《シュッシュッ》　ポッポク《ポッポ》　チッチッ《シュッシュッ》　ポッポク《ポッポ》　トィー　行く《トナン》よ《ダ》　他郷千里《タグアンサリ》　霧ふる《アンゲソリン》ンー　平原を《ポルパヌル》　仲よく《チョンウルドルゴ》　暮らせなきや《モッサルパエン》　アー　別れがいさ《イビョリジョッタ》
タルリョラダルリョ《はしれはしれ》　タルリョラダルリョ《はしれはしれ》　空は《ハヌルン》　朱色《チョンファンジョクセク》　夕焼けに《チョニョンノウル》　染まり《トドルゴ》

車窓《チャチャンエヌン》にゃ　煙草《タンベヨンギ》が　ソリッソリッ《もくもく》　ソリッソリッ《もくもく》　プリンダ《たちこ》　プリンダ《めるよ》　報国の印がついている古いレコードだったすっすっはっはっ　すっすっはっはっ　この曲が終わると針を戻して　チッチッ《シュッシュッ》　ポッポク《ポッポ》　チッチッ《シュッシュッ》　ポッポク《ポッポ》　トィー　二十回も三十回もくりかえし　すっすっはっはっ　すっすっはっはっ　祖父がいっしょにうたうから　すっすっはっはっ　韓国語の歌詞をおぼえてしまった　空は《ハヌルン》　朱色《チョンファンジョクセク》　夕焼けに《チョニョンノウル》染まり《トドルゴ》　車窓《チャチャンエヌン》にゃ　煙草《タンベヨンギ》が　ソリッソリッ《もくもく》　ソリッソリッ《もくもく》　プリンダ《たちこ》　プリンダ《めるよ》

「あっ！」

「どうしました？」

「痛い！」

「左膝《ひざ》？」

「左膝……いつものところです……」

「まだ九キロですよ」

「だめだ、痛い……ちょっとそこでストレッチやっていいですか？」

やっぱり左膝の腸脛靭帯《ちょうけいじんたい》だ　でも練習のときのみたいな鈍い痛みではない　骨が内側から肉に突き刺さっているような　はじめて経験する痛みだ　両足を小指側に倒す　膝の屈伸をする　佐藤コーチがウエストポーチからコールドスプレーを取り出して左膝に吹きつけてくれる

「交通規制の解除は？」

「まだだいじょうぶですよ。かなり速いペースで走ったから」

「どうしたんでしょう？　いままでこんな距離で痛くなったことないのに……」

「走れますか？」

「ペースダウンして様子を見ながら……走ってるうちに痛みがおさまることもあるから……行きましょう」

深呼吸して　すぅ　はぁ　歩幅を狭く　すぅ　はぁ　足を前に出そうと思わずに
すぅ　はぁ　足をそっと置いてく感じで　チッチッ《シュッシュッ》　ポッポク《ポッポ》　チッチッ《シュッシュッ》　ポッポク《ポッポ》
トィー　行くよ《トナンダ》　他郷千里《タグアンサリ》　霧ふる《アンゲソリン》　ンー　平原を《ポルパヌル》　仲よく《チヨンウルドルゴ》　暮らせなきゃ《モッサルパエン》　すぅ
はぁ　一歩　すぅ　一歩　はぁ　一歩　すぅ　一歩　はぁ　切り疵《きず》なら外に向かうけど
この痛みは内に　すぅ　はぁ　心臓がずきずきする　すぅ　はぁ　すぅ　はぁ　痛い！

「なんか切れたかも」

「え？　切れてはいないと思いますよ。膝《ひざ》を曲げ伸ばしするときに、骨と靭帯《じんたい》が擦れてるんでしょう」

「靭帯って裂けたりしないんですか？」

「炎症を起こしてると思います。ここ何週間か、走るたびに痛みが出てましたからね」

コールドスプレーをかけてくれている佐藤コーチの頭も自分の膝も遠く見える　まだ

十キロなのに二回も立ち停《ど》まってしまった　たぶん完走はできないだろう　でも　もし息子とふたりで動物園に行って檻《おり》から虎が飛び出てきたら　息子を抱いて走るだろう脚が折れているとしても　松葉杖《づえ》を放り出して走るだろう　息子と散歩してるときに刃物を持った男が追いかけてきたら

「なんで笑ってるんですか？」

「いや、べつに、ばかみたいなこと考えて」

「走れますか？」

「走ります」

すぅ　はぁ　すぅ　はぁ　わたしのうしろには虎も刃物を持った男もいない　息子は母に預かってもらっている　すっすっはっはっ　ひと月前に三日間留守にしたときは怒って丸一日口をきいてくれなかったけど　すっすっはっはっ　今回は一週間だからすっすっはっはっ　あと半年もしたらぺらぺらしゃべるようになって　ママなんて嫌いもう帰ってこなくていい　なんていわれるかもしれない　すっすっはっはっ　すっすっはっはっ　だめだ　すごく痛い　爪先《つまさき》があがらない　筋肉が脚にブレーキをかけてるどうしたらブレーキをはずせるんだろう

「柳さん、楽しいこと考えて！　完走したらおいしい韓国料理が食べられますよ」

「……そういうレベルの痛みじゃないんです。息子のこととか小説の構想とかを考えて痛みから意識を逸《そ》らせられればいいんですけど、痛みで頭がいっぱいなんですよ」
　すっすっはっはっ　痛い　すっすっはっはっ　痛い！　痛みから逃れられないなら痛みに向き直るしかない　すっすっはっはっ　痛みに集中してすっすっはっはっ　痛みに驚いて高鳴っている心臓を鎮《しず》めなければ　すっすっはっはっ痛い！　すっすっはっはっ　痛い！　すっすっはっはっ　でもなんとかこの痛みに慣れないと脈拍が　すぅ　はぁ　深呼吸して　すぅ　はぁ　痛みのことだけを考えて　すぅはぁ　痛みのことも考えられなくなる一歩手前で　すぅ　はぁ　痛みに踏みとどまってすっすっはっはっ　なんだろう　この痛みは　すっすっはっはっ　餅《もち》つきの杵《きね》で膝をつかれてるようなと形容しても伝わらないか　すっすっはっはっ　実際わたしの体重の二倍の重さで　百十キロで　すっすっはっはっ　膝をアスファルトに打ちつけてるわけだから　すっすっはっはっ　佐藤コーチはフルマラソンを走ると身長が二センチ縮むこともあるっていってたけど　すっすっはっはっ　だめだめ　拳《こぶし》を握ってる　手の力を抜かなきゃ　肩まで痛くなったら腕を振れなくなる　すっすっはっはっ　脚にブレーキがかかってるんだから腕を振って前に進まないと　すっすっはっはっ　すっすっはっはっすっすっはっはっ　すっすっはっはっ　すっすっはっはっ　すっすっはっはっ　すっすっはっはっ
「さぁ東大門《トンデムン》を過ぎましたよ。あと二・五キロで十五キロの給水所です」

「あと何キロっていわないでください。いまのわたしは一キロだって走る自信がないんです。二・五キロなんて途方もない距離です。なんとか、あの電信柱まで、あのプラタナスまでって……」

「そんなに痛いんですか？」

「痛いです。いまの一歩には堪えられたけど、つぎの一歩に堪えられるかどうか……」

「わかりました、行けるところまで行きましょう。いっちにっ、いっちにっ、いちにいちに、いっちにっ！」

すっすっはっはっ　淋《さび》しくても　哀《かな》しくても　怒っていても　すっすっはっはっ　痛ければ　痛みがあるうちは　痛みだけで満たされる　すっすっはっはっ　痛みによって救われたこともある　すっすっはっはっ　痛みを求めたこともある　すっすっはっはっでも　去らない痛みはない　痛みは去る　すっすっはっはっ　痛みは確かに強いけれど痛みより強いものは在る　すっすっはっはっ　どんなに惨《むご》い拷問《ごうもん》を受けても友人の名を吐かないひともいる　すっすっはっはっ　撲《う》たれ　蹴《け》られ　焼かれ　切られ　抉《えぐ》られ剝《は》がれても　すっすっはっはっ　自分の命より重いものが在ると信じるひとにとって痛みは　すっすっはっはっ　すっすっはっはっ　すっすっはっはっ　祖父の弟といっしょに朝鮮民主愛国青年同盟で左翼活動をしていたひとが　当時の拷問の様子を語ってくれた　すっすっはっはっ　釜山《プサン》警察の地下の取り調べ室で　爪《つめ》のあいだにつまようじを突

き刺され　逆さ吊《づ》りにされ　角材で殴られ　やかんで水を大量に飲まされ　すっすっはっはっ　すっすっはっはっ　祖父の弟は撃たれた直後にどこかに埋められたのか　それとも拷問を受けている最中に息絶えたのか　すっすっはっはっ　密陽《ミリャン》の巫女《ムーダン》は　雨のなか生きながら埋められたといっていたけれど　彼は　すっすっはっはっ　縛られた両脚を棒で捩《ねじ》られる拷問を恐れていたらしい　すっすっはっはっ　ランナーだったから　すっすっはっはっ　でも結局脚を撃たれてしまった　すっすっはっはっ　撃たれた脚で二メートルの塀を乗り越え　麦畑を走って山頂の貯水池まで　すっすっはっはっ　そこで倒れた　でもそこまでは走った　すっすっはっはっ　わたしの痛みで彼の痛みを推し量ることは　すっすっはっはっ　間違っている　すっすっはっはっ　他人《ひと》の痛みを思い知れという言葉も　あなたの痛みがわかるという言葉も　すっすっはっはっ　善意の嘔吐《おうと》に過ぎない　すっすっはっはっ　すっすっはっはっ　他人の痛みを痛むことはできない　すっすっはっはっ　どんなに大切なひとに痛みを訴えられても　どんなにその痛みを代わりたいと切望しても　すっすっはっはっ　痛むことはできないという痛みを痛むしかない　すっすっはっはっ　すっすっはっはっ　すっすっはっはっ　すっすっはっはっ　すっすっはっはっ

「停まって給水しましょう」

「これは？」

「スポーツドリンクでしょう。チョコパイ食べますか？」

「要りません」

「じゃあ、わたしが持っときますから欲しくなったらいってください。脚をよく伸ばしておきましょう」

　左足をガードレールに乗せて両手を地面につける　左足の爪先《つまさき》を尻《しり》に引きつける　ふくらはぎを軽く叩《たた》いて　深呼吸　すぅ　はぁ　すぅ　はぁ　右脚を出して　左脚　痛い！　痛い！　痛い！　左膝《ひざ》のまわりの筋肉がいっせいにやめてくれと叫ぶ　痛い！　痛みが主張している　こんなに痛いのにまだ走るのかと　すぅ　はぁ　すぅ　はぁ　痛い！

「痛みが……立ち停まるとひどくなるんですか？　立ち停まるんじゃなかった……」

「もうすこし休んでもだいじょうぶですよ」

「いや、これ以上休んだら、走れなくなります。歩いて、からだを痛みに慣らして、徐々に速くして行きますね。最初はゆっくり」

　目を瞑《つむ》って右脚　息を詰めて左脚　痛い！　痛みがこれでもかこれでもかと強くすぅ　はぁ　アスファルトに散乱している紙コップを避けることも　すぅ　跨《また》ぐこともはぁ　踏みつけることも　すぅ　できない　はぁ　ちょっとでも膝を曲げると激痛がすぅ　はぁ　左脚を突っ張らせて紙コップを蹴《け》って歩く　痛い！　すぅ　はぁ　痛みが

立ち塞《ふさ》がっている　すぅ　はぁ　柱のように揺るぎのない脚で　すぅ　はぁ　このまま歩いていたらわたしは痛みの前でうずくまってしまう　目をひらいて前を見て　歯を食い縛るのをやめて　すぅ　はぁ　すぅ　はぁ　右脚　左脚！　すっすっはっはっ　右脚左脚！　すっすっはっはっ　痛みの目を盗んでちょっとずつ早足に　すっすっはっはっまず痛みと肩を並べて　すっすっはっはっ　痛みを追い抜いて　すっすっはっはっ　走る！

「痛い！」

「でも、柳さん、見て。あのひとも脚を引き摺《ず》ってるでしょう。あのひとはテーピングだらけだし、痛いのは柳さんだけじゃありませんよ」

「この大会にエントリーしてる一万二千人全員が膝を痛めてるとしても、それでわたしの痛みが軽減されるわけじゃありません」

「……さぁ、のぼり坂ですよ。いっちにっ、いっちにっ、いちにいちに、いっちにっ！」

いっちにっ　いっちにっ　いちにいちに　いっちにっ！　掛け声かけるの苦しいだろうな　風邪で熱があるのに伴走してくれてる佐藤コーチに　いっちにっ　いっちにっ　いちにいちに　いっちにっ！　いちいち口答えして　いっちにっ　いっちにっ　いちにいちに　いっちにっ！　みんな坂の途中で歩きはじめてる　みんなは歩いててわたしは

走ってるのに差が縮まらないってことは　いっちにっ　いっちにっ　いちにいちにい
っちにっ！　このひとたちの早足と　わたしの走る速度がほとんど変わらないってこと
だ　だったら　いっちにっ　いっちにっ　いちにいちに　いっちにっ！　歩いちゃって
も同じなのかもしれないけど
「ひとり追い抜きました！　柳さんより体重がある女性が前を走ってますよ。あの女性
の背中を見て、いっちにっ、いっちにっ、いちにいちに、いっちにっ！　抜きました
よ！　さぁ下り坂です」
「ペース落とします。下り坂の負荷に膝が堪えられない。痛い！」
「脚を突っ張らせたままだと着地の衝撃が大きくなりますよ」
「痛くて曲げられないんです、膝が」
「痛くても上体を反らせちゃだめです。腰を痛めます。腕をすこし下げて……そうです、
力を入れないで、前に進もうと思わずに……そう、自分の体重に任せて自然に……いい
ですよ」
「痛い！」
「脚を突っ張らせるとブレーキがかかります」
「痛い！　今度は右脚！」
「……やっぱり膝の外側ですか？」

「同じ場所です」

「……下り坂が終わりましたよ」

「あれはなんですか？」

「回収車です」

「走れなくなったひとを回収するんですね。なんかわたしに伴走してるみたいにくっついてますね」

「交通規制解除ぎりぎりの時間ですからね」

「……乗れって催促されてるみたい」

「ほら、みんな乗ってますよ。もうすぐ二十キロですからね、リタイアがぐんと増えるんですよ」

すっすっはっはっ　すっすっはっはっ　もうだめかもしれない　左脚を引き摺《ず》って右脚一本で走ってたから　すっすっはっはっ　右膝も　すっすっはっはっ　痛みが痛みをくりかえして　痛みの波が一歩ごとに大きくなって　すっすっはっはっ　なんでこんなことやってるんだろう　なんの意味があるんだろう　すっすっはっはっ　書くため？　走ることを内側から描写するため？　でもトップランナーたちは腸脛靭帯《ちょうけいじんたい》なんか痛めない　佐藤コーチも一度も痛めたことがないっていってた　すっすっはっはっ　今回はここでリタイアして　ふとももの筋肉を強化してからもう一度　すっすっはっはっ　すっ

すっはっはっ　走ることはわたしの仕事ではないし　趣味でもない　すっすっはっはっ　脚を痛めたら　息子をおんぶしたりだっこしたりできなくなるし　すっすっはっはっ　ワープロに向かって長時間座ることもできなくなる　すっすっはっはっ　きっとあの車に乗ったほうがいいんだろう　すっすっはっはっ　すっすっはっはっ　わたしは無意味さを味わうために走っているんじゃない　すっすっはっはっ　わたしは走ることに意味を求めているんだと思う　無意味な痛みに強引な意味づけをするんじゃなくて　この無意味な痛みに抗《あらが》うことによって　意味を獲得できるかもしれない　すっすっはっはっ　確信じゃなくて予感だけど　すっすっはっはっ　すっすっはっはっ　すっすっはっはっ　祖父がマラソンランナーだったということを母から聞いた五歳のころから　すっすっはっはっ　四十二・一九五キロを一度は走ってみたいと　すっすっはっはっ　横断歩道を渡る　交通規制解除を待つ車にいっせいにクラクションを鳴らされる　もちろん応援なんかじゃない　すっすっはっはっ　ちんたら走るなと怒ってるんだ　マラソンのテレビ中継はトップしか映さないから　すっすっはっはっ　制限時間ぎりぎりのところでこんな緊張があるなんて知らなかった　すっすっはっはっ　トップとは違う意味で一分一秒を争っている　交通規制を解除されたら　通行人を避けながら歩道を走らないといけないし　信号が赤になったら　すっすっはっはっ　あっスポンジが　すっすっはっはっ　みんなスポンジで頭や顔を濡《ぬ》らして投げ棄《す》てるから　すっすっはっはっ　スポンジだら

けの道が何百メートルも　すっすっはっはっ　あぁもう一センチも足をあげられない　紙コップみたいに蹴《け》ることもできない　濡れたスポンジが足にからみついて　すっすっはっはっ　数歩置きにつまずきそうになる　すっすっはっはっ　痛い！　スポンジがモネの睡蓮《すいれん》みたいにぼやけて見える　すっすっはっはっ　たかがスポンジで泣くなんて　すっすっはっはっ　すっすっはっはっ

「もうやだ！」

「もうやだ、という気持ちとの闘いがマラソンなんです」

痛みで口答えすることもできない　すっすっはっはっ　距離看板の赤い文字もぼやけてる　20㎞　まだ半分も走ってない　すっすっはっはっ　給水所が見える　なにか飲んだほうがいいんだろうけど　走りながら飲むのは難しいし　立ち停《ど》まったら走り出すときに激痛が　すっすっはっはっ　すっすっはっはっ　すっすっはっはっ　すっすっはっはっ　すっすっはっはっ

「なに飲みます？」

「停まると痛い……」

「取ってくるから走っててください。スポーツドリンクですか？」

「甘いと吐きそうだから、水」

すっすっはっはっ　すっすっはっはっ　佐藤コーチの息の音が近づいてくる　すっす

っはっはっ　すっすっはっはっ　紙コップを受け取って口をつける　すっすっはっはっ飲む　はっはっはっはっはっ　呼吸が乱れる　呼吸を整えないと　すっすっはっはっ　飲む　はっはっはっはっはっ　コップを沿道に投げ棄てる　すっすっはっはっ　橋だ！　蚕室大橋《チャムシルテギョ》　すっすっはっはっ　韓国の母なる川　漢江《ハンガン》だ！　すっすっはっはっ　すっすっはっはっ　いつもは裸眼で走ってるんだけど　走りながら　すっすっはっはっ　ソウルの街を見たいから　コンタクトを入れた　この国にくるのは七度目だ　七度ともプライヴェートじゃなくて仕事で　すっすっはっはっ　仕事以外でくることは避けていたんだと思う　観光客のように見るのは嫌だったし　すっすっはっはっ観光客のように見られるのも嫌だったから　すっすっはっはっ　わたしの国籍は韓国だすっすっはっはっ　わたしはこの国に棲《す》むことはないだろう　たぶん　すっすっはっはっ　この国のひととこの国の言葉で語り合うことはできないだろう　きっと　すっすっはっはっ　わたしは韓国語を習うことを避けてきた　外国語を習うように自分の国の言葉を習いたくなかった　もし話せるようになったとしても　それは勉強して習得した言葉に過ぎない　ずいぶんうまくなりましたねなんて　すっすっはっはっ　日本人にも韓国人にもいわれたくない　フルマラソンを走れば　すっすっはっはっ　この国の風景と一体化できる気がした　すっすっはっはっ　この国と膚《はだ》で触れ合うことができる気がしたのに　すっすっはっはっ　痛みがわたしの輪郭をなぞって　すっすっはっはっ　風景

に溶け込むことができない　すっすっはっはっ　痛みを手づかみで取り出して投げ棄てたい　すっすっはっはっ　つぎの痛みに身構えながら走っていると　すっすっはっはっ風景までもが痛みを孕《はら》んでるように見える　痛い！　痛い！　すっすっはっはっ　すっすっはっはっ　いま　わたしは　漢江の上を走っている　橋を渡りはじめて十分は過ぎているのに　向こう岸が見えない　すっすっはっはっ　すっすっはっはっ　なんて広いんだろう　すっすっはっはっ　水が流れを停めて痛みを訴えてるように見える漢江の上流は北と南に分かれていて　北漢江の源泉は北朝鮮の金剛山《クムガンサン》だ　すっすっはっはっ　北と南の水をひとつに集めて　すっすっはっはっ　痛い！　橋を渡りはじめたあたりから痛みが上に這《は》いあがってきて　すっすっはっはっ　膝《ひざ》から腿《もも》に　腿から尻にすっすっはっはっ　尻から腰に　腰から背中に　すっすっはっはっ　このままだと肩まで痛みで固まってしまう　肩が痛くなったら腕が振れなくなる　すっすっはっはっ　漢江を渡ってちょっと行ったら二十五キロの給水所があるはずだ　まだ二十五キロ！　あと十七・一九五キロも走らないといけない　すっすっはっはっ　すっすっはっはっ　痛い！　痛い！　アイゴ　チュッケッタ《しにそう》！　この言葉は父と母が毎日使ってたから知ってる　すっすっはっはっ　この言葉を声にする前と　声にしたあとに　かならず大きな溜《た》め息を　はぁ　アイゴ　チュッケッタ　はぁ
石炭白炭《ソクタンペクタン》が燃えるときは《タヌンデ》　めらめらと《ヨンギマン》　煙が立つが《ポルポルナグヨ》　わたしのこころが燃えるときは《イネカスムタヌンジェ》

煙も湯気も《ヨンギドキムド》　立たない《アンナネ》　エヘヤデヘヤ　オヨラナンダ　トィヨラ　ホソンセウォル《むいにさいげつを》　マ《お》
ララ《くるな》　ソウルの街が燃えれば《ソウルチャンアンタヌンデ》　漢江の水で消すけれど《ハンガンスロクリヨンマン》　四千万の胸が焦がれる時には《サチヨンマネカスムタヌンジエ》
どうやって消すのか《ムスンスロクリヨナ》

うたってるすぐうしろでだれかが　すっすっはっはっ　すっすっはっはっ　すこし鼻にかかった男の声　意味はわからないけれど　テンポのいい軽やかな　すっすっはっはっ　歌声は近づいてくるのに　足音は聞こえない　優れたランナーほど足音を消して走ると佐藤コーチがいってたけど　すっすっはっはっ　でもいいランナーが制限時間ぎりぎりのペースで走るはずがない　すっすっはっはっ　すっすっはっはっ　すっすっはっはっ　すっすっはっはっ
日本の志願兵が死ぬと《ウエノメチウォンビヨンイチユグミヨン》　犬死になり《ケジユグミテゴヨ》　光復軍が死ぬと《クアンボックニチユグミヨン》　独立の烈士になる《トンニベヨルサガテジヨ》　エヘヤデヘヤ　オヨラナンダ　トィヨラ　ホソンセウォル　マララ

イルボン《にほん》という単語はものごころついたころから知っていた　父と母が日本人の悪口をいうときに唾《つば》を吐くように　イルボンサラム《にほんじん》！　すっすっはっはっ　イルボンサラム！　すっすっはっはっ　でもわたしの息子はイルボンサラムだ　すっすっはっはっ　わたしはハングッサラム《かんこくじん》　すっすっはっはっ　いつもは日本語で話しかけてくるのに感情を抑え切れないと韓国語で　すっすっはっはっ　パーボー《ばか》！　モンナニ《ブス》！　シクロ《うる》ッタ《さい》！　ケーセッキ《いぬちくしょう》！　アイゴイヌムカシナー《このあま》！　アイゴイノマー《このやろう》！　アイゴイノメチ《この》

ヤシ《ガキ》ギ！　すっすっはっはっ　すっすっはっはっ
川辺の洗濯は《シネッカエパルレソリン》　オドラク　トッタク　と音がするが《ナヌンデ》　ちらちらそよぐ《アロンアロン》柳の葉は《ポドゥルニプン》　懐か《チョ》
しいひとの《ンドゥンニム》　顔を隠す《オルグルルカリヌナ》
「エヘヤデヘヤ　オヨラナンダ　トィヨラ　ホソンセウォル　マララ」
「……なんの歌ですか？」
「知りません」
「……柳さん、だいじょうぶですか？」
「うしろのひとがうたってるでしょう」
「え？」
うしろを振り返った佐藤コーチの顔が視界に入ったが　首が！　首の付け根が！　すっすっはっはっ　痛みがとうとう肩までのぼってきた　すっすっはっはっ　すっすっはっはっ
「ユミリ、ファイテー！」
背後から声をかけられ　すっすっはっはっ　白いテニス帽に青いランニングシャツの男が横に並んだ　わたしがこの大会に出るということは新聞で大きく報じられたから何十人もの《ひと》ハングッサラムが　すっすっはっはっ　ユミリ　ファイテー！　すっすっはっはっ　うたっていたのはこの男？　すっすっはっはっ　すっすっはっはっ　すっすっ

はっはっ　すっすっはっはっ　すっすっはっ
「カムサハムニダ《ありがとうございます》」
痛みで声を出せないわたしに代わって佐藤コーチが返事をしてくれた　すっすっはっ　男は一分ばかり先導するように走って　すっすっはっはっ　手を振りながら遠ざかっていった　すっすっはっはっ　すっすっはっはっ　すっすっはっはっ　すっすっはっはっ　すっすっはっはっ
「柳さん！　オリンピックスタジアムが見えてきましたよ」
「……そんなもの見えても、うれしくもなんともありません」
　また口答えしてしまった　すっすっはっはっ　もし　いま　オリンピックスタジアムの入口だったらうれしいだろう　でも　まだ　すっすっはっはっ　十八キロも走らなければならない　　腕も脚も痛みに追い詰められているというのに　すっすっはっはっ　すっすっはっはっ　一九九六年の八月　すっすっはっはっ　わたしはオリンピックスタジアムのゲートをくぐった　テレビの企画で孫基禎《ソンギジョン》さんと対談することになって　すっすっはっはっ　ディレクターの演出で観客席で待っていると　すっすっはっはっ　斜めうしろのゲートから孫さんが杖《つえ》をついて現れた　八十三歳だった　すっすっはっはっ　肩を並べてトラックを見おろした　すっすっはっはっ　祖父はほんとうにマラソンランナーだったんでしょうか？　いっしょに走ったんだよ　お祖父《じい》さんは国体の代表だったん

だ　五千　一万メートルのナンバーワンだったんだよ　すっすっはっはっ　祖父のことでなにか憶《おぼ》えてることはありますか？　六十年だよ　六十年　みんな忘れたよ　いらんことは忘れたほうがいい　忘れたいことが多いという意味ですか？　日本のみなさんのお耳に障《さわ》ることをいう必要はない　年寄りは朝鮮が日本の植民地だったことを忘れたろ？　若者は植民地なんて知らんだろ？　すっすっはっはっ　すっすっはっはっ　マラソンの金メダルをとったなかでは世界でいちばん苦労した男だよ　長生きしたから友人の孫と話せる　でもいつになったら在日の二世と自分の国の言葉で話し合えるのか　すっすっはっはっ　祖父のことを問いながら　すっすっはっはっ　鋭く問い返された気がした　なぜこの国を訪れたのか？　なぜオリンピックスタジアムにいるのか？　おまえはなにものなのか！　すっすっはっはっ　すっすっはっはっ　あのときの問いが痛みとなってわたしに問い直しているのかもしれない　すっすっはっはっ　だれかにもたらされた痛み（問い）だとしてもおまえの痛み（問い）はおまえにしか引き受けられない　痛み（問い）の主はおまえなのだから　すっすっはっはっ　痛み（問い）に抜け道はない　一歩一歩痛み（問い）に引き返せ！　おまえがだれにも紛れないために　すっすっはっはっ　イルボンサラム《にほんじん》にもハングッサラム《かんこくじん》にも紛れないために　痛め（問え）！　痛み（問い）からの解放を求めるな！　痛み（問い）が痛み（問い）である限り　痛み（問い）つづけるしかない　自ら痛む（問う）ことによって　その痛み（問

い）に拮抗《きっこう》するしかない　すっすっはっはっ　すっすっはっはっ　みんな忘れたよといいながら　孫基禎さんは祖父のことを話してくれた　ふたりが自分の名を奪われ　胸に日の丸をつけて走っていたころ　どこかの大会のトラックで祖父が孫さんに訊《たず》ねたらしい　すっすっはっはっ　すっすっはっはっ　背が高くて走るときに上下するんだけどどうしたらいいだろう？　すっすっはっはっ　靴の踵《かかと》に鉛を入れて練習したらどうだ？　孫さんはアドバイスしたらしい　すっすっはっはっ　祖父の頭のなかにはいつも孫さんが走っていたはずだ　でも　すっすっはっはっ　すっすっはっはっ　祖父は東京オリンピックが幻となった一九四〇年から　孫基禎さんとはまったく逆の方向に走り出したすっすっはっはっ　祖父は逃げた　徴兵　祖国　家族　すっすっはっはっ　なにもかもを振り切って疾走し　孤独というゴールを駈《か》け抜けた　すっすっはっはっ　すっすっはっはっ　わたしも逃げた　家　学校　友人　恋人　すぐ逃げ出せるようにいつも全身を緊張させていた　すっすっはっはっ　すっすっはっはっ　いまも　すっすっはっはっすっすっはっはっ　すっすっはっはっ　すっすっはっはっ

「橋が終わりました！　さぁ、柳さんが嫌いな下り坂ですよ。全身の力を抜いて……そう、腕をぶらぁんと……そう、そんな感じです」

すっすっはっはっ　すっすっはっはっ　右側にロッテワールドのたぬきのオブジェが見える　なんでたぬきなんだろう　すっすっはっはっ　ミッキーマウスはねずみ　ピカ

チュウもねずみ　キティちゃんはねこ　すっすっはっはっ　二十五キロの給水所だ　すっすっはっはっ

「柳さん、水でいいですね？　取ってきます」

　佐藤コーチから紙コップを受け取って飲む　はっはっはっはっはっはっはっ二十キロの給水所では　はっはっはっはっ　すぐに呼吸を整えられたのに　息が　はっはっ　苦しい　はっはっはっはっ　飲むんじゃなかった　はっはっはっはっはっ　吐くかも　はっはっはっはっ　吐いて立ち停まったら　はっはっ　走れなくなるはっはっはっはっはっはっはっ

「もっと飲んだほうがいいですよ」

「飲むと呼吸のリズムが崩れて、吐きそうに……」

「でも飲まないと、ゴールまで持ちませんよ。立ち停まってゆっくり飲みましょう」

「一度でも立ち停まったら、そこでおしまいです」

　わたしは走りながら水を飲み干し　はっはっはっはっはっはっ　紙コップを投げ棄《す》てた　はっはっはっはっはっはっはっはっ　ガソリンスタンドの前に回収車を待つひとたちがしゃがみ込んでいる　はっはっはっはっ　二十人？　はっはっ　三十人はいるはっはっはっはっ　走るのをやめようとする自分と　走りつづけようとする自分がショートして　すっすっはっはっ　目のなかで火花が　ピッピッ　ピッピッ　うしろからホ

イッスルの音が近づいてくる　なんだろう？　ピッピッ　ピッピッ　オレンジ色のランニングウェアに青い風船をつけた男《ひと》が先頭の大集団に追い抜かれる　ピッピッ　ピッピッ　ピッピッ　ピッピッ　ピッピッ　ピッピッ　ピッピッ　ピッピッ

「なんですか、これは？」

「五時間のペースメーカーですよ。このひとたちに引き離されると五時間以内にゴールできなくなりますよ」

「じゃあ、このひとたちといっしょに走れば、五時間ジャストでゴールできるんだ」

ピッピッ　ピッピッ　ペースメーカーのうしろにぴったりついて　ピッピッ　ピッピッ　呼吸をホイッスルのリズムに合わせて　すっはっ　すっはっ　この男はスタート地点からホイッスルを吹きながら走ってるんだろうか　ピッピッ　すっはっ　まさかねきっと何人かで交代して同じペースを維持してるんだろう　27㎞の距離看板が見えた途端に大歓声　ピッピッ　すっはっ　万歳してる男もいる　ハナトゥル《いっちにっ》　ハナトゥル《いっちにっ》　五十数人の男たちが声を合わせて足並みを揃《そろ》え　ピッピッ　すっはっ　集団のなかで走るのが息苦しくなって　すっすっはっはっ　ちょっとずつ脇《わき》にずれて　すっすっはっはっペースをあげる　いっしょにペースをあげた佐藤コーチが掛け声をかけてくれる　いっちにっ　いっちにっ　もうどんな力も残っていない　いちにいちに　いっちにっ！　わたしの内に在るのは痛みだけだ　いっちにっ　いっちにっ　痛みから抜け出したい気持

ちを脚の筋肉に伝えて　いちにいちに　いっちにっ！　痛みで自分をせり出し　いっちにっ　いっちにっ　走る！

「柳さん、上り坂強い！　いっちにっ、いっちにっ、いちにいちに、いっちにっ！」

「上りはいいんだけど、上り切ったら下りが……」

すっすっはっはっ　すっすっはっはっ　上り坂でひとり抜いて　ふたり抜いて　すっすっはっはっ　ホイッスルと男たちの掛け声を引き離して　すっすっはっはっ　すっすっはっはっ

「十人以上抜きましたよ！　下り坂です」

すっすっはっはっ　脚の筋肉が百十キロの負荷に堪えられなくなって　一歩一歩ががくふるえ出す　すっすっはっはっ　アスファルトの微妙な凹凸が膝に響く　すっすっはっはっ　道は平らじゃない　両端が傾斜してる　すっすっはっはっ　真ん中を走らないと左右の脚のバランスが　すっすっはっはっ　痛い！　ところどころ継ぎ目があるすっすっはっはっ　気をつけないと転ぶ　すっすっはっはっ　痛い！　また継ぎ目だすっすっはっはっ　アスファルトの継ぎ目なんて　タクシーで高速に乗ったときに多少気になる程度だったのに　すっすっはっはっ　すっすっはっはっ　もうペースメーカーのホイッスルの音は聞こえない　すっすっはっはっ　怒りのように道が伸びてるだけだすっすっはっはっ　すっすっはっはっ　すっすっはっはっ

「いいペースですよ」

「ペースを落とさないで走ってるけど、痛みが弱くなったわけじゃないんです。ひどい痛みです。左脚だけじゃなくて右脚も……腰も……背中と肩も痺《しび》れてます……腕もぜんぜん振れてない」

「立ち停《ど》まってストレッチしますか？」

「いえ」

「すこし歩きましょうか？」

「歩いても痛い。一度でも歩いたら、もう二度と走れない。ゴールまで歩くことになります」

すっすっはっはっ　すっすっはっはっ　痛みはわたしを根こそぎ引き抜こうとしてすっすっはっはっ　引き抜かれてたまるかとわたしは地を踏みつける　すっすっはっはっ　痛みはわたしを沈めようと頭を押さえつけ　すっすっはっはっ　沈められてたまるかとわたしは羽撃《はばた》く　すっすっはっはっ　飛び立つことはできない　すっすっはっはっ　疵《きず》ついた羽根を引き摺《ず》って　ぱたぱたぱたぱた　ぱたぱたぱたぱた　ぱたぱたぱた　なんだかだれにもひらいてもらえない本を書いてるみたいな気がする　すっすっはっはっ　距離看板の29㎞の赤い文字を見た瞬間　両目から涙があふれて　すっすっはっはっ　すっすっはっはっ　すっすっはっはっ

「回収車に乗りますか？」
「いえ」
「柳さんが、今回でおしまいだと思っているなら走ってもいいですけど、これからも走りたいと思っているなら、リタイアしたほうがいいかもしれません……悔しくて泣いてるんですか？」
「……痛いからです」
「どうしても制限時間内にゴールしたいですか？」
「もう制限時間なんてどうでもいいんです。交通規制が解除されたら歩道を走ります」
「交通規制が解除されても走りますか……わかりました、走りましょう」
すっすっはっはっ　佐藤コーチが走りながらコールドスプレーを背中や肩に吹きつけてくれる　すっすっはっはっ　涙と鼻水がしょっぱい　腕が痛くて　すっすっはっはっ
ウエストポーチからティッシュを取り出すことも　シャツの袖《そで》で拭《ぬぐ》うこともできない
すっすっはっはっ　手鼻をかんでタイツになすりつける　すっすっはっはっ　涙が汗のようにあとからあとから　すっすっはっはっ　すっすっはっはっ　すっすっはっはっ
すっすっはっはっ　すっすっはっはっ
川辺の洗濯は《シネッカエパルレソリン》　オドラク　トッタク　と音がするが《ナヌンデ》　ちらちらそよぐ《アロンアロン》柳の葉は《ポドウルニプン》　懐か《チヨ》しいひとの《ンドウンニム》　顔を隠す《オルグルルカリヌナ》　エヘヤデヘヤ　オヨラナンダ　トィヨラ　ホソンセウォル《むいにさいげつを》

マララ《おくるな》

あの歌だ　漢江《ハンガン》を渡っているときにだれかがうたってた　すっすっはっはっ　あの男《ひと》がうたってたんじゃなかったの？　すっすっはっはっ　すっすっはっはっ

懐かしいひとよ《チョンドゥンニマ》　来るなら《オシルテミョン》　堂々と《ポジョッタゲナ》　来ればいい《オジョ》　夢のなかだけで《クムソゲマン》　行ったり来たり《オラッカラク》　九曲肝腸《クゴクカンジャン》（積もる思いを潜めた心）を《ウル》　燃やすのか《テウヌニャ》　エヘヤデヘヤ　オヨラナンダ　トィヨラ　ホソンセウォル　マララ

影が！　すっすっはっはっ　わたしの足から影が伸びて！　すっすっはっはっ　波紋のように歌声がひろがって　すっすっはっはっ　いま何時？　十時スタートだから　四時間走ったとしても午後二時だ　すっすっはっはっ　影がこんなに長く伸びるはずがない　太陽の方角はどっち？　すっすっはっはっ　佐藤コーチの影は？　すっすっはっはっ　短い！　前に走っている男の影も　その前の男たちの影もみんな短い！　すっすっはっはっ

美里ヤ！

背後から名を呼ばれる　すっすっはっはっ　巫女《ムーダン》が打ち鳴らす銅鑼《ジン》のような声で　すっすっはっはっ　すっすっはっはっ　すっすっはっはっ　すっすっはっはっ　すっすっはっはっ

ウリソンジュヤ《わたしのまごよ》！

今度はすぐとなり　すっすっはっはっ　左の耳もとで声がしたのに　わたしと佐藤コーチのあいだにはだれもいない　すっすっはっはっ　すっすっはっはっ　三十キロ地点を過ぎると　幻覚や幻聴に囚《とら》われるひともいるとコーチはいってたけど　すっすっはっはっ　すっすっはっはっ

美里ヤ！　ウリソンジュヤ！　ハルベ《おじいさん》の声を忘れたか？　すっすっはっはっ　すっすっはっはっ　すっすっはっはっ　すっすっはっはっ　すっすっはっはっ　すっすっはっはっ

ハルベ？　すっすっはっはっ　ハルベなんですか？　すっすっはっはっ　すっすっはっはっ

昨日約束したろ？　いっしょに走っておまえを過去に引き合わせてやると　すっすっはっはっ　どうして泣いているのか？　なにを洗い流したくて泣いているのか？　すっすっはっはっ

痛くて　すっすっはっはっ　すごく痛くて　すっすっはっはっ　すっすっはっはっ

泣いても痛みは流れんよ　すっすっはっはっ　殺せない痛みなら　すっすっはっはっ　生かしてやるしかない　てのひらで魚をすくうように大切に　すっすっはっはっ　すっすっはっはっ

どうやって　すっすっはっはっ　あと十キロも　どうやって　すっすっはっはっ　痛い！

痛みはおまえの敵じゃない　すっすっはっはっ　痛みはおまえの伴走者だ　すっすっはっはっ　すっすっはっはっ　痛みの果てにおまえの名が待っている　すっすっはっはっ

わたしはわたしの名に辿《たど》り着くことができるんでしょうか？　すっすっはっはっ

生涯はひとつだが　名には果てがない　すっすっはっはっ　鳩《はと》が鳩のかたちで　蝮《まむし》が蝮のかたちでその生を果たすように　わたしはわたしのかたちで生を果たした　すっすっはっはっ　わたしの名は静かにそっとわたしを抜け出して　すっすっはっはっ　走り出した　すっすっはっはっ　走っている　すっすっはっはっ　走りなさい　おまえが考えているよりずっと道は短い　すっすっはっはっ　すっすっはっはっ　すっすっはっはっ　すっすっはっはっ　すっすっはっはっ

風！　向かい風です　すっすっはっはっ　肩が痛くて腕を振れない　すっすっはっはっ

肩から風を脱ぎなさい　すっすっはっはっ　すっすっはっはっ　すっすっはっはっ

痛い！　すっすっはっはっ　もうだめです　すっすっはっはっ　すっすっはっはっ

ハルベが歌をうたってあげよう　チッチッ《シュッシュッ》　ポッポク《ポッポ》　チッチッ《シュッシュッ》　ポッポク《ポッポ》　トィー

行くよ《トナンダ》　他郷千里《タグアンサリ》　霧ふる《アングソリン》　ンー　平原を《ポルパヌル》　仲よく《チヨンウルドルゴ》　暮らせなきゃ《モッサルパエン》　アー　別れがい《イビヨリジ》いさ《ヨッタ》　タルリョ《はしれ》ラダルリョ《はしれ》　タルリョ《はしれ》ラダルリョ《はしれ》　すっすっはっはっ　すっすっはっはっ　美里ヤ　トンネルだ！

祖父の影が何十メートルも先のトンネルに向かって伸び　すっすっはっはっ　わたしは影と歌声に引っ張られるようにして　すっすっはっはっ　すっすっはっはっ　走る！

空は《ハヌルン》　朱色《チヨンフアンジヨクセク》　夕焼けに《チヨニヨンノウル》　染まり《トドルゴ》　車窓にゃ《チヤチヤンエヌン》　煙草が《タンベヨンギ》　ソリッ《もく》ソリッ《もく》　ソリッ《もく》ソリッ《もく》　プリンダ　プリンダ《たちこめるよ》

ハルベ！　聞いてください　すっすっはっはっ　このトンネルを抜けるあいだだけでいいですから　すっすっはっはっ　わたしの話を聞いてください　すっすっはっはっすっすっはっはっ　わたしは小さいころからよく迷子になりました　方向感覚が鈍いというか　すっすっはっはっ　場所に対する感覚が麻痺《まひ》してるんです　すっすっはっはっ　わたしは迷子になっても泣いたことは一度もありません　すっすっはっはっ　すっすっはっはっ　生まれながらにして迷子だったからです　すっすっはっはっ　すっすっはっはっ　父と母の背後には長いトンネルがあって　すっすっはっはっ　ふたりはその入口と出口を沈黙と嘘《うそ》で塗り固めて　異国で　すっすっはっはっ　だけど　すっすっはっはっ　いつもトンネルの前に立ち竦《すく》んで　すっすっはっはっ　すっすっはっはっ　父と母も迷子です　すっすっはっはっ　いつか沈黙の壁が崩れるようなことがあったら　その

トンネルを潜《くぐ》り抜けたいと思っていました　すっすっはっはっ　でも息子が生まれて壁を崩さなければならなくなりました　トンネルの向こうに行って　そこで見たものを息子に話して聞かせたい　すっすっはっはっ　すっすっはっはっ　ハルベ！　わたしは捜すことができるんでしょうか？　埋められた骸《むくろ》を捜して土を嗅《か》ぎまわる犬のようにすっすっはっはっ　わたしは繋《つな》ぎ合わせることができるんでしょうか？　粉々に砕かれた骨を　すっすっはっはっ　わたしは聞き取ることができるんでしょうか？　猿轡《さるぐつわ》をかまされて殺されたひとびとの言葉を　すっすっはっはっ　すっすっはっはっ　ハルベ！わたしにできるでしょうか？　戦争の地響きを伝えることが　問い糺《ただ》される前に答えることが　火を放たれた街を走り抜けることが　恨《ハン》をかかえて沈んだ魂を朝のように笑わせることが　すっすっはっはっ　すっすっはっはっ　ハルベ！　わたしはあなたの足音が谺《こだま》するトンネルを手探りで通り抜けることができるでしょうか？　すっすっはっはっすっすっはっはっ　ハルベ！

おれのかわいい名づけ子よ　自分の名を声にしなさい　すっすっはっはっ　すっすっはっはっ

柳美里

道を迷ったら何度も唱えなさい　自分の名を　すっすっはっはっ　すっすっはっはっ

柳美里

物語は不用意にはじめなさい　すっすっはっはっ　なにかの間違いのように　さぁトンネルを抜けるぞ！　光に顔を向けて　ハナトゥル《いっちにっ》　ハナトゥル《いっちにっ》　ハナトゥル　ハナトゥル！

　トンネルを抜けると　わたしの影は縮んでいた　すっすっはっはっ　伴走してくれている佐藤千恵子コーチやほかのランナーの影と同じ　北側に六十センチぐらいの長さだすっすっはっはっ　すっすっはっはっ　ハルベ！　どこへ消えてしまったんですか？ハルベ！

「柳さん！　オリンピックスタジアムです！」

　待ち構えていた観衆が連呼した　ユミリ！　ユミリ！　ユミリ！　わたしの名を　すっすっはっはっ　すっすっはっはっ　ユミリ！　ユミリ！　ユミリ！　ユミリ！　手という手が太《テ》極旗《グッキ》を振っている　青と赤の鮮やかな色彩で分かれながらひとつの円のなかで調和している陰と陽　すっすっはっはっ　すっすっはっはっ　左上の三本が天と春と東を　左下の四本が日と秋と南を　右上の五本が月と冬と北を　右下の六本が地と夏と西を表している　すっすっはっはっ　ハルベが胸につけて走れなかった国旗　すっすっはっはっわたしが生まれながらにして失っていた国旗　すっすっはっはっ　わたしの息子とは違う国の国旗　嗚咽《おえつ》がこみあげ　息を吸って　吸って　過呼吸の発作が起こりそうになって　すぅ　はぁ　すぅ　はぁ　深呼吸をしながらオリンピックスタジアムのゲートをく

ぐったすぅ　はぁ　すぅ　はぁ　すぅ　はぁ　すぅ　はぁ　すぅ　はぁ

「トラックを四分の三周してゴールですよ！　いっちにっ、いっちにっ、いちにいちに、

いっちにっ！」

佐藤コーチの掛け声に祖父の声が重なった　ハナトゥル　ハナトゥル　ハナトゥル

ハナトゥル！　わたしの脚はふたりの掛け声に合わせて速度をあげていった　いっちに

っ　いっちにっ　ハナトゥル　ハナトゥル！

「ゴールです！　ちゃんと踏んでください！」

靴紐《くつひも》につけていた記録測定用チップがピーッという音を立てた瞬間　はぁはぁは

ぁはぁはぁ　わたしよりも走りたい者がわたしの内から走り出ていった　すっすっはっ

はっ　すっすっはっはっ　道は四十二・一九五キロからはじまっていた　道の彼方《かなた》から

吹いてきた風が白いシャツを帆のようにふくらませて　すっすっはっはっ　すっすっは

っはっ　十二歳の少年が走りはじめた　すっすっはっはっ　すっすっはっはっ　すっす

っはっはっ　すっすっはっはっ

第三章　1925年4月7日

　すっすっはっはっ　すっすっはっはっ　もうすぐ生まれる　ぼくのきょうだいがすっすっはっはっ　オモニ《おかあさん》は虎に噛《か》まれる夢を見たから男の子が生まれるといってたしアボジ《おとうさん》はオモニが絹のチマチョゴリを羽織る夢をみたから男に間違いないってすっすっはっはっ　すっすっはっはっ　オモニは妊娠してからたいへんだった　ハルメ《おばあさん》や近所のアジュンマ《おばさん》が　すっすっはっはっ　火をまたぐとアガ《あかちゃん》に腫《は》れ物ができる　垣根をまたいだら泥棒が生まれる　薪《まき》を足で竈《かまど》に押し込んだらアガが夜泣きする　蛙《かえる》を食べると六本指のアガが生まれるってうるさいから　すっすっはっはっ　すっすっはっはっ　ぼくも弟がいいな　弟じゃなきゃいやだ　弟だったらいっしょに走れる　すっすっはっはっぼくが走ることを教えてやる　アボジは走ってばかりでどうするって怒るけど　すっすっはっはっ　すっすっはっはっ　ぼくにできるのは走ることしかない　生まれたときにはもう国が亡《な》くなってた　すっすっはっはっ　すっすっはっはっ　言論　出版　集会

結社の自由は禁じられ　すっすっはっはっ　口があっても声を出せない朝鮮人を　下駄《げた》を履いた強盗が草みたいに踏みつけて　すっすっはっはっ　大韓独立万歳《テハンドンニップマンセ》と叫んだだけで斬《き》られ　撃たれ　焼かれ　すっすっはっはっ　すっすっはっはっ　倭奴《ウエノム》（日本人の蔑称《べっしょう》）は朝鮮人ひとりひとりのこころに恐怖の種を植えつけて忠良ナル臣民に　すっすっはっはっ　忠良ナル臣民なんかになってたまるか！　すっすっはっはっ　ぼくは恐怖の種に水をやらない　一滴もだ　すっすっはっはっ　拳銃《けんじゅう》も爆弾も持ってないけどぜったいに服従しない　ぼくは走る　倭奴にも走ることは邪魔できない　走っているときだけ自由になれる　オンドルの上で寝そべってご馳走《ちそう》を食べるような自由じゃない　すっすっはっはっ　ぼくの目　ぼくの耳　ぼくの息　ぼくの心臓　ぼくの脚　自分のすべてで抵抗する自由を　自分自身を弓みたいにひいて　すっすっはっはっ　いきなり風と競《せ》り合うような自由を　すっすっはっはっ　すっすっはっはっ　ぼくは弟に教えてやる　すっすっはっはっ　すっすっはっはっ　眠い　すごく眠い　いま何時なんだろう　影がすごく長いから　もうすぐ陽《ひ》が沈むんだ　すっすっはっはっ　まだチョッタク《いちばんどり》も鳴かないうちにオモニに肩を揺すられ　すっすっはっはっ　雨哲《ウチョル》や　おまえのきょうだいが生まれそうだよ　急いでハルメを呼んできておくれ　すっすっはっはっ　すっすっはっはっ　ぼくは走った　マル《うま》よりも　あかつきよりも速く　すっすっはっはっ　東川《トンチョン》に沿って　七灘山《チルタンサン》を一気に駈《か》けあがって　すっすっはっはっ　すっすっはっはっ　ハルメ！

イロナセヨ《おきて》！　オモニがたいへんだよ！　ぼくはハルメの家の戸を叩《たた》いた　ハルメはすぐに風呂敷《ふろしき》づつみをかかえて出てきた　いま夢をみてたんだよ　真っ赤な三日月がアンパン（両親の部屋）に忍び込んで　アイゴ　血を流すみたいに溶けてなくなったんだよ　アガ《あかちゃん》が凶《わる》い八字《パルチャ》（運勢）じゃなけりゃいいんだけど　すっすっはっはっ　ハルメの腰は曲がってるから　ぼくは何度も立ち停まって　おーい！　速く！　速くしないと生まれちゃうよ！　すっすっはっはっ　すっすっはっはっ　オモニは脚をばたつかせて苦しんでいた　アボジ《おとうさん》はオモニの背中をさすってたけど　ハルメが床にビニールシートを敷きながら　ここは産室だよ　男は外で待つもんだよって　すっすっはっはっ　でもぼくは動かなかった　ぼくは男だけど　オモニが痛がる声を聞いてじっとしてられるわけがないじゃないか　すっすっはっはっ　ハルメはオモニを黒いチマに着替えさせて　からだをうしろから抱きかかえて両手を握りしめた　すっすっはっはっ　喜香《ヒヒヤン》！　もうひとがんばりだよ！　ヒムネラ《がんばれ》！　すっすっはっはっ　ハルメは米とわかめと水と一円札が供えてある産神床《サンシンサン》に向かって祈った　産神婆《サンシンハルメ》　産神婆　クジョ《ただ》　ピオニ《ねがわくば》　ムサヒ《ぶじに》　テオ《うま》ナゲハソソ《れますように》　すっすっはっはっ　アガはチョッタクが鳴いて夜が明けても生まれてこなかったハルメは生卵にごま油を混ぜてオモニに飲ませた　すっすっはっはっ　すっすっはっはっ　大きなおなかにアボジのパジチョゴリをかぶせて叫んだ　ウリソンジュ《わたしのまご》ヤ！　早く生まれてオモニを楽にしてやりなさい！　早くアボジに顔を見せてやりなさ

い！　すっすっはっはっ　ぼくはハルメに頼まれた　雨哲《ウチョル》や　校洞《キョドン》の大きなウネンの樹《いちょうき》のある家に七人の子を安産した富善《プソン》というアジュンマ《おばさん》がいるから　ひとっ走りして連れてきておくれ　すっすっはっはっ　すっすっはっはっ　ぼくは富善アジュンマの手を引っ張って走った　富善アジュンマはオモニのおなかの上を何度も跳び越えた　すっすっはっはっ　でもアガ《あかちゃん》は生まれてこない　富善アジュンマは額の汗を拭《ふ》きながらいった　すっすっはっはっ　三人目の女の子のときだけ五時間もかかったんだけど　そのときはナムピョン《しゅじん》に石を流してきてもらったよ　密陽川《ミリャン》にね　すっすっはっはっ　ハルメはぼくの顔を見た　雨哲や　石をひとつ流してきておくれ　ちゃんと手を合わせて祈るんだよ　すっすっはっはっ　ぼくは川原の石を拾って水に落とした　沈んで流れなかったから　もうひとつ拾って投げた　すっすっはっはっ　早く生まれてこい！　すっすっはっはっ　すっすっはっはっ　オモニは壁から脚をおろして　すっすっはっはっ　もう駄目《く》力が入らないの　痛い　だれか助けて　すっすっはっはっ　ハルメは井戸から水を汲んできてオモニに飲ませて　すっすっはっはっ　ひと休みして力を溜《た》めて一気にいきむんだよ　苦しいのはおまえだけじゃない　アガは息ができないんだ　このままだとおまえもアガもあぶないよ　すっすっはっはっ　すっすっはっはっ　雨哲や　イルボン《にほんじん》サラムの産婆《さんば》を呼んできなさい　どこのうちかわからないから駅前で訊《き》くんだよ　帰りは駅前の人力車に乗ってきなさい　すっすっはっはっ　マダン《にわ》で妹の素苑《ソウォン》が泣いてたから　ぼ

くは怒った　パボ《ばか》！　泣くやつがあるか！　おまえのきょうだいが生まれるんだぞ！　ウルジマラ《なくな》！　すっすっはっはっ　すっすっはっはっ　両手でバランスをとりながら舟をつないだベッタリを渡って　すっすっはっはっ　すっすっはっはっ　**北は樺太《からふと》　千島より南臺灣《みなみたいわん》　澎湖島《ほうことう》　朝鮮半島おしなべて　我が大君の食《お》す國《くに》と　朝日の御旗ひるがえす　同胞すべて七千萬《しちせんまん》**　なんでこんな歌を　すっすっはっはっ　雨哲はきれいな声だな　発音も音程もまったく狂いがない　日本人みたいだぞ　武田先生に褒められた　すっすっはっはっ　でも朝鮮人の先生に日本の言葉や歌を教わるよりは辛《つら》くない　すっすっはっはっ　たしか武田先生のうちも駅前にあったはずだ　駅前はイルボンサラムが多い　やっぱり駐在所で訊くのはやめよう　なんだか怖い　すっすっはっはっ　味噌《みそ》汁のにおいがする　そういえば今朝からなんにも食べてない　口に溜《た》まった唾《つば》を飲んで深呼吸して　すぅ　はぁ　亀屋の戸を開けると　いらっしゃいませ　イルボンサラムの女主人と客たちがぼくの顔を見た　はぁはぁはぁはぁ　卵丼　親子丼　肉丼　刺身　ぼくは壁に貼《は》ってある紙の文字を読みながら呼吸を整えた　はぁはぁはぁはぁ　産婆さんのお宅はどこですか？　はぁはぁはぁはぁ　女主人が外に出て教えてくれた　そこの道を真っ直《す》ぐ行くと写真館があるの　写真館の脇《わき》の路地を入って三軒目の稲森さんっていうお宅よ　はぁはぁ　どうもありがとうございました　すっすっはっはっ　すっすっはっはっ　ぼくは稲森という表札を確認してから木戸を開けて　母のお産を手伝っていただき

たいんです　はぁはぁはぁはぁ　ハルメよりずっと歳《とし》よりの産婆が顔を出した瞬間　柱時計がボン　ボン　ボン　ボン　ボン　五時だ！　人力車まで走ります　ぼくは産婆をおぶって走った　すっすっはっはっ　すっすっすっはっはっ　すっすっすっはっはっ　すっすっはっはっ

雨哲が人力車で連れてきた日本人の産婆は、産室に入るとまず白い帽子をかぶり、和服の上から割烹着《かっぽうぎ》のような白衣を着た。

「お湯を沸かしてください」と産婆は袖《そで》を肘《ひじ》までたくしあげた。

「ムルル《おゆを》　クリョジュセヨ《わかしてください》」雨哲が朝鮮語に訳して祖母の姜福伊《カンポギ》に告げた。

産婆は黒いチマを胸の上までめくって喜香《ヒヒャン》の下腹部にラッパ型の黒い聴診器を当てた。

「赤ちゃんの心音は……弱いけれどちゃんと聞こえます。逆子《さかご》でもないですよ」

産婆は福伊が金盥《かなだらい》に入れて持ってきた湯にクレゾール石鹸《せっけん》を溶いて、肘から下を消毒用刷毛《はけ》でていねいに洗い、「はい、楽にしてください、力を抜いて」と触診して、腕時計を見ながら陣痛の間隔を測った。

「子宮口はかなりひらいてるし、陣痛も二分間隔です。ご心配ないですよ。くわしいことは人力車の上で坊ちゃんから聞きました。午前三時ごろから陣痛がはじまって、十四時間が過ぎてますけど、おしっこは何回しました？」

「オジュムン《おしっこは》　ミョッポン《なんかい》　ヌウォンニ《した》？」雨哲は質問と指示だけ訳すことに決めた。喜香は福伊と顔を見合わせてから、「アンヌウォッソヨ《してません》」と小さな声で答えた。

「おしっこが溜《た》まると、赤ちゃんがなかなか降りてこないから、管を入れておしっこを出します」

産婆が尿道にカテーテルを挿入《そうにゅう》すると、すぐに金盥が音を立てた。

「アヤ《いたい》」喜香は両目をぎゅっと閉じて歯を食い縛った。

「駄目駄目、力を入れないで。鼻から大きく息を吸って、口で吐くのよ。はい、吸ってえ、はい、吐いてぇ」

「すぅ、はぁ、すぅ、はぁ」雨哲は呼吸をやって見せてから、産婆の言葉を訳して伝えた。

「つぎの陣痛がくるまで休んでいいわよ。すこし眠ったらどう？　きっと、かわいい赤ちゃんをだっこしてる夢をみるわよ」産婆は喜香の腰をやさしくさすり、額に貼《は》りついている髪を一本一本取り除いてから汗を拭《ぬぐ》ってやった。

福伊は産神床《サンシンサン》の前で、両手を頭に掲げたまま膝《ひざ》を折ってひれふす朝鮮式の祈りを何度も行い、同じ言葉をくりかえし唱えた。産神婆《サンシンハルメ》、産神婆、クジョ《ただ》　ピオニ《ねがわくば》　ムサヒ《ぶじに》　テ《う》オナゲハソソ《まれますように》。

つぎの陣痛で胎嚢《たいのう》が出てきた。

「そう、その調子」産婆は会陰《えいん》が切れないように肛門《こうもん》の上をガーゼで押さえながら、「強くいきまないで、ゆっくり、あぁ、頭が前から出てきた、頭をまわしますよ」と指を入れて頭を半回転させて、「ゆっくりゆっくり、そう、今度はちゃんとうしろから出てきたわよ」と赤ん坊の後頭部をてのひらで受けた。

「産神婆《サンシンハルメ》、産神婆、クジョ《ただ》　ピオニ《ねがわくば》　ムサヒ《ぶじに》　テオナゲハソソ《うまれますように》」福伊の祈りが高まっていく。

「産湯を用意してください」産婆が祈りの声を遮《さえぎ》った。

「トウンムルル　ジュンビヘジュセヨ」雨哲が訳した。

「肩がひっかかってるわ。もうひとがんばりよ。そう力を入れて」産婆が赤ん坊の首の付け根に手を添えてすこし下げると右肩がぬるっと抜けて、左肩、腕、胴、腰、脚――、喜香は気を失った。

赤ん坊は摘出したての臓器のように産婆の両手の上でじっとしている。産婆は顔を屈《かが》めて赤ん坊の口に口をつけ、吸って、吐いて、吸って、吐いた瞬間、くぐもった声が産室に響いた。ふぎゃあ、ふぎゃあ、ふぎゃあ。

「男の子ですよ」

産婆は臍《へそ》の緒の拍動がおさまるのを待って、止血鉗子《かんし》で臍の緒を二カ所押さえ、真ん中を麻紐《あさひも》で結《ゆ》わえて、母子を断ち切った。

「お祖母《ばあ》さんが洗ってくださいな」産婆は福伊に赤ん坊を手渡した。

福伊はハンアリ《かめ》の蓋《ふた》に汲《く》んできた湯で赤ん坊を洗い、綿で拵《こしら》えたペネッチョゴリ（産着）を着せて寝かせると、産婆が喜香のからだから取り出した胎盤を藁《わら》でくるみ、両端を糸で結んで金盥に入れた。

「カムサハムニダ《ありがとうございます》」喜香は涙が滲《にじ》んだ瞼《まぶた》の綴《と》じ目をそっとひらいた。

「元気な男の子ですよ」産婆は喜香と赤ん坊の顔を交互に見た。

喜香は強張《こわば》ったうなじを曲げて、廊下から顔を覗《のぞ》かせている素苑《ソウオン》に手招きした。

「ポリヨムナ《ごらん》　ネ　トンセンイ《おまえのおとうとが》　テオナッタンダ《うまれたんだよ》。アボジヌン？《おとうさんは》」

「ナップト《ひるから》　ヨンナムルエソ《ヨンナムルで》　キドハゴケショ《いのってるよ》。ウチョラ《ウチヨルや》　アボジル《おとうさんを》　プルロジュリヨン《よんできておくれ》」と福伊は産神床《サンシンサン》に向かって五体投地による祈りを行って供え物の米とわかめを祭卓からおろした。

雨哲はホロンプル《ランプ》に照らされた母親と弟の顔を見てから、汗と血のにおいで澱《よど》んでいる部屋を出て深呼吸した。

おなかが空いた。風を吸うと余計におなかが空く気がする。雨哲はなるべく風を吸わないようにして走り、嶺南楼《ヨンナムル》の東屋《あずまや》の前で立ち尽くしている黒い影に向かって叫んだ。

「アボジ《おとうさん》！」

振り向いたその顔は青白く哀《かな》しそうだった。

「アドゥルイエヨ《おとこだよ》！」

李容夏《イヨンハ》は唇の端を持ちあげて微笑のかたちにした。

「アドゥルイエヨ！」何度でもいうつもりだった。

「アドゥル？」

雨哲はうなずいて泣きそうになり、父親に背を向けて走った。あれが我が子の誕生を祈っていた父親の顔？　まだ見ぬ我が子の名を考えていた父親の顔？　なにかがはじまることを希《のぞ》むより、なにかが終わることを希んでいるような顔、先へ進むよりもうしろへ戻ることを希んでいるような顔だった。もしかしたらエジャント（子供の墓所）に埋まっているふたりの息子のことを考えていたのかもしれない。水龍《スヨン》が一歳で死んだときのことはなにも憶《おぼ》えていないけれど、雨善《ウソン》のときは十歳だったから憶えている。目を覚ましたらアガ《あかちゃん》はどこにもいなかった。ぼくは砧《きぬた》を打っているオモニ《おかあさん》に訊《き》いた。アガは？　オモニは手を休めないで答えた。死んだ、夜中にアボジと埋めに行った。ぼくは怖くなって泣きながら訊いた。どこに埋めたの？　町外れの小さな山、エジャント、三日しか生きられなかったから、葬式も出してやれない、墓にも埋めてやれない。

密陽《ミリヤン》川の上空には赤い三日月が浮かんでいた。真っ赤な三日月がアンパン（両親の部屋）に忍び込んで、アイゴ、血を流すみたいに溶けてなくなったんだよ。祖母の不吉な夢を現実が模写しはじめたような気がして、雨哲は一段抜かしで石段を降りた。

門柱には他人の出入りを禁じるしめ縄が張ってあった。男子誕生の印の赤唐辛子と炭を見あげた途端に、誇らしさと動悸《どうき》が耳の縁まで駈《か》けあがってきた。弟だ！　ぼくの弟！　ぼくがこの脚で生まれるのを助けた弟！　雨哲は片足ずつうしろに引いて、板のように硬くなっているふくらはぎの筋肉を伸ばした。ミヨッククッ《わかめスープ》のにおいがする、ぼくと素苑《ソウオン》も食べていいんだろうか、産神床《サンシンサン》に供えてあったわかめでつくったミヨッククッだから、オモニだけのものかもしれない、と雨哲は空腹のあまり苦くなった唾液《だえき》をごくりと呑《の》んだ。

三時間後にきてください、と産婆が降りるときに頼んでいた人力車が家の前に停《と》まった。

「チュルサヌン《おさんは》　ムサヒ《ぶじに》　クンナッソヨ《すみました》。サンパヌン《さんばは》　アマ《きっと》　チョグミッスミョン《もうすこししたら》　トラガルコエヨ《かえるとおもいます》」と雨哲が人夫に知らせた。

でも、いったい、いくら払うんだろう、往復だから四円ぐらいになるかもしれない、産婆にはいくら払わなければならないのか、払えなかったらアボジ《おとうさん》はどうするんだろう、と考えながら左足首をまわしているときに容夏が現れた。

ふたりは肩を並べて禁縄《クムジュル》の下を潜《くぐ》った。

「喜香《ヒヒャン》　エソッソ《でかしたぞ》」

「ヨボ《あなた》　アドゥルイエヨ《おとこのこですよ》」

容夏は道具を消毒液で洗っている日本人の産婆に向かって頭を下げた。

「トップネ《あなたのおかげで》　アネワ《つまと》　アドゥル《むすこの》　モクスムル《いのちが》　クヘッスムニダ《たすかりました》。ミョチルフエ《ごじつ》　タシ《あらためて》　インサトゥリロ《おれいに》　カゲッスムニダマン《おうかがいいたしますが》　チョンマルロ《まことにどうも》　コマプスムニダ《ありがとうございました》」

「いつもは二時間ぐらいは出血の様子をみるんですが、今日は時間も遅いですし、お祖《ば》母《あ》さまもいらっしゃることだから、そろそろ失礼いたします。もし、出血が多かったり、赤ちゃんがおっぱいを吸わなかったりしたら、すぐ参りますよ。坊ちゃんはとってもお兄さんらしかったですよ」

雨哲は急いで目を伏せ、右足の親指で左足の親指を擦《こす》りながら、「チュリョリ《しゅっけつが》　マン《おおか》コナ《ったり》　アギガ《あかちゃんが》　チョジュル《おっぱいを》　パルジアヌミョン《すわなかったりしたら》　パロ《すぐ》　オゲッスムニダ《きます》」とだけ訳した。

「ソンハムル《おなまえを》　モンムロバッスムニダ《おききしていませんでしたね》」

「稲森きわでございます」

「チョヌン《わたしは》　李容夏《イヨンハ》ムニダ《です》」

この家の主《あるじ》と産婆は名前を交換した。

「それでは失礼いたします。このたびはほんとうに、おめでとうございました」産婆は深々と頭を下げて産室をあとにした。

容夏は赤ん坊の顔を覗《のぞ》き込んだ。いまはゴム靴屋を営んでいるが、喜香と結婚する前は白頭山《ペクトウサン》から漢拏山《ハルラサン》まで顔相占いをして流れ歩いていた。容夏はいまでも密陽《ミリャン》に流れ着いたときに背負っていたポタリ《つつみ》を棚に置いてあるし、ときどき『麻衣相法』のページをめくっている。そして、「額のまんなかが高くそびえていると、富貴が期待できる」「身を揺らさないで歩くひとは、財を成し長生きする」「目がどんよりとして輝きがないのは、早く幽冥《ゆうめい》に赴くひとなり」と近所のひとびとの顔相を占っている。

赤ん坊は薄目を開け、父親を見ようとしているかのように瞬《まばた》きをした。

聲絶復揚《こえたえてまたあがる》　初生小児聲叫而復揚者不寿《しょしょうしょうにこえさけびてまたあがるものふじゅ》　頭上髪稀者主夭《ずじょうにかみうすきものようをつかさどる》　五岳有偏《ごがくにへんあり》　不吉《ふきつ》　啼聲散不成人《ていせいさんずひとならず》。そのまま伝えたら喜香はおれを恨むだろう。容夏は頬から力を抜いていった。

「……宰相になる顔相だ。つばめのようなあごと虎のような頭を持っている」

赤ん坊は唇と手脚をふるわせて細く尖《とが》った泣き声をあげた。

「おぉよしよし、ウェハルメ《おばあさん》だよ、いい子だ、いい子だ。ウェハルベ《おじいさん》が生きてたらさぞ喜んだろうにね。アガの百日宴《ペギルジャンチ》が無事に済んだら墓参りに行って知らせるよ」福伊《ポギ》は赤ん坊のてのひらに自分のひとさし指を握らせてそっと振った。

「お義母《かあ》さん、今夜は？」

「泊まらせてもらいますよ。産後は水に触っちゃいけないからね。七日間は喜香の代わりに家事をやりますよ。喜香にミヨックク《わかめスープ》を食べさせてやらないといけないしね」

「ご苦労をおかけします」と一礼して容夏は部屋から出て行った。

「じゃあわたしは夕飯の支度をしてくるよ。あとはキムチを切るだけだからね」福伊は名残惜しそうに赤ん坊のてのひらを撫《な》でて腰をあげた。

「雨哲や、抱いてみる？」喜香は酔ったような眼差《まなざ》しを雨哲に向けた。

「いいの？」

「いいに決まってるじゃない、お兄さんなんだから。右手で頭を持って左手でからだを支えるの。そっと、そうっとよ」

雨哲は腕の筋肉を緊張させて赤ん坊を抱きあげた。赤ん坊は閉じた瞼《まぶた》の裏で眼球を動かし、ときおり唇でぺちゃぺちゃと音を立てている。なんて小さいんだろう、なんて軟らかいんだろう、なんてあたたかいんだろう、なんて頼りないんだろう、アボジ《おとうさん》とオモニ《おかあさん》になにかあったらぼくが育てなければならない、ぼくはこの子のたったひとりの兄なんだから、と思った瞬間、雨哲の腕のなかの塊は十二歳の腕では抱え切れないほど重くなった。

「雨」喜香の声は嗄《か》れ、ほとんど息だけだった。

雨哲は家の外に耳を澄ました。

「……雨だね」

「……雨哲、アボジはどこにいたの？」

「嶺南楼《ヨンナムル》だけど？」

雨に打たれているかのようにホロンプルの炎が揺れ、喜香の顔の上で影が跳ねあがった。

「……そう……さっきのは嘘《うそ》よ」喜香はふたりの息子の顔のあいだに視線を彷徨《さまよ》わせた。

「さっきのって？」雨哲はむずかり出した赤ん坊を腕で揺すった。

「この子の顔相よ」

「なんで嘘だと思うの？」雨哲は腕のなかの弟の顔を見おろした。

「……あんまり降ると、また川があふれるわね」

「なんで嘘だと思うの？」まったく同じ口調でくりかえした。

「あのひとの言葉が嘘かどうか、オモニ《おかあさん》にはわかるのよ。あのひとはいつも自分のところを護《まも》るために嘘をつくの。わたしを疵《きず》つけないためについた嘘なんてひとつもない」

雨哲は、母親が父親のことを「あのひと」というのを生まれてはじめて聞いた。

「雨哲や……」

オモニはなにをいおうとしているんだろう。雨哲は全身を硬くして壁でひとかたまりになっている自分と弟の影を見詰めていた。

「あのひとはどこにいたの？　自分の息子が生まれた日に、どこでなにをしてたの？」

喜香の声に呼応するように、天から地に真っ直《す》ぐ降り立った雨の脚が土を蹴《け》り、新緑を踏み、川の水を跳ね返して走った。

オモニは痛みで気が狂《ふ》れてしまったのか、どうしてアボジ《おとうさん》のことを嘘つき呼ばわりするんだろう、と雨哲は嶺南楼で振り返った父親の哀《かな》しそうな顔を思い出し、道順がわからないまま不安に向かって駈《か》け出しそうだった。

雨哲の動悸《どうき》に気づいたのか、赤ん坊が泣き出した。

「おぉよしよし、オンマがおっぱいあげるからね、泣かないで、泣かないでね、おっぱいたくさん飲んでねんねするのよ、さぁ、おいで、オンマのかわいい坊や」

チョゴリの紐《ひも》を解くと、それ自体光を放っているような乳房がホロンプルの光のなかに浮かびあがった。赤ん坊は乳首を口に含むのを嫌がって泣き出したが、大きく開いた口に乳首を押しつけると、唇と歯茎で吸いつき、夢中になって乳を飲みはじめた。

ねんね　ころり　玉の子よ
空の仙女の　落とし子よ
眠るよい子の　お部屋には
ワンワン仔犬《こいぬ》　影見せぬ
星ほど澄んだ　ひとみには
眠りの小鈴も　たんと鳴れ

雨はさらに激しさを増し、子守歌は赤ん坊の耳に届く前にびしょ濡《ぬ》れになった。

「さぁ、ミヨッククッ《わかめスープ》ができたよ」福伊《ボギ》が飯台をかかえてアンパン（両親の部屋）に入ってきた。

「アボジ《おとうさん》とおまえたちの分はマル《いたのま》に用意してあるから、冷めないうちに食べなさい」

雨哲《ウチョル》は父親を呼びに店に行った。容夏《ヨンハ》は丸椅子《まるいす》に座って身じろぎしないで雨を見ていた。いや、なにも見ていないのかもしれない。なにかを待っているような、待ちくたびれて放心しているようなうしろ姿だった。

「アボジ、ごはんができました」雨哲の声は自分の耳にもよそよそしく響いた。

いつもは父親だけ別の飯台なのだが、今夜は同じ食卓で食べなければならない。カクトゥギ、白飯、ミナリ《せり》ナムル。ミヨッククッがない、やっぱりオモニ《おかあさん》のためだけのスープだったんだ。四月はキムジャン（越冬）キムチ、チャンアチ（野菜漬け）、チョッカル（魚の塩辛）などの保存食が切れ、新しい作物もまだ実らないから、一年の内でいちばん食べるものがすくないということはわかっているけれど、今夜だけは、せめて、なにかあたたかいものを食べてあたたかい胃袋をかかえて眠りたかった。雨哲は緊張と落胆の入り混じった表情で食卓についた。

容夏は黙って胡座《あぐら》をかき、カクトゥギに箸《はし》を伸ばした。大根を嚙《か》む音を合図に雨哲と素苑《ソウオン》が箸を手に取った。三人は食事を終えるまでひとことも言葉を交わさなかった。

容夏の鼾《いびき》、雨の音、すべての音が暗く倦《う》み、今日生まれたばかりの赤ん坊までもが暗《くら》闇《やみ》とぴったり息を合わせて泣いているようだ。おぎゃあ、おぎゃあ、おぎゃあ。どうしよう、大便がしたい、いつもは朝起きてすぐにするんだけど、今日は明け方から駈《か》けずりまわって大便をする暇がなかった。雨哲は便意を堪《こら》えながら布団から這《は》い出し、部屋の隅にあるホロンプルを手に取った。戸を開けると、おぎゃあ、おぎゃあ、赤ん坊の声が大きくなった。傘はどこに置いてあるんだろう、駄目だ、もう我慢できない。雨哲は縁側の踏み石の上にあった女もののコムシン《ゴムぐつ》に足を突っ込み、てのひらでホロンプルの幌《ほろ》を覆ってマダン《にわ》を横切った。チュッカン《かわや》と妻の実家は遠いほうがいいってアボジがいってたけど、ぼくはどっちとも近いほうがいい。雨哲がチュッカンの戸を開け、ホロンプルを壁にかけようとした拍子にコムシンが穴のなかに落ちてしまった。

「アイク　チエギラル《ちきしょう》！」

雨哲はソクパジ《ズボンした》をおろして注意深く踏み板の上に足を置いた。首のあたりに水滴が落ちる。雨漏りだ。板も壁も濡《ぬ》れている。

雨哲は縄の輪のなかから藁《わら》を四、五本引き抜き三つ折りにして尻を拭《ふ》いた。藁まで雨に濡れている。この分だと朝まで降りつづくんだろうな、雨。小雨だったら走るけど、本降りだったら風邪をひく。やめよう、走るのは。いつもよりたくさん眠って、たくさん食べて学校に行こう。でもオモニ《おかあさん》はいつまでアガ《あかちゃん》と寝てるんだろう、無理はさせたくないけど、あの食事が一週間つづくと厳しいな、とふくらはぎに力を入れて立ちあがったとき、すぐ耳もとで泣き声が聞こえたような気がして振り向いた。だれもいない、いるはずがない。雨哲はホロンプルを持ってはだしの爪先《つまさき》で戸を押した。ふと、エジャントに埋まっている水龍《スヨン》と雨善《ウソン》は弟の誕生を喜んでいるんだろうか、と思い、その思いに耳を澄ましながら雨のなかに出た。エジャント、幼子たちを埋める墓所、ハルメ《おばあさん》に場所を訊《き》いたら教えてもらえるだろうか。生涯を与えられなかった死者たちの墓、土を小さく盛っただけの名前のしるされていない墓、夜中に簀巻《すま》きにされてこの家から運び出されたふたりの弟、もうだれにも名を呼ばれない——。

　雨哲は弟の誕生で家のなかが暗くなった気がしたが、暗くなったのではなく暗さが増したのだ、いや、たぶん誕生という慶事がその暗さを際立《きわだ》たせているだけで暗さ自体は変わらないのだろう、と思い直した。アボジ《おとうさん》とオモニはふたりの死を悼《いた》んでいるんだろうか。水龍が死んだのは七年前だけど、雨善が死んだのは三年前だから、そうむかしのことじゃない。それにやっぱりケナリ《れんぎょう》とミンドゥルレ《たんぽぽ》とチンダルレ《つつじ》が咲いてたから春だった。たった三日でいなくなったアガの死に顔と重なって見えるのかもしれない。アボジが占った顔相は嘘だとオモニはいってたけど、だったらアガは凶《わる》い顔相なんだろうか。雨哲は弟の顔を思い出そうとしたが、母親の股《また》から押し出されたばかりの血みどろの顔しか浮かばなかった。早く名づけないと、ふたりに手を引かれて連れ去られそうな気がする。生まれるときに名が用意されていないなんて不吉だ。雨哲は全身を雨に打たれながら雨に逆らうように歩き、自分でも気づかないうちに祈っていた。水龍。雨善。水龍。雨善。名を唱えるだけの祈りだった。

第四章

アリラン

大きなあくびをしているような春の空だった。雨は夜明け前に走り去り、道のあちこちに水たまりを残していった。川の水は増えているが濁ってはいない。目を凝らせばウ《あ》ノ《ゆ》やヨノ《さけ》の背が見えるほど密陽《ミリャン》川の水はいつも清《す》んでいる。トヨセ《しぎ》が片脚で立って、ときどき嘴《くちばし》を水のなかに入れたり、白い翼をひろげて伸びあがったりしている。土手沿いのポッコッ《さくら》は昨夜の雨でほとんど散ってしまったが、川べりにはミンドゥルレ《たんぽぽ》、ネンイ《なずな》、チェビコッ《すみれ》の草花が咲き乱れ、龍頭山《ヨンドゥサン》はチンダルレ《つつじ》でところどころ赤く染まっている。白や黄の蝶《ちょう》が浮き沈みするなか、女たちがミナリ《せり》を摘んでいる。ゆっくり笑い、ゆっくり冗談をいい合っているが、ミナリを摘む手を休めることはしない。だれかが密陽アリランをうたいはじめた。

ちょっと見てよ　ちょっと見てよ
わたしを見てよ

真冬に咲く花を見るように　わたしを見てよ
アリアリラン　スリスリラン　アラリガナンネ
アリラン峠を越えてきてよ
やっと逢《あ》えたあのひとに
口きくことさえできないで
はにかむだけのわたしなの
アリアリラン　スリスリラン　アラリガナンネ
アリラン峠を越えてきてよ
間違いだったよ　間違いだったよ
間違いだったよ
輿《こし》にのり嫁にきて　間違いだったよ
アリアリラン　スリスリラン　アラリガナンネ
アリラン峠を越えてきてよ
何人かの女が声を合わせて密陽アリランの替え歌をうたい継いだ。
松林のなかで鳴く鳥は　もの哀《がな》しや
阿娘《アラン》の恨みを　哀しんでかい
アリアリラン　スリスリラン　アラリガナンネ

アリラン峠を越えてきてよ
嶺南楼《ヨンナムル》に射《さ》す月は　冴《さ》えわたるのに
南川江《ナムチヨンガン》はだまって　流れるばかり
アリアリラン　スリスリラン　アラリガナンネ
アリラン峠を越えてきてよ
あざやかな色どりの　阿娘閣には
阿娘の魂が宿っているよ
アリアリラン　スリスリラン　アラリガナンネ
アリラン峠を越えてきてよ

むかしむかし、朝鮮が朝鮮人のものだったころ、密陽郡守に阿娘というひとり娘がいて、器量、淑徳ともに抜きん出ていたために多くのひとびとから慕われていた。阿娘に思いを寄せる周琪《チユギ》という名の男がいた。阿娘は母親を早くに亡《な》くし、乳母を母のように信頼していたが、周琪はその乳母を取り込むことに成功した。四月十六日の夜、乳母は言葉巧みに阿娘を嶺南楼に誘い出した。満月は密陽川にその姿を映し、チェビコッや菫《すみれ》ケンイプル《つたそう》が咲き乱れる川べりを照らしていた。春の夜のあまりの美しさに息を吞んでいた阿娘が振り返ると、周琪が佇《たたず》んでいた。周琪は自分の思いを打ち明け、逃れようとする阿娘の肩をつかんで引き倒し、そのからだにのしかかった。阿娘は激しく抵抗し、激高した周琪は阿娘を刺し殺し竹林に埋めてしまった。最愛の娘を失った父親は、哀《かな》しみのあまり娘の名を呼びつづけて精神を病み、都へ送り返された。後任者がつぎつぎと発狂したり怪死したりしたために、密陽郡守の成り手がなくなり朝廷も困り果てていたところ、筆商をしていた李上舎《イサンサ》という男が自ら願い出て郡守となった。

李上舎が着任したその夜、髪を振り乱した幽鬼が現れた。幽鬼は咽《むせ》び泣きながら、わたしは阿娘です、わたしを殺した男の名を教えますから、わたしの恨《ハン》を晴らしてくださいと訴えた。翌日、李上舎は周琪を捕らえた。自供通りの場所から屍《しかばね》が見つかり、周琪と乳母は斬首《ざんしゅ》に処された。

その後、屍が埋められていた竹林に阿娘閣が建てられ、毎年命日の四月十六日には慰霊祭が行われるようになった。密陽の女たちが阿娘の死を悼《いた》んでうたった歌が密陽アリランになったといい伝えられている。

――他の蝶より早く羽化し、四月だというのに裂けた翰《はね》をした紋白蝶がふらふらと川を渡っていく。ミナリの《せり》においがする。チェビコッのにおいも嗅《か》ぐことができる。嫌なにおいのするものはひとつもない。風が吹くたびに女たちの腋《わき》の下から立ちのぼる汗のにおいも、淫《みだ》らなほど甘い。

「今年の阿娘祭は雨じゃなくてよかったたね。一昨年は雨で阿娘閣のなかでやったじゃないか」

「今年の童妓《トンギ》は三人ともきれいだったね」

「一人はうちの向かいに棲《す》んでる弘希《ホンヒ》だよ」

「弘希がいちばんきれいだったね」

「ああ、そうだ、雨哲《ウチョル》の家の門に禁縄《クムジュル》が張ってあったよ」

「どっち？」

「唐辛子だよ」

「難産で、七人の子を生んだ富善《ブソン》アジュンマ《おばさん》が腹を跳ねたけど生まれなかったらしいよ。イルボン《にほんじん》サラムの産婆《さんば》を呼んだんだって」

「いくらだろう」

「さぁ、いくらかね？　きっと高いだろう」

「十円はとられるんじゃない？」

「生まれたといっても安心はできないよ。あそこはふたりつづけて死んだろう、男の子が」

「トルサン（一歳の誕生日）までは用心しないと」

「いや、あそこの次男は確か二歳で死んだんだよ。五歳過ぎるまでは気を抜けないよ。巫女《ムーダン》を呼んで祓《はら》ってもらったほうがいいね」

混ざり合ったおしゃべりのなかから声というよりはにおいのように鼻唄《はなうた》が漂い出て、ふたたび密陽アリランのメロディーで別の詞がうたわれた。

聞慶《ムンギヨン》の鳥嶺《セジェ》は　何の峠やら
曲がりくねって涙が出るよ
アリアリラン　スリスリラン　アラリガナンネ
アリラン峠を越えてきてよ
高粱畑《ススパツ》の小作料は　わたしが納めるから
九　十月まではこらえておくれ
アリアリラン　スリスリラン　アラリガナンネ
アリラン峠を越えてきてよ

ひとこともしゃべらないでミナリを摘んでいた若い女が川の水に声を流すようにうたった。

うちの父母がわたしを捜したならば
光復軍《クアンボックン》に行ったと伝えておくれ
アリアリラン　スリスリラン　アラリヨ
光復軍アリランうたおうよ
狂風が吹くよ　狂風が吹くよ

三千万の胸に狂風が吹くよ
アリアリラン　スリスリラン　アラリヨ
光復軍アリランうたおうよ
海にふんわり浮かんだ船は
光復軍を乗せてくる船だとさ
アリアリラン　スリスリラン　アラリヨ
光復軍アリランうたおうよ
アリラン峠で　ドンドン太鼓鳴りゃ
漢陽城《ハニャンソン》の真ん中に　太極旗《テグッキ》がなびく
アリアリラン　スリスリラン　アラリヨ
光復軍アリランうたおうよ

ひとりの女がてのひらで口を覆《おお》って囁《ささや》いた。

「朴《パク》米屋の伜《せがれ》が、昨日雨のなか刑事に連れてかれたらしいよ。義烈団《ウイヨルタン》の連絡係だって」

女たちの顔から微笑がいっせいにすべり落ちたが、どの女もミナリ《せり》を摘む手だけは動かしていた。稲を植え、稲を刈り、鶏の首を絞め、羽根を毟《むし》り、赤ん坊を揺すり、キムチを漬け、畑を耕し、家のなかを掃き清め、共同井戸から水を運び、洗濯し、洗濯物を煮て漂白し、糊《のり》に浸して足で踏み、砧《きぬた》を打ち、薪《まき》や小枝を揃《そろ》え、穀物を挽《ひ》き、煮炊《にた》きし、機《はた》を織り、針に糸を通し、子どもたちの弁当をつくり——、涙を流していても、痛みに喘《あえ》いでいても、恐怖におののいていても、女たちはその手の動きを止めることはしなかった。

「倭奴《ウェノム》に片輪にされるよ。金先生の倅は、脚の骨を折られて、皮を剝《む》いたじゃがいもみたいに膝《ひざ》小僧が飛び出てたらしいじゃないか」

「焼き鏝《ごて》、笞《むち》、電気、鼻の穴に水を入れたり、爪《つめ》のあいだに針を刺したり、ナムジャコギ《あそこ》に紙縒《こより》を差し込んだり」

「片輪になっても命を返してもらえるだけましだよ。密陽《ミリャン》警察に爆弾を投げ込んだ崔寿鳳《チェスボン》はまだ二十一歳だったんだよ。家のなかで爆弾をつくってたらしいけど、家族はだれも気づかなかったってね。なんでも毎晩爆弾を枕《まくら》にして眠ってたそうだから」

「何年経《た》つかね？」

「五年になるよ」

「あのときは凄《すご》かったね、警察署の窓硝子《ガラス》が割れて」

「でも倭奴はひとりもくたばらなかったじゃないか。釜山《プサン》警察署のときは署長を殺《や》ったのに」

「逃げられないと覚悟してたから、寿鳳は短刀で自分の首を切ったんだ。でも、死に切れなかった」

「つかまって縛り首にされた」

「アイゴ、跡取り息子なのにね」

「金鉼煥《キムビョンファン》は懲役三年だったから、もうそろそろ出てくるだろう」

「もう出てきたって話だよ。行方を晦《くら》ましたそうだから、きっと上海に行って金元鳳《キムウォンボン》といっしょに活動してるよ」

「義烈団《ウィヨルタン》には密陽サラムが多いね」

「多いどころか、半分は密陽サラムだろう」

「いやぁ、ほとんどだよ。なにせ、将軍の金元鳳が密陽サラムだからね。金元鳳は小学校のころから目立ってたよ。チュッカン《かわや》に日章旗《イルチャンギ》を投げ棄《す》てて退学になったくらいだからね」

「あの家の弟たちはどうしてる？」

「最初の奥さん、月城李《ウォルソンイ》との子どもは元鳳と慶鳳《キョンボン》だけだけど、後妻さんのあいだにたくさんいるからね。全部合わせて九男一女だよ」

「家族は野良に出るときだって尾行されてるって話だよ。連絡はないか、戻ってきたらかならず知らせろって。このあいだ、父親の金周益《キムジュイク》が近くの川で釣りをしてるときに警察にひっぱってかれて、それがあんた、芸者にお酌してもらったんだってよ。息子を自首させろ、自首させれば、命も職も保証してやるって」

「アイゴ、そんな嘘《うそ》、だれが信じるかね。金周益は馬鹿じゃないよ」

晩のナムルにする分のミナリ《せり》を摘み終えた身重《みおも》の女が立ちあがり、たくしあげて結んでいたチマをほどき、ミナリの束をかかえて土手をのぼっていった。別の女は丈の長い草のなかでチマを脱ぎ、コゼンイ姿《したぎ》で川の水に素足を入れ、浅瀬でしじみ貝を採りはじめた。白、柿色、土色のチマチョゴリの紐《ひも》が春風に泳いでいる。どの女も日除《ひよ》けの藁《わら》帽子で顔を隠しているが、汗ばんだ長い首とほっそりとした足首を隠すことはできない。土手の上から見ると、女たちも、松林の下で鮎《あゆ》釣りをしている男たちも完全に静止しているようだ。風景のなかでただひとつ動くものがある。嶺南楼《ヨンナムル》の石段を二列になって降りてくる小学生――。

日韓併合条約が締結された一九一〇年、五百年前から密陽《ミリヤン》のひとびとの信仰を集めていた嶺南楼と阿娘閣《アラン》がある山の頂に、そのふたつを睥睨《へいげい》するように神社とコンクリートの鳥居が建てられた。

朝鮮人の小学生は朝六時に参拝して境内を掃除することが義務づけられ、いったん帰宅して朝食をとってからふたたび嶺南楼に集まって集団登校することになっていた。

風呂敷《ふろしき》包みを持った丸刈りの少年たちが土手を降りてベッタリ（舟橋）を渡っていく。春は食料が不足するために、どの子の顔も病人のように青黄色い。麻の韓服《ハンボク》に猿股《さるまた》を穿《は》いた男の子、ボタンのついたパジチョゴリ姿の男の子、詰め襟風のチョゴリを着た男の子ばかりで、チマチョゴリ姿の女の子は数えるほどしかいない。

春の微風が禁縄《クムジュル》の張られた門のなかに忍び込み、処女の髪に指を入れるようにそっとポドゥナム《やなぎ》の枝を揺らして去っていった。

一時間も寝坊をした雨哲《ウチョル》は、発情して羽を下げアムタク《めんどり》のまわりを歩きまわっているスッタク《おんどり》を蹴散《けち》らしてマダン《にわ》を突っ切った。禁縄をくぐって日向《ひなた》に出た瞬間、単純な悦《よろこ》びが足の裏から胃のほうに駈《か》けあがってきた。春！　雨哲は目の前の新しい一日を眺めた。弟にとっては生まれてはじめての朝だ。できることなら抱きかかえて見せてやりたい。春だ！　朝だよ！　雨哲はポッコッ《さくら》の花びらが浮く水たまりを跳び越えて、走り出した。

雨哲は日の出と日の入りの時間に走るのが好きだった。家を出るときにはなかった影が日の出とともにくっきりして自分を引っ張ってくれるのも、家を出るときには背後に長く伸びていた影が落日とともに夜に溶けていくのを見るのも好きだった。いま、斜め右側に伸びている影は雨哲より頭ひとつ分だけ大きい。こんなことなら早起きして走ればよかった。走る時間があったら勉強しろってうるさいから、アボジ《おとうさん》が起きる前にうちを出なきゃ走れない。ハルメ《おばあさん》が寝坊したから、今日は朝飯抜きだ。弁当抜きで夕方まで持つかな？　いつもはだれにも起こされなくても、チョッタク《いちばんどり》の鳴き声で目を醒《さ》ますのに、変な時間にチュッカン《かわや》に行ったのがいけなかったのかもしれない。神社の参拝と掃除をさぼったけど、武田先生はぼくがいないことに気づいたかな？　気づいたとしたら、きっと罰を受ける。ぼくはまだ経験がないけど、万歳の格好で立たされるのと鞭《むち》でのひらかふくらはぎを打たれるのとどっちがきついだろう？　どっちもきつそうだ。休めばよかった。母の具合が悪かったんですって。だって嘘《うそ》じゃない、ほんとうに起きあがれないんだから。あっ、佑弘《ウホン》だ！

「佑弘！」

名を呼ばれて振り返った佑弘はベッタリの上で足を止めた。

「生まれたよ！」

雨哲は腕を振りまわしながら土手を駈け降り、両手でバランスをとってベッタリの端を走った。

「男か？」

「男だ」

「でも、十二歳も離れてたら、いっしょに遊べなくてつまんないだろう」

「面白いよ。いろいろ教えてやれるから」と佑弘の首に腕をまわして脇腹《わきばら》を小突いた。

「パボ《ばか》！　落ちるぞ！」佑弘は雨哲の腕を解き、大気を泡立たせるような笑い声をあげた。

詰め襟姿の密陽《ミリヤン》尋常小学校の生徒がふたりのすぐ横を通り過ぎた。彼らの目はチョゴリからパジへとすべり降り、一秒ほどチプシン《わらじ》の上で止まって、川へと逸《そ》れていった。

朝鮮人の通う密陽普通学校のすこし先に、日本人のための密陽尋常小学校がある。日本人の子は運動靴や革靴を履いているが、朝鮮人はコムシン《ゴムぐつ》を履いている子は裕福なほうで、大抵の子はチプシンで通学している。砂利道を何時間も歩いてくるので、踵《かかと》や足の甲から血を流している子もすくなくない。

雨哲と佑弘は日本人の目を意識して、わざと激しく頭や背中を小突き合いながら土手を駈けあがった。

「すかしてるな」

「すかしてるさ。強盗のくせに上品ぶりやがって」

「倭奴《ウェノム》はぜったいに目を見ない。目を同じ高さにしない」

「見くだしてんだよ、朝鮮ピーって」

「武田先生、気づいてた？」

「たぶん気づいてないと思うよ。いつもみたいに賽銭《さいせん》箱の横で見張ってたけど、腕組みして目を閉じてたからね。今朝は走らなかったの？」

「雨だと思って」

「朝まで降ってたけどな」

ふたりは空を見あげた。空には雨の気配はどこにもない。川が増水すると、北側の城《ソ》内《ンアン》に棲《す》む子どもたちは学校に通うことができなくなってしまう。去年は四十回も増水してベッタリの片端《かたはし》が切り離され、街は何日も川によって分断された。

「いい天気だな」

「いい天気だ」

ふたりは白い雲が載薬山《チェヤクサン》のほうにゆっくりと流れていくのを目で追った。

雨哲は校門をくぐる前に深い溜《た》め息をついた。校門をくぐったら朝鮮語をしゃべってはいけない、朝鮮語は禁止されている。武田先生はとっても熱心だ。朝鮮ピーに字なんて教えてもしょうがないって態度の教師が多いなかで、武田先生は真剣だ。ぼくたちを皇国臣民にすることに情熱を傾けてる。だから、馬鹿にしていい加減に教える教師よりずっと質《たち》が悪い。一昨日、剣道の試合中に、「ヒムネラ《がんばれ》！」と思わず掛け声をかけてしまった孝志《ヒョジ》が授業中ずっと万歳の格好で立たされた。禁止されていることを破ったら、かならず罰せられる。朝鮮人はおとなも子どももほんとうのことを口に出せない。倭奴の前では、踏まれても毟《むし》られても声ひとつ立てない草にならなければならない。強盗日《カンドイル》本《ボン》！　景福宮《キョンボックン》に押し入り国母《クンモ》を斬《き》り殺した倭仇《ウェグ》め！　強盗日本！　朝鮮人を奴隷《どれい》にした倭敵《ウェチョク》め！　強盗日本！　ぼくたちから土地と言葉と自由を奪って、まだ奪い足りないとあちこち嗅《か》ぎまわってる倭犬《ウェギョン》め！　ぼくが生まれる二年前に、大韓帝国は地図の上から消滅した。でも、完全に消滅したわけじゃない。朝鮮人のこころのなかに、ぼくのこころのなかに、朝鮮は存在する。

朝礼から戻った生徒たちは、机の上に帳面と筆箱と朝鮮総督府発行の修身書を並べて、朝鮮訛《なま》りの日本語でおしゃべりをしながら担任が教室に入ってくるのを待っていた。雨哲の学年は男子が二百十五名、女子が三十五名。五十名前後の編成で一組から五組まであり、五組だけ男女混合の学級だった。

始業を告げる鐘が校内に鳴り響き、教師の足音が近づいてくると、生徒たちは口を噤《つぐ》んで身構えた。教室の扉ががらっと開いた瞬間、「気をつけ!」級長の文基徳《ムンキドク》の号令とともに背筋を伸ばした。

「礼!」

「おはようございます!」生徒たちは声を揃《そろ》えて礼をした。

黒の詰め襟を着た教師は教壇に生徒用と教師用の修身書を置いてから、生徒たちの顔を見まわした。

「おはようございます」

雨哲は神社参拝と掃除をさぼったことを咎《とが》められるのではないかと机の木目を見詰めたが、教師は出欠の点呼をはじめた。

「今朝《けさ》の校長の話をどう聞きよったね。わかる者は手を挙げて」教師は広島県呉市の出身だった。

「はい！」四十八名全員が右手を挙げた。

「金《きん》」教師はいちばんうしろに座っている金辰範《キムチンボム》を指差した。

「わたしたちは天皇陛下のご恩を感じます」

「ほかには？」

「はい！」

「じゃ、朴《ぼく》」

ふたりがけの机に座っている朴完太《パクワンテ》と朴京俊《キョンジュン》が同時に立ちあがった。

「おまえじゃないわい。右の朴！」

左側の朴京俊は真っ赤な顔をして腰をおろした。

「戦争に行って、兵隊さんはほんとうにご苦労だと思います。わたしたちも大きくなったらりっぱな兵隊にならなくてはなりません」

「そうじゃのう。では、教科書四ページ。読める者は？」

「はい」雨哲《ウチヨル》が手を挙げた。

「李《り》、読んでみて」

「第三、こうこう。二宮金次郎は、家が大そうびんぼうであったので、小さい時から父母の手だすけをしました。金次郎が十四の時父がなくなりました。母はくらしにこまって、すえの子をしんるいへあずけましたが、その子のことをしんぱいしてまいばんよくねむりませんでした」

「素晴らしいのう。ほかの者も大きな声でくりかえし読みゃあ、李のように読めるようになるぞ」

雨哲が唇に力を込めて着席したことに教師は気づかなかった。

「ほかに読める者は？」

「はい！　はい！」生徒たちは一斉に手を挙げた。

「じゃあ、白《はく》」

「金次郎は母の心を思いやって、『私がいしょけんめいにはたらきますから、おとうとをちゅれもどして下さい』といいました。母はよろこんでそのばんすぐにしんるいの家へ行って、あぢゅけた子をつれてかえり、おや子いっしょにあちゅまってよろこびあいました。孝は徳のはちめ」

「おとうとをつれもどして下さい」

「おとうとをちゅれもどして下さい」

「ちゅれじゃなくて、つ、れ！」

「ちゅ、れ」

「たちつてと、といってみい」

「たちちゅてと」

「もういい！ 全員で」

白裕庸《ペクユヨン》はひきつった顔で椅子《いす》に座り、生徒たちは全員で修身書を朗読した。教師は黒板の真ん中に白墨で〈孝〉という字を書き、手についた粉をはたきながら生徒たちに向き直った。

「今日は孝行ということを勉強するが、この意味がわかるか」

生徒たちは一斉に右手を挙げた。

「許《きょ》」

「親を大切にすることです」

「それじゃあ許、どんなことをした？」

「稲刈りのとき、鎌《かま》が切れなくなって、おとさんが取り換えなさいいいました。家に走って、鎌をもていきました」

「そりゃ大変じゃったの。お父さんはなにかおっしゃったか？」

「ありがとといいました」

「そのとき、どんな気がしたか？」

「うれしかたです。これからもしてやろうと思いました」

「他に孝行したことがある者は？」

教師は窓際《ぎわ》のいちばん前の席に座っている金延秀《キムヨンス》を指差した。

「金、なにをしたかいってみて」

「おかあさんがぴょういんに行ったので、お店の番をしました。おちゅりを間違いました。でも、おかあさんは、よくやたといいました」

「いいことだね。おとうさんはどうされたか？」

「おとさんは、二年前に死にました」

「お父さんもきっとあの世で喜んでおられるじゃろう。尹《いん》と姜《きょう》は手が挙がらんな。なにかできそうなことはないか」

尹貞學《ユンジョンハク》と姜宗午《カンジョンオ》はうつむいたまま立ちあがった。尹のとなりに座っている朴祥憲《パクサンホン》が「ちゃがいもほりを手伝いました」と早口で囁《ささや》くと、「余計な口を叩《たた》くな！」と教師は白墨を投げつけた。白墨は朴には命中せず、前の席の李愚泰《イウテ》の額に当たって砕け散った。

「朴、前に出てこい！」

朴は立ちあがって教壇の前に進んだ。

「手と脚と、どっちがええ」

「……脚……」

教師は黒板の白墨置きから鞭《むち》を取って、朴は気をつけの姿勢でぎゅっと目を閉じた。

教師はふくらはぎに鞭を振りおろし、

「席に戻ってよし。わいらは、孝行したことを思いつくまで両手を挙げて立っちょれ」

尹貞學と姜宗午はその場で万歳をした。

「うしろ！」

ふたりは万歳の格好のまま教室のうしろに移動した。

「八ページ。第五がくもん。読める者は？」

「はい！　はい！」

「じゃあ崔《さい》」

「金次郎は十六の時母をうしないました。やがて二人のおとうとは母のさとに引き取られ、金次郎はまんべえというおじの家へ行って、せわになりました。金次郎はよくおじのいいちゅけをまもり、一日はたらいて、夜になると、本をよみ、字をならい、さんじゅちゅのけいこをしました。おじはあぶらがいるのをきらって夜學をとめましたので、金次郎はじぶんであぶらなをちゅくり、そのたねを町へ持って行ってあぶらに取りかえ、毎ばんべんきょうしました。おじが又《また》『本をよむよりはうちのしごとをせよ』といいましたから、金次郎は夜おそくまで家のしごとをして、そのあとでかくもんをしました。金次郎は二十さいの時じぶんの家へかえり、せいたしてはたらいて、のちにはえらい人になりました」

「崔、なにを感じたかね？」

「金次郎はよく勉強したので、えらいひとになりました」

「そうだね。二宮金次郎というのは、親孝行で、兄弟仲よく、学問や仕事に励んだ。この話は、教育勅語《ちょくご》のなかにある『爾臣民《なんぢしんみん》、父母ニ孝ニ、兄弟ニ友ニ……學ヲ修メ業ヲ習ヒ、以《もっ》テ智能《ちのう》ヲ啓發《けいはつ》シ』のことですよ、みなさん、わかりますか？」

生徒たちは「教育勅語」という言葉に背筋をただし顎《あご》を引いた。

「二十三ページをひらいて。そうじゃな、白。ざ行とた行とば行に注意して、大きな声で読んでみい」

教師に当てられた白裕《ユ》庸《ヨン》は咳《せき》払いして喉《のど》の調子を整えてから朗読した。

「第十二　神をうやまえ。わが國《くに》にはとこにも神社があります。これらの神社には天照《あまてらす》大神《おおみかみ》をはじめ、だい〳〵の天皇や國のためにてがらのあった人々がまちゅられてあります。京城《けいじょう》の朝鮮神宮には天照大神と明治天皇をおまちゅりしてあります。わが國の人はむかしから神をうらまわう心がおおそうあちゅく、まごころから神社にあまいりしています。私とももおまいりをして、よく神をうやまわねばなりません」

「よしっ、さっきよりはましじゃなあ。やればできるじゃろうが。白はどんなことを思うか？」

「ぽくたちは毎朝嶺南楼《れいなんろう》の上のちんじゃを掃除しています。掃除をしているのはちんじゃではなくて、自分のこころだと思いました」

「その通り。神社の掃除は、家や学校を掃除するのとはわけが違う。お社《やしろ》には天皇陛下があらせられると思うて、てのひらを合わせる気持ちで掃除せにゃあ罰《ばち》があたるぞ。ええか？」

「はい」白裕庸は着席した。

「わいら、肘《ひじ》を曲げるな！」

尹貞學《ユンジョンハク》と姜宗午《カンジョンオ》は歯を食い縛って両手をぴんと伸ばした。

「李《り》、教育勅語を奉読しなさい」

李《イ》雨哲《ウチョル》は音を立てないように立ちあがり、教師の左耳あたりに視線を定めて深呼吸した。つかえたり飛ばしたりしたら鞭《むち》を食らう。

「朕惟《ちんおも》フニ、我カ皇祖皇宗國ヲ肇《はじ》ムルコト宏遠ニ、徳ヲ樹《た》ツルコト深厚ナリ。我カ臣民克《よ》ク忠ニ克ク孝ニ、億兆心ヲ一ニシテ、世々厥《そ》ノ美ヲ濟《な》セルハ、此《こ》レ我カ國體《こくたい》ノ精華ニシテ、教育ノ淵源亦實《えんげんまたじつ》ニ此《ここ》ニ存ス。爾臣民、父母ニ孝ニ、兄弟ニ友ニ、夫婦相和シ、朋《ほう》友《いう》相信シ、恭儉《きようけん》己レヲ持シ、博愛衆ニ及ホシ、學ヲ修メ業ヲ習ヒ、以《もつ》テ智能《ちのう》ヲ啓發《けいはつ》シ、徳器ヲ成就《じやうじゆ》シ、進テ公益ヲ廣《ひろ》メ、世務ヲ開キ、常ニ國憲ヲ重シ、國法ニ遵《したが》ヒ、一旦《いつたん》緩急アレハ義勇公ニ奉シ、以テ天壤無窮《てんじやうむきう》ノ皇運ヲ扶翼スヘシ。是《かく》ノ如《ごと》キハ獨《ひと》リ朕カ忠良ノ臣民タルノミナラス、又《また》以テ爾祖先ノ遺風ヲ顯彰《けんしやう》スルニ足ラン。斯《こ》ノ道ハ、實ニ我カ皇祖皇宗ノ遺訓ニシテ、子孫臣民ノ倶《とも》ニ遵守《じゆんしゆ》スヘキ所、之《これ》ヲ古今ニ通シテ謬《あやま》ラス、之ヲ中外ニ施シテ悖《もと》ラス、朕爾臣民ト倶ニ拳拳服膺《けんけんふくよう》シテ、咸《みな》其徳ヲ一ニセンコトヲ庶幾《こひねが》フ」

「教育勅語の意味を理解できる者はおらんと思うが、意味は六年になったらじっくり教える。いまはくりかえしくりかえし唱えるよう。天皇陛下がわいらひとりひとりに直接語りかけてくださったありがたいお言葉じゃ。天皇陛下のお言葉は両親の言葉よりもずっと尊い。天皇陛下はわれわれ臣民のことを慈《いつく》しんでくださる。わいらも天皇陛下をお慕いし敬愛するように。天皇陛下のために命を捧《ささ》げる臣民になるように。教育勅語にも『我カ臣民克ク忠ニ克ク孝ニ、億兆心ヲ一ニシテ、世々厥ノ美ヲ濟セルハ、此レ我カ國體ノ精華ニシテ、教育ノ淵源亦實ニ此ニ存ス』とある。よう憶《おぼ》えておくように。尹《いん》、姜《きょう》、席に戻ってよし！」

　ふたりが両手をおろして席につくのを見届けるかのように終業を告げる鐘が鳴り、級長の文基徳《ムンキドク》が号令をかけた。

「気をつけ！」

「礼！」

　教師の足音が遠ざかるとともに生徒たちの緊張は緩《ゆる》んだが、完全に緩めることはできなかった。うっかり朝鮮語をしゃべって、だれかに告げ口されたら罰を受けるからだ。

　雨哲は廊下の突き当たりの便所に入った。となりで小便をしている金延秀《キムヨンス》が話しかけてきた。

「でも、どうして日本人の生徒はちんじゃの掃除をしないんだろう？　ぼくらは毎朝掃除してるのに……ちんじゃのなかに天皇陛下がいるなら、」

「そんなこと決まってるじゃないか。決まってることをしゃべるなよ」雨哲《ウチョル》はパジを引きあげて便所から出た。

教室に戻ると、雨哲は窓の外へ身を乗り出した。春の風が吹いているが、草のようになびくことはできない。教育勅語を朗読しているあいだ、自分が声にする言葉が痛みのように頭に響いた。ぼくは褒《ほ》められた。褒められたことで、なぜ、こんなに惨《みじ》めにならなければならないのか。惨めさが目から染《し》み出さないようにするにはどうしたらいいのか。春風が雨哲の頰《ほお》をさすったが、雨哲には痛みしか感じられなかった。走りたい。走れば痛みを追い抜ける気がする。走って、走って、痛みを追い抜き、ぼくの姿が見えなくなるまで引き離してやりたい。

「まだ腕がしぴれてる」

「肩、痛いな」

「見てくれよ、ふくらはぎがみみじゅばれになってるよ」

「血がにちんでるちゃないか」

同級生たちの声からすこしでも遠ざかるために、雨哲は腰のあたりまで外に乗り出した。先生に当てられるたびにぼくは迷う、わざとつかえたり、訛《なま》ったりしたほうがいいんじゃないかって。でも迷っているうちにぼくの声はぼくの喉《のど》から離れてしまう。風に乗って広がっていく花粉のような哀《かな》しみを吸い込んで、雨哲は昨日生まれたばかりの弟の顔を思い出し、弟の存在を忘れていた自分に驚いた。弟が生まれたんだ！　ぼくの弟だ！　早く、弟に逢《あ》いたい、弟の名を呼んでやりたい。弟は春に生まれたんだから、春がつく名前がいい。春在《チュンジェ》、春益《チュンイク》、春先《チュンソン》、春浩《チュンホ》、春基《チュンギ》、毎年四月に誕生日を迎えるなんてなんだか羨《うらや》ましい。だって、みんななにかを祝いたい気分になるじゃないか、春なんだから。雨哲は流れ雲より速く龍頭山《ヨンドウサン》のほうに飛んでいくチェビ《つばめ》を目で追った。だれにも制限されない自分。結局。倭奴《ウェノム》がいなくなるか、ぼくがいなくなるか、どっちかなんだろう。倭奴がいなくなることはあり得ない。だとしたら、ぼくの血で倭《ウェ》の血を流すしかない。矢のような影が頭のなかに突き刺さって、雨哲は打ち落とされそうだった。雨哲は弟の名前を考えた、羽撃《はばた》くように。春一《チュンイル》、春彬《チュンビン》、春幸《チュンヘン》、春修《チュンス》、春峯《チュンボン》、春甫《チュンボ》、春吉《チュンギル》、春石《チュンソク》、春範《チュンボム》、春永《チュンヨン》、春泰《チュンテ》、春九《チュング》、春影《チュンヨン》、春洙《チュンス》、春禹《チュンウ》、春鴻《チュンホン》、春榮《チュンヨン》、春根《チュングン》、春運《チュンウン》、春植《チュンシク》……春に植える……芽を出して、すくすく伸びて、大きな樹《き》になる。李春植。いい名前だ。帰ったらなにげなくアボジ《おとうさん》にいってみようかな？　扉がひらく音で上半身を教室に戻すと、鄭運徹《チョンウンチョル》と李愚泰《イウテ》が教務室から運んできたオルガンを黒板の前に置くところだった。つぎは唱歌か、雨哲は溜《た》め息を飲んで自分にいい聞かせた。ノヌン　プリダ《おまえはくさだ》。

始業の鐘がまだ鳴り終わらないうちに扉が開いた。生徒たちはおしゃべりと鐘の音で教師の足音に気づかなかった。

「はい、座れ」唱歌の教師が教壇に立った。

「気をつけ！」

「礼！」

生徒たちは唱歌の教科書を机の上に出し、教師はオルガンの椅子《いす》に座った。

「今日は四十ページ。廣瀬《ひろせ》中佐」教師はオルガンのペダルを踏んで前奏を弾いてから、「廣瀬中佐」をうたってみせた。

轟《とどろ》く砲音《つつおと》、飛來《とびく》る彈丸。

荒波洗ふデッキの上に、
闇を貫く中佐の叫《さけび》。

「杉野は何處《いづこ》、杉野は居《ゐ》ずや。」

「では、李《り》、うたってみな」

当てられないように顔を伏せていた雨哲《ウチヨル》はオルガンの伴奏に合わせて「廣瀬中佐」をうたった。

「みんな節はだいたいわかったかい？ ではいっしょにうたいなさい」

生徒たちは声を合わせてうたった。

「この歌の場面がわかるかな？ 廣瀬武夫中佐は日露戦争のときに軍神とされたおかた

だ。旅順港外でロシア駆逐艦の魚雷と自爆によって、廣瀬中佐が指揮する船が沈没しかかった。砲音《つつおと》というのは大砲の音で、ドーンという音。デッキというのは、わかるかな？」

教師はオルガンから離れて黒板に船の絵を描き、デッキ部分に丸をつけた。

「ここがデッキだ。『荒波洗ふ』というのは、デッキにまで海水が流れ込んできたってことさ。いよいよボートに乗り移って逃げるという段になって、部下の杉野孫七上等兵曹の姿が見えない。さぁ、この情景を思い浮かべてもう一度」

教師はオルガンに戻って前奏を弾き、生徒たちは合唱した。

「では二番」教師はまず自分がうたってみせた。

船内隈《くま》なく尋ぬる三度《みたび》。

呼べど答へず、さがせど見えず。

船は次第に波間に沈み、

敵弾いよいよあたりに繁《しげ》し。

「軍艦ではなく福井丸という普通の船だったんだね。船は次第に波間に沈み、敵弾いよいよあたりに繁し……それでも廣瀬中佐は杉野上等兵曹を必死に捜したんだよ。では一番から」

生徒たちは一番と二番をうたった。

「三番」

今はとボートにうつれる中佐、
飛來《とびく》る弾丸《たま》に忽《たちま》ち失《う》せて、
旅順港外、恨《うらみ》ぞ深き、
　軍神廣瀬と其《そ》の名残れど。

「三番をうたったら、頭から終わりまでつづけて」

生徒たちがうたい終わると、教師は教壇の上に両手をついて生徒たちの顔を見まわした。

「ボートに移ったそのとき、頭に敵弾が命中し、廣瀬中佐は一片の肉を残して海に墜落しました。わたしども廣瀬中佐のように、御国のため、天皇陛下のために、いつでも、どこでも命を捧《ささ》げる覚悟をしなければなりませんよ。わたしどもの命は天皇陛下からお預かりしている命なんだから、お返しできるときがきたら喜んでお返ししなければなりません。みなさんは、修身の授業で教育に関する勅語を奉読しましたね？　教育に関する勅語は何天皇がお下しになられましたか？　わかる者、手を挙げて」

「はい！　はい！」全員が手を挙げた。

「じゃあ、趙《ちょう》」

「明治天皇であります」

「そうです。教育勅語は、明治天皇が、わたしども臣民がかたときも忘れてはならない大切な道をお示しになられたものです。皇室の御祖先は極めて遠いむかしに、遠大な思《おぼ》し召しで日本の国をお建てあそばせ、深く臣民に恩徳をお施しになり、臣民もみなこころをひとつにして忠孝の道を守ってまいりました。これが、むかしから今日に至るまで大日本帝国に吹きつづけている誠に美しい風の姿であります。明治天皇は、この風は臣民が守るべきものであるばかりでなく、明治天皇御自身も、汝《なんじ》臣民とともによくこれを守ろうと仰《おお》せられたのです。そして、ここに勅語を、明治四十四年八月二十四日に朝鮮にもお下しになりました。みなさんは、かくもありがたき天皇陛下をいただく誉れある大日本帝国の臣民と成れたことを幸せに思わなければなりません。天皇陛下の御恩に報いるために、至誠をもって日夜この教えを守り、忠良なる臣民としての道を一歩一歩進めば、いつの日かかならず、朝鮮の地にも美しい風が吹くようになるのであります。今日は、御国のために命を捧げて敵地に進軍している兵隊さんとこころをひとつにして、『日本海海戦』をうたいましょう」

教師は黒板に歌詞を書き、生徒たちは白墨の文字だけを目で追い、白墨が黒板にぶつかる音だけに耳を澄ました。

一　敵艦見えたり　近づきたり
皇國《みくに》の興廢《こうはい》　ただこの一挙

各員奮励努力せよと
旗艦のほばしら信号揚《あが》る
みそらは晴るれど風立ちて
対馬の沖に　波高し
二　主力艦隊　前を抑え
巡洋艦隊　後に迫り
袋の鼠《ねずみ》と囲み撃てば
見る見る敵艦乱れ散るを
水雷艇隊駆逐隊
逃しはせじと　追いて撃つ

教師は白墨の粉がついたてのひらを鍵盤《けんばん》の上にひろげ、廊下にまで響く大声で「日本海海戦」をうたった。

「さぁ、大きな声で勇ましく！　敵艦見えたり　近づきたり　皇國の興廢　ただこの一挙」

生徒たちが生《い》け贄《にえ》として差し出した声は、なに者をも讃《たた》えずなに者をも奉《たてまつ》らずに終業を告げる鐘の音のなかに逃げ込んだ。

「はい。これで終わり」

「気をつけ！」

「礼！」

教師はジャンジャンジャンとハ音、ト音、ハ音の和音を弾いた。

雨哲《ウチョル》は声から言葉を抜き取って吐き出した。はぁはぁはぁはぁ、昼休みまでまだ二時間もある……はぁはぁ、息が……苦しい、はぁはぁはぁはぁ。忠良なる臣民としての道を一歩一歩進めば、いつの日かかならず、朝鮮の地にも美しい風が吹くようになるのであります。倭《ウエ》に吹きつづけている風があるならば、朝鮮にも吹きつづけている風があるはずだ。数え切れないほどの産声《うぶごえ》を響かせ、数え切れないほどの命乞《ご》いを掻《か》き消し、数え切れないほどの夜を孕《はら》み、数え切れないほどの朝を生み、ぼくが生まれる前から吹きつづけ、ぼくが死んでも吹きつづけ、ぼくのシャツを帆のようにふくらませていっしょに走ってくれる風が——。

風は微《かす》かなケンケンイプル《たつたそう》のにおいで雨哲の鼻腔《びこう》をくすぐり、汗ばんだうなじに指を走らせてから、一枚の葉を舞いあげるように密陽《ミリヤン》アリランのメロディーを雨哲の耳のなかに吹き起こした。

狂風が吹くよ　狂風が吹くよ
三千万の胸に狂風が吹くよ
アリアリラン　スリスリラン　アラリヨ

光復軍《クアンボックン》アリランうたおうよ
金仁秀《キムインス》と朴東敏《パクトンミン》が、休み時間のたびに窓から身を乗り出している雨哲をからかってうたいはじめた。

轟《とどろ》く砲音《つつおと》、飛來《とびく》る彈丸。
荒波洗ふデッキの上に、
闇を貫く中佐の叫《さけび》。
「雨哲は何處《いづこ》、雨哲は居ずや。」

振り返った雨哲は、クロンノレ《そんなうた》　プルジマラ《うたうな》、と怒鳴りそうになった声帯に力を入れ、「わいら、黙っとけ！」とふたりを睨《にら》みつけて廊下に飛び出した。雨哲は斜め前に伸びている自分の影を踏みつけて走った。アヤ！《いたい》　アヤ！《いたい》　影が叫び声をあげた。敵艦見えたり　近づきたり　皇國《みくに》の興廢《こうはい》　ただこの一挙　各員奮励努力せよと　旗艦のほばしら信号揚《あが》る　みそらは晴るれど風立ちて　対馬の沖に　波高し　雨哲が口ずさんでいたのは「光復軍アリラン」ではなく「日本海海戦」だった。校庭の隅にある井戸のポンプを両手で押しながら、「イノマー《くそっ》」と雨哲は禁止されている朝鮮語を吐き棄《す》て、汲《く》みあげた水で声を溺《おぼ》れさせた。

四時間目の終わりを告げる鐘は、昼休みのはじまりを告げる鐘でもあった。生徒たちは風呂敷包みのなかからアルミニウムの弁当箱を取り出した。弁当の中身は白米を少し混ぜた麦飯に、ペチュ《はくさい》キムチ、カクトゥギ、大豆の醤油《しょうゆ》漬け、ネンイ《なずな》ナムルなどだった。弁当を持ってきた生徒は四年二組では九人しかいなかったので、大半の生徒たちは鐘の音とともに校庭に走り出た。

校庭には鉄棒と砂場しかなかったが、少年たちは石蹴《け》りをしたり、ゴム毬《まり》で蹴球《しゅうきゅう》をしたり、わらの綱で電車ゴッコをしたりして遊び、少女たちは唱歌の授業で習った歌を「モシモシ、カメヨ、カメサンヨ、セカイノウチニ、オマエホド、アユミノ、ノロイ、モノハナイ、ドウシテ、ソンナニ、ノロイノカ」などとうたいながらゴム跳びをして遊んだ。

本校舎と体育館のあいだの裏庭には雨哲《ウチヨル》のほかにはだれもいなかった。雨哲は草のにおいにまみれながら、ときおり膝《ひざ》のうしろの靭帯《じんたい》を伸ばし、だれからもどこからも隔てられているという感覚のなかでくつろいでいた。おなかが空《す》いた。昼休みが終わったら二時間でうちに帰れる。オモニ《おかあさん》はアンパン(両親の部屋)でアガ《あかちゃん》といっしょに寝て、ハ《おば》ルメ《あさん》はふたりの世話で忙しいんだろう。きっと、夕ごはんは昨日と同じカクトゥギとミ《せ》ナリ《り》ナムルだ。雨哲はとなりの席の崔貞天《チェジョンチョン》の弁当の中身を思い出して口中を唾《つば》でいっぱいにした。ケランチム《むしたまご》と牛肉の醤油煮と熊本屋の鮎《あゆ》の粕漬《かすづけ》だった。食べ物のことを考えるのはやめよう、考えたってあと二時間はなんにも食べられないんだから。雨哲は草の上に仰向けになって、頭のうしろで腕を組んだ。喉も渇いてるけど、みんながいるところには行きたくない。あと三十分、鐘が鳴るまで舌と喉を休ませてやりたい。弟の顔を思い出したいのに、記憶に膜がかかって、雨のように潤《うる》んだふたつの目しか浮かんでこない。そのふたつの目にこころのなかをつぶさに眺められているような気がして、雨哲はうっすらとした不安を感じた。ハジマン《でも》　ヌニ《めは》　アントジョ《あけない》　ナヌン《ぼくは》　ピゴネ《つかれている》　ポミ《はるな》ンデ《のに》　ノム《とても》　ピゴネ《つかれている》。

「こんなところで眠ってたのか。捜したよ」

佑弘《ウホン》だ、雨哲は目を開けた。

「だいじょうぶか？」

雨哲の口から声がすべり出た。

「ケンチャナ《だいじょうぶ》。あっ！」雨哲は両手で口を隠した。

「ヨギヌン《ここは》　ケンチャナ《だいじょうぶだ》。トゥヌンサラム《だれも》　オプソ《きいていない》」

「だれが聞いているかわからない」雨哲は瞬《まばた》きをして上体を起こした。

「ウエノミ《にほんじんに》　トゥルミョンアンデニカ《きかれたくないから》　チョソンマルロ《ちょうせんごで》　ハヌンゴヤ《しゃべるよ》。イゴ《これを》　イルゴ《よんでみ》バ《て》」

佑弘がパジのポケットから取り出したのは東亜日報の切り抜きだった。

「金元鳳《キムウオンボン》チャングン《しょうぐんの》　フエギョニャ《かいけんだよ》。ウリヒョギ《にいさんが》　イルゴポヌンゲジョッテ《よんだほうがいいって》」

風がミリュナム《ポプラ》を吹き抜け、雨哲は切り抜きが吹き飛ばされないようにおや指となか指に力を込めた。芽吹いたばかりの葉影が黒いレースのように佑弘の顔を覆《おお》って揺れている。

〈合致される二つの運動（上）上海から金元鳳〉

雨哲は見出しを読んで、緊張のあまり唾液《だえき》が苦くなるのを感じた。朝鮮語は得意ではないし、ところどころ伏せ字になっているので、黙読しながら意味を理解するのは難しかった。

〈朝鮮内の同胞に向けて言いたい事があるかというと、勿論《もちろん》言いたい事はたくさんあります。しかし、どの新聞を通じても、本当に言いたい事を言うのは不可能ではないでしょうか。本当に言いたい事を言えば発表されないでしょうし、万が一発表されたとしても、それはわたしの本当の言葉ではないはずです。

我が●●●の主義主張は、既に宣言書でも表明してある事ですし、今までの我々の行動がそれを明白にしてきたと信じております。我が運動が民族主義と社会主義の二つの思潮に分かれているのは事実のようです。最近、民族主義と社会主義の関係について討論した記事も度々目にします。これに対するわたしの意見を簡単に言いますと、我が朝鮮人の立場としては、民族主義者と社会主義者との相互連絡が必要であると言うよりは、民族主義運動がすなわち社会主義運動となり、社会主義者が民族主義者とならなければならないのです。一方は民族闘争としてあらわれ、もう一方は階級闘争としてあらわれていますが、朝鮮民衆の生存繁栄・自由平等の為《ため》に奮闘努力するという一点において、二つの運動の差異はあるでしょうか。わたしは、朝鮮においてはこの二つの運動が合致すると確信しています。

マルクスは共産党宣言で「過去一切の歴史は階級闘争の歴史である」と言いました。しかし、階級闘争以前には民族闘争がありましたし、また現在も依然として民族闘争が続いているという事を忘れてはなりません。●●の民衆が朝鮮の民衆を●●して、●●の無産階級が朝鮮の無産階級を●●しているのは紛れもない事実であります。●●では無産階級であった者が、朝鮮に来て二、三年経《た》つと有産階級になるのです〉

雨哲は金元鳳の顔写真を見た。〈学生時代の金元鳳氏と氏の筆跡〉とあるが、写真のなかの金元鳳は自分といくつも歳《とし》が変わらない童顔の少年だった。

〈合致される二つの運動（下）〉のほうは伏せ字だらけだった。

〈●●からの移民が日毎《ごと》に増して、●●民衆の生活が日毎に破滅していくのを防げていないのは事実で、朝鮮の土地に●●人よりも●●人が多数になったら、●●●世界が実現できたとしても、それは●●民衆の為の●●にはならないでしょう〉

「ピルリヨジュルケ《かすよ》。チベソ　チャル　イルゴバ《うちでゆっくりよんでよ》」佑弘《ウホン》はもうひとつのポケットから藁《わら》半紙《ばんし》のビラを取り出した。

〈朝鮮革命宣言〉の文字を目にして、雨哲は筋肉という筋肉をいつでも逃げ出せるように緊張させた。

「イゴン《これは》　モッピルリヨジュニカ《かすことができないから》　クッテマン《さいごのところだけ》　イルゴバ《よんで》」

春風が雨哲の耳の外をゆるやかに流れ、雨哲は風と息を合わせるために深呼吸した。

〈外では破壊の「刀」となり、内では建設の「旗」となるべし。破壊する気概を持たず、建設しようとする愚かな思いだけを持つならば、五百年を経ても革命の夢さえみる事はできないであろう。もはや、破壊と建設は一つで、二つではない事を知り、民衆的な破壊の先には必ず民衆的な建設がある事を知り、民衆的な暴力によって新朝鮮建設の障害である強盗日本の勢力を破壊するのみである事を知り、朝鮮民衆が一方となり、強盗日本が一方となり、お前を滅ぼさなければ私が滅ぼされるという「一本橋の上」に立たされている事を知り、我が二千万民衆は一致して暴力・破壊の道に進むべし。

民衆は我が革命の大本営である。

暴力は我が革命の唯一《ゆいいつ》の武器である。

我々は民衆の中に入って民衆と手を取り合い、絶え間ない暴力——暗殺・破壊・暴動によって強盗日本の統治を打倒し、我々の生活においての不合理な一切を改造し、人類によって人類を圧迫できないようにし、社会によって社会を収奪できない、理想的な朝鮮を建設するであろう。

〔檀紀〕四千二百五十六年（一九二三年）一月

義烈団〉」

雨哲《ウチヨル》は黙って佑弘に返し、その手をホジャンの枝《いたどり》にかけた。小枝が折れるボキッという音がした。

「〈暴力――暗殺・破壊・暴動――の目的物を列挙する。一、朝鮮総督及び各官公吏。二、日本天皇及び各官公吏。三、スパイ・売国奴。四、敵の一切の施設物〉」

――なにか訊《き》くべきなんだろうか、それとも黙っているべきなんだろうか、雨哲が迷いながらホジャンの皮を剝《は》ぐと骨のような白い茎が覗《のぞ》いた。

「〈日本人の移住民は日本の強盗政治の機械になり、朝鮮民衆の生存を威嚇《いかく》する先鋒《せんぽう》となっているゆえに、なお我々の暴力によって駆逐すべし〉」

弟を取りあげてくれた産婆《さんば》の丸い顔が浮かんだ。稲森きわでございます、すこししゃがれていたけれどやわらかい声だった。稲森きわはどんな暴力によって駆逐されるんだろう。爆弾？　拳銃《けんじゅう》？　短刀？　棍棒《こんぼう》？　血だまりのなかに仰向けに倒れている稲森きわ、手脚は爆弾で吹き飛ばされ、顔は金歯のついた歯茎しか残っていない――、その光景を追い払うために何度も瞬《まばた》きしたが、稲森きわはくっきりとした輪郭をもって雨哲に迫ってきた。

「イルボンサラムン《にほんじんって》　オットン《どんな》　キブニルカ《きぶんなんだろう》」

「……モルラ《わからないな》。ハンボンド《いちども》、イルボンサラミ《にほんじんに》　テボンチョギオプスニカ《なったことがないから》」佑弘は気が抜けた声でいった。

春風に曝《さら》されたホジャンの茎は枯れ枝のように乾き、ささくれ立っていた。雨哲は小枝を投げ棄《す》て顳《こめかみ》の汗を拭《ぬぐ》った。

「余分な日はない」佑弘は正しい発音で読みあげるようにいった。

「……余分な日？」

「金元鳳《キムウオンボン》将軍はぼくらと同じ歳《とし》のときに、日帝《イルチエ》に閉鎖された学校を再建するために密陽《ミリヤン》中を歩きまわって八十円の大金を集めて校長に差し出したんだ。十七歳のときに普段着のまま無銭旅行に出掛け、十九歳で天津《てんしん》の徳華学堂に入学し、二十二歳のときに中国人の革命家から爆弾製造法を教えてもらって、十三人の同志たちと義烈団《ウイヨルタン》を結成して団長になったんだよ」

雨哲は日本語をしゃべればいいのか、朝鮮語をしゃべればいいのかわからなくなっていた。校内では朝鮮語禁止だけど、日本語を使って、先生に聞かれたら——、朝鮮語と日本語を交互に使っている佑弘もきっとわからないんだろう。

「クロンピラ《そんなビラ》　カジゴイッスミョン《もってて》　ムソプチアンニャ《こわくないのか》。トゥルキミョン《みつかったら》……」

「ムソウンゴン《こわいのは》　キョンチャリアニャ《けいさつじゃないよ》。ムソウンゴン《こわいのは》　キルドゥリヨジヌンゴヤ《なれることだ》。ぼくはあと何年かしたら、上海に行って義烈団に入る。駆逐倭奴《クチユクウエノム》、光復祖国《クアンボクチヨグツ》、打破階級《タパケグプ》、平《ピヨン》均地権《ギュンチグオン》」

雨哲は佑弘に気取られないようにそっと息を吸い込んでから声を出した。

「五組に金元鳳の妹がいるだろ」

「福岑《ポクチャム》だろ？　後妻の子だってオモニ《おかあさん》がいってた」

「じゃあ、金元鳳とは腹違いか」雨哲の口から出て耳に入ってきた声は伸び切ったコム《ゴム》ジュル《ひも》のようだった。

「同じオモニから生まれた弟がひとり、腹違いの弟が七人、女は福岑だけだよ。ヒョン《にいさん》が益鳳《イクポン》と同級生だったんだ」

「じゃあ、そのビラは金益鳳から？」

「ううん。あの一族は警察の監視が厳しくて、葉書《はがき》一枚持ってないよ。金元鳳将軍とももう八年は逢《あ》ってないはずだよ。これはヒョンが、」といいかけて佑弘は言葉を飲んだ。

丈の長い草がそよいでいる。三十秒が流れた。校庭からにぎやかな笑い声が響いてくる。もう一分になったかもしれない。しゃがんだ姿勢にくたびれた雨哲は塀《へい》に寄りかかって両脚を投げ出し、その動作をきっかけに佑弘が噤《つぐ》んでいた口をひらいた。

「一昨年の九月一日、関東地方震災で死んだひとは九万人だっていうけど、その数に朝鮮人は含まれていない。ねぇ、雨哲、いったい何人の朝鮮人が瓦礫《がれき》の下敷きになって死んだんだろう？　地震で死んだだけじゃないよ、朝鮮人が井戸に毒薬を投げ込んだってデマが流されて、あっという間に六千人の同胞が殺されたのは知ってるだろ？　殺《や》ったのは警察や軍人だけじゃない、そこらへんにいる普通の日本人も殺ったんだ。顔だけじゃ見分けがつかないから、『十円五十銭っていってみろ』って朝鮮人らしいひとを片っ端からつかまえて、『ちゅうえんこちゅっせん』って訛《なま》ったら、日本刀で斬《き》り、棍棒《こんぼう》で撲《う》ち、竹槍《たけやり》で突き刺したんだ。ナムジャ《おとこ》だけじゃない、ヨジャ《おんな》もアイ《こども》もカンナンアイ《あかんぼう》も首を斬られて丸太みたいに転がされた。奴《やつ》らはなんの罪にも問われてない。いまも白い飯を食って糞《くそ》をしてやがる。ケ《いぬ》だって自分の手で殺《や》ればその日の飯はまずくなるだろ？平気でうまい飯を食えるんだから、倭奴《ウェノム》にとって朝鮮人はモギ《か》やパリ《はえ》と同じなんだよ」

ぼくが聞いているのは、武田先生の声じゃなくて佑弘《ウホン》の声なのに、どうして座り心地の悪い椅子《いす》に座らされてるように感じるんだろう、どうして早く鐘が鳴らないかって思ってるんだろう、雨哲《ウチョル》は自分の影と佑弘の影が重なっている部分に目を凝《こ》らした。

「どんなに殺しても倭奴は朝鮮人の死者を数えない。朝鮮独立運動と三・一万歳運動で倭奴に殺された同胞は、日清戦争と日露戦争の日本軍の死者より多いってヒョン《にいさん》がいってた。日本は朝鮮を合意のもとに併合したっていってるけど、朝鮮の民衆は国を護《まも》るために闘ったんだ。戦争だったんだよ。まだ戦争は終わってない。倭奴をひとり残らず朝鮮から駆逐するまでは、戦争は終わらない。ねぇ、雨哲、軍人も戦車も戦艦も戦闘機もない朝鮮人が闘う方法がほかにあるか？」佑弘は真っ直《す》ぐで鋭い視線を雨哲に向けた。

風だといえるほどの風は吹いていないのに、さっきから首の上で頭が揺れている。雨哲は自分が考えているのか考えていないのか考えたいのか考えたくないのかわからなかった。問われているということは、わかる。でも、いま、ぼくの内側はとてもざわめいていて、考えることができない。いま考えたら、佑弘の言葉につまずく気がする、佑弘の言葉じゃない、佑弘のヒョンの、いや違う、数え切れないほどたくさんの同胞の言葉に──。

「ヒョンは遺書を書いてぼくに渡してくれた。ヒョギ《おれが》　チュグミョン《しんだら》　アボジハンテ《おとうさんに》　チョナラゴヘッソ《わたしてくれって》……」佑弘の声はきっぱりしているのに震えていた。

雨哲は唇を動かした。声は出てこなかった。

「……もう密陽《ミリヤン》にはいない」

「ふたりきょうだいだろ？　おまえが、マニャゲ《もし》　ウィヨルタネ《ぎれつだんに》　トゥロガミョン《はいったら》」

「……」

沈黙のなかで鐘が鳴った。ふたりは静かに立ちあがって歩き出した。

「つぎはなんの授業だっけ？」雨哲がいつもの声で訊《き》いた。

「算術だ」佑弘もいつもの声で答えた。

「算術か」

「三学期は五だったろ？」

「五だよ、悪いか」

「悪いよ、おれは九だ」

「ほぅ、素晴らしいのう」

ふたりは笑った。笑っている佑弘の顔を見ながら、ひとの表情っていうのはあっという間に変わるものだな、と雨哲は思った。チッチッポッポク　チッチッポッポク、一年生たちが汽車ゴッコのわらの綱に入ったまま校舎に走っていった。

「教室まで競走だ」佑弘が声を弾ませた。

「よしッ、競走だ」雨哲は佑弘の声をつかんで投げ返した。

「李雨哲、勝負！」

「抜けるもんなら抜いてみろ！」

ふたりは肘《ひじ》をぶつけ合って走り出した。

すっすっはっはっ　すっすっはっはっ　佑弘の息は苦しそうだ　すっすっはっはっもっと速く　もっと速く　もっと！　すっすっはっはっ佑弘の息がうしろに引いていく　ずっとうしろに　すっすっはっはっ　すっすっはっはっ　**ねぇ雨哲　軍人も戦車も戦艦も戦闘機もない朝鮮人が闘う方法がほかにあるか？**　すっすっはっはっ　ぼくもすっすっはっはっ　佑弘　ぼくも　すっすっはっはっ　ぼくの血で倭《ウェ》の血を流すしかないと思うときがある　でも佑弘　すっすっはっはっ　どうしても　すっすっはっはっ**稲森きわの名前と顔と声が消えない**　**戦争なんだよ**　すっすっはっはっ　そうだよ　**戦**

争だ　倭奴《ウエノム》はぼくらを朝鮮人としか見ない　名前と顔と声を持っていても　すっすっはっはっ　朝鮮人でしかないんだ　でも　だからといって　稲森きわを日本人として駆逐すっすっはっはっ　すっすっはっはっ　駆逐　すっすっはっはっ　駆逐　すっすっはっはっ　でも　もし　関東地方震災のときみたいに　ぼくのアボジ《おとうさん》を　ぼくのオモニ《おかあさん》をぼくのヨドンセン《いもうと》を　生まれたばかりのぼくのナムドンセン《おとうと》を朝鮮人というだけですっすっはっはっ　モギ《か》やパリ《はえ》みたいに駆逐されたら　ぼくは　すっすっはっはっ　稲森きわを日本人というだけで駆逐できるかもしれない　すっすっはっはっ　駆逐できる？すっすっはっはっ　駆逐　すっすっはっはっ　駆逐　駆逐　駆逐　駆逐　駆逐　すっすっはっはっ　ちがう　ぼくが思っていることは駆逐じゃない　じゃあおまえの思ってることはなんだって佑弘はいうだろう　すっすっはっはっ　言葉は思いを運んでくれない言葉は思いを置き去りにする　すっすっはっはっ　そして言葉は　声にした瞬間に損《そこ》なわれてしまう　すっすっはっはっ　思いと言葉と声がひとつになるのは名前を呼ぶときだけだ　すっすっはっはっ　すっすっはっはっ　ぼくは思いを言葉に変えずに　すっすっはっはっ　ぼくのなかに留《とど》めておきたい　すっすっはっはっ　すっすっはっはっ　ぼくが行動するときは　思いが言葉になって言葉が声になるときじゃない　すっすっはっはっ　思いがいきなり声になるときだ　すっすっはっはっ　すっすっはっはっ　ぼくは走る　言葉なんかにつまずかないで　すっすっはっはっ　息だけにまみれて　すっすっ

はっはっ　チョンダリ《ひばり》の鳴き声と　葦《あし》を吹き抜ける風が　ぼくの息になるまで　風と息
が尽きるところまで　すっすっはっはっ　すっすっはっはっ　すっすっはっはっ　すっ
すっはっはっ　すっすっはっはっ

第五章　密陽川《ミリヤン》

　密陽川の水は川底に映る魚影の動きを追えるほど清《す》んでいる。四月は「ムルバン《みずはんぶん》　コギバン《あゆはんぶん》」といわれている通り、産卵のために遡行《そこう》する鮎《あゆ》で水が黒ずんで見える。水質のせいだという者も、川床の苔《こけ》のせいだという者もいるが、自らの香気で生臭さを消す密陽鮎は刺身にしても美味《おい》しいので、李朝のむかしから百里離れた漢陽《ハニャン》より鮎食いに訪れる粋人も多かったそうだ。

　密陽鮎には〈川の王子〉の伝説がある。

　むかし、新羅《しらぎ》にひとりの王子がいた。幼いときから水遊びが好きで、釣りをおぼえてからは池のほとりに王子の姿を見かけない日はなかった。宮中を抜け出し漁船に乗って釣りに出掛けることもたびたびで、漁師たちからは〈川の王子〉と呼ばれ慕われていた。王子のこころは川から川へと流れて広がり、あるとき父王に「土地は要りません。国中の川をわたしにください」と願い出た。父王は王子の願いを聞き届けて新羅中の川を所領として与えた。王子は喜んで新羅の都をあとにし、川から川へと旅をつづけた。五月半ば、洛東江《ナクトンガン》の支流が集落と集落のあいだを縫っている水郷に流れ着いた。王子から手ほどきを受けた百姓たちが釣りあげたのが、密陽鮎だといい伝えられている。

密陽川を見おろす山腹にある嶺南楼《ヨンナムル》は、焼失した嶺南寺《ヨンナムサ》の跡に建てられた迎賓館の一部を一八四四年に再建したものだといわれている。嶺南楼は建物自体を美しく見せることよりも、密陽川と終南山《チョンナムサン》の美しさを見せるために建てられたといってもいいくらいで、川を背にして石段をのぼり、嶺南楼に立って川に向き直ったときの美しさといったら——、そのむかしミリと呼ばれた平野の果ての果てまで見渡すことができる。

ひとりの女が嶺南楼の欄干《らんかん》にからだをもたせかけている。朝靄《あさもや》が立ちこめている川のあいだからミリュナム《ポプラ》の群落が顔を覗《のぞ》かせ、終南山がチンダルレ《つつじ》で赤く染まった背筋を見せて立ちあがり、太陽の光が川の面を鏡のように磨いて樹々《きぎ》の緑を映し出しても、女はそれらを見ているのではなかった。からだのそこかしこに残っている男の唇と指の感触に身を委《ゆだ》ねているだけだった。

女の名は美玲《ミリョン》といった。女の家も男の家も密陽川のほとりにあった。ゆっくり歩いても十分はかからない距離だった。男はベッタリ（舟橋）を渡ったところにある自分の家から、嶺南楼の真下のサムナム《すぎのき》のとなりにある女の家に毎日通っていた。通わない日はなかった。

夕食後に家を抜け出すことは難しかったので、男が女の家を訪ねるのは朝食か昼食のあとだった。市が立つ日は売り子を何人か雇わなければならないほど忙しかったが、煙草《たばこ》を買いに出るふりをして店を抜けた。毎日逢《あ》いたい、毎日あなたの顔を見たいのよ、五分でもいい、どんなに忙がしくても五分ならつくれるでしょう？　一日にたった五分よ、ほかにはなにも希《のぞ》まないわ、ねえ、あなた、約束して。男は女との約束を護《まも》った。昨日も、一昨日も、その前の日も、妻が陣痛で苦しんでいる最中に女の家を訪れた。

女は三日前の情事を思い出し、上唇を撫《な》でて溜《た》め息をついた。男はなにもいわずにカッ（鍔《つば》の広い帽子）を脱いで顔を見せると、片方の手でチョゴリの紐《ひも》をほどいて、もう片方の手でチマをまくりあげた。からだが上に、上に揺すられて、揺すられているのか揺すっているのかよくわからなくなったとき、男が女のからだからからだを離した。女は右手を高くあげて男のうなじに指をひろげ、声を出さずに訊《たず》ねた。どうして、わたしの顔を見ないの？　今日は一度も目を合わせないじゃない、どうしたの？　男は答える代わりに女の髪の毛を耳のうしろに押し込んで、自分のからだを仰向けに放り出した。

女は男のからだに覆《おお》いかぶさり唇に唇を近づけて言葉が浮かびあがるのを待ち受けたが、男はただ黙っているだけだった。女は男の臍《へそ》に溜まった汗を舌で舐《な》めた。男は目を瞑《つむ》った。女の口が下に移っても息ひとつ洩《も》らさなかった。

女は男の腕の上に髪をひろげて横たわった。男の妻が産み月に入ったという噂《うわさ》はとうに耳にしていた。いつもは明日の約束が含まれている柔らかな沈黙なのに、今日の沈黙は苛立《いらだ》ちで固まっている。このひとは出産に遅れることを怖《おそ》れているのだ、明日はこないかもしれない、明日こなかったらもう二度とこないということだ。女の頭に血がのぼり、耳や目のなかにも血が押し寄せて、男の横顔が真っ赤に見えた。

女は街中が寝静まった夜更《よふ》けに男の家を訪ねた。門の禁縄《クムジュル》に挟んであった赤唐辛子を目にした瞬間、女のこころはタルギャル《にわとりのたまご》のように叩《たた》き潰《つぶ》された。これで、広い背中も、固い肩も、なめらかな胸板も、ささくれだらけの短い指も、平たい爪《つめ》も、滅多に笑わない唇も、わたしのものにはならない。あのひとといっしょに暮らせないということが水のようにはっきりしてしまった。

わたしと出逢う十年も前に生まれた男の子は仕方がない、でも、わたしと出逢ったあとに男の子が生まれるなんて——、あの女には産神婆《サンシンハルメ》が味方についているに違いない、だとしたら、わたしは産神婆を敵にまわしたことになる。

あの女の顔は見たことがある。はじめて抱かれた日のつぎの朝、あのひとの店にコム《ゴム》シン《ぐつ》を買いに行った。オルマエヨ《いくらですか》？　サシボジョニエヨ《よんじゅうごせんです》。釣銭をもらうときに指と指がぶつかった。ヌエ《かいこ》のような指に食い込んでいる金の指輪を見た瞬間、心臓を素手でつかまれた気がした。

太陽は女が立っている場所を日陰から日向《ひなた》へと変えたが、女は身じろぎひとつしなかった。都から流れてきた川の王子は、あちこちの川のほとりで女を抱いたんじゃないかしら？　わたしがあのひとに魅《ひ》かれたのは、あのひとが密陽サラムじゃないから。どこかから流れてきて、どこかに流れ去る男だから。あのひとに留《とど》まることなんてできやしない。でも、あのひとに去られたら、どうやって生きていけばいいんだろう。わたしは男の子を生みたい。あのひととそっくりな男の子を生んで、この川のほとりで育てたい。女は終南山《チヨンナムサン》に向かって手を合わせた。ピナイダ《ねがわくば》　ピナイダ《ねがわくば》　サンシンニムケ《さんじんさまに》　ピナイダ《ねがわくば》　チヨエゲ《わたしに》　チヨサラメ《あのひとの》　アイルル《こどもを》カッケヘジュシプシオ《さずけてください》　モチヨロク《どうか》　サネアイルル《おとこのこを》　カッケヘジュシプシオ《さずけてください》。

女ははじめて終南山がチンダルレ《つつじ》で赤くなっていることに気づいた。チンダルレだけではない、川べりにはミンドゥルレ《たんぽぽ》やネンイ《なずな》やチエビコッ《すみれ》も咲き乱れている。わたしも咲き乱れている。あのひとを憎んでいるからといって、あのひとを求めることをやめたわけではない。女ははじめて男に抱かれたときから、憎むことではなく、求めることを怖れていた。怖れながら逢瀬《おうせ》を重ね、逢うたびに激しく憎み、激しく求めていた。

女が眠っても、怖れは決して眠らなかった。怖れは女を揺すり起こして川べりの道を歩かせた。いくら歩いても、憎しみを川に沈めることも、希《のぞ》みを川に流すこともできなかった。昨夜はベッタリのほうには行かなかった、でも今夜はわからない、カンナンア《あかちゃや》イ《ん》の泣き声がする禁縄《クムジュル》の下を潜《くぐ》るかもしれない。

禁縄を潜ってどうするつもり？　そんなことをしたら、あのひとは自分の家族を疵《きず》つけたわたしを許さないだろう。家族。わたしはあのひとの家族じゃない。わたしはあのひとのなんなんだろう。

昨日は昼過ぎから外に出なかった。ときどき鏡を覗《のぞ》いて、化粧と髪を直すほかはなにもしなかった。ただ両手を腿《もも》のあいだに挟んで、あのひとを待っているだけだった。太陽が女の膚《はだ》の上に沈みはじめたとき、女の耳のなかで枝折り戸《サリッムン》が嘆くような音を立てた。

男はテツマル《えんがわ》に腰をおろした。

今日はほんとうに五分で帰らないといけない。

あがって。

あがる時間はない。

五分の長さを決めるのはあなたじゃない。時計でもない。わたしが五分経《た》ったといったら帰っていいわ。わたしが、まだといったらまだなのよ。

男はコムシン《ゴムぐつ》を脱がずにサムナム《すぎのき》を見あげた。

神社を建てたときにイルボンサラム《にほんじん》が植えたんだよな。

わたしが十一歳のときだから、もう十四年も前よ。

男は黙って女の顔を見詰めた。女は美しかった。背丈は四尺九寸しかなくて華奢《きやしや》だったが、ピダンキョル《しらぎぬ》のようになめらかな膚と、チョゴリの上からでもわかるほど豊かな乳房を持っていた。黒くて太い眉《まゆ》は切れ長の目を強調し、目のあたりだけ見ると勝ち気なケジプアイ《しょうじょ》のようだったが、細筆で描いたような鼻筋と、ほころびかけたポッコッ《さくら》のような唇が顔全体の印象を優しくしていた。

美玲《ミリョン》。

男は女の名をはじめて呼んだ。

女は黙って男の顔を見詰めた。女は自分の美しさを知っていた。男にもっと見てほしかった。男の目を離したくなかった。ほかの女など見てほしくなかった。男の目をいっぱいにしたかった。

女は紐《ひも》を解いて肩からチョゴリをすべり落とし、ソクチョクサム《したぎ》の襟をひろげて乳房を露《あらわ》にした。

容夏《ヨンハ》。

女は男の名をはじめて呼んだ。

容夏、容夏、容夏、容夏。

男の名を囁《ささや》き、喘《あえ》ぎ、呻《うめ》いて、女は目尻《めじり》から涙をこぼした。雨のようなしずくが夕陽《ゆうひ》に染まった乳房の谷間を流れ落ちた。あまりの美しさに、男は指を伸ばすことさえできなかった。指を伸ばしたのは女のほうだった。溶け合った影と影は互いの名を呼び交わしながら夕闇《ゆうやみ》に横たわり、ゆるやかにゆるやかに動きはじめた。

女は日向《ひなた》に立っていることに気づいたが、日陰に移ろうとはしなかった。陽の光よりも恐ろしいものがあるだろうか、また一日がはじまってしまった。今日も待たなければならない。待つことは晴れた日に日向に立ちつづけるより消耗する。もうじき神社の参拝と掃除をするためにあのひとの息子が石段をのぼってくる。息子の顔は見たことがないけれど、見ればわかるはずだ。女は毎日見ている男の顔と、一度しか見たことのない妻の顔を目のなかに並べて、夫婦の長男が石段をのぼってくるのを待っていた。

春風が女の青いチマの裾《すそ》をまくりあげて大きくふくらませた。顔を上に向けてのぼってきたのはお下げ髪の女の子だった。それから、何分も経《た》たないうちに石段はいがぐり頭の男の子たちでいっぱいになり、教師の姿も見てとれた。おはようございます、とあいさつをしてくる生徒たちに、アンニョン《おはよう》、と女は微笑《ほほえ》みかけた。迷惑になるけぇ左側に二列に並べぇよ！　教師のひと声で生徒たちは左側に寄った。教師は拳《こぶし》を振って軍歌をうたい出し、生徒たちは神社を目指してうたいながら行進した。

風に閃《ひらめ》く連隊旗
しるしは昇る朝日子よ

旗は飛来《とびく》る弾丸に
破るる程こそ誉《ほまれ》なれ
身は日の本のつわものよ
旗にな愧《は》じそ進めよや
斃《たお》るる迄《まで》も進めよや
裂かるる迄も進めよや
旗にな愧じそ恥じなせそ
などて恐るる事やある
などてたゆとう事やある

女にはわからない言葉だった。女は風にはためくチマを踏まないように一歩一歩確かめながら降りていった。教師と生徒たちの歌声が嶺南楼《ヨンナムル》の前を通り過ぎて東屋《あずまや》に差しかかったとき、ひとりの少年が石段を駈《か》けのぼってきた。あのひとの息子だ、女の心臓が跳びはねるように高鳴った。はっはっはっはっはっはっ、息の音が近づいてきて、アンニョン、女は声をかけた。チガギダ《ちこくする》！　少年は左右の腕を大きく振って一段飛ばしでのぼっていった。はっはっはっはっはっはっはっはっ。少年の息の音に男の息の音が重なった。はっはっはっはっはっはっはっはっ。風が強くなった。チマが女の脚にからみつき、チョゴリの紐《ひも》が少年のあとを追った、ハヌルハヌル《ひらひら》　ハヌルハヌル　ハヌルハヌル。

太陽がサムナム《すぎのき》の真上に昇り詰めたとき、男は女の家にやってきた。女はテッマル《えんがわ》に腰をおろした男に春雪茶《チュンソルチャ》を出してさりげなく訊《き》いた。

なんて名前にしたの？

男はぎくりとした内心を面《おもて》に出さずに茶を啜《すす》った。

まだだ。

男の閂《かんぬき》をかけた門のような顔を見ているうちに、女の口から思ってもいない言葉があふれ出した。

早く名前をつけて、たくさん呼んであげないと駄目、アガ《あかちゃん》はまだこの世にいるわけじゃないの、この世とあの世のあいだにいるのよ、サシン《しにがみ》はアガが生まれる前の名を呼び、アガの家族は新しい名を呼んで引っ張り合うの、綱引きなのよ。

男は女を黙らせるために青いチマのなかに手を差し入れた。女はチマのなかで腿《もも》をゆるめ、柱に頭をもたせて目を閉じた。

目を開けて。

女は脚のあいだにある男の頭を見た。

アンデ《だめよ》。

女は男の頭を両手で押したが腰を引くことはできなかった。髪のなかに指を入れそっとつかんで身悶《みもだ》えた。

アイグ、許して。

女は喘《あえ》ぎ声を聞かせないために男の両耳をてのひらで覆った。サムナムが溜《た》め息をついて枝を揺らし、ふたつの枕《まくら》はアンパン（寝室）で待ちくたびれていた。

女は男のからだの下で落水の音《ナクスツムルソリ》を聞いた。藁葺《わらぶ》き屋根が雨を吸い、いっぱいになって落ちるのだから、ずいぶん前から降っていた？　テッマルにいたときは雲ひとつなかったのに。いま、何時？　そんなに長く抱かれている？　でも、どうして同じ場所から落ちるんだろう。いつも、決まってアンパンのうしろの軒先から、トットットッ。男の顔から汗が噴き出し、トットットットッ。男は手の甲で目の汗を拭《ぬぐ》って腰の動きを速くした。落水の音が聞こえなくなった。女は汗ですべる男のからだにしがみつき、叫び声とともに背中をのけぞらせた。

男は女の瞼《まぶた》にくちづけをしてから服を着た。足音が遠ざかり枝折り戸《サリッムン》が閉まる音がしても、女はそのままの姿勢で横たわっていた。落水の音はもう聞こえない。通り雨だったのかもしれない。雨のにおいがする。雨は激しく降っているときよりも、あがったばかりのときのほうがよくにおう。男の汗と同じだ。

女は両肘《ひじ》をついて上体を起こし、鏡台の前にはだかで座った。二の腕と肩に指の跡が残り、吸われ過ぎてひりひりしている乳首の脇《わき》には唇の跡が残っている。

あなたはわたしのものじゃないけれど、わたしはあなたのものだから、唇と指で判を捺《お》して、そうじゃないと……。

そうじゃないとどうするの？

アンパンに舞い込んだ黄色い蝶《ちょう》が布団の上で浮き沈みしている。蝶も男の汗のにおいがわかるのかしら？　だとしたら、きっと雌の蝶ね。女はのろのろとソクチマ（下着のスカート）をかぶってチョクサム（麻のチョゴリ）を羽織り、放心したように立ちあがって皺《しわ》だらけの青いチマをからだに巻き、胸の上で紐《ひも》を二重にして結び、チョゴリに袖《そで》を通して紐を結んだ。そして女は鏡のなかに入ろうとしている蝶を無視して、絹の布切れを口にくわえて髪をうしろに編んだ。紅筆で唇の輪郭をていねいになぞってから薄桃色の口紅で唇を染めると、蝶は狂ったように鏡に翰《はね》を打ちつけ、黄色い鱗粉《りんぷん》が鏡の表面をすべり落ちた。

女はチマの裾《すそ》を持って、雨が敷きつめられた嶺南楼《ヨンナムル》の石段を一歩一歩のぼっていった。女が嶺南楼の欄干に火照《ほて》ったからだをもたせかけるころには、空は茜色《あかねいろ》から紫色に変わっていた。

密陽川にはだれもいなかった。しじみ貝を採ったりミナリを摘んだりしていた女たちも、鮎《あゆ》釣りをしていた男たちも、シルム（すもう）をしていた男の子たちも、コンギノリ（小石遊び）をしていた女の子たちも、土手に腰かけて川の流れを眺めていた老人た

ち も、雨が密陽川を渡ったときに家路についていた。

女はひとりきりだった。ベッタリ（舟橋）がキィーッ、キィーッと軋《きし》むたびに空は暗くなり、終南山《チョンナムサン》の頭上に白い満月が浮かびあがった。宵闇のなか、ふたりの老女がベッタリのほうから歩いてくるのが見える。ふたりとも囚人のように頭を垂れ、ひとりはなにかをかかえている。アガ《あかちゃん》？　ううん、アガじゃない。老女たちは白と柿色のチマをはためかせながら嶺南楼の石段に差しかかった。あの女のオモニ《おかあさん》だ。運河沐浴湯《ウンハモギヨクタン》で湯に浸かりながら話したことがあるから間違いない。もうひとりは、あの女の腹を跳んだ富善《プソン》アジュンマ《おばさん》だ。なんの荷物かしら？　藁《わら》に包んで両端を縄で結んである。そうだ、今日はアガが生まれて三日目、胎盤流しの日だ。

ふたりの老女は嶺南楼を通り過ぎ、サムナム《すぎのき》を通り過ぎ、女の家を通り過ぎて阿娘閣《アランガク》の前で土手を降りた。阿娘閣の前は淵《ふち》になっていて、チャンオ《うなぎ》がたくさん採れると知られた場所だった。老女たちは藁の端と端を持って二、三回揺すってはずみをつけ、川の真ん中に向かって胎盤を放った。そして何秒かてのひらを合わせると、きた道を引き返していった。

女が嶺南楼の石段を降りようとしたそのとき、サルリョジョヨ《たすけて》！　女の悲鳴が背後で聞こえて振り返った。だれもいない。生あたたかい風に頬《ほお》を撫《な》でられ、女の膚《はだ》は粟立《あわだ》った。嶺南楼で刺し殺された阿娘の魂だ、と女は思った。もうじき命日だから魂が浮かびあがってきているのだろう。男に抱かれることも子を孕《はら》むこともなく殺された阿娘が、墓前で胎盤を流されることを快く思うはずがない。阿娘はきっと怒っている。

女は全身満月にして土手を降りていった。

藁に包まれた胎盤は淵に浮かんでいた。枝で手繰《たぐ》り寄せれば届きそうな距離だった。あの女のコギ《あそこ》から押し出されたもの、あの女とあのひとがひとつになった証《あかし》、あの女とあのひとの息子の胎《はら》のなかの寝床——、女はポドゥナム《やなぎ》の枝を折って握りしめた。藁から出して水に沈めてやる、あの女の胎盤などウノ《あゆ》につつかれチャンオに巻きつかれケ《かに》に千切り取られればいい！

胎盤は女から逃れるようにゆっくりゆっくり流れ出し、女は胎盤を追って歩き出した。コムシン《ゴムぐつ》が水たまりにはまり、泥水が跳ねてチマの裾《すそ》を汚しても、歩を停《と》めることはしなかった。

女の口から歌が漂い出た。済州島《チェジュド》サラムの旅人と寝たときに教えてもらった歌だった。

漢拏山《ハルラサン》から流れる水は
千の樹《き》を洗って腐った水
アアヤン　オヤ　オオヨ
別刀浦《ピョルトポ》に流れる水は
千の舟のいかりが腐った水

アアヤン　オヤ　オオヨ
わたしの目から流れる水は
千のこころを焦がした腐った水
アアヤン　オヤ　オオヨ
空と月と水面の月が嶺南楼の欄干にからだをもたせかけている阿娘の魂を浮かびあがらせた。阿娘は女と胎盤を見ているのではなかった。春そのものとなって春の美しさのなかに佇《たたず》んでいるだけだった。

第六章

初七日

慈悲深い産神婆《サンシンハルメ》、どうか、どうか、水の泡《ムルコプム》のようなアガ《あかんぼう》が健康に育つようにお護《まも》りください、愚かなわたしどもはなにも知りません、なにもできません、慈悲深い産神婆、どうかこの子をお護りください、どうか頭が真っ白になるまで長生きさせてやってください。

福伊《ポギ》と富善《プソン》はミヨックク《わかめスープ》ッ、白飯、なつめ、焼鮎《やきあゆ》、餅、藁《わら》などを供えてある産神床《サンシンサン》に向かってピソン《いのり》をくりかえしているが、祈るたびに、一生お金に困らないようにさせてやってください、病や事故が近寄らないように見張ってやってください、学問に秀《ひい》でた子になるようにお力をお貸しください、と新しい願いが付け加えられていった。働きもので、貞淑で、男の子をたくさん生む嫁をもらえますように、と福伊と富善が膝《ひざ》を折って額を床に擦りつけたとき、赤ん坊の大便のにおいが女たちの鼻腔《びこう》をくすぐった。

「うんちしたのねぇ、オンマ《おかあさん》がきれいきれいしてあげるからねえ」喜香《ヒヒャン》はペネッチョゴリ（産着）をひらいて花の茎のような二本の脚を持ちあげた。

「この子、うんちしても泣かないんです。雨哲《ウチヨル》はすぐ泣いて知らせてくれたのにね。今朝、チョッタク《いちばんどり》の声で目を醒《さ》ましたら、臭いんですよ。ずいぶん前にしてたみたいで、おしりが真っ赤にかぶれちゃってたのよねぇ。うんちしたら泣いてくださいね」

「おぉ、香ばしいにおいだ。オンマのおっぱいのにおいだねぇ、いい子だ、いい子だ」

福伊は幅三十センチ、長さ二メートルの白い綿を鋏《はさみ》で切って喜香に手渡した。

「おむつをしたのは長男だけだよ。そりゃあ、あんた、七人生んでほとんど年子だったろ？　おむつを取り替える暇なんてあるもんかね。おんぶして、うんちもおしっこも背中で垂れ流し」と富善は汚れたおむつを丸めてパグニ《かご》に入れた。

「イルボンサラム《にほんじん》はどうしてるんだろうね。チョソンサラム《ちょうせんじん》の家はオンドルで油紙が敷いてあるから、垂れ流してもだいじょうぶだけど」

「そりゃあ、あんた、畳だと一大事だってば。三つになるまでおむつをはずせないだろ」

ふたりの老女はなにもかもが小さい初生児の裸体に見惚《みと》れて、ピソンの途中だということをすっかり忘れていた。

「ちょっと小さいね」富善が値踏みするように両目を細めた。

「お乳があんまり出ないんです」

「そりゃあ、あんた、たんと食べないと。朝、チャム(間食)、昼、チャム、夜、チャム、五、六食は食べないとおっつかないわね」

「この子はもともと食が細いんだよ」

「アイゴ、なにをいってるかね。ヌエ《かいこ》みたいに食べて食べて食べまくらないと」富善が早口でいった。

「そりゃあ、食べさせてるよ。いつもは上のポリパプ《むぎめし》はこの子が食べて、下のヒンパプ《しろめし》はサウィ《むこ》とソンジャ《まご》が食べるんだけど、妊娠してからはこの子にヒンパプを食べさせてるよ」

「三男までは、ナムピョン《おっと》がチャンオ《うなぎ》やインオ《こい》を釣ってきてくれたよ」

「うちのひとは、釣りは好きじゃないんです」うちのひとが好きなのは釣りじゃないんです、と声を出さずにいい直して、喜香は深い溜《た》め息をついた。

「乳をもらうかね？」富善は溜め息の原因は乳が出ないせいだと決めつけて訊《き》いた。

喜香は自分の溜め息に吸い込まれそうになり、しがみつくように赤ん坊の顔を見た。

「三門洞《サンムンドン》の宝琴《ボグム》が何日か前に出産したらしいから頼んでみようか？」

「おっぱいは張ってるんです」と片胸をはだけて赤ん坊の口に乳首を含ませたが、赤ん坊は乳首を口から出してむずかり、乳の出が悪いことを母親に訴えた。

「この子の吸いかたが弱いせいもあると思うんだけど、出さなきゃいけないと焦《あせ》ってるのもいけないんでしょうね」

「出なかったらもらえばいいんだよ。それよりあんた、三七日《みなぬか》まではだれが死んでも葬式に出ちゃ駄目だよ。葬式のある家の門を潜《くぐ》ると、アガ《あかちゃん》が葬式で泣くのと同じ声で泣くようになるからね。結婚式も駄目だ。よその家の料理は食べちゃいけない。家のどこかが壊れても釘《くぎ》を打たないようにね、アガのからだに穴が開くよ。それから、竈《かまど》の灰をとっても絶対に棄《す》てちゃいけないよ。アガが乳を吐いたら困るだろ？」

「雨哲のときに教えてもらったから全部憶《おぼ》えてますよ」喜香の目はこころのばらつきを映していたが、唇は微笑《ほほえ》みのかたちに整えられていた。

「そうかね？　てっきり全部忘れたかと思った」

「富善《ブソン》アジュンマ《おばさん》こそ、話に夢中になって産神婆《サンシンハルメ》を忘れてませんか？」

「アイゴ、ピソン《いのり》の途中だった」富善は両手で両膝《ひざ》を打って産神床《サンシンサン》の前に戻った。

「まだお願いすることがあるんですか？」喜香はアンパン（両親の部屋）の空気を搔《か》き混ぜるように笑った。

福伊《ポギ》と富善は顔を見合わせた。

「長寿、成就、財運……」

「……嫁のこともお願いしたし……じゃあ、もう、」

「待って。最後にわたしが」

喜香《ヒヒヤン》は赤ん坊を乳房から離して布団に寝かせると、腰のあたりを気遣ってゆっくりと額に両手を掲げ膝を折ってひれ伏した。

「なにを祈ったのかね？」富善が訊いた。

「いえません」喜香は溜《た》め息とともに声を沈めた。

赤ん坊が掠《かす》れた声で泣きはじめた。

「一人前に涙を流してるよ」

「ちっちゃなおめめから、おっきな涙が出てますよぉ」福伊が綿の布切れで涙を拭《ふ》いて横抱きにすると、赤ん坊は泣き止《や》んだ。

「名前は」富善が訊いた。

「……」喜香は福伊の腕のなかにいる我が子の顔を見た。見ていなければ、ポッコッの桜《さくら》のようにばらばらに散ってしまいそうだった。わたしのこころは抉《えぐ》られている。取り返しがつかないほど深く。でもなんとかつながっている。この子の顔を見ていればなんとか。

「……」富善はふたりの沈黙に耳を傾けているしかなかった。

「アッパ《おとうさん》、早くぼくの名前をつけてくださいよぉ」福伊が赤ん坊の右手にひとさし指を握らせてそっと振った。

「上の空なんじゃないかしら」喜香は他人事《ひとごと》のようにいった。

「息子が生まれて、なにが上の空かねっ！」福伊が強い調子でいった。

「あのひとは？」

「さっきまで店にいたけど……」富善は心配そうに福伊の顔を見た。

「ちょっと見てきます」喜香は鏡台の前に座り、吉鳥の飾りがついている銀のピニョ《かんざし》に髪を巻きつけながら鏡のなかの母親にいった。

「夕飯はわたしがつくります。七日の祝いだから、雨哲《ウチヨル》と素苑《ソウオン》においしいものをいっぱい食べさせてあげたいの。近所でウノ《あゆ》を買ってお刺身にしましょう。ウノはこの季節しか食べられないからたくさん食べないと損よ。にらとねぎを炒《いた》めて、あぁ、スクトク《よもぎもち》も買いに行かないと」

視界がぼやけて大小の丸い光がいくつも浮かんで重なった。喜香は涙が唇に入ってしょっぱいと感じるまで自分が泣いていることに気づかなかった。井戸の水を汲《く》むパガジ（瓜《うり》の容器）を握ったときに、肩と首の筋肉が重い痛みに押さえつけられた。難産だった、頭の天辺《てっぺん》から爪先《つまさき》まで力を入れないところはなかった、歯を食い縛り過ぎて顔の血管が切れたくらいだ、それなのにあのひとは――、泣くわけにはいかない、泣いたら哀《かな》しみに持って行かれてしまう、泣いて、わたしを留守にするわけにはいかない、わたしは三人の子どもの母親なんだから。喜香は井戸水で顔を洗って、川のなかを歩くようにそろそろとマダン《にわ》を進んでいった。

老女たちは、両手を万歳の格好にして眠りはじめた赤ん坊の顔を眺めていた。

「噂《うわさ》になってるよ」富善が声を落とした。

「耳に入らなければいいんだけど」

「狭い街だし、もう二年になるからね」

「喜香は知ってるよ。雨哲《ウチヨル》と素苑《ソウオン》が知ったら……」

「アイグ、じきに知るだろう。ひとの口に錠はかけられないからね」

福伊はすうっと息を吸って止め、ふうっと大きく吐き、またすうっと吸って止めた。

柿色のチマの上に並べられている両手は関節が白くなるほど強く握りしめられていた。

喜香が裏口の戸を開けると、容夏《ヨンハ》は丸椅子《まるいす》に座って日本人が被《かぶ》る黒い学生帽を縫っていた。

「あなた」自分でも驚くほど柔らかく甘い声が喉《のど》から流れ出た。

「だいじょうぶなのか？」

「おかげさまで今日から水に手をつけられるし、食事も普通に戻ります」

「チャンモニム《おかあさん》は？」

「オモニ《はは》にはもうしばらく居てもらいます。まだ、当分はできないことのほうが多いし、アガ《あかちゃん》の様子が心配ですから」

「助かるな」容夏は学生帽に向かってうなずいた。

「あなた」

「なんだ？」容夏は針を持った手を止め、声からなにかを払おうとするかのように咳払《せきばら》いした。

「あの子に名前をつけてください」

「うん、ずっと考えていたんだが、雨根《ウグン》はどうだろう？　雨に根と書く」

「雨根……」

「不満か？」

「……いえ、いい名前だと思います」

「そろそろ出ないといけない。たぶん小一時間で戻れる」

「そうですか……タニヨオセヨ《いってらっしゃいませ》」

容夏は光あふれる通りに出て行った。春風がポッコッ《さくら》の花びらを硝子《ガラス》戸に貼《は》りつけ、剝《は》がしては貼りつけている。そろそろ富善アジュンマに店番を代わってもらって買物に出かけないといけないんだけれど、なんだか腰がチョルグ《うす》みたいに重い。喜香《ヒヒャン》はついさっきまで容夏が座っていた丸椅子に腰をおろし、針が刺さったままの学生帽を手に取ってみた。あのひとは息子の名前を考えながら縫っていたのだろうか、それともべつのことを考えてコッコク《ちくちく》　コッコク　コッコク。

「雨根」喜香は息子の名を声にしてみた。響きはいいのに、不吉な名前のように感じるのはどうしたわけだろう。真っ黒な空から無数の雨が落ちてきて、無数の白い根となって真っ黒な地中に伸びていく――、喜香は身震いして下腹部に手を置いた。ついついアガが入っているつもりでお腹《なか》を庇《かば》ってしまう。ムルロンムルロン《ぶよぶよ》している。お産ばかりしているから、踏み潰《つぶ》されたゴム毬《まり》みたいにたるんでしまった。雨根には雨哲のほかにふたりの兄がいるはずだった。いまはいない、でも、いなかったことにはできない。この胎《はら》に孕《はら》み、この股《また》から産み、この腕に抱き、この乳を吸わせたのだから――。雨善《ウソン》が乳を吸い、泣き声をあげることができたのはたった一日だけだった、あとの二日は声も出さずに眠りつづけ、眠りながら息を引き取った。真っ白なペネッチョゴリが死に装束になってしまった。

水龍《スヨン》はよく笑う子だった。わたしと目を合わせては笑い、あのひとに肩車してもらっては笑い、雨哲にくすぐられては笑い、おしっこを洩《も》らしては笑った。アギシン《あかちゃんのくつ》を履いて笑いながら走ってくる水龍――。オンマ《おかあさん》、まんま。ねんね、いや。オンマ、おんぶ！　おんも、あんよ。わんわん、いいこ、おいで。みて！　とと、いっぱい！　オンマ、みて！　一歳と六カ月だった。四月十四日、明日が水龍の命日だ。

水龍。雨善。ふたりの名はわたしのからだに刻まれている。水龍。雨善。あのひとのからだにはなにも刻まれていない。なにを失っても、なにを損なっても、あのひと自身はいつも無疵《むきず》だ。だから、あんなことができるのだ、あんなことが――。

容夏《ヨンハ》がきちんと閉めなかった戸の隙間《すきま》から一片の花びらが忍び込み、ピングルビング《くるく》ル《る》まわりながら喜香《ヒヒヤン》の足もとに舞い落ちた。喜香は硝子《ガラス》戸にうっすらと映っている自分の姿を眺め、喉《のど》を絞めつけられるような哀《かな》しみをおぼえた。醜くはないが美しくもない女、老いてはいないが若くもない女、街を歩いていてもだれからも振り返られない女――。あの女は若く美しいと噂《うわさ》されている。わたしは可哀相な女だと噂されている。噂が耳に入るたびに、わたしはあの女の美しさに磨きをかけている。見ていないからだ。実際はそんなに美しくないのかもしれない。見たい？　見に行く？　いま？　ふいに、紙のように白く平らな女の腹に指をひろげている夫の手が浮かび、喜香はポッコッ《さくら》の花びらをコムシン《ゴムぐつ》の先で踏みにじった。見たくない！　なぜ、わたしが、見に行かなければならないのか！　あの女が顔を見せにきたとしても、見てやるものか！　あの女の顔など蠟燭《ろうそく》を吹き消すように暗闇《くらやみ》のなかに追いやってしまいたい。

ひとすじの風が吹き込んで、喜香は顔をあげた。紺がすりにこげ茶の帯を締めた老女が店の前に立っている。赤ん坊を取りあげてくれたイルボンサラム《にほんじん》の産婆《さんば》だ。喜香は重い腰を持ちあげて戸を開けた。

「ちょっと近くまできたので、寄ってみました」

喜香は舌の上で声がもがくのを感じた。おはよう、こにちは、ありがとう、しじゅれいします、しゅみません、おかんじょう、わかりません、自分が知っているイルボンマ《にほん》ル《ご》を全部並べても、イルボンサラムと会話することはできないだろう。雨哲《ウチヨル》と素苑《ソウオン》は二時過ぎにならないと帰らないし……。

「お加減はどうですか？」

お加減をお金と聞き違えた喜香は顔を真っ赤にして頭を下げた。

「おかね、チョグンマント《もうすこし》　キダリョジュセヨ《まってください》」

「お金はいつでもいいですよ」

「……いくらですか？」

「お気持ちで構いませんよ。わたしはお手伝いをしてあげただけですから。赤ちゃんはお元気ですか？　よろしかったら赤ちゃんのお顔を見せてくださいな」

喜香はマダン《にわ》を通り抜けて、産婆をアンパンに案内した。アンパンの戸を開けると、ひそひそ話をしていたふたりの老女が口を噤《つぐ》んだ。福伊《ボギ》は立ちあがって会釈《えしゃく》したが、富《ブ》善《ソン》は皮を剝《む》いたカムジャ《じゃがいも》のような顔をして、チマの皺《しわ》を両手で伸ばしただけだった。

「まぁ、元気そうな坊やだこと。あら、目を開けた」イルボンサラム《にほんじん》の産婆は皺だらけの顔をさらに皺だらけにして微笑《ほほえ》んだ。

喜香は産婆の横顔を見た。皺が深いのは目尻《めじり》と唇の端で、眉間《みけん》や額はミルラッ《ろう》のようにつるつるしている。幸福な女の顔だ、笑いながら歳《とし》をとるとこんな風に皺が深くなるのだ。

「お乳は出ますか？」産婆は喜香に訊《たず》ねた。

「……」喜香は首を傾《かし》げた。

「……」福伊と富善は顔を見合わせて、となりの部屋の音を盗み聞きするように耳をそばだてた。

「おっぱい、出ますか？」産婆はしなびた乳房を両手で持ちあげて、唇で乳を吸う音を立てた。

喜香は首を振った。

「ちょっと胸をひらいて、横になってみてください」産婆は身振りで言葉を伝えた。

喜香は唇を開けてしばらく躊躇《ためら》ったが、コルム《ひも》をほどいてチョクサム《したぎ》をひらき、ソクチマ（下着のスカート）のボタンをはずして布団に仰向けになった。福伊と富善は吸い込んだ息をすこしずつ吐き出しながら、染《し》みと皺だらけのてのひらが乳房を揉《も》んだりツボを押したりする様を見張っていた。

「さぁ、起きあがって、坊やにおっぱいをあげてみて」

喜香は左の乳首に雨根《ウグン》の唇を押しつけた。チョッチョク　チョッチョクと音を立てて吸いはじめた真っ赤な唇と乳房の隙間《すきま》から白い液体があふれ出した。

「はい、今度は右をあげて」

喜香は左の乳房から離そうとするが、雨根は強く吸いついて離れようとしない。

「雨根ア《や》　イボネヌン《こんどは》　イチョク《こっちの》　チョシヤ《おっぱいだよ》　チャー《ほら》　オンママル《おかあさんのいうことを》　トゥロヤジ《ききなさい》ナ《あ》

ジュンエ《とで》 トゥリミナルテカジ《ゲップがでるまで》 シルコッモッケヘジュルケ《たんとのませてあげるから》 イェヤ《ほら》 チョム《ちょっと》 トロジ《はなれてち》リョム《ようだいな》」

ようやく引き離した瞬間、乳が迸《ほとばし》って産婆の顔に飛び散った。

「オモナ《あらら》！」富善が叫んだ。

「アイゴ《あら》 ミアンハムニダ《すみません》」慌《あわ》てた福伊が白い綿で産婆の顔を拭《ふ》いた。

産婆の唇の端が持ちあがり、福伊の目に笑いがじわじわとひろがって、ふたりの女は面と向かって噴き出した。富善が肩をふるわせて笑い、喜香も額を押さえて笑った。四人の女はからだを揺すり、折り曲げ、帯をかかえ、チマのなかで足を蹴《け》って笑い、驚いた雨根が甲高い声で泣き出すまで笑いつづけた。

「あぁ、よかった、おっぱいの出がよくなって」産婆は袂《たもと》から手拭《てぬぐ》いを取り出して目の縁の涙を押さえた。

「チョジナオゲヘジュショソ《ちちがでるようにしてくださって》 コマプスムニダ《ありがとうございます》」福伊は笑いにむせながら産婆に頭を下げた。

「雨根、雨根ア《や》」喜香は自分の胸に笑いをしまい込もうとするかのように赤ん坊を抱いた。

「ウグン？ アボジガイルムル《おとうさんになまえを》 チオジュショックナ《つけてもらったんだね》。ウグン オォ《おお》 チョウンイルミ《いいなまえ》グナ《だ》 ウグン ウグンア《や》」福伊は笑いを微笑に萎《しぼ》ませることに成功した。

「ウグンちゃんっていうお名前なんですね？　どういう字なんですか？」

喜香《ヒヒャン》は産婆のてのひらにひとさし指で雨と根という字を書いた。

「いいお名前ですね。雨は天からの恵み、根はその雨を吸いあげて樹《き》や草や花を成長させます。健《すこ》やかに育ってほしいというお父さまの願いがこめられているお名前だと思います」

喜香は産婆の声に耳を傾けた。なにをいっているのかはわからないが、息子の名を褒めてくれているということはわかる。それだけで、顔を覆《おお》って泣きたくなるほどうれしかった。出産してから、感情に蓋《ふた》ができなくなっている。怒りはすぐに煮立って噴きこぼれ、哀《かな》しみはわたしの淵《ふち》からあふれつづけている。

「あんまり長居すると赤ちゃんのからだに障《さわ》るから、わたしはそろそろ失礼いたします」と産婆は和服の裾《すそ》を整えて立ちあがった。

福伊が産婆を見送るために外に出て行った。

「チョ《わたし》　チャムカン《ちょっと》　タニョオルケヨ《かいものにでてきます》。オモニガトラオシミョン《ははがもどったら》　ウグニルル《ウグンの》　マッキヨジュセヨ《めんどうをみてもらってください》。ミアンハジマン《もうしわけないんですけれど》　カゲチョム《みせばんを》　パジュセヨ《おねがいします》」

「サンフニカ《さんごなんだから》　チョシメソ《きをつけて》タニョワヨ《いっておいで》。トゥキ　オレ《くれぐれも》　パラムセミョン　アンデニカ《かぜにあたらないように》」

喜香は十日ぶりに財布と風呂敷《ふろしき》を持って外に出た。市場でスクトク《よもぎもち》を買って、東蓮《トンヨン》のところでにらとねぎを分けてもらい、川向こうの祥天《サンチョン》の家でウノ《あゆ》を買い終えたころには、太陽が牛嶺山《ウコンサン》のうしろに半分隠れていた。

喜香は土手の上で立ち止まった。川べりのポッコッ《さくら》は葉が出はじめているのに、イルボンサラム《にほんじん》が神社の境内に植えたポッコッは満開で、風が吹くたびに薄紅の花びらをふるい落としている。花が薄くて丸いので、朝鮮のポッコッとは種類が違うのかもしれない。喜香はポッコッから嶺南楼《ヨンナムル》へ、嶺南楼からサムナム《すぎのき》に目を移し、おそるおそる下降していった。陽《ひ》が落ちたというのに灯《あか》りはついていない。もし、まだ店に戻っていないとしたら、あのひとはあのなかにいるはずだ、あの女と夕闇のなかで——。喜香は自分の家と女の家をひとつの視界に入れた。

こんなに近くで！　憎しみのあまり視界が歪《ゆが》んで、サムナム《すぎのき》の幹が波打って見える。喜香は涙が滲《にじ》んでくるのを感じた。ハヌニム《かみさま》、お願いします、こんなところで泣いたらあまりにも惨《みじ》めです、どうか、この涙が目に留《とど》まり頰を伝いませんように——、と目が乾くまで月を見あげていたら、急に両手の荷物が重くなって、喜香はベッタリ（舟橋）の端にへたり込んだ。水が流れている、くりかえす、堪える、明日も、水が流れるように痛みを、堪える、くりかえす——、あのひとは、わたしがどこまで受容するか試しているのかもしれない。露《あらわ》にはしていないけれど、隠してもいない。だって、こんなに近くで、歩いて十分もかからない場所で姦通《カントン》しているのだから。喜香は鼻先から水面にしたたる涙を放っておいた。あのひとにコルムをほどかれ、あのひとの目の前でチマを脱いだはじめての夜、わたしはチョサンニム《ごせんぞさま》に固く誓った。このひとと一生、どちらかの命が尽きるまで苦楽を共にし、このひとの妻であることを誓います。
喜香は立ちあがって、女の家を視界に入れないようにしてベッタリを渡った。キィーッ、キィーッ、キィーッ。風が吹き、チマの裾《すそ》がはためいた。すると突然、喜香は腰から下が風のように無重力になるのを感じた。嶺南楼に白い女が佇《たたず》んでいる。一瞬、あの女かと思ったが、違う、阿娘《アラン》だ。わたしを見ている。不思議と畏《おそ》れは感じなかった。脈も速くならなかった。哀《かな》しみが花のにおいとともに大気を漂っている。水龍《スヨン》が死んだときと同じにおいだ。喜香は哀しみでふるえている大気を深く吸い込んでアリランをうたった。

松林のなかで鳴く鳥は　もの哀しや
阿娘の恨みを　哀しんでかい
アリアリラン　スリスリラン　アラリガナンネ
アリラン峠を越えてきてよ
嶺南楼に射《さ》す月は　冴《さ》えわたるのに
南川江《ナムチョンガン》はだまって　流れるばかり
アリアリラン　スリスリラン　アラリガナンネ
アリラン峠を越えてきてよ

呼吸が楽になり、目に映るもの、目には映らないものすべてが音を奏《かな》ではじめた。チ《サ》ヨルジヨル《ラサラ》チヨルジヨルジヨル　チエッチエッ《チュンチュン》チエッチエッチエッ　テーンテーン《カーンコーン》　ウンメーウンメー《モーモー》チエチヨビヨー《シジミですー》　チエチヨプ《シジミー》　ウンエーウンエー《オギャーオギャー》、雨根《ウグン》がわたしを呼んでいる。喜香のふたつの乳房が乳で漲《みなぎ》った。

第七章　三七日《みなぬか》

白いひと影がサムナム《すぎのき》の家から出てくるのが見える。午前三時、チョッタク《いちばんどり》は羽のなかに頭を入れて眠り、朝飯の支度をする女たちもペゲ《まくら》に頭をのせて眠っている。ひと影は白いチョクサム《したぎ》とソクチマ（下着のスカート）姿の女だった。女は井戸端にかがんでパガジ（瓜《うり》の容器）で水を汲《く》みあげ、大事そうにハンアリ《かめ》に移してテッマル《えんがわ》に置いた。そしてペム《へび》のようにスルル《するする》と服を脱いで木槿《むくげ》の枝にかけると、髪に指を入れてテンギモリ（未婚女性のお下げ髪）をほどいた。波打って尻《しり》の下まで流れ落ちた黒髪は女の裸身の白さを際立《きわだ》たせた。

女は井戸水を汲んで頭からかぶり、また汲みあげてかぶった。たちまち白い膚《はだ》が打たれたように赤く染まったが、女はなにかを唱えながら一心に水をかぶりつづけている。

紺のチマチョゴリとツゲチマに着替えた女はアンパン（寝室）の北側に陳設してある祭床《チェッサン》に井華水《チョンフアス》とわかめ汁と三杯の白米と位牌《いはい》を供え、マッチを擦って蠟燭《ろうそく》に火を点《とも》した。

ピナイダ《ねがわくば》　ピナイダ《ねがわくば》　チヨサンニムケ《ごせんぞさま》　ピナイダ《ねがわくば》　チヨエゲ《わたしに》　チヨサラメ《あのひとの》　アイルル《こどもを》カッケヘジュシプシオ《さずけてください》　モチヨロク《どうか》　サネアイルル《おとこのこを》　カッケヘジュシプシオ《さずけてください》。

女は大きな風呂敷包みを背負って川べりの道を急いだ。鶏や犬が鳴く前に龍頭山《ヨンドウサン》にのぼって湧水《わきみず》が噴き出しているところを捜さなければならない。コンドゥリギ（精魂込め）は秘密裡《り》に行わないと成就しないそうだから、だれにも見られずに行って帰ってこなければ。真っ暗だ。でも、つまずかないで歩いて行ける。先へ先へと急いでいるわたしの魂がホロンプル《ランプ》のように行く手を照らしてくれているから。なんの音もしない。水底を歩いてるみたいだ。チプ《いえ》もナム《き》もコッ《はな》もサラム《ひと》もみんな沈んでいる。あのひともあのひとの妻もあのひとの子どもたちもみんなみんな——、でも、ほんとうは、沈んでいるのはわたしひとり。わたしの声はだれの耳にも響かない。サルリヨジヨヨ《たすけて》！　と叫んでも水面にあぶくが浮かびあがるだけ。あのひとの子どもを生めば、あのひとにそっくりな男の子を生めば、水のなかから抜け出せる気がする。アガ《あかちゃん》が羊水《ヤンス》とともに押し出されて産声《うぶごえ》をあげるとき、わたしの声もきっと生き返るはずだ。あのひとはいつも沈黙を残していく。わたしはその沈黙に身を沈めるしかない。わたしがどんなに黙り込んでいるか、あのひとは考えたこともないだろう。膝《ひざ》をつき、膝をかかえ、膝をひらいてあのひとを受け容《い》れながら、わたしはバケツのなかのムルコギ《さかな》のように口をポクンポクン《ばくばく》させているだけ。

わたしはあのひとがいないときも、あのひとの目を見て、あのひとの声を聞いて、あのひとのにおいを嗅《か》いで、あのひとを感じている。舌でさわって確かめたあのひとの尖《とが》った犬歯の感触や、水を飲む犬のように動くあのひとの熱い舌の感触が――、欲望がからだのなかに降りてくると腿《もも》が溶けて歩けなくなるから、あのひとから遠ざかるように歩かないといけない。

不意に川上で光がゆらめいて流れた。心臓が激しく脈打って、女は闇《やみ》を見透かそうと目を大きくひらいた。なにかしら？　トケビブル？鬼火《おにび》？　川に月光が反射してきらめいただけでしょう？　ううん、もっと強い光だった。怖い。でも、布団の上でじっとしているよりは怖くない。じっとしていると、羽毛のように柔らかく、怖《おそ》れがわたしの心臓を撫《な》でてくる。あのひとは明日訪ねてこないかもしれない、という怖れに囚《とら》われると、どこを見るのも怖くて、目を開けることさえできなくなる。もしも明日訪ねてこなかったら、わたしはあのひとの息子を生むことができないまま、永久に内なる声のなかに取り残されてしまう。抑えつけたり忘れたりすることができないほど怖れが大きくなってしまったら、こうやってなにかに向かわせるしかない。いまも、怖れは脇腹《わきばら》に触れそうなくらい近くに寄り添っているけれど、わたしの内にいるわけじゃない。わたしの内に棲《す》みついてわたしとひとつになってしまったら、わたしはきっと、あのひとか、あのひとの妻か、わたしを殺すだろう。

あのひとの子を孕《はら》むためだったらどんなことだってする。葬式のときに功布《コンポ》（棺を拭《ふ》く麻布）の切れ端を盗んで身に付ければアイルルカッヌンダ《にんしんする》、よその庭の桑の東に伸びた枝の実を盗《と》って食べればアイルルカッヌンダ、石仏の鼻を削って煎《せん》じて飲めばアイルルカッヌンダ、虎の歯をノリゲ《かざりもの》にして胸のあたりに垂らせばアイルルカッヌンダ、子だくさんの女のソクチマ《したぎ》を盗んで着ればアイルルカッヌンダ、アイルルカッタ、アイルルカッタ、アイルルカッヌンダ、毎月七日と十七日にひと目を忍んで山祭を捧《ささ》げればアイルルカッヌンダ。今日は七日でも十七日でもない。でも、どうしても、今日からはじめたかった。だって今日は三七日の祝いの日だから。あのひとの家の禁縄《クムジュル》が解ける日だから。

　女はチマの裾《すそ》をたくしあげて両端を結び、山道に踏み込んでいった。月光を遮《さえぎ》り、闇に影を重ねて闇を濃くしているソナム《まつ》やサンスリナム《くぬぎ》のあいだの細い道を進むと、突然、首を絞められた女の喉《のど》からほとばしるような声がして、なにかが頭上をプドゥドゥク《ばさばさ》と飛び去っていった。プオンイ《みみずく》だ。女は胸に手をあてて深呼吸し、膚《はだ》にぴったりと貼《は》りついてしまった怖れを剥《は》がそうとするものの、うなじから襟に入ったほつれ毛に飛びあがって両手で払い落とした。ケンチャナ《おちついて》　ケンチャンタニカ《おちつくのよ》　ムソップチアナ《こわくない》　モガムソ《こわく》ウオ《ない》。

ちょっと見てよ　ちょっと見てよ

わたしを見てよ
真冬に咲く花を見るように　わたしを見てよ
アリアリラン　スリスリラン　アラリガナンネ
アリラン峠を越えてきてよ
やっと逢《あ》えたあのひとに
口きくことさえできないで

樹《き》の根につまずき、アリランは途切れた。女は背筋を伸ばし歩幅を狭めて、上へ上へとつづく道を見据えて前に進んだ。山に入って間もないというのに、もう脚と肺が悲鳴をあげている。ふくらはぎとふとももうしろが痛い。顎《あご》を上に向けて枝と葉のあいだに三日月や星を捜すこともできず、オルンチョク《み》ウェンチョク《ぎ》 オルンチョク《ひ》ウェンチョク《だり》、歩いている足もとから眠気が立ちのぼってくる。夕方、あのひとの腕のなかでうつらうつらしてから、一睡もしていない。その前の夜も、眠れなかった。すこし休もうかしら。でもいま立ち停《ど》まったら、樹の幹に寄りかかってそのまま眠ってしまいそう。美玲《ミリョン》！　女は肩越しに振り向いた。いない、いるはずがない、こんな山のなかに。右手の背で瞼《まぶた》を擦《こす》ったが、苦痛のあまり目に映るものはふたつしかなかった。草鞋《わらじ》が擦れて血が滲《にじ》んでいる右足と左足。オルンチョク　ウェンチョク　オルンチョク　ウェンチョク、容夏《ヨンハ》、容夏、容夏、容夏、わたしはあなたの息子を生みたいという願いを成就させたいのか、その願いから放免されたいのかよくわからない。昨日、わたしは、カンダ《かえる》、というあなたの言葉に背を向けた。あなたはわたしのからだを両手でまわし、ふとももに顔を埋めて呻《うめ》いた。ウエ《ずっと》　カチ《いっしょに》　イッコシプチアンケンニ《いたいにきまっているじゃないか》　美玲、トロジ《はな》ゴシプチアンクナ《れたくない》　美玲。あなたの声だ、耳もとで、いたるところで。美玲、チョンマ《なんてき》ルイエプグナ《れいなんだ》　ヨギド《ここも》　ヨギド《ここも》　ヨギド《ここも》　チョンブネコダ《ぜんぶおれのものだ》。女はぬかるみに足を入れていることに気づいて、あたりを見まわした。大きな岩と岩のあいだから水が湧《わ》き出し、小さな泉ができている。

　女は風呂敷包みを解くと、祭器《チエギ》を取り出して湧水《わきみず》が出ている岩の上に並べ、白米、テ《な》チユ《つめ》、シルトク《もち》、干したプゴ《めんたい》を盛りつけて、燭台《チョッテ》に蠟燭《ろうそく》を立ててマッチを擦った。

　女はチマチョゴリが泥まみれになるのもかまわずに、山神堂《サンシンダン》に向かって膝《ひざ》を折り、額と両のてのひらを地につけてピソン《いのり》をくりかえした。ピナイダ《ねがわくば》　ピナイダ《ねがわくば》　サンシンニ《さんじんさ》ムケ《まに》　ピナイダ《ねがわくば》　チョエゲ《わたしに》　チョサラメ《あのひとの》　アイルルカッケヘジュシプシオ《こどもをさずけてください》　モチョロク《どうか》サネアイルル《おとこのこを》　カッケヘジュシプシオ《さずけてください》。

　女は藁《わら》の包みからカルチ《たちうお》をつかみ出し、サンスリナム《くぬぎ》の古木に向かって放り投げた。アイルルカッヌンダ《にんしんする》！　カルチは枝を掠《かす》りもせずに落下した。ベシャッ。岩にあたって潰《つぶ》れる嫌な音がした。ムルコギ《さかな》を投げて枝にひっかかればアイルルカッヌンダ、と聞いたからペム《へび》みたいに長いカルチを選んだのに！　女はカルチの頭をつかんで腕を振りあげた。ベシャッ。何度投げても枝に届かない。ベシャッ。

女が自分とさほど背丈が変わらないソナムの枝にカルチをそうっとひっかけた瞬間、雨が降りはじめた。汗だと思って、チョゴリの袖《そで》で額を拭《ぬぐ》ったが、拭っても拭っても流れ落ちてくる。雨がフドゥドゥッとすべての葉を打ったとき、女ははじめてのひらを上に向けた。雨、これは天の答えだ、願いは成就する、わたしはきっとアイルルカッヌンダ。雨を全身に纏《まと》った女は微笑《ほほえ》みながら山を降りていった。オルンチョクウェンチョク　オルンチョクウェンチョク。

雨は暁闇《ぎょうあん》を溶かすように降り、女が川べりに出るのを見計らったように降り止《や》んだ。雲の裂け目から灰色の朝陽《あさひ》が射《さ》し、一秒ごとに光の輪をひろげていった。

女は朝のにおいを嗅《か》いだ。朝食のテンジャンクッやキムチのにおいを除いても朝には朝のにおいがある。ずいぶんひさしぶりに朝に出くわした気がする。あのひとと出逢《であ》ってからわたしは朝も昼も夜に塗り潰しているから、真っ黒に。コッキオー。チョッタクだ。女たちがペゲから頭をあげる前に家に帰り着かなければならない、だれかに見られたら、コンドゥリギ（精魂込め）が台無しになってしまう。どうかだれにも見つかりませんように。コッキオー。チョッタクよ、わたしが帰り着くまで鳴かないでおくれ、わたしの願いが成就するように力を貸しておくれ。

怒りがこころの内で蠢《うごめ》き、目を醒《さ》ました。怒りはいつもチョッタクより先に目を醒まし、わたしを揺すり起こす。喜香《ヒヒャン》は怒りで強張《こわば》っている顔を横に倒した。まだ眠っている。だいぶ髪の毛が生えてきたし、生まれたときには生えていなかった眉毛《まゆげ》も濃くなってきた。わたしに似ているのは目のあたりぐらいかもしれない、こうやって目を閉じているとあのひとにそっくりだ。

昨日、あのひとはわたしのからだを求めてきた。あのひとがチョクサムに手を差し込んで乳房をてのひらで覆《おお》ったとき、わたしは寝返りを打って背を向けたけれど、あのひとは背中から手をまわしてきて乳房を揉《も》んだ。あの女の乳房を揉み、あの女のコギを《あそこ》いじり、あの女の膝《ひざ》をひらき、あの女の髪を乱している手で。同じ手で。どんなに受け容《い》れようとしても膚《はだ》が拒む。チョクサムをまくりあげられて乳首に口をつけられたとき、煮えたぎるような怒りが喉からあふれ出た。わたしの膝はあのひとの膝にこじあけられ、わたしはからだが揺れないように脚を踏んばって、声を出さないように瞼《まぶた》のなかの暗闇と息を合わせて――。

うーん、あぁ、あぁ。てのひらをひらいてなにかつかもうとしている。あぁ、あぁ。まだ目は開けていない。おしっこかうんちをして気持ち悪いのかもしれない。喜香はペゲから頭をあげ布団をそうっとめくって、雨根《ウグン》の股間《こかん》に鼻を近づけた。なんのにおいもしない、そろそろおっぱい？　何時間前におっぱいをあげたかしら？　この子はあの最中に泣き声をあげた。うんちのにおいが漂って、あのひとはアンパンから出て行った。あれは何時だったんだろう? うんちを拭《ふ》いておむつをかえて、おっぱいをあげながら寝かしつけた。まだ暗かったから、午前三時ぐらいだったのかもしれない。

雨根や、今日はおまえの三七日のお祝いよ。おまえがおめめを開けたら、オンマ《おかあさん》はおっきするから、それまでおまえの寝顔を見させておくれ。オンマは今日は大忙しなのよ、もうすこししたらおまえのハルメ《おばあさん》が手伝いにきてくれるよ。ハルメがきたら、まず禁縄《クムジュル》をはずして川べりで燃やして、朝ごはんを拵《こしら》えておまえのアボジ《おとうさん》とヒョン《おにいちゃん》とヌナ《おねえちゃん》に食べさせて、おまえの沐浴《もくよく》をしないといけない。さぁ、それからがたいへんだ、親戚《しんせき》や近所のひとがおまえの顔を見にくるんだよ。ハルメがおべべとおくるみを縫ってくれたみたいだから、おめかししましょうね。

雨根は眠りながら伸びをし、手脚をぴくっとさせて薄目をひらいた。喜香は膝をついて、左手を首の下に入れて指をひろげ、右手を尻の下に入れて、ゆっくりそうっと自分のからだに引き寄せた。

「雨根や、朝ですよ」

喜香は首を支えている左手をずらして肘《ひじ》の内側に頭をのせ、顔に顔を近づけて声をかけた。

「チャルチャンニ《おはようございます》」

雨根は目尻を下げて唇の端をあげた。

「笑った！　はじめて笑った。オンマ《おかあさん》がチャル　チャンニっていったのがおかしいの？　チャル　チャンニ！　雨根や、今日はいろんなひとが、おまえの顔を見にくるんだよ。みんな、おまえが無事に大きくなったことを喜んで祝ってくれるんだよ」

雨根は母親の顔に手を伸ばした。

「雨根や、もっと笑っておくれ。チャル　チャンニ！」

雨根は微笑《ほほえ》み、喜香は約束を交わすように微笑みを返した。

「チャル　チャンニ」

雨根は目と鼻に皺《しわ》が寄るほど大きなあくびをし、母親の腕のなかで眠りに沈んでいった。喜香は尻に添えていた右手を背中にまわし、左肘をそっと引いててのひらで首を支え、赤ん坊のからだが水平を保つように注意しながら姿勢を低くし、尻を布団におろしてゆっくりと上体を寝かしていった。尻を支えていた腕をそっと抜き、首にあてていた手を静かにはずすと、喜香は雨根の頬に唇をつけて横たわった。雨根や、オンマは幸せではないけれど、おまえや雨哲《ウチョル》や素苑《ソウオン》がいるから不幸せではないのよ、おまえたちはわたしの命なの、おまえたちにもしものことがあったらオンマは生きていけない、生きる意味がない。エジャントで眠っている水龍《スヨン》と雨善《ウソン》や、どうかおまえの弟の命を支えておくれ、おまえたちの分まで長く、幸せに生きられるよう力を貸しておくれ。

喜香は乳臭い息のにおいを吸い込み、微《かす》かな、微かな寝息に耳を澄ましながら、赤ん坊の膚《はだ》の温《ぬく》もりに意識を溶かしていった。こころとからだの力がすうっと抜けたと思ったら、喜香は密陽川《ミリャン》の水面に仰向けになって真っ青な空を眺めながら流れていた。チャルチャンニ、空に向かってあいさつをすると、空は笑うように輝きを増していった。

夜空が蓋《ふた》のように街を覆って川や山や家を闇に閉じ込めたとき、テツマル《えんがわ》で待ち尽くしていた女は枝折り戸《サリッムン》が開く音を聞き、近づいてくる男を影絵のように眺めた。今日は市が立つ日だから、食事をする暇もないくらい忙しかったんだ。釜山《プサン》の問屋に注文していた品物が九時の汽車で届くから、リアカーを引いて駅まで走って、荷を載せて走って……。

……たいへんだったわね……。

嘘《うそ》、と女は思った。市が立つ日は月に六度もあるけれど、一度だって日没前にこなかったことはない。いいわけなどしなければいいのに、わたしがなにも知らないとでも思っているのかしら？

あなたによく似てるわね。

え？

女は笑った。

……どこで見た？

見てなんかいないわよ。三七日まで禁縄《クムジュル》が張ってあるのに、どこで見かけるの？　嶺《ヨン》南楼《ナムル》で上の男の子と擦れ違っただけよ、仕方ないじゃない、近所なんだから。どうしてそんな顔するの？

女は男の指に指を伸ばしたが、指が触れた瞬間、男は顔を背けて重い溜《た》め息をついた。男が黙っているあいだ、女のこころはさまざまな思いに走り出した。コンドゥリギ（精魂込め）のことは内緒にしておこう、ふたりで祈願する夫婦もいるそうだけれど、わたしはこのひとの妻じゃない、このひとの妻はあの女、朴《パク》喜香だ。長男の名は雨哲で、次男の名は雨根で、長女の名は素苑。初七日も迎えずに葬式も出さずにエジャントに埋められたから、外の者には伝わらなかった。つきあいはじめたばかりのころに死んだ男の子の名は外の者には伝わらなかった。もうひとりあそこに埋められている男の子がいると聞いたけれど、わたしと出逢《であ》う何年も前のことだ。あの女が生んだのは男四人に女ひとり、きっと男腹なんだろう……。

四月、五月、六月、もうすぐ夏ね。

……あぁ。

わたし、密陽《ミリヤン》から一歩も出たことがないの。

……たいていの女はそうだろう。

もし、夏になってもつきあっていたら、わたしを釜山に連れて行って。わたし、密陽を出てみたいの、汽車に乗ってみたいの、海を見てみたいのよ。

……そうだな。

一度でいいからいっしょに夜を過ごし、いっしょに朝を迎えたいの。

女は男の背中に両手をまわし、男の左胸に耳をつけて鼓動を聞いた。いまの言葉は声にしたのかしら？　それとも、こころのなかでつぶやいて、声にはしなかったのかしら？

喜香《ヒヒャン》はいつもはハナ《いち》しか入れない米をハナ《いち》　トゥル《に》　セッ《さん》すくって素焼きの鉢に入れ、井戸水を張ってあるハンアリ《かめ》からパガジ（瓜《うり》の容器）でハナ　トゥル　セッ汲《く》み出して米を水に浸し、トドゥル《ざら》トドゥル《ざら》した鉢の側面で擦《こす》るようにサッサックと研いで、濁った水を流してもう一度サッサック　サッサック　サッサック。三日前に蒸して軒下に干しておいた麦を竹笊《たけざる》からハナ《いち》　トゥル《に》　セッ《さん》　ネッ《し》　タソッ《ご》　ヨソッ《ろく》　イルゴプ《しち》すくって鉄釜に入れ、水を切った米を麦の上にのせた。

姉さん姉さん　従姉《ねえ》さんよ　嫁暮らしはどうですか
妹よ妹よ　よしとくれ　嫁暮らしは犬暮らし
前の畑に唐椒《タンチュ》植え　うしろの畑に唐辛子《コチュ》植えて

唐辛子と唐椒が辛いというが
嫁暮らしはもっと辛い
まん丸西瓜《すいか》の器には　ごはんよそうの難しい
がたがた膳《ぜん》には　箸《はし》を置くの難しい

喜香はうたいながら、家の裏に束にして置いてある松の枝と葉をかかえて竈《かまど》にくべ、火のついた燐寸《マッチ》を投げ入れプルム《ふいご》で吹くと、朱色の炎が起きあがって松葉の煙が喜香の髪やチョゴリのなかにもぐり込んだ。風炉《プンノ》の炭がなかなか赤くなってくれない。しゃがみ込んでプルムをピューピュー吹いて風を送ると、炭はみるみる赤くなってトタン鍋《なべ》のなかの水がボグルボグル沸きあがった。今朝摘んだミナリ《せり》を盥《たらい》の水で揺すって砂を落とし、箸で湯のなかに沈め、さぁ、つぎは九十銭もした牛肉だ。喜香は俎《まないた》の上に牛肉を置いてトットットットッと細切れにしてから、洋鉄《ヤンチョル》（ブリキ）鍋にごま油を敷いてジグルジグルするまでの僅《わず》かなあいだに、ミナリを笊にあげて水を浴びせ、右手で絞って水気を切り、サバル《こばち》にのせて塩と醬油《しょうゆ》で味付けした。これで一品できあがり。ジグルジグルしたごま油で牛肉を炒《いた》め、水に浸《つ》けておいたわかめをサットゥクサットゥク切って水といっしょに鍋にあけ、あとは煮立つのを待つだけ。ウノ《あゆ》はまだよ、焼き過ぎると風味が逃げるから、ごはんとミヨックック《わかめスープ》ができあがってからで間に合うでしょう。テンジャン《みそ》に漬けてあるにんにくの薹《とう》を皿に盛りつけ、マヌルジャンアチのできあがり。喜香はチョゴリの袖をまくりあげると、チャントクテ《かめおきば》に行っていちばん大きなチャントクの蓋《ふた》をとり、真っ赤に漬かった白菜《ベチュ》キムチを引き摺《ず》り出した。

水を汲《く》むのに五里を行き
臼をつくのに十里を行く
九つの釜《かま》に火を焚《た》いて
十二の部屋の布団を畳み
丸太橋が渡りにくいといっても
舅《しゅうと》より難しいだろうか
木の葉が青いといっても
姑《しゅうとめ》より青筋立てるだろうか

熱いコギクッ《スープ》のなかでわかめがピンビンまわりはじめ、牛肉の茶色い灰汁《あく》がプグルブグル浮かびあがって、喜香《ヒヒャン》はクッチャ《おたま》で灰汁をすくい取り、ひと煮立ちしたところで塩をソルソルかけて味見した。マシッタ《おいしい》、やっぱり牛肉は鶏と違ってコクがある。ミヨッ《わかめ》ククッ《スープ》が入っている洋銀《ヤンウン》鍋に蓋をして竈の端に置き、鉄釜の蓋を取ると、白い湯気がモラッモラックと喜香の顔を包み込んだ。もうほとんど炊きあがっている、火を弱めないといけない。竈の松の枝を棒で両端に寄せてとろ火にすると、まだあたたかい茶色の卵をハナ《いち》トゥル《に》セッ《さん》ネッ《よん》タソッ《ご》割って白身と黄身をよく溶き、トットットッとみじん切りにした葱《ねぎ》とごま油と塩を卵に振りかけ、サバル《こばち》ごとごはんの上に乗せて蓋を閉じた。五分でケランチム《むしたまご》ができあがる、蒸し過ぎるとまずいから注意しないと。さぁ、ウノ《あゆ》だ。喜香は風炉《プンノ》に網を乗せ、盥《たらい》のなかから生きているウノをつかみ取って、ハナ　トゥル　セッ　ネッ　タソッ、口から竹串《たけぐし》を突き刺していった。風穴をピューピュー吹くとウノは口をポクンポクン、尾をパルタッパルタックさせたが、すぐに透明な目が白濁し、鱗《うろこ》に火ぶくれができていった。

舅は虎鳥　姑は叱《しか》り鳥よ
義姉は睨《にら》み鳥　義妹はつつき鳥よ
義兄は不機嫌鳥　わたしの夫はのろま鳥よ
子どもは泣き鳥　わたしひとりがふて腐れ鳥よ
聞かざる三年　見ざる三年
いわざる三年　三の三年暮らしたら

喜香は鉄釜の蓋を開けてケランチムのサバルを取り出した。テッタ《よし》、うまく蒸れた、ごま油と卵のいいにおいがする。全部できあがった、あとは盛りつけるだけ。喜香はお膳《ぜん》の上にコンギ《ちゃわん》を並べ、木のしゃもじでごはんをよそっていった。ナムピョン《おっと》はヒンパ《しろめ》プ《し》、雨哲《ウチヨル》もヒンパプ、素苑《ソウオン》はポリガバン《むぎはんぶん》、オモニ《おかあさん》もポリガバン、わたしはコンボリパプ《ぜんぶむぎ》でいい。ヌルンジ《おこげ》がこびりついた鉄釜に米の研《と》ぎ汁を入れて蓋をかぶせ、これで雨哲と素苑が好物のヌルンパプができあがる。

梨花《りか》のようだったわたしの顔が
南瓜《かぼちゃ》の黄花になっていた
麻のようだったわたしの髪も
萩《はぎ》の皮みたいになっていた
白玉のようだったわたしのこの手も
いまではかさかさ水かき手
十幅《ポク》（幅は広さの単位）藍色《あいいろ》の木綿チマは涙に濡《ぬ》れ
二幅の前掛けは鼻水に濡れる

喜香《ヒヒャン》はまくりあげていたチョゴリの袖《そで》をおろし腰の上で結んでいたチマをほどいて、手《て》拭《ぬぐ》いで顔中の汗を拭うと、まず容夏《ヨンハ》のお膳《ぜん》をかかえて台所を出た。雨根《ウグン》の泣き声は聞こえない、まだ眠っているのかもしれない、みんなが夕ごはんを食べはじめたらおっぱいをあげないといけない、わたしは一日中動きまわっている、あのひとに嫁いでから十四年間、ペンイ《こま》みたいにペンベンベン、自分のからだを紐《ひも》で打ってペンベンベン、朝から晩までペンベンベン、目がまわって倒れそうに、でも止まることはできない、このまま死ぬまでペンベンベン　ペンベンベン。かつて、わたしの話を聞いていてくれていた耳と、わたしのこころを受け止めてくれていたこころが、ほかの女のほうに向いているとしてもペンベンペンベンペンベンペンベン、わたしの手はあの子たちの食事を拵《こしら》えるためにあるし、わたしの声はあの子たちの名を呼ぶためにあるし、わたしの耳はあの子たちの話を聞くためにあるし、わたしのこころはあの子たちのこころを受け止めるためにあるし、わたしの乳房はあの子に乳を吸わせるためにあるのだから。

容夏だけ別のお膳の前に胡座《あぐら》をかき、ほかの家族は飯台を囲んで腰をおろした。容夏がケランチム《むしたまご》に箸《はし》を伸ばして口に入れたのを合図に、雨哲《ウチヨル》はウノ《あゆ》の竹串をつかみ、素苑《ソウオン》はミヨックック《わかめスープ》を匙《さじ》ですくった。いつもは食事中口をきいてはいけないことになっているのだが、三七日の特別な料理に子どもたちは目を輝かせ、思わず感嘆の声をあげた。

「マシッソヨ《おいしいよ》。やっぱり密陽《ミリヤン》のウノは違うね」雨哲がウノを食べながらいった。

「西瓜《すいか》のかおりがするだろ」容夏が父親らしい声を出した。

「シンナンダ《すごおい》、牛肉が入ってる」素苑はすこし寄り目になって匙の上の牛肉を眺めている。

「雨根に感謝したほうがいいぞ。雨根の三七日なんだからな」

「でも、雨根はひと口も食べられなくてかわいそう」素苑は首を捻《ひね》って、壁に寄りかかって授乳している母親を見た。

「雨根はオンマ《おかあさん》のおっぱいがご馳走《ちそう》なのよ」喜香は、乳房にくっついているチョゲ《はまぐり》のようなてのひらを見護《みまも》りながらいった。授乳しているときと、子どもたちの声を聞いているときだけがほっと息をつける時間だ。

「早く大きくなって、おいしいものをたくさん食べられるといいわね」素苑がいった。

「まだまだ先よ、歯も生えてないんだから。最初はお粥《かゆ》をひと匙ひと匙あげて、ごはんをすこぉしずつあげて、歯が生え揃《そろ》うのは二歳ごろなのよ」

「早行《そうこう》早坐《そうざ》早語《そうご》早歯《そうし》不成人《ひとならず》」容夏は歯のあいだに詰まった牛肉のかすをせせりながらいった。

「どういう意味？」素苑が訊《き》いた。

「早く歩いたり、早くしゃべったり、早く歯が生えるのはよくないんだよ」

「ふぅん。わたしはいくつのときに生えた？」

「素苑は早かったわよ。一歳になる前に全部生えてたわ」

「じゃあ、わたしはよくないの？」

「ううん、女の子は男の子より早いのよ」

おしゃべりをしてもいいらしい、という雰囲気を察した福伊《ポギ》は箸を飯台に置いて早口でしゃべり出した。

「でも、今日はたくさんきたね、美村里《ミチヨンニ》のチンジョンシック《じっかのかぞく》だろ、安法里《アンポッニ》のナムドンセ《おとう》ン《と》だろ、駕谷洞《カゴクトン》のサムチョン《おじさん》だろ、内一洞《ネイルトン》のチョカ《めい》も、大邱《テグ》の宝善《ポソン》もきたし、近所のひともずいぶんきたから、三十人じゃきかなかったろ？　カルチ《たちうお》がぜんぜん足りなかったからね。慶七《キョンチル》は二歳になったばかりの英玉《ヨンオク》を連れてきたけど、英玉と雨根は瓜《うり》ふたつだったじゃないか。雨根はこっちの血が濃いんじゃないかね？」

「いいえ、この子はアボジ似《ちちおや》ですよ、オモニ《おかあさん》」

喜香は眠りながら乳を吸う雨根の唇が魂にじかに触れてくるように感じ、陶然として瞼《まぶた》を閉じた。このままこの子を抱いて眠ったら気持ちいいだろう、でもまだごはんを食べてない、まだまだ仕事がある、夕食のあとかたづけ、麦蒸しと明日の食事の下拵《ごしら》え、肌着や靴下の縫いもの、ほかにもなにかあったはずだ……半ば夢みごこちの頭のなかに福伊の不服そうな声が虚《うつ》ろに響いた。

「……そうかね？」

「ね、あなた、似てますよね？」喜香は目をとろんと開けて、今日はじめて夫の顔を見た。

「まだわからんよ。子どもの顔は変わるからな」

「ねぇ、ねぇ、オモニ、なんで、あのテテオッ《はれぎ》、脱がせちゃったの？　とってもかわいかったのに」素苑の声だ。

「アガ《あかちゃん》はタムチョゴリがいちばん楽なの。まだ手脚が伸ばせないから窮屈《きゅうくつ》な服はかわいそうなのよ。それに、すぐおむつが濡《ぬ》れるからね」

喜香は小さな顎《あご》を肩にのせ背中を叩《たた》いてげっぷを出させようとしたが、そのまま寝入ってしまったので、アギイブル（赤ちゃん用のふとん）にそうっと寝かせ、すっかり冷めてしまった麦飯の上に白菜《ペチュ》キムチを乗せて、匙《さじ》で口に運び、噛《か》み、飲みくだし、みんながスンニュン《おこげじる》を飲みはじめたころには桃の皮を剝《む》いていた。

「アボジ、今度鮎《あゆ》釣り教えてよ」雨哲《ウチヨル》が皿に盛られた桃に手を伸ばしながらいった。

「釣りは何年もしたことがないからなぁ」容夏《ヨンハ》も桃を頰《ほお》ばった。

「だって、自分で釣ればただでしょう」

「そうだな」

「ぼくと素苑《ソウオン》で釣れば、みんなで食べられるよ」

「釣りなんかしたくない」素苑がいった。

「おまえ最近、生意気だぞ」

「オッパ《おにいちゃん》こそ生意気じゃない」

「素苑や、オッパに口答えしちゃだめよ。素苑はしじみを採ればいいじゃない」

不意に、だれかが欠けている気がして、喜香は家族の顔を見まわした。クサラム《あのひと》、雨哲、素苑、オモニ《おかあさん》、雨根《ウグン》——、みんないる。

「ねぇ、オンマ《おかあさん》、散歩に行きたい。嶺南楼《ヨンナムル》まで行きましょうよ」

いつもはわがままをいわない子が夕食後の忙しいときに散歩に行きたいといい出し、六歳にもなるのにオンマと呼ぶなんて——、きっとわたしが雨根につきっきりだったから淋《さび》しい思いをしているんだろう、喜香《ヒヒャン》は前掛けで手を拭《ふ》きながら腰をあげた。

「じゃあ、行きましょう。あなた、ちょっと出てきます。おっぱいをあげたからしばらくは起きないと思うけれど、オモニ、雨根をお願いします」

もうじき四月も終わりだというのに頬にあたる風が冷たい。喜香は水のにおいがする大気を深く吸い込んで、素苑《ソウオン》の手を握った。

ベッタリ（舟橋）の前で雨哲が立ち停《ど》まった。

「ぼくは川をひとまわりしてくる。二十分で戻るから嶺南楼にいてくれる？　素苑、アボジ《うさん》にはぜったいいうなよ。走る時間があるくらいなら勉強しろってうるさいんだから」と雨哲は月明かりにうっすらと照らされた終南山《チヨンナムサン》の方に走り出し、手を振る間もなく宵闇に紛れてしまった。

喜香は素苑と手を繋《つな》いで石段をのぼりながら、初七日に阿娘《アラン》の霊をみたことを思い出した。素苑にはいえないわ、この子はとっても怖がりだから。

素苑は阿娘が佇《たたず》んでいた場所に真っ直《す》ぐ進み、欄干から身を乗り出した。

「オモニ《おかあさん》、見て！　船よ！」

こんな時間に鮎《あゆ》釣り船の灯火《ともしび》が流れている、南の方角だから駅まで行くのかもしれない、きっと急な用事ができたひとを乗せているのだろう、お産？　けが？　病気？　親《しん》戚《せき》の死？

「阿娘祭が終わったね」

「そうね」

阿娘祭が終わったら鮎がすくなくなって、菖蒲《しょうぶ》水で髪を洗って、山百合《サンナリ》の花が咲いて、新米でつくった松片《ソンピョン》（餡《あん》やごまが詰まった貝形の餅《もち》）をお供えするころには、雨根はいはいしているだろう。

「わたし、阿娘祭の童妓《トンギ》をやりたいなぁ。いくつからやれるの？」

「お嫁に行ける齢《とし》になったら、でしょうね」

「あと何年したらお嫁に行けるの？」

「さぁ、十六でお嫁に行く娘もいるからねえ」

「じゃあ、あと十年ね」

「そんなに早く嫁いだらオモニが淋しいじゃない」

「オッパ《おにいさん》と雨根がいるからいいじゃない」素苑が拗《す》ねたような小さな声でいった。

この子もいつか家のなかに封じ込まれ、夫に裏切られるのだろうか、喜香は素苑のやわらかい髪を撫《な》でた。

「アイグ、素苑や、オンマ《おかあさん》のたったひとりのかわいい娘や」

声が大気中の沈黙に呑《の》まれている気がする、だれかの耳に吸い込まれているような──、だれかがわたしたちの話を聞いている？　阿娘？

「オモニ、どうしたの？」

娘の目が不思議そうに見返し、唇が笑いかけている。どうしたことだろう？　素苑の顔じゃないみたいに見える、寝不足で目が霞《かす》んでいるだけよ、でも、なんだか、怖い——、喜香は素苑の顔を胸に引き寄せ、語りかけ、触れてくるような暗闇から娘を庇《かば》った。

目を醒《さ》ますと、暗闇だった。頭蓋《あたま》にだれかの声が響いている、わたしの声じゃない、聞き憶《おぼ》えのない女の声、夢のなかで見知らぬ女が悲鳴をあげたのかもしれない、わたしの耳を巻き添えにして——、あぁ、眠い、また同じ夢のなかへ落ちて行きそうだ、硝子《ガラス》の破片のように真っ直ぐ。女は眠気に逆らって瞼《まぶた》を開け、両肘《ひじ》をついて上半身を起こした。

障子には女のかたちをした月影が映っていた。わたしは現実の岸辺に背を向けて沖へ沖へ、夢から夢へ、流されているだけなのかもしれない。岸から離れたのは、たぶんあの朝からだ。オモニが死んだのも朝だったそうだけれど、生まれたばかりだったからなにも憶えていない。十六歳のとき、あの朝、ヘ《ひが》　ジルテカジヌン《くれるまでには》　トラオンダ《かえるよ》、といって出掛けたアボジが溺《おぼ》れたという知らせをもらって、鮎釣り船に乗って龍頭モク（淵）へ行ったけれど、遺体は見つからなかった。アボジの夢は一度もみたことがない、アボジが亡者《マンジャ》となって還《かえ》ってきたこともない、アボジの声も思い出せない。ヘジルテカジヌン　トラオンダ、という最後の言葉を、目も耳も不自由なひとが木に削った文字を何度も指で辿《たど》るように記憶しているだけ。オモニ。アボジ。この家の暗闇には、ここからいなくなったひとの、かつてここにいたひとの影が含まれている気がする。

　女は上体を倒して暗闇に手を伸ばし、そこに在った男の頬《ほお》をてのひらで覆《おお》い、髭《ひげ》の剃《そ》りあとを指の腹で撫《な》で、小鼻を爪《つめ》でなぞり、鼻の頭をくすぐった。そして暗闇のなかから男の手を引き寄せた。その手はするすると下に伸び、足首をつかんでから這《は》いあがってきた。脚と脚のあいだの奥深くに誘って迷い込ませたときに、女のなかからあたたかい液体が流れ出た。月経《ウオルギョン》がはじまった。女は船酔いのような失望に頭をフンドゥルフンドゥル《ゆらゆら》させられながらプオク《だいどころ》に行って、血液を洗い流し、布を何枚か重ねてあてがった。抱き合っていれば話ができる、抱き合わないで話をすることは難しい、明日から五日間、なにを話せばいいのかしら？　もう話すことなどなにも残っていないのかもしれない。あの女とは毎日たくさん話をしているのかしら？　子どもの話？　商売の話？　できることなら、あのひとの家のチャントクテ《かめおきば》に隠れて夫婦の会話を盗み聞きしたい。

　女は死者のように腹の上で手を組み合わせて横になった。瞼は閉じたが、ふたつの耳だけは暗闇に向かってひらいていた。

第八章 百日宴《ペギルジャンチ》

「ねえオモニ《おかあさん》、どうして道端に立ってお餅《もち》を配ったりしたの？　もったいないじゃない」

「ミョンウル《いのちを》サダ《かう》っていうんですよ。今日は雨根《ウグン》の百日宴だったでしょう？　ペクソルギ《しろいもち》を百人に分ければ百歳まで長生きできるんですよ」

「ふぅん。じゃあ、あれは？　富善《プソン》アジュンマ《おばさん》が雨根の首に糸の束をかけてたでしょう？」

「あれも長生きの願掛け」

「どうして糸なの？」

「どうしてどうしてってうるさいぞ」

「どうして？　わたしはオモニに訊《き》いてるのよ。オッパ《おにいちゃん》には関係ないでしょう？」

「関係ある。耳に入ってくるんだから」

「ねぇオモニ、明日、雨根をおんぶして仁緒《インソ》のおうちに遊びに行っていい？」

「素苑《ソウオン》や、雨根はお人形じゃないんですよ。庭をひとまわりぐらいだったらいいけれど、首が据わったばかりだからまだ長くおんぶできないの。それに、重いわよ」

「あら、重くないわよ。わたし、昨日もおんぶしたもん」

「仁緒のうちまで行ったら、ぜったいに後悔しますよ。もう生まれたときの倍ぐらいの重さなんですからね」

「ねぇオモニ、雨根って面白いのよ。今日ねぇ、指をしゃぶろうとしててね、でもなかなか口に入れられなくってね、鼻の穴に突っ込んじゃったの！　それで自分で笑ってるのよ！」

「最近、よく声をあげて笑うわね。泣くときも大粒の涙を流すし」

「嘘《うそ》泣きをやめたのよ」

「おまえじゃあるまいし」

「オッパ、わたしがいつ嘘泣きしました？」

「アーン、アーン、オッパが意地悪したぁ」

「ねぇオモニ、アーとかウーとかいってるけど、あれっておしゃべり？」

「おしゃべりですよ。アガ《あかちゃん》がアーとかウーとかいったら、ちゃんと目を見てしゃべりかけてあげると喜ぶのよ」

「雨根も銭湯に連れてくればよかったのにぃ」

「雨根は朝、盥《たらい》のお風呂《ふろ》に入れたからいいのよ」

「雨根は男湯？」

「まだ女湯よ。五歳ぐらいになったら、オッパとふたりで男湯に入れますよ」

「雨根、泣いてないかしら？　今日、ハルメ《おばあさん》の顔見て、泣き出しちゃったじゃない」

「ひさしぶりだったからよ」

「アイグ、ハルメの顔を忘れたのかって、ハルメまで泣きそうだったじゃない」

「泣きそうっていうのはおおげさだよ。おまえはいつも話をおおげさにするからな」

「だって、ほんとうに泣きそうだったわよ」

「素苑、オッパに口答えしちゃだめですよ、オッパは長男なんだから」

「いちばん偉いのはアボジ《おとうさん》、つぎはオッパなんでしょう？」

「そうですよ」

「つまんないな。どうしてわたしを男に生んでくれなかったの？」

「どうしてわたしを男に生んでくれなかったの？」

「真似《まね》しないでよ」

「真似しないでよ」

「やめて！」

「やめて！」

「雨哲《ウチヨル》、あんまり素苑の意地を焼かせないでちょうだい」

「ねぇ、オモニ、仁緒がね、日本のお餅を食べたんだって」

「仁緒のアボジは朝鮮瓦斯《ガス》電気に勤めてるからね」

「オモニが道で配ったペクソルギ《しろいもち》と違って、すごぉく粘るっていってた」

「日本のお餅は食べたことないわ。おいしいの？」

「おいしいんだって」

「もうオッパなんて相手にしない。そうだ、こないだね、校洞《キヨドン》の浩聖《ホソン》がね、龍頭《ヨンドウ》モクのほとりに樹《き》があるじゃない？　幹がこぉんなにおっきい」

「あれはポドゥナム《やなぎ》ですよ」

「浩聖がポドゥナムにのぼって、樹の天辺《てっぺん》から龍頭モクに飛び降りたのよ。なかなかあがってこないからね、わたしたち溺《おぼ》れちゃったんじゃないかと思って飛び込んだの。そしたら、足をつかまれちゃって、」

「もう六歳なんだから男の子たちとはだかで泳ぐのはやめなさいな」

「ねぇ、オモニ、龍頭モクにモンダル鬼神が出るってほんと？」

「あそこで溺れ死んだひとは多いから……」

「やだ、怖ぁい。乙善《ウルソン》も五順《オスン》も泳いでるときに足首をつかまれたっていうのよ」

「気をつけなさい。川の水は冷たいから、足が攣《つ》って溺れるのよ」

「溺れたら沈むの？」

「龍頭モクは水草が多いから、浮きあがらないことが多いみたいだけど、浅瀬で溺れたら流れるわよ。もうこんな話よしましょう。今日は雨根《ウグン》の百日宴なんだから」

「ねぇ、オモニ、あの花、なんて名前？」

「どれ？」

「ほら、あの家の門のところの赤い花よ、見えるでしょう？」

「……あぁ、ペギルホン《さるすべり》よ」

「あれは？」

「あそこの赤い花のこと？」

「そうよ」

「あれは、チョプシコッ《たちあおい》」

「うちのマダン《にわ》にも植えたいな。どうしてうちにはプンコッ《おしろいばな》しかないの？」

「素苑《ソウォン》が花好きなんて、オモニ、知らなかったわ」

「あっ、あれ、見て！　あの白い鳥！」

「え？　どこ？」

「三角州のところよ！　白い大きな鳥がいるでしょう！」

「おまえって、ほんとうに落ち着きないな」

「あら、どうして？」

「ほら、あの花！　ほら、あの鳥！　あんまりきょろきょろしながら歩くと川に落ちるぞ」

「メーロン《あっかんべぇ》！　余計なおっせっかわっ！　ねぇ、オモニ、なんて名前の鳥なの？」

「ファンセ《こうのとり》よ。もう夏なのね。春はチェビ《つばめ》、夏はファンセ、秋はウェガリ《あおさぎ》、冬はペクチョ《はくちょう》、渡り鳥は季節を運んできてくれるのよ」

「鳥だけじゃないわよ。春はチンダルレ《つつじ》、夏はペギルホン、秋はトゥルグクファ《のぎく》、冬は……」

「冬は？」

「冬は……」

「知りもしないくせに、偉そうにいうからだよ」

「冬だって花は咲きますよ。サンダファ《さざんか》。オモニはサンダファがいちばん好き」

「春はつつじ花煎《チンダルレファジョン》とよもぎ餅《スクトク》、夏は参鶏湯《サムゲタン》と冷麵《ネンミョン》、秋は松片《ソンピョン》と菊花煎《クッカジョン》と花菜《ファチェ》、冬は小豆粥《パッチユク》と雑煮《トックッ》と水正果《スジョンガ》とこしき餅《シルトク》」

「ふふふふふ、食べ物だったらいくらでも出てくるのね」

「はははは、くいしんぼうだからな」

「どうして笑うの？　やめてよ！」

「ふふふふ」

「はははは」

「もうっ！　ねぇ、オモニ、スバク《すいか》食べたい」

「ふふふふ、銭湯の帰りに市場《シジャン》に寄りましょう」

「空を見て　地を見て　みんなで手をつないで　ひょういひょういと踊りながら　両手を振りながら」

「音痴！　うたうの、やめろ」

「空を見て　地を見て　みんなで手をつないで　ひょういひょういと踊りながら　両手を振りながら。そうだ、ねぇ、オモニ、あのねぇ……やっぱりやめた」

「どうして？　いいかけたんだから、いいなさいな」

「オッパ《おにいちゃん》が聞いてるもん」

「オッパに聞かれて困るようなことなら、いうな」

「オモニ、ちょっとちょっと」

「しょうがないわね、早くいいなさい。アボジ《おとうさん》がどんどん先に行っちゃうわよ」

「オッパはアボジといっしょに行ってて！」

娘があの女の耳に口を寄せた。ツルラム　ツルラム　ツルラム　ツルラム、蟬《せみ》がうるさいけれど、これ以上近寄るわけにはいかない。ツルラム　ツルラム　ツルラム　ツルラム、もしかしてわたしのことを耳打ちしてる？　つけているのがばれた？　トゥグン《ドッキン》トゥグン　ツルラム　ツルラム　トゥグン　トゥグン、蟬の鳴き声より心臓の鼓動のほうが耳障《ざわ》りだ。もし、いま、あのひとが振り向いたら、見つかってしまう。ううん、あのひとは振り向かない、ぜったいに振り向かない。どうして？　勘よ、勘、わたしの勘ははずれたことがないの。あっ、息子が駈《か》けていって、あのひとになにか話しかけた。トゥグン　トゥグン　ツルラム　ツルラム　トゥグン　トゥグン　シィーッ！　チョヨ《しず》ンヒ《かに》へ！

「……ねぇ、オモニ、だめ？」

「だめじゃないけど、すぐには買ってあげられないわ。お産でお金がかかったのよ。あと三年したら、学校でしょう？　クレヨンと簡単服と運動靴を買ってあげますよ」

「三年も？　仁緒《インソ》は全部持ってるのにぃ……」

「仁緒は仁緒、素苑《ソウォン》は素苑よ。仁緒が素苑の持ってないものを持ってるのは当たり前。でも素苑だって、仁緒の持ってないものをたくさん持ってるでしょう？　ひとの持ちものを欲しがるのは卑《いや》しいことですよ」

「でも、わたし、欲しいのよ。仁緒が持ってなくたって、欲しいの」

「三年我慢したら、いますぐ手に入れるよりずっとうれしいんじゃないかしら？」

「三年も待ったら、欲しくなくなっちゃうかもしれない」

「三年ぐらいで欲しくなくなるようだったら、そんなに欲しくないってこと。ほんとうに欲しいものは何年経《た》っても欲しいものですよ」

「わたしは、いま、欲しいの」

「素苑や、ヌナ《おねえさん》になったんだから、わがままもほどほどになさい」

口笛？　あのひとの背中から口笛が流れてくる。わたしが教えてあげた歌だ。あのひとはあの女から三十メートル離れたところでわたしのことを想《おも》っている。女は洗面道具が入っている金盥《かなだらい》をかかえなおし、口笛の伴奏に合わせて小さな声でうたった。

愛を得たの　空のような大きな愛を
仙女のような　母のような　大きな愛を得たの
日が過ぎ　月が経っても
あなたのためなら　死んでもいいの
愛を得たんだもの

あのひとの唇から流れる口笛と、わたしの唇から流れる歌と、ふたつの音を重ねて聞いているのはわたしの耳だけよ。あの女の耳には拗《す》ねた娘の声と蟬《せみ》の声と川の音と、ア《ア》イスケーキ《イスキャンデー》！　アイスケーキ！　という売り子の掛け声と、家の軒下にぶらさがったプ《ふ》ンギョン《うりん》のチリンチリンチリン——。あっ、あのひとと息子が運河沐浴湯《ウンハモギョクタン》に入っていった。女は紅の塗り過ぎで真っ赤なコルクのように皹割《ひびわ》れた唇をぎゅっと閉じて歩を速め、母娘《おやこ》の影を踏みつけることができる距離まで接近していった。

「オッパ《おにいちゃん》はすぐあがるけど、アボジ《おとうさん》は長湯でしょう？　どうするんだろう？」

「アボジを置いて先にあがることはないでしょう」

「わたしはだめ、のぼせちゃう」

「ひと声掛けて、脱衣所で涼んでいればいいんですよ」

「脱衣所なんかで涼めない、暑いもん。先に帰りますってひと声掛けて、アイスケーキを買いに行きましょうよ」

「夕食前に、アイスケーキなんて食べてだいじょうぶ？」

「五本食べてもだいじょうぶよ。アイスケーキを食べながら市場《シジャン》にスバク《すいか》を買いに行くの」

「ふふふふ、もう計画ができてるのね」

母娘はコムシン《ゴムぐつ》を脱いで、女湯の木戸を開けた。

「オソオセヨ《いらっしゃいませ》」

「アンニョンハセヨ《こんにちは》」

「今日は百日宴だったそうだね」

「おかげさまで、無事に大きくなりました」

番台に座っているのは主人の妻の敬順《キョンスン》だった。敬順は釣銭を喜香《ヒヒャン》に手渡したときに、木戸を開けて入ってきた女の顔を見て、息を呑《の》んで眉《まゆ》をひそめた。

運河沐浴湯は密陽中《ミリャン》の噂《うわさ》が集まるところだった。妻と娘と愛人が服を脱ぎはじめると、長椅子《ながいす》の上で涼んでいた下着姿の女たちは一斉に口を噤《つぐ》み、目配せし合って耳をひろげた。

女は好奇と嫌悪《けんお》に満ちた視線が顔や乳房や尻《しり》に突き刺さるたびにお祭り気分といってもいい昂揚《こうよう》感に覆われ、参加できなかった百日宴に参加しているような気分になっていった。

母娘《おやこ》はセメントの湯船の近くに金盥を置いて場所をとり、木桶《きおけ》で湯を汲《く》んで肩からかぶって湯船をまたいだ。

「うわっ、熱い!」

「しばらく浸《つ》かれば熱くなくなりますよ」

「だめっ、熱い」

「そんなに熱くないですよ」

「オモニ《おかあさん》、ぬるくしてっていってきて!」

「熱いのが好きなひともいるんだからだめよ。じっとしてれば痺《しび》れて、熱くなくなりますよ」

女は木の盥を逆さにして座った。湯気で鏡が曇っている。てのひらで擦《こす》っても、すぐに曇って唇の赤しか見えなくなる。トゥグン トゥグン トゥグン トゥグン。

「もうあがる！」

「ヨル《じゅう》まで数えなさい」

「ハナ《いち》 トゥル《に》 セッ《さん》 ネッ《し》 タソッ《ご》 ヨソッ《ろく》 イルゴプ《しち》、熱い！」

母娘が湯からあがった。トゥグン トゥグン トゥグン トゥグン。こんなに蒸し暑いのに腕の毛が一本残らず逆立っている。曇った鏡のなかで、太った女が首を捻《ひね》ってこっちを見ている。知ってるひと？ 知らないひと？ もうとっくに目醒《めざ》めているのに目を閉じていて、瞼《まぶた》の裏で夢のなかの顔や風景が溶けたり離れたりしているときみたいだ。わたしはここでなにを見ているんだろう？

わたしはここでなにを見たいんだろう？ 光り輝く熱い波がからだを突き抜け、顔や肩や乳房に飛沫《ひまつ》を散らしている。トゥグン トゥグン、目に赤い靄《もや》がかかってきた。トゥグン トゥグン トゥグン！ トゥグン！ 鼓動の高まりに堪《た》え切れなくなって、女は前を隠すことも忘れて湯船をまたいだ。

「なんか暗いと思ったら、電球が切れてる。オモニ、見て！」

娘が指差した天井を、女は湯のなかで見あげた。はだか電球。手を伸ばせば座ったままで電球をはずせそうなのに、下を見ると、自分の膝《ひざ》にも手が届かない気がする。トゥグン　トゥグン　トゥグン　トゥグン。

「切れてるんじゃなくて、節約してるんですよ。電気代だって馬鹿にならないでしょう？　まだ夕方だから、つけなくてもいいんですよ」

耳を澄まさなくても、男湯の話を聞くことができる。男湯と女湯は松の板塀で仕切られているだけだった。

孝吉《ヒョギル》ハルベ《おじいさん》は金元鳳《キムウォンボン》が表忠寺《ピョチュンサ》に籠《こも》っていたころに話したことがあるそうだよ。

表忠寺に籠ってたのは十三、四歳のころだろ？

『孫子』や『呉子』を読み耽《ふけ》り、読書に疲れると、村の子どもたちを集め、ふたつの小隊に分けて石合戦をさせたそうだ。

金元鳳は子どものころから頭抜けていたよ。真冬に甘泉《カムチョン》に行って氷を切り出して冷水浴をし、終南山《チョンナムサン》にのぼるのを日課にしていたものだよ。毎朝山の頂上で、大韓独立万《テハンドンニッマン》歳《セ》！　と叫んだもんだから、わしらが慌《あわ》てて止めに行ったら、今度は龍頭山《ヨンドゥサン》で、大韓独立万歳！　と声があがって、また、ヨンチャ《よいこら》とのぼっていくと、今度は山城山《サンソンサン》で、大韓独立万歳！

シーッ！　声が大きい。

アイゴ、ここにはイルボンサラム《にほんじん》はおらんよ。イルボンサラムは朝鮮ピーなんかといっしょに風呂に入らんよ、みんな家に風呂を持ってるしな。

でも、だれかが密告するかも。

このなかのだれが密告するね、朴家《パクカ》ヤ、金家《キムカ》ヤ、崔《チェ》アジョシ《おじさん》、雲男《ウンナム》、雨哲《ウチョル》と雨哲アボ《おや》ジ《じ》、信徳《シンドク》、みんな知った顔じゃないか。

大韓独立万歳！

やめろ、やめろ。

女は湯からあがって娘のとなりに腰をおろした。トゥグン　トゥグン、なにも映っていない鏡、真っ白、てのひらで擦っても、トゥグン　トゥグン、真っ白なまま、頭のなかにまで湯気が？　ううん、のぼせただけ、ちょっと目を閉じよう、ちょっとだけ、トゥグン　トゥグン　トゥグン　トゥグン。

「オモニ、髪は？」

「髪は洗いませんよ。髪を洗うときは番台で五銭払わないといけないのよ」

「洗っちゃってもばれないわよ」

「ときどき見まわりにくるのよ。それに、出るときに髪が濡《ぬ》れてたらばれるでしょう？」

「仁緒《インソ》んちではねぇ、真っ白な石鹸《せっけん》を使ってるのよ。茶色い石鹸と違って、濡らしてもムルロン《ぶよ》ムルロン《ぶよ》にならなくてねぇ、すごぉく泡が立って、とってもいいにおいなのよ」

「もう一度お湯に浸《つ》かって、からだを洗いましょう」

喜香《ヒヒャン》は素苑《ソウオン》といっしょに湯船に入ると、湯に浸かっていた三門洞《サンムンドン》の英淑《ヨンスク》アジュンマ《おばさん》に話しかけた。

「今日はペクソルギ《しろいもち》をもらってくださって、どうもありがとうございました。おかげさまで息子の寿命が一年延びましたよ」

英淑は肩と肩が触れるほど近くに寄ってきて、喜香の耳の内に囁《ささや》いた。

「となりに張りついてるじゃないか？」

「え？」

「知らないのかい？　あの女だよ、おまえさんのナムピョン《おっと》の……」

英淑アジュンマがあの女に耳打ちしている。でも、いま、髪を洗う手を止めて顔をあげたら変だと思われる。女はゆっくり髪を絞って手拭《てぬぐ》いでくるみ、ノッセ《しんちゅう》の盥《たらい》から茶色い石鹸を取り出した。

「オモニ《おかあさん》、やっぱり熱い」

「我慢しなさい」

「白、黒、赤、青、黄色、緑、黄緑、茶、橙《だいだい》、灰色、桃色、水色。仁緒の持ってるトンボクレヨンは十二色なの」

「……そう」

「二十四色のもあるんですって。何色が入ってるんだろう。わたし、六色でもいいから欲しいなぁ。六色だったらねぇ、赤、黄色、緑、橙、桃色、水色。オモニ、聞いてるの？」

「聞いてるわよ。赤と黄色と緑でしょ？」

「それじゃあ、三色じゃない。だめっ！ のぼせちゃう！ 出る！」

トゥグン《ドッキン》 トゥグン、首の上で頭が揺れている、雨根《ウグン》の頭のようにフンドゥ《ぐ》ル《ら》フンドゥ《ぐ》ル《ら》と。熱い、胸が重い、息が苦しい、肺が潰《つぶ》れそうだ。偶然？ どうして？ トゥグン トゥグン、どうして、こんな偶然が？ トゥグン トゥグン、あの女は気づいてる？ 心臓から血がプグル《ごぼ》ブグル《ごぼ》と、熱い！ 目に赤い靄《もや》がかかってきた、沼のように赤く、熱い湯がプグルブグルと。赤、白、黒、青、赤！ 赤！ 赤！ 熱い！ このまま息をするのをやめて湯のなかに顔を沈めたい、ううん、大声で笑ってやりたいのかもしれない、あの女と、あのひとと、わたしを――。

「オモニ！ いつまで入ってるの？ からだ洗ってよ！」

「もう六歳なんだから自分で洗いなさい。あとで背中を洗ってあげるから」

いま、湯からあがるわけにはいかない、あの女にはだかを見られてしまう。わたしは見ている、あの女のはだかを。トゥグン トゥグン トゥグン トゥグン、見ているのに、目に入ってくるのは色だけだ。黒、白、桃色、白、桃色、黒、白、赤、赤、赤！

女は石鹸の泡で濡れているてのひらを見た。トゥグン トゥグン、この娘《こ》の背中を洗ってやりたい。あの女が死ねば、わたしがこの娘のオモニになるんだから、洗ってやってもおかしくない。素苑《ソウオン》や、オモニがトンボクレヨンを買ってあげるからね。白、黒、赤、青、黄色、緑、黄緑、茶、橙《だいだい》、灰色、桃色、水色、トゥグン トゥグン トゥグン トゥグン。

若山《ヤクサン》将軍（金元鳳《キムウォンボン》）は縮地法が使えるからな。

ほんとうか？

アイグ、わしが嘘《うそ》をついたことがあるか？ いつだったか、金元鳳が帰郷した、とだれかが密告して、刑事たちがあわてて、甘川里《カムチョルリ》の家に行ってみたが、家のなかにはだれもおらんで、パリ《はえ》が一匹飛んでおったそうじゃ。それから、刑事たちのあいだでは、若山はパリと呼ばれとるよ。

孝吉《ヒョギル》ハルベ《おじいさん》、若山将軍はどんな顔してた？

膚《はだ》は浅黒く、男らしく端整な顔立ちで、背がすらりと高く……。

女が放っておかんだろう。

いや、女は遠ざけとるよ。若山は、酒はやるが、女はやらん。

二十七歳にもなって、女房も子どももいないからな。

雨哲《ウチヨル》アボジ《おやじ》、若山将軍の観相はどうだろう？

実際に観《み》てみないとわからんが、東亜日報《トンアイルボ》に載った顔写真からすると、目が清く眉が秀《ひい》でているから聡明《そうめい》。視線が平正なので剛毅《ごうき》でこころ正しい。三停（顔のバランス）平等だから、将来性の豊かな立派な人物だ。金元鳳、泗溟大師《サミヨンデサ》、金宗直《キムジョンジク》、密陽《ミリヤン》が生んだ三大偉人だ。おい、雨哲、泗溟大師を知ってるか？

知ってます。

泗溟大師は、壬辰倭乱《イムジンウエラン》（秀吉《ひでよし》の朝鮮侵略）のときに僧兵を率いて倭敵《ウエチヨク》を打ち破り、自ら倭に渡って捕らえられた同胞を千三百九十一人も連れ帰ったおかただ。金元鳳が少年時代に籠《こも》った表忠寺《ピヨチユンサ》には、泗溟大師が奉《たてまつ》られている。

金宗直は弔義帝文《チヨイゼムン》（項羽に殺された義帝への弔文）を書いたという理由で、死後の戊《ム》午士禍《オサフア》（政権争い）のときに、剖棺斬屍《プガンチヤムシ》（死体の処刑）されたおかただ。

密陽サラムはむかしから抵抗精神が強いからな。

金宗直が生まれた朝、密陽川の水が急に甘くなったという伝説がある。

密陽警察署に爆弾を投げ込んだ崔寿鳳《チエスボン》は短刀で自分の首を切り、アイグ、死に切れないで絞首刑になった……。

崔寿鳳は金元鳳の幼馴染《おさななじ》みだよ。

密陽普通学校に通っていたころ、檀君《タングン》（朝鮮の始祖神）は素戔嗚尊《すさのおのみこと》の弟だといった倭《ウェ》奴《ノム》の教師に、素戔嗚尊は我が檀君の曾孫《ひまご》の子です、といい返して退学になった。

アイゴ、オチョグニオンヌンゴル《ばかなことを》！　檀君降臨は、たしか四千二百年ぐらい前だが、素戔嗚尊はたかが二千七百年前の人物じゃないか。

義烈団《ウィヨルタン》にはひとりとして寿命を全《まっと》うしようとする者はおらんよ。ひとり残らず、われわれというより、まずわれが血を流そう、と思っとる。中国人書籍商のふりをして釜山警察署のなかに入り、珍しい古書をお見せしましょう、と行李《こうり》のなかから爆弾を取り出して警察署長を殺した朴載赫《パクチェヒョク》も、重体のまま訊問《じんもん》されて息を引き取ったしな。電気会社の工員の服装で朝鮮総督府に侵入して爆弾を投げ込んだ金益相《キムイクサン》はうまく逃げ延びたよ。

アイゴ、上海で田中義一（陸軍大将）を短銃で狙《ねら》って失敗してイルボン《にほん》に連行されたじゃないか。

あぁ、東亜日報《トンアイルボ》に記事が載ってたな。被告に有利な証拠があればいいたまえ、と裁判長にいわれて、わたしの有利になる点はただひとつ、朝鮮独立だけだ、といったそうだよ。

死刑の判決を受けて熊本刑務所におるよ。

まだ生きとるか？

殺されたら新聞に出るだろう。

二重橋に爆弾を投げた金祉燮《キムジソプ》も義烈団員だ。一昨年の関東地方震災で倭奴に虐殺《ぎゃくさつ》された六千人の同胞の霊を慰めるために、爆弾をかかえてイルボンに渡ったんだ。

まだ生きとるか？

裁判の途中だよ。

どうせ死刑じゃろう。

金祉燮は法廷でこう陳述したそうだ。総督の統治のもとで、われわれ朝鮮人は犬や豚以下の生活をしている。このような事実は、イルボンにいる一般人には知らされていない。わたしはこのことを知らせたかった。われわれ朝鮮人は朝鮮の独立を要求する。独立が実現するまで、われわれは最後のひとり、最後の一刻まで闘うだろう。

駆逐倭奴《クチュクウェノム》、光復祖国《クァンボクチョグッ》、打破階級《タパケグプ》、平均地権《ピョンギュンチグォン》。

おぉ、雨哲《ウチョル》、よく知っとるな。

義烈団員《ウィヨルタノン》が拷問《ごうもん》されとるあいだに、わしらは沐浴湯《モギョクタン》の湯に浸《つ》かっとる……。

アイグ、じゃあ湯からあがって義烈団に入るかね？

内二洞《ネイドン》の高家《コガ》の息子の仁徳《インドク》も義烈団員だよ。あそこの家は裕福だったから、仁徳を大《テ》邱《グ》啓聖学校《ケソンハッキョ》に入学させて、アボジ《おやじ》はあちこちに自慢してたもんだ。

たくさんの爆弾を密陽《ミリャン》に持ち込んだろ？

アイグ、倭犬《ウェギョン》を一匹も殺《や》らずに捕まった。

懲役三年だったが、一年六カ月で仮出獄になって、しばらく密陽にいたろ？

家財産を売り払って、三千円の大金を義烈団に提供したんだよ。

三千円！　アイゴー！

代々地主だったからなぁ。アイグ、アドゥル《むすこ》がふたり、タル《むすめ》がふたりいるそうじゃないか。

わしらの目に土が入るまでには大韓の独立は叶《かな》わんかもしれんな。雨哲《ウチョル》や雲男《ウンナム》がおとなになって、その子どもらが……おぉい！　湯が熱いぞ！

熱い！

熱いぞ！

男たちの声を受けて、敬順《キョンスン》が番台から降りて女湯の木戸を開けた。モラゴヨ《えっ》！　妻と愛人が並んで湯に浸かっている！　敬順は自分の顔をはだかにされた気がして目を吊《つ》りあげた。なんて、破廉恥《はれんち》な！　どうしてみんな黙ってる？　喜香《ヒヒャン》はきっと気づいていないんだろう。敬順は喜香の前にてのひらを浸してみた。

「ちょっと失礼。あら、熱いわ、ごめんなさいね、竈《かまど》の火を弱めるようにいうから。ちょっと、麗貞《ヨジョン》アジュンマ《おばさん》！　洗濯は自分ちでやっとくれ！」

「三枚だけだよ、いいじゃないか」

「規則だからだめだよ」

「アイゴ、ケチなこといわないで。あと五分で終わるんだから」

「アイゴ！」

敬順は舌打ちして番台に戻った。

熱い！ でも、先にあがったら、この女の目の前にオンドンイ《おしり》を曝《さら》すことになる。ト《ド》ウグン《ッキン》 トゥグン！ トゥグン！ この女はあとから入ってきたからまだ余裕があるんだろう。そろそろ出ようと思っていたのになんで入ってきた！ ケカトゥンニョン《めすいぬめ》！ 先にあがれ！ トゥグン！ トゥグン！ この女のコギ《あそこ》が浸かってる湯にわたしのコギも浸かっている。あのひとはわたしのコギにもこの女のコギにも出入りしている。堪えられない！ 熱い！ 喜香は湯のなかで膝頭《ひざがしら》を握りしめた。

「オモニ《おかあさん》！ 石鹼《せっけん》忘れた！」

女湯と男湯の塀を雨哲《ウチヨル》の声が跳び越えてきた。

「投げてあげなさい」

「まだからだ洗ってないから半分にするわ。オッパ《おにいちゃん》、投げるわよ、ハナ《いち》トゥル《に》セッ《さん》！」

「アイゴ！ どこに投げてるんだよ！」

「オモニ、もうあがってよ。わたし、待ちくたびれちゃったわ」

ふたりの女は目を交わした。

トゥグン！　トゥグン！

トゥグン！　トゥグン！

わたしから目を逸《そ》らすのはおかしい。わたしはなんにも悪くないんだから、なんにも！

わたしの目はこの女の目に入り込んでいる、この女の目もわたしの目に、トゥグン！

トゥグン！

トゥグン！　トゥグン！

トゥグン！　トゥグン！

ふたりの女は同時に目を離した。

すっぱだかなのはわたしとこの女だけじゃない、どの女もみんな、トゥグン！　トゥグン！

どの女も洗ったり浸《つ》かったりしてるのに、どの女のはだかも静止してるみたいにくっきりと、トゥグン！　トゥグン！

トゥグン！　トゥグン！　どの女の目もわたしたちめがけて飛びかかってきそうだ。

トゥグン！　トゥグン！　アイゴ、恥ずかしい、顔を隠したい。

恥辱を通り越した憎しみに駆られて、喜香《ヒヒャン》はプンドンと湯から立ちあがった。

男湯でだれかの夫が復讐歌《ボクスガ》をうたいはじめた。

檀君《タングン》の子孫我が少年らよ　国恥民辱を君知るや
父母を葬《ほうむ》るところ無く　子孫までもが下僕となり
天地広しといえども　身寄するところやいずこ
行く先々で冷遇され　理由《わけ》もなく駆逐され
忘れしか　忘れしか　我らの敵
合併の羞恥《しゅうち》を君忘れしか
自由と独立を取り戻すべく　我ら身を捧《ささ》げん
国なき我が同胞　生きてあるこそ恥ずかしけれ
汗流し血を流し　国の羞恥を洗い流し
骨と肉を肥やしにし　田と畑を肥沃《ひよく》にす
我らの目的これなるに　決して忘れず邁進《まいしん》せん
父母親戚《しんせき》みな棄《す》てて　外国に出《い》できし少年らよ
我らの敵はだれならん　歯を食い縛りて奮発し
白頭山《ペクトウサン》で刀を研ぎ　豆満江《トウマンガン》で馬を食《は》ませ
前へ進めという声に　勝鼓を打ち鳴らし
ドンドン　万歳《マンセ》万歳　万歳万歳　万歳万歳

「エグモニナ《ちょっと》！　覗《のぞ》いてるよ！」

女たちは木《き》桶《おけ》をつかんで立ちあがり、湯を汲《く》んで塀の向こうの男たちに浴びせかけた。

「アイゴー！」

「チグム　モハヌンゴヤ《なんてことするんだ》！」

「覗いたのは崔《チェ》アジョシ《おじさん》なのに、孝吉《ヒョギル》ハルベ《おじいさん》の頭がびしょ濡《ぬ》れだぞ！」

男湯と女湯で同時に笑い声があがり、運河沐浴湯《ウンハモギヨクタン》は笑いと湯気で充《み》たされた。

喜香《ヒヒャン》は手拭《てぬぐ》いを絞って乳房を隠し、鏡に映る自分の顔を見ていた。トゥグン《ドッキン》トゥグン、なにがそんなにおかしいの？　みんな笑いたくて、我慢してたのよ。わたしとあの女がいっしょに湯に浸《つ》かったときから笑いたくて笑いたくて、トゥグン！　トゥグン！

「オモニ《おかあさん》、顔もからだも真っ赤よ」

喜香は憎しみに目を据わらせて、小さな穴から覗くようにしか見ることができなくなっていた。黒、白、黒、白、ふたつの目、だれの目？

「オモニ、どうしたの？」

手拭いをはずすと、乳首に膿《うみ》の塊のような乳かすが溜《た》まっていた。なんて汚いんだろう。子どもたちに吸われて黒ずみ、牛の乳首のように伸びてしまった。黒、黒、乳首をつまむと乳が鏡に飛び散って、白、白、白。

「オモニ、ケンチャナヨ《だいじょうぶ》？」

「……ケンチャナ《だいじょうぶよ》」

「もうアボジ《おとうさん》出ちゃうかもよ。早く、背中洗って」

石鹸《せっけん》は茶色、泡は白、背中は白、腕も白、洗って、洗って、洗って、白、白、白……。

「うふふふ、アボジとオッパ《おにいちゃん》も濡れたかなぁ」

「笑うようなことじゃありませんよ」

あの女が立ちあがった。顔をあっちに向ければ目に入るけど、トゥグン　トゥグン！　こっちにきた、トゥグン！　なにかいうべきなんだろうか、トゥグン！　トゥグン！　女は素苑《ソウォン》のとなりに置いてあるノッセの盥《たらい》をかかえて歩き、喜香の視界から消えていった。ソック《とっとと》ナガッ《でていけ》！　運河沐浴湯《ウンハモギョクタン》エソ《から》　ナガッ《でていけ》！　密陽《ミリャン》エソ《から》　ナガッ《でていけ》！　タシヌン《にどと》　ネヌナペ《めのまえに》　ナタナジマ《すがたをあらわすな》！　あのひとはまだ男湯にいる？　あっ、男湯の木戸がひらく音がした。もしかして？　ふたりでなにかの合図を交わしたのかもしれない。これからあの女の家で落ち合って、トゥグン！　トゥグン！

「素苑や、アボジに、もうすこしかかるから、ゆっくりしてくださいっていってちょうだい」

「アボジ《おとうさん》！　素苑のアボジ！」

「イエー！」

「もうちょっとかかるから、ゆっくり入っててくださぁい！」

「イエー！」

「オッパ《おにいちゃん》！　素苑のオッパ！」

「恥ずかしいから、やめろ！」

アー《ああ》タヘンイダ《よかった》、まだ男湯にいる。どうしようかしら？　もう一度湯に入るしかない？　服を着たあの女の前にすっぱだかで出て行くわけにはいかない。十分？　十五分すれば出て行くだろう。十五分経《た》っても脱衣所で涼んでいたらどうしようか？　もし、いたら、わたしは、あの女の頬をひっぱたくだろう。モハヌンコエヨ《なにするんですか》！　モハヌンコエヨ？　クゴン《それは》ネガハルマリヤ《こっちのせりふだよ》　イト《この》ドゥクニョン《どろぼうめ》！

金家《キムカ》ヤ、もう一曲うたえ！

せっかくだから、みんなでうたおう。孝吉《ヒョギル》ハルベ《おじいさん》、注文してくれ。

じゃあ、光復歌《クァンボッカ》だ。

チョア《よおし》！　クンチャッチャッチャッ　クンチャッ　クンチャッチャッチャッ　クンチャッ！

二千万同胞らよ　立ちあがれ
立ちあがりて銃を取れ　刀を取れ
奪われし祖国と　君らの自由を
敵の手から　血で取り戻せ
老いも若きも　男も女も
子どもといえども　立ちあがれ

祖国の雨露で潤《うるお》える　草木も
墓のなかに横たわる　魂までも
熱くたぎる血で　野原を濡《ぬ》らし
祖国の川を　赤く染めよ
祖国の敵を　ことごとく打ちのめさん
自由の鐘が　鳴り響くまで

息を詰めて木戸を開けた。オプタ《いない》　アイゴー　シウォンハダ《よかった》。喜香《ヒヒャン》は涼み台の上に手《て》拭《ぬぐ》いを敷いて素苑と並んで座り、大きな木桶《きおけ》に張ってある井戸水をパガジですくって飲んだ。クルコッ《ごくっ》クルコッ《ごくっ》　ハンジャン《いっぱい》　クルコックルコッ　トゥジャン《にはい》　クルコックルコッ　セジャン《さんばい》、ようやく舌と喉《のど》の強張《こわば》りが緩んできた。

「オモニ、わたしも飲みたい」

「あっ、ごめんなさいね、どうぞ」

「……マシッタ《おいしい》！　こんなに冷たい水飲んだことない」

「きっと井戸から汲《く》んだばかりなのよ」

何人かの女たちが身仕度を終えて番台の前を通り過ぎ、入れ違いに何人かの女たちが入ってくる。

「コマプスムニダ《どうもありがとうございました》」

盥《たらい》をかかえて出て行ったばかりの妍希《ヨンヒ》が血相を変えて番台に戻ってきた。

「オソオセヨ《いらっしゃいませ》」

「アイゴ、わたしのコムシン《ゴムぐつ》がないよ！」

「だれかが間違って履いて帰ったんじゃないかね？」

「間違うもんかね、昨日買ったばかりの真っ白なコムシンなんだよ。李氏《イシ》の店で買ったんだ」

「履き物の管理まではできないよ」

「去年も、籠《かご》のなかに脱いだチマが盗まれたんだよ。十円もした絹のチマだったんだ！」

「知らないよ」

「トドゥギヤ《どろぼう》！」

「アイグ、だれに向かっていってるんだ！」

番台の上から睨《にら》みおろしている敬順《キョンスン》と、腰に手をあてて睨みあげている妍希のあいだを喜香《ヒヒャン》と素苑《ソウオン》は腰を低くして通り過ぎた。

コムシンを履きながら、喜香は顔をあげて運河沐浴湯《ウンハモギヨクタン》の前の通りを眺めた。あのひとと雨哲《ウチヨル》はまだいない。あの女もいない。

「素苑や、アボジ《おとうさん》とオッパ《おにいさん》を待ちましょう」

「え？　アイスケーキ《アイスキャンデー》買いたい」

「もうすぐ出てくるわよ」

「アイスケーキを食べながら待ってちゃだめなの？」

「だめですよ」

　ふたりは金盥をかかえて、容夏《ヨンハ》と雨哲が出てくるのを待った。ツルラム　ツルラム　ツルラム　ツルラム、ツルラミ《ひぐらし》が鳴いている。キトゥルギトゥル　キトゥルギトゥル、あの鳴き声はなんのポルレ《むし》？

「素苑や、あのポルレはなに？」

「ポルレって、あのキトゥルギトゥル　キトゥルギトゥルって鳴いてるの？　あれはキ《こ》トゥラミ《おろぎ》よ」

　キトゥルギトゥル　キトゥルギトゥル、遅いわね、どうしたのかしら？　喜香は運河沐浴湯の出入り口を眺めた。木戸の真ん中には曇り硝子《ガラス》が嵌《は》めてあり、黒いペンキで男湯、女湯と描いてある。男という字は端正なのに、女という字がつまずいたように前に傾《かし》ぎ、ペンキが流れ落ちているのはどうしたわけだろう。キトゥルギトゥル、ピ《ち》を流しているように、キトゥルギトゥル、ヌンムル《なみだ》を流しているように、キトゥルギトゥル　キトゥルギトゥル。

「アボジ！」

「あなた、遅かったじゃありませんか」

「先に帰ってくれればよかったのに」

ツルラム　ツルラム　ツルラム　ツルラム、ツルラミ《ひぐらし》が鳴きしきっているけれど、どこに隠れているのかわからない、ツルラム　ツルラム、このひとのこころもどこに隠れているのかわからない、ツルラム　ツルラム、頭が割れそう、ツルラム　ツルラム　ツルラム　ツルラム、だれかがわたしの頭を潰《つぶ》そうとしている、あなた？　あの女？

「銭湯ももうおしまいだな」

「夏になったら、みんな川で洗うからね」

「チュソク《ぼん》とソルラル《しょうがつ》は座る場所がないくらいだけどな」

「高いよ。ひとり二十銭。四人だと八十銭じゃないか」

「ケチなこというな。今日は雨根《ウグン》の百日宴だぞ」

アイスケーキ《アイスキャンデー》！　アイスケーキ！　大きな鉄の鞄《かばん》を首からぶらさげた少年が声を張りながら近づいてきた。アイスケーキ！　アイスケーキ！

「あっ！　貞太《チョンテ》だ！」

雨哲がいきなり駆《か》け出して、引き離された素苑が息を切らして走っている。喜香はからだを引き摺《ず》るようにハンバル《いっぽ》　ハンバル　ハンバル　ハンバル。

「おい、負けろよ」雨哲はアイスケーキ売りの少年に話しかけた。

「負けられないよ」

「雨哲や、可哀想よ。たった四銭で値切ったら」

「……一本分の二銭に負けときます」

「ウネイボンネ《おんにきるぜ》」

「ウネイボッチ《おんにきせるぜ》。夏休みの宿題よろしくな」

「任せとけ」

「二銭です」

「あら、ほんとに？　いいの？」

「いいんです」

喜香は二銭を渡して鉄の鞄のなかを覗《のぞ》き込んだ。色とりどりの長方形のアイスケーキが籾殻《もみがら》に埋まっている、赤、黄、青、桃色。

「わたしは小豆が入ってるのがいい」

「おれは黄色」

「さぁ、市場《シジャン》に行きましょう。あなたは先にお帰りになってください」

「行くよ。気晴らしだ」

ツルラム　ツルラム　ツルラム　ツルラム、道を行き交うひとは、男も女も子どもも老人も白い韓服《ハンボク》を着ている。夏になると、どのひとの服も白くなる、タムチョゴリ（産着）みたいに、喪服《サンボク》みたいに、夏ははじまりと終わりの季節なのかもしれない、白、白、白。

瓜《うり》、桃、林檎《りんご》、梨、葱《ねぎ》、茄子《なす》、玉葱《たまねぎ》、にんにく、きゅうり、馬鈴薯《ばれいしょ》、海苔《のり》、青海苔、棗《なつめ》、大豆、小豆、緑豆、あぶり粉、大豆粉、小麦粉、米、麦、粟《あわ》、さば、太刀魚、さめ、唐辛子、いか、昆布、わかめ、干し明太。色、色、色、色、二十四色あっても足りないだろう。

喜香は子どものころから真夏の店じまいの時間が好きだった。だんだんと暗さが増していって、地べたに座り込んで瓜を売っている農夫《ノンブ》が大きな欠伸《あくび》をくりかえし、栗売りのアジュンマ《おばさん》と噂話《うわさ》をしながらとうもろこし《オクスス》を毟《むし》っていたアジュンマも噂の種が尽きて退屈そうな顔をし、すっかり疎《まば》らになった客に向かって、サクリョー《やすいよ》　サッヨ《まけとくよ》　ハナエ《ひとつ》イジョニヨ《にせんでどうだね》　チャー《さあ》　トリエヨー《なげうり》　トリッ《だよ》、と間延びした声を投げるものの、客たちの眼差《まなざ》しは店先のはだか電球にぶつかっている蛾《が》や羽虫のように落ち着きがなく、くたびれ果てたせり《ミナリ》やちしゃ《サンチュ》や、何匹かは白い腹を見せて浮いている泥鰌《どじょう》や鯉《こい》の上を素通りしていく。

売れ残った林檎や梨を入れたサルリハムジ（木の器）を頭にのせ、丸めた筵《むしろ》を脇《わき》に挟んでフヌチョッフヌチョク《ゆらゆらと》歩いていくアジュンマたち——、喜香は西瓜《スバク》をチゲ《しょいこ》に載せて担《かつ》ごうとしている農夫に声をかけた。

「オルマエヨ《おいくらですか》？」

「五銭に負けとくよ。これから飛鶴山《ピハクサン》まで帰らないといけないんだ。背負ってくのが重いから大安売りだ」

　喜香は五銭を払って、両手で西瓜を抱きかかえた。雨根《ウグン》よりは軽い。雨根はどうしているだろう、急いで帰ってやらないと。家路へ急ぐ《クイガキルルソドウルダ》。喜香がいちばん好きな言葉だった。朝鮮《チョソン》時代でも、日帝《イルチェ》時代でも、家路を急ぐひとびとの気持ちに変わりはない。どんな時代になっても、わたしたちは真っ暗な夜道を急ぐのだ、血の繋《つな》がりがある者が明かりを灯して待つ我が家へ。わたしはどこへも行かない。この地で死ぬということは、この地で生まれたときから定まっていることだから。流れ者のこのひととは違う。このひとが、もし、あの女と駈落ちしたとしても、わたしは家路を急ぐ。子どもたちが待つ我が家へ。

　市場《シジャン》を通り抜けると道が急に暗くなり、いままで聞こえなかったプンギョン《ふうりん》の音がタルランタルラン　タルランタルラン、喜香は無意識のうちに西瓜を揺すっていた、アガ《あかちゃん》を眠らせるときのように。

「ねぇオモニ《おかあさん》、プンギョン《ふうりん》を買って、テッマル《えんがわ》に吊《つ》るしましょうよ。プンギョンのなかの棒に、ちっちゃなムルコギ《さかな》が吊り下がってるの、オモニ知ってた？　ムルコギが揺れて音が鳴るのよ。タルランタルランって。ねぇ、プンギョンってどこに売ってるの？」

「万物商《マンムルサン》になら置いてあるでしょう」

「ムルコギのほかにはどんな種類がある？」

喜香《ヒヒャン》は首を傾《かし》げてくたびれた微笑《ほほえ》みを娘に向けた。

「今度、万物商に行って見てみましょう」

タルランタルラン、一家はプンギョンの音を背にして光の外へと向かった。タルランタルラン、喜香は風の波を白いチマで受けながら歩いた、タルランタルラン　タルランタルラン。川べりの道は闇に近かった。植物たちは色を落として気配を殺しているが、昆虫たちは色を落として気配を倍加させている。キトゥルギトゥル　サルラッ　サルラッ　チーッチーッ　チーッチーッ。喜香は川を吹き渡って鼻先までやってきた水のにおいを嗅《か》いだ。チョルジョルジョル　チョルジョルジョル、水音がぴったりと寄り添ってくる。

「百中《ペクチュン》、早くこないかな」素苑の声が遠くから聞こえた。

「まだ先よ。夏が終わって秋にならないと」

「去年のペクチュン《おぼん》ノリのとき、ピョンシンチュム《ばかおどり》が面白かったね」

「今年は牛肉《ソゴギ》と犬肉《ケゴギ》、どっちなのかしら？」

「おまえはほんとに食べ物のことしか頭にないのな」

「チジュ《じぬし》もモスム《げなん》もいっしょに飲んで食べてうたって踊るのは百中のときだけだろう

な」

「倭奴《ウェノム》は？」

「倭奴《ウェノム》はチョンサラム《ちょうせんじん》のチャンチ《まつり》にはこんよ」

「駆逐倭奴《クチュクウェノム》、光復祖国《クァンボクチョグッ》、打破階級《タパケグプ》、平均地権《ピョンギュンチグォン》」

「沐浴湯《モギョクタン》の外でそんなことを口にするな。どこにチョッパリ（日本人野郎）の耳がある
か」

「聞かれてもいいよ。みんなが思ってることなんだから」

「思っていることだから、口にしちゃいかんのだ。そんなこともわからんか」

「……わかってる……よくわかってるよ……でも……もしかしたら、」

「もしかしたら？」

「……なんでもない」

雨哲《ウチョル》は両腕をほどいて脇におろし、自由のにおいがする夏の夜気を鼻から吸い込んだ。

「ねぇオモニ《おかあさん》、百中《ペクチュン》の日に雨が降ったらどうなるの？」

「夏は雨がすくないのよ」

「でも、もし降ったらどうなるの？」

ベッタリ（舟橋）に近づくと、容夏《ヨンハ》が口笛を吹きはじめた。聞き憶《おぼ》えのある旋律だ、なんて曲名だったかしら、フンオルフンオル、そうだ、サランガ《あいのうた》だ。あのひとと結婚し

たばかりのときに、よく台所仕事をしながらうたった——、喜香《ヒヒャン》は自分の記憶に耳を澄ました。

あなたのすべてはわたしの愛
ああ わたしの深い愛よ
変わらぬ思い確かめて
固く誓ったわたしの愛よ
おお トゥンダンギ わたしの愛
トゥンダンガ トゥンダンガ
トンギ トゥンダンギ わたしの愛

一日が終わり、井戸端で手足と顔を洗い、チョゴリとチマとポソン《たび》を脱いであのひとのとなりに横たわり、今日起こったささやかな出来事を話しながらからだに触れ合って、欲情にうねり立ったあのひとをやわらかく包み込んでうねって、息がゆるやかになるのを待って明日のことを話しながら、ふたたび互いのからだを感じて求め合い、ゆるやかにゆるやかに愛し合って、そう、愛し合って、おおらかな安らぎのなかに落ちて眠って——。

「ねぇ、オモニ」
「……え？」

「どうしたの？　ぼうっとしちゃって」

「なぁに？」

「百中の日にね、雨が降ったらどうするの？」

「夏の雨は、強く降ってすぐにあがるからだいじょうぶですよ」

「あっ、泣いてない？」

「ほんとだ」

「雨根《ウグン》が泣いてるわ。きっとおっぱいがほしいのよ」

喜香はひらいた腕のなかに飛び込むように家の門を潜《くぐ》った。ひと足ごとに薄皮を剝《む》いていくように明るくなっていった。

「タニヨワッタンダ《ただいま》　雨根？　オンマワッタ《おかあさんがかえったわよ》」

第九章　トルジャビ（初誕生日つかみ）

　四月の微風《そよかぜ》がミンドゥルレ《たんぽぽ》、ネンイ《なずな》、チェビコッ《すみれ》などの草花とミナリ《せり》摘みの女たちのチョゴリの紐《ひも》を同じ方向になびかせているが、薄雲をかぶって眠りこけている空を揺すり起こすことはできそうにない。春のヨジャ《おんな》、春のコッ《はな》、春のナビ《ちょう》、春のムル《みず》、春のムルコギ《さかな》、空の下のすべてのものが、空がみている甘美で退屈な夢のなかをたゆたっているようだ。

「今年の阿娘《アラン》祭の童妓《トンギ》は金《キム》米屋の緒鈴《ソリヨン》と、面書記の上の娘と、静純《チョンスン》がやるそうじゃないか？」

「え？　静純が？　もうそんな歳頃《としごろ》かい？」

「ヨジャアイ《おんなのこ》はあっという間にチョニョ《おんな》になるからね」

「ちょっと前まで洟《はな》を垂らしてはだしで歩きまわってたのに」

「美人だそうだよ」

「うちの息子の嫁にどうだろう？」

「アンデアンデ《だめだめ》、美人はやめたほうがいいよ、美しさを鼻にかけるからね。丈夫で、働きもので、子どもをたくさん生む嫁じゃないと」

「アイグ、ひと目でわかるさ。腰が張って、オンドンイ《おしり》が大きい娘だったら、まず間違いないよ」

「趙家《チョガ》の枝香《チヒャン》なんかどうかね？　枝香だったら、わたしが世話するよ」

「息子は面食いでね」

「アイゴ！　男はみんな面食いだけど、嫁は亭主だけのものじゃないよ、舅《しゅうと》や姑《しゅうとめ》のものでもあるわけだから、顔は二の次三の次だよ」

ちょっと見てよ　ちょっと見てよ
わたしを見てよ
真冬に咲く花を見るように　わたしを見てよ
アリアリラン　スリスリラン　アラリガナンネ
アリラン峠を越えてきてよ
やっと逢《あ》えたあのひとに
口きくことさえできないで

はにかむだけのわたしなの
アリアリラン　スリスリラン　アラリガナンネ
アリラン峠を越えてきてよ
女たちの歌声が膨らんだせいなのか、風が強くなったせいなのか、釣竿《つりざお》とマンテ（トタンの器）を持った男が土手を降りてきたせいなのかは定かではないが、白、赤、紫、黄色のコッ《はな》が咲き乱れ、白、黄色のナビ《ちょう》が舞う草むらからチャグンセ《ことり》が一斉に飛び立ち、風の波に乗って上下しながら神社と阿娘閣《アランガク》がある衙東山《アドンサン》の樹木の隙間《すきま》に飛び込んでいった。
女たちはミナリ《せり》が多い水辺を捜しているというより、太陽とともに移動して丸くなる猫のように、陽溜《ひだま》りを追いかけてしゃがみ込んでいる。
「高仁徳《コインドク》の嫁の李福寿《イボクス》はまだ泣き暮らしてるそうだよ。妹の嫁ぎ先が内二洞《ネイドン》で、近所なんだよ」
「あぁ、もう半年になるね」
「大邱《テグ》で裁判があったのは、去年の十二月十八日だよ。いまでもときどきナムピョン《おっと》が新聞記事の切り抜きを読んで聞かせてくれるから、すっかり憶《おぼ》えちまったよ」
「高仁徳は何度も出たり入ったりしたろ？」
「義烈団《ウイヨルタン》の幹部だったからね。命がけで、爆弾を運んでたよ」

「大声を出さないでも聞こえるよ」

「声を川に流すように話さないと」

「義烈団員三人の家族や親戚《しんせき》や親友たちが大邱地方法院に押し寄せて、二百人はなんとか入れてもらえたんだけど、入れないひとも多かった。四十人の制・私服警官と私服憲兵隊員が水一滴洩《も》らすまいと、傍聴人は髪の先から爪先《つまさき》まで身体検査された」

「ヨジャ《おんな》もかい？」

「もちろんだよ」

「アイゴ、チングロウォラ《いやらしい》」

「李福寿は、アボジ《ちちおや》の姿をひと目見せようと、十三歳の要漢《ヨハン》と三歳の鍾圭《チョンギュ》とふたりの娘を連れてはるばる大邱まで行ったけど、いっぱいで入れてもらえなかったらしい」

「アイゴ、だれか譲ってやればよかったのに」

「でも、高仁徳は病が重くて出廷できなかったんだよ」

「三日後に死んだんだろ？」

「十二月二十一日に刑務所のなかで死んだ。四十歳。新聞の見出しに書いてあったよ。波瀾《はらん》多き一生、監獄行きも二回って」

「病死を信じるかね？」

「アイグ、病死であるはずがないじゃないか」

「心臓麻痺《まひ》といわれたそうだよ」

「拷問《ごうもん》で殺されたんだよ」

「シィーッ、声が大きい。李福寿はどんな屍身《シシン》（遺体）だったか、なにもいわないで葬《ほうむ》ったよ」

「弟の禽植《クムシク》も李福寿といっしょに屍身を引き取りに行ったそうだけど、ふたりとも顔を見た途端にくずおれて、あの世まで響き渡るような声で泣き叫んだそうだ」

「親友たちも数十人行ったそうだね」

「アイゴ、警察に顔を憶えられてつけまわされるのに」

「高仁徳は全財産を売り払って、三千円も義烈団に寄付したろ？　福寿は四人の子どもをかかえてどうやって暮らしてるんだい？」

「禽植が面倒をみてるみたいだよ。福寿もそりゃあ、寝る間も惜しんで働いてるよ」

　狂風が吹くよ　狂風が吹くよ
三千万の胸に狂風が吹くよ
アリアリラン　スリスリラン　アラリヨ
光復軍《クアンボックン》アリランうたおうよ
海にふんわり浮かんだ船は
光復軍を乗せてくる船だとさ

アリアリラン　スリスリラン　アラリヨ
光復軍アリランうたおうよ
アリラン峠で　ドンドン太鼓鳴りゃ
漢陽城《ハニャンソン》の真ん中に　太極旗《テグッキ》がなびく
アリアリラン　スリスリラン　アラリヨ
光復軍アリランうたおうよ

ひとりの女がはっとして顔をあげ、歌声は風のかたちで途絶えた。五人の刑事が土手を降りてくる。女たちは首に矢が刺さったように背中を強張《こわば》らせ、ミナリ《せり》を摘む手を注意深く動かした。キィーッ、キィーッ、キィーッ、刑事たちが駅の方に走り去ってもベッタリ（舟橋）の揺れはすぐにはおさまらなかった。年嵩《としかさ》の女が長くなった沈黙を溜《た》め息で破った。


「ただごとじゃないね」

「密告があったんだろうよ。どこそこのだれそれが義烈団の同志《トンジ》だって」

「アイゴー！」

「最近、チョッパリ（日本人野郎）が増えたね」

「駅前や市場の近くの一等地に集まって、チョッパリの街をつくってるだろ」

「慶一銀行、密陽銀行、密陽醫院《いいん》、嘉壽川旅館《りょかん》、舘石製絲《せいし》密陽工場、密陽郵便所、嶺南自動車部、惠比壽旅舘、下村百貨店、宮本寫眞舘《しゃしんかん》、難波材木店、井上書店、豊瀬洋家具店、門田文房具店、密陽印刷株式會社、中野商店、密陽酒造株式會社、伊勢屋、密陽運送株式會社、臼井鉽力《ブリキ》店、下村理髪舘、マルニヤ商店、朝鮮瓦斯《ガス》電氣株式會社、三宅釀造場、植原旅舘、麻生時計店、岡本菓子店、森田家、大和屋料理店、増本ポンプ店、布施食料品店、福島金物店、片山白米店、田邊自轉車《たなべじてんしゃ》店」

「アイグ、よく憶《おぼ》えたね」

「そりゃあ、景珠《キョンジュ》は書堂《ソダン》（私塾）で熱心に勉強したもの。訓長《フンジャン》（先生）に、男だったら科挙《クァゴ》（官吏試験）に及第して、間違いなく進士《チンサ》（小科及第）か大科《テクァ》（文科及第）になっていたといわれたんだよ」

「アニヤ《ちがうのよ》。いつも出入りしている朝鮮人の店の名前はひとつも憶えてないの、看板のない店も多いしね。倭奴《ウェノム》の店には入れないでしょう？　だから店の前を通り過ぎるときに看板の文字を読むのよ、宮本寫眞舘、難波材木店、井上書店、豊瀬洋家具店、門田文房具店って」

「みんな、十五年前にはなかった店だよ」

「アイゴ、合邦《ハッパン》前はチョッパリなんてただのひとりもいなかったよ」

「いまは千人以上もいるそうだよ。二十人にひとりは倭奴だよ」

「朝鮮人はどんどん隅のほうへ追いやられてる」

「……さっきの刑事、だれの家に行ったんだろう」

「アイゴ、また、だれかの息子が殺されるよ」

「倭奴にはだれの服にも血がついてるよ。ナムジャ《おとこ》もヨジャ《おんな》もアイ《こども》もノイン《ろうじん》も……」

「終南山《チョンナムサン》のほうに行ったみたいだけど、あんたの息子はだいじょうぶかね？」

芬伊《プニ》は唇をすぼめて、龍頭《ヨンドゥ》モクの前の岩に座っている若い男を指差した。男は釣り竿を手にしたまま深く頭を垂れて眠っている。

「イェー！　萬容《マンヨン》ア！　川に落ちるよ！」

母親に名を呼ばれた男は顔をあげて手を振ってみせたが、すぐにまたクボックボク《こっくりこっくり》——。

「トルジャビで筆をつかんだから、将来は博士になると思ったんだけどね」

「いいじゃないか、あんた、健康で生きてるんだから。大切な息子に義烈団《ウィヨルタン》に入られてごらんよ。そりゃあ、命を惜しまず闘争してる若者たちは立派だとは思うけど、自分の息子には生きててほしいよ、立派じゃなくてもかまわない」

「今日は李家《イガ》のアガ《あかちゃん》のトル（初誕生日）だろ」

「わたしはだっこしたことがあるけど、丸々太った元気な男の子だよ」

「雨哲《ウチョル》の弟はトルジャビでなにをつかむだろうね」

「トルジャビなんてあてにならないよ。蕎麦《そば》か糸をつかむと長生きするといわれてるけど、文《ムン》のところのアガ《あかちゃん》は、トルの三ヵ月後に死んだからね」

水が三角州の砂を浸食しては積みあげ、ミナリの根元にまで砂を運んでいる。ミナリ《せり》を引き抜いてゆすいでいる女たちはうっとりと自分のてのひらを眺めた。あかぎれとさくれだらけのてのひらでも水に浸すと白くやわらかそうに見える。春の風に吹かれ、春のにおいを吸って、女たちの顔は水のなかのマル《も》のように優しく揺らいでいる。

ちょっと見てよ　ちょっと見てよ
わたしを見てよ
真冬に咲く花を見るように　わたしを見てよ
アリアリラン　スリスリラン　アラリガナンネ
アリラン峠を越えてきてよ
やっと逢《あ》えたあのひとに
口きくことさえできないで
はにかむだけのわたしなの
アリアリラン　スリスリラン　アラリガナンネ
アリラン峠を越えてきてよ

「あそこの亭主《パカッヤンバン》は、どうかしちまったのかね？」

「毎日通ってるだろ」

「アイゴ、喜香《ヒヒャン》がかわいそうだよ」

「亭主が色狂いで、商売はうまくいってるのかね」

「市が立つ日には、従業員を五、六人雇ってるみたいだよ」

「クゴ《そりやあ》テダンハネ《すごい》」

「一足五十銭のコムシン《ゴムぐつ》だからね、繁盛《はんじょう》してるったってたかが知れてるよ」

「あの女、葬式があるたびに喪服《サンボク》を着て参加してるそうだよ」

「え？　頭がいかれちまったんじゃないかね」

「それがさ、功布《コンポ》（棺を拭《ふ》く麻布）を狙《ねら》ってるんじゃないかって」

「功布？」

「功布の切れ端を身に付ければ妊娠するっていいつたえがあるだろ？」

「え？　虎の歯をノリゲ《かざり》にして胸のあたりに垂らせば妊娠するって話は聞いたことがあるけど」

「あの女、妊娠しようとしてるのかい？　チョビンチユジエエ《めかけのくせに》！　アイゴ　ポンポンヘ《はじしらず》ラ《な》！」

間違いだったよ　間違いだったよ
間違いだったよ
輿《こし》にのり嫁にきて　間違いだったよ

アリアリラン　スリスリラン　アラリガナンネ
アリラン峠を越えてきてよ

風がアリランとポッコッ《さくら》の花びらを、ベッタリの前のコムシン屋に運んだ。店番をしていた喜香はチマのなかでじっとしている膝《ひざ》小僧にてのひらをかぶせてアリランの歌詞をそっとつぶやいた。間違いだったよ　輿にのり嫁にきて　間違いだったよ。そういえば、雨根を生んだときに穿《は》いていたのはこのチマだった。血がついても染《し》みにならない真っ黒なチマ。初夜のときにオンドンイ《おしり》の下に敷いた白布は、オモニ《おかあさん》に教えられた通り処女の証《あかし》としてあのひとに見せたけれど、雨根を生み落としたときのビニールシートはあのひとに見せずにオモニと富善《プソン》アジュンマ《おばさん》が川べりで燃やした。

一年が経《た》った。あの日は、あまりの痛みで、意識がからだからポッコッの花びらのように吹き飛ばされてしまいそうだった。雨哲《ウチョル》のときは初産だったから、未知の痛みに目を見張ったけれど、それほど重いお産ではなかった。水龍《スヨン》と雨善《ウソン》のときは安産だったし、素苑《ソウオン》のときは破水したと思ったらいきむ間もなく生まれてしまった。

雨根はわたしの痛みとわたしの血にまみれて生まれてきた。だれにもいわなかったし、これからもだれにもいわないけれど、あのとき、わたしは自分の股《また》から流れ出た血のにおいを嗅《か》ぎながら不吉な予感にふるえていた。ふるえは痛みが遠のいてもおさまらなかった。怖くて、心配で、胸がチョマジョマ《ずきずき》した。何度も首を振った。でも、予感を頭から振り払うことはできなかった。予感というよりは残像だった、どす黒く、チル《ぬ》ポク《め》ジ《ぬ》ルポク《め》した未来の残像。この子は痛みのなかで死んでいく、たくさんの血を流して——。

一年が経った。喜香はチマの上に舞い落ちたポッコッの花びらを一枚一枚摘みとっててのひらにのせた。今日は雨根のトル（初誕生日）だ。十カ月のときに両手をひろげてハンバル《いっぽ》　トゥバル《にほ》　セバル《さんぽ》　ネバル《よんぽ》歩き、いまでは両手を下げてアジャンアジャン《よちよち》とわたしのあとをついてくる、小さなアギシン《あかちゃんのくつ》を履いてアジャンアジャン　アジャンアジャンと。言葉もずいぶんおぼえた。マンマ《ごはん》、オンマ《ママ》、アッパ《パパ》、ムル《おみず》、シィー《おしっこ》。歯も生え揃《そろ》った。真っ白でかわいらしい乳歯。ごはんもゆで卵も豆腐も魚もじゃがいもも、もうなんでも食べられる。アーハゴ《ああんして》　コッコッ《かみかみして》　チャルシボソ《よおくかんで》　クルコクサムキヌンゴヤ《ごっくんするんですよ》。

わたしはあの子が疵《きず》つかないように目を光らせてきた。刃物や尖《とが》ったものは裁縫箱のなかに隠したし、モギ《か》やポル《はち》やトゥンエ《あぶ》やパリメ《ぶよ》に刺されないようにいつも手を動かしていたし、顔を引っ掻《か》いてもいいように週に二度は爪《つめ》を切ってやっている。でも、安心は禁物だ。あの子のからだの内側は真っ赤な血に浸されている。川のせせらぎよりずっと重たい血の流れがトルドルトルドル、規則正しく、トルドルトルドル、淀《よど》みなく。

わたしは血の番人だ。これからも、見張りつづけなければならない。でも、もし、あの子が成人する前にわたしの命が尽きたら、だれがあの子の血の番人になってくれるだろう。

あのひと?
わたしのたったひとりのナムピョン《おっと》、子どもたちのたったひとりのアボジ《おとうさん》、あのひとは血を一滴も流さずに、わたしに痛みを与えつづけている。雨根が生まれなかったら、この痛みに堪えられなかったかもしれない。わたしはこの腕でアガ《あかちゃん》を護《まも》り、この腕でアガにしがみついている。
堪え難いのは痛みそのものよりも、痛みがくりかえされることだ。すこしずつすこしずつ痛み以外のすべての感覚が麻痺《まひ》し、哀《かな》しんだり憤《いきどお》ったりする気力が失《う》せて、わたしは痛みにのっとられてしまった。痛みがわたしの主で、わたしは痛みの影に過ぎない。わたしは痛みに引き摺《ず》られている。いつまで引き摺《ず》られるのか、どこまで引き摺られるのかはわからないけれど、こんな風にチルジル《ずるずる》チルジル《ずるずる》引き摺られていたら、すり減ってすり減ってそのうち痛むことさえできなくなってしまうだろう、屍身《シシン》のように——。
あのひととあの女はいつも闇《やみ》に潜んでいる。闇が冷たい水のように髪や背中に染み込んでも、わたしの憎しみに照らし出されても、ふたりは絡《から》み合わせた手脚を解こうともせずにゆっくりゆっくり動き、動くことだけに熱中している。
間違いだったよ　間違いだったよ
間違いだったよ
輿《こし》にのり嫁にきて　間違いだったよ

喜香《ヒヒャン》は頭の隅にある白い月のような憎しみを意識しながらアリランをうたい、顔を通りのほうに向けた。つむじ風が砂ぼこりと花びらを巻きあげて店の硝子《ガラス》戸を曇らせているせいで、通りも行き交うひとびとも既に終わってしまった風景のようにぼんやりとくすんで見える。

四月だというのに、なんだかとても蒸し暑い。汗だくになったら雨根《ウグン》がかわいそうだし、おもらしをしたら着替えがないから、セットンチョゴリ（子どもの晴着）を着せるのはぎりぎりでいいわ、ハルメ《おばあさん》が着せてしまったりしてないかしら？　まさかね、支度が整ったらわたしが着せるといってあるからだいじょうぶでしょう。喜香ははだか電球の電線と梁《はり》のあいだに大きなコミ《くも》の巣が垂れ下がっているのを見つけた。蹄鉄《ていてつ》のかたちをした目の細かい網にポッコッ《さくら》の花びらがハンニプ《いちまい》　トゥイプ《にまい》　セイプ《さんまい》ひっかかっているだけで、主《あるじ》の姿が見あたらない。風が吹き込むたびに波打ったり捩《よじ》れたりしている網を見ているうちに、喜香の瞼《まぶた》は重くなってきた。あんなに大きな巣を拵《こしら》えたんだからきっと大きなコミのはずだ。どこに隠れているんだろう？　脚の長い茶色いコミ？　黒と黄色の縞《しま》模様のコミ？　真っ黒で毛深いコミ？　コムシン《ゴムぐつ》のなかに隠れていたら、手にとったソンニム《おきゃくさん》が悲鳴をあげるし、試し履きするときに踏み潰《つぶ》すかもしれない。たぶんトッコミ《どくぐも》じゃないと思うけれど、ソンニムの足を噛《か》んだりしたら一大事だ。喜香は大きなあくびをして目尻《めじり》に涙を滲《にじ》ませた。手の背で目を擦《こす》って腕をおろしたときに、汗で腋《わき》の下がすべった。眠い、すこしだけ眠ろう、ほんのすこしだけ、と目を閉じたときに裏木戸が開いた。

「アンニョンハセヨ《こんにちは》」

目を開けると、使用人の若い男が立っていた。

「アッ　ミアンヘヨ《ごめんなさい》、うつらうつらしちゃって」

「代わります」

「もうそんな時間？」

「ええ。十二時です」

「じゃあ、夕方までお願いね」

喜香が近づくと、井戸端に寄り集まって水を吸っていたホランナビ《あげはちょう》がフォルフォル《ふわり》と浮きあがった。喜香はチョゴリの袖《そで》をまくりあげてパガジ（瓜《うり》の容器）で井戸水を汲《く》み、プハップハッ《ばしゃばしゃ》と顔を叩《たた》き、クルコックルコッ《ごくんごくん》と喉《のど》を鳴らした。

濡《ぬ》れた顔をあげると、眠気はすっかり晴れていた。喜香は見た。素苑《ソウオン》とふたりで種を撒《ま》いたヤンギビ《けし》の蕾《つぼみ》がほころんで赤い花びらが覗《のぞ》いているのを、ホランナビのうしろ翰《ばね》に赤い紋があるのを。雨根や、赤は成就《じょうじゅ》、厄除《やくよ》け、祝いの色なのよ。コッ《はな》もナビ《ちょう》もおまえのトルを祝ってくれているんだよ。センイルチュカハンダ《おたんじょうびおめでとう》！　チュカハンダ！　チュカハンダ！

稲森きわは正座をして遠くの海を眺めるような眼差《まなざ》しで朝鮮語の響きを聞いていた。となりに座っている男の子に訊《き》けば訳してもらえるだろうけれど、単語はいくつか拾えるし、表情を見ていればだいたいなにを話しているかわかる。こうやって朝鮮人のお宅にお邪魔すると、外地に居るのだということを思い知らされる。このひとたちにとって、日本人はよそものなのだ。よそものではあるけれど、あなたがたの考えているよそものとは違うのだということを説明したい気もするが、いったいなんと説明すればいいのだろう。

わたしは東京の池之端《いけのはた》で生まれました。父も母も池之端で生まれ育ち、二十歳のときにいっしょになった主人も同じ町内の生まれでした。主人の家は三代もつづいたせとものの屋で、わたしもひとり息子が小学校にあがるまでは家業を手伝っておりましたが、食べていくのがやっとでございましたので、助産婦の免状をとって産婆《さんば》の仕事をはじめました。半島に行けばただで土地が手に入り、米や物資も豊富で食い詰めることはない、という話を聞いて息子が妻子を連れて半島に渡り、手紙や葉書《はがき》で暮らしぶりを知らされているうちに主人がその気になって家屋敷や家財道具までも売り払って、下関港から薩《さつ》摩《ま》丸に乗ったのも、もう十二年も前のことになります。息子の長女は十六歳でしたから池之端での生活をよく憶えておりますが、三つだった末の男の子はなにも憶えておりません。長女と次女はここで見合いをして所帯を持ち、三女も去年の春に嫁いで、もうじき臨月になります。曾孫《ひまご》たちの生まれ故郷は朝鮮慶尚南道密陽郡密陽面《けいしょうなんどうみつようかこくどう》駕谷洞《かこくどう》なんです。そして、曾孫たちにとって、わたしが生まれ育った池之端は行ったことのない異郷なんです。

上野の森や不忍池《しのばずいけ》や東照宮や谷中《やなか》墓地が夢に現れ、息が詰まり胸が震えて目醒《めざ》めることも少なくありません。何度、帰りたいと思ったことか知れませんが、ほんとうに帰ろうと思ったことは一度もございません。薩摩丸が錨《いかり》をあげた、あの瞬間に、わたしは帰る場所を思い断ったんです。

主人は五年前に亡《な》くなり、駕谷洞の神社の納骨堂に葬《ほうむ》りました。わたしたち日本人は、鉄道や役所や警察署や銀行や学校や納骨堂をつくりました。この地で生きて死ぬ、というひとりひとりの諦《あきら》めと覚悟をひとつひとつ積み重ねて、わたしたちはわたしたちの街をつくったんです。

わたしは笑顔を絶やさぬよう努めてまいりました。主人にも息子にも、自分にも、弱音を吐いたり愚痴をこぼしたりしたことはございません。到底馴《な》れることなどできないことに馴れるためには、悔やんだり嘆いたり憤ったりする暇は一時たりともございませんでした。起こったことは起こったことです、起こらなかったことにはできません。起こったことと真正面から向き合って、為《な》すべきことを為すしかございません。為すべきことを為せば誇りが生まれます。誇りはわたしを支え励ましてくれます。

　息子夫婦には、お母さん、そろそろ仕事をやめてのんびりなさいよ、といわれますが、目の黒いうちは仕事をつづけるつもりでございます。四人の孫と十五人の曾孫はみんなこの手で取りあげましたし、数えたことはございませんが、おそらく二千人以上のよそさまの赤ちゃんを取りあげたと思います。悪くない人生だったと思います。もう思い残すことはございませんが、そのときがくるまでは為すべきことを為します。主人は子どもみたいに堪《こら》え性のないひとでしたから、そろそろ待ちくたびれているに違いありません。おい、おまえ、いつまで待たせるんだ、早く、支度をしなさいって。

こころのなかでひと息ついて、稲森きわは紬《つむぎ》の格子《こうし》縞《じま》をそっと撫《な》で、てのひらを腿《もも》の上でひらいた。朝鮮語に訳してもらうと意味がこぼれてしまうことが多いし、うまく訳してもらったとしても、きっと理解してはもらえまい、わたしが爆破事件を起こす朝鮮人を理解できないように――。六年前に密陽警察署に爆弾を投げ込み縛り首になった男は、当然の報いを受けたと思うけれど、このひとたちはあの男を英霊のように崇《あが》め立てている。いくらこのひとたちから説明されても、わたしは卑劣な爆弾で日本人を駆逐しようと企《たくら》んでいる上海《シャンハイ》義烈団《ぎれつだん》の志を理解することはできないだろう。その爆弾で、わたしの息子や孫や曾孫の血が流されるかもしれないからだ。このひとたちは義烈団員を匿《かくま》っている、というより、このひとたちの夫や息子が義烈団員なのだ。日本人がこの地に存在しているだけで朝鮮人を疵《きず》つけているのだ、といわれれば口を噤《つぐ》むしかないけれど、理解し合えなければ殺し合う、という考えかたは、間違っている。

理解し合うことはできない。わたしたちにわたしたちの立場があるように、このひとたちにはこのひとたちの立場があって、わたしたちもこのひとたちも自分の立場から離れるわけにはいかない。わたしは朝鮮人にはなれないし、このひとたちは日本人にはなれないのだ。理解し合うことはできない、ということだけを理解して、顔を合わせても目は合わさないようにするしかないのかもしれない。でも、わたしは、産婦と目を合わせないわけにはいかない。ここ何年かは、日本人よりも朝鮮人の赤ちゃんをとりあげることのほうが多くなった。朝鮮人の女たちのあいだで、難産のときはイルボンサラム《にほんじん》のイナモリに限る、と評判になっているらしい。うれしいことだ。朝鮮人のお宅では、赤ちゃんの最初の誕生日の祝いの席に産婆を招いて丁重にもてなすしきたりがあるそうだが、こうやってこの手で取りあげた赤ちゃんが立って歩く姿を目にできるのは無上の喜びだ。

そういえばこの紬はこの子を取りあげたときに着ていた服だ。襷《たすき》掛けにして白衣をかぶったけれど、すごい出血だったから裾《すそ》のほうに染みができているかもしれない。産婦のお宅のひとが訪ねてくるときはいつも一刻を争っているから、明け方でも夜更《よふ》けでも往診器具が入っている鞄《かばん》だけを持ってうちを飛び出るしかない。主人には色気がないと文句をいわれたこともあるけれど、若い時分から黒い着物ばかり着ているのは血が染みても目立たないからだ。

この赤ちゃんのお名前は雨根《ウグン》ちゃん、ええ、素敵なお名前だから憶えているわ。切れ長の目にきりりとしまった口もと、まるで五月人形みたい。来月生まれてくる孫娘の子どもは男かしら？女かしら？雨根ちゃんにあやかって、雨という名を一字もらおうかしら？　雨降って地固まる。雨塊《つちくれ》を破らず。雨に濡《ぬ》れて露恐ろしからず。恵み深く、強い子に育ってほしい。男だったら……雨雀、雨情、達雨、伯雨……女だったら美雨、雨女なんてどう？　このお兄ちゃんはなんて名前なんだろう？

「お名前は？」

「ぼくの名前ですか？」

「ええ」

「李《イ》雨哲《ウチョル》です」

「どういう字？」

「雨に、哲学の哲です」

「お兄さんが雨哲、弟さんが雨根、とてもよろしいお名前ね。お父さまは博学なのね」

名は帯に似ている。帯を結ばなければ着物が脱げてしまうように、名でしっかり結ばと、ひとは名を帯びなければ生きてはいけない。死神に命を剝《は》ぎ取られてしまう。日本人であろうと朝鮮人であろうと、ひとは名を帯びなければ生きてはいけない。

むかし、青森出身の産婦に、生まれたばかりの男の子に名前をつけてほしいと頼まれたことがあって、わたしはびっくりして断った。よそさまの赤ちゃんに名前をつけることなどできません。ほんとこの名前《なめ》こばつけでけろってへってるわげじゃながべへ、わが生まれた三戸《さんのへ》だば産婆さ仮《やくど》の名前こばつけでもらうもんだったんだね。仮の名？　仮の名前こつけねばおぼこがひびきらしになるんだね。ひびきらし？　あがぎれだらけのみにぐいおぼこになるってへるんだね。

まだ二十代だったわたしは、わけがわからぬまま順造という弟の名を口にした。若い母親は生まれたばかりの我が子に乳を与えながら、順造、順造と何度も呼びかけていた。いまなら、その風習の意味を理解することができる。死と生のあわいになにも身につけないで漂っている赤ちゃんに、仮《かり》の名を羽織らせることによって生者の仲間入りをさせようとする儀式なのだろう。死児の数をかぞえたことはないが、どれだけたくさんの赤ちゃんが産声《うぶごえ》をあげられなかったことだろう。臍《へそ》の緒を首に絡ませた赤ちゃん、逆児《さかご》で窒息した赤ちゃん、片手でも余るような未熟児の赤ちゃん、生まれつき脳がない赤ちゃん――、わたしは白衣も手も指も血まみれのまま出産を終えたばかりの若い女性に告げなければならなかった。力を落としちゃだめよ。

命名される間もなく死んでしまった赤ちゃんは浮かばれない。生者として名を呼ばれることもなく、死者として名を刻《きざ》まれることもなく、永遠に生と死のあわいを漂うしかないのだから。でも、もっと浮かばれないのは、命名する間もなく我が子の命を奪われてしまった母親だ。名前さえあれば、呼びかけることによって、自分の声であやし、抱きしめ、祈ってやることができるものを。

わたしの祖父母は父方母方ともに若くして亡くなっているので、どんな顔をしていたのか、どんな声だったのか、どんなものが好きで、どんなものが嫌いだったのか、なにひとつ記憶に残っていない。憶えているのは、父母から教わった名前だけだ、留吉、スエ、茂作、ヨネ。

いつお迎えにきていただけるのかは仏さまの胸の内なのだろうが、わたしは先月六十九歳になった。きっとそろそろお迎えにきていただけるはずだ。来月生まれてくる曾孫《ひまご》に、生きた存在として記憶に留《とど》めてもらうことは難しいだろう。けれど、わたしは、稲森きわという名前を遺《のこ》すことができる。名前は代々遺していく大切な形見なのだから。

「ねぇ、雨哲さん、朝鮮語でひいおばあさんってなんていうのかしら？」稲森きわは毬《まり》に矢羽根をあしらった蒔絵《まきえ》嵌装《かんそう》の帯留《おびどめ》を指でなぞりながら訊《き》いた。母親の形見で、きわが名前のつぎに愛着を感じている持ちものだった。

「チュンジョハルメ《ひいおばあさん》です」

「チュンジョハルメ。曾孫は？」

「チュンソンジャ《ひまご》です」

「チュンソンジャ、おほほほ、かわいらしいこと」

容夏《ヨンハ》は息子と日本語《イルボンマル》で会話して笑っている産婆の横顔を眺めた。この家に入ってからずっと脚を折り畳んで尻をのせている。たいしたものだ、とても真似《まね》できん。それからあの帯、腹を締めつけるなんてからだにいいはずがない。あんなに裾《すそ》が狭くて、チュッカン《かわや》で用を足すときはどうしておるのか。それにしても、座りかたといい着物といい、イルボンサラム《にほんじん》は窮屈なものが好きだな。トルジャンチ（初誕生日宴）では産婆をもてなすのがならわしだから、リアカーに乗せて連れてきた。ミヨックッ《わかめスープ》とヒンパプ《しろめし》とミナリ《せり》ナムルを旨《うま》そうに平らげてくれたからよかったものの、問題は贈りものだ。普通はポソン《たび》やソゴッ《したぎ》などを贈るのだが、イルボンサラムがポソンやソゴッを身につけるわけがない。喜香《ヒヒャン》と相談して、草履を内一洞《ネイルトン》の着物屋で買って包んでもらったが、果たして気に入るかどうか——、イルボンサラムは感情を顔に出さないからなにを考えておるのかよくわからん。雨哲の奴《やつ》、もっと話しておればいいものを黙りおって。なにかしゃべりかけてやりたいが、なにをしゃべればいいのか見当がつかん。そうだ、トルサン（初誕生日膳《ぜん》）に並べるものの謂《いわ》れを説明してやろうか。イルボンサラムにもわかるように易しく嚙《か》み砕いて。

朝鮮では一歳の誕生祝いをトルジャンチと申します。トルサンの上に置くものはむかしから決まっておるのです。どれにも意味と願いが込められております。まず、祝い餅《もち》のトルトクには三つの種類がございます。ペクソルギ（うるち米粉を蒸したもの）には神聖さと純粋さを祈る意味があり、赤い色をしたスギョンダン（小豆をつぶしたきび団子）には徳を積んでほしいという願いと厄除《よ》けの意味があり、松片《ソンピョン》（餡《あん》やごまが詰まった貝形の餅）には知識を頭に詰め込んでほしいという願いがございます。トルトクはあとでチョプシ《さら》に盛りつけて近所の家に配って歩きます。近所のひとはお返しに、米か金か木綿糸の束をチョプシに入れてくれます。トルトクをもらったチョプシを空で返すのは恥とされております。それから、トルサンの前にアガ《あかちゃん》を座らせるんですが、座布団の代わりに晒《さら》しを一反たたみます。

どうして晒しなんですかと訊《き》かれたら、なんと答えようか。なにか謂《いわ》れがあったはずだが、記憶がはっきりせん。口ごもったら、富善《プソン》アジュンマ《おばさん》かチャンモニム《おかあさん》が助けてくれるんだろうが、それでは主《あるじ》としての面目が立たん。晒しの話はやめだ。容夏は産婆にわからないように小さな咳《せき》をひとつして声の調子を整えた。

「お膳の上に並べてあるのはなんです？」と稲森きわは雨哲《ウチョル》に訊《たず》ねたが、容夏にはなにを訊ねたのかわからなかった。

「これから雨根《ウグン》にお膳の上にあるものをつかませて将来を占うんです。糸か麺《めん》をつかんだら長生きする。実がたくさん生《な》る棗《なつめ》をつかんだら子孫が繁栄する。米か金をつかんだら金持ちになる。筆や硯《すずり》や紙や千字文（漢字の初級教本）だったら学者になって名声を挙げる。弓矢だったら将軍になる。トルジャビっていうんです」

容夏はトルジャビという言葉で、息子が産婆に説明していることに気づき、落胆を気取られないようもうひとつ小さな咳払いをした。

「女の子の場合は？」

「アボジ《おとうさん》　ヨジャアイテヌン《おんなのこのときは》　モルル《なにを》　オルリナヨ《ならべるんですか》」

「チャ《ものさし》　ファドゥ《ひのし》　サル《こめ》　ククス《めん》　パム《くり》　シル《いと》　ミナリ《せり》　トン《ぜに》」

雨哲が訳し終える頃合いを見計らって、容夏は厳《おごそ》かな口調でいった。

「チョソネソヌン《ちょうせんでは》　ナムジャアイガテオナミョン《だんしがうまれると》　以桑矢蓬矢《くわのやよもぎのやをもって》　射天地四方《てんちしほうをいて》　男子《だんし》四方志《しほうのしあり》　ラゴハヌンデ《とされていますが》　イルボネソヌン《にほんでは》　オットスムニカ《どうなんでしょうか》」

「日本でも男の子のほうが喜ばれますか？」雨哲が訳した。

「日本でも同じですよ。都会でも田舎でもやっぱり男子の誕生を待ち望んでいて、男子が生まれると万歳をします」

「カッテ《おなじだって》」

「テグン《おたくは》　ミョチシムニカ《なんにんですか》」

「子どもは何人いますか？」

「息子はひとりだけど、孫は男がひとり、女が三人です」

「アドゥルンハナンデ《むすこはひとりだけど》 ソンジャガハナエ《まごはおとこがひとり》 ソンニョガセシムニダ《おんながさんにんです》」

「タンハンミョンイ《たったひとりのこが》 アドゥニミラニ《だんしとは》 ヨクシ《さすがですね》」

「さすがですね」

「おほほほほ、なにがさすがなんです？」

「ハハハハッ、ハンゴクハシジヨ《なにかうたってください》」

「うたってほしいそうです」雨哲はにこりともしないで父親の言葉を訳した。朝鮮語と日本語のあいだを行ったり来たりするのが我慢ならなかったのだ。

「それでは、幼いころに毬《まり》つきをしながらうたった歌をご披露いたします」稲森きわは裾《すそ》を整えながら腰をあげた。

向こう山の鳴く鳥は
チューチュー鳥か　みどりか
源三郎のみやげ　なにゃかにゃもろた
金差し簪《かんざし》もろた
屏風《びょうぶ》の陰　置いたらば
チューチューねずみが引いてった
どっからどこまで引いてった

鎌倉《かまくら》街道の真ん中で
一抜け二抜け三抜け桜
よよ松柳　柳の下の坊さんが
蜂に目め刺されて
痛いともいえず　痒《かゆ》いともいえず
ただ泣くばかり

歌の途中でアンパン（奥座敷）に入ってきた喜香《ヒヒャン》は深紅のチョゴリに鮮やかな橙《だいだい》のチマを合わせ、紅を引いた唇に晴れやかな笑みを浮かべていた。喜香は雨根《ウグン》をおくるみに寝かせておむつの上からプンチャバジ（風遮ズボン）を穿《は》かせ、緑、赤、黄、青、白の五色の袖のセットンチョゴリを着せると、李朝時代の武官が正装時に着用した袖なしの青衣を羽織らせて赤いトルティ（初誕生日の帯）で結び、ポッコン（初誕生日祝いの頭《ず》巾《きん》）を頭にかぶらせた。

雨根がトルサンをつかんで歩きはじめると、家族や親戚《しんせき》や近所のひとびとは手を打ち鳴らしてはやし立てた。

「チャルハンダ《いいぞ》！」

「クレグレ《そうそう》！」

「アイゴ　チャンハダ《えらい》！」

稲森きわは正座をして遠くの海を眺めるような眼差《まなざ》しで朝鮮語の響きを聞いていた。この子にはどんな未来が待っているのだろうかと思った瞬間、胸から喉《のど》へ熱いものがこみあげてきた。つかみなさい、あなたの未来を。それがどんな未来だとしても、さぁ、つかむのよ。

赤ん坊は自分を取りあげてくれた産婆の膝《ひざ》につまずいて転んだ。産婆は袂《たもと》から手拭《てぬぐ》いを出して涙と涎《よだれ》を拭ってやると、高い高いをして目と目を合わせた。赤ん坊の目はどんな風にも乱されることがない井戸の底の水のように黒く澄んでいた。

「お誕生日おめでとうございます」

といった産婆の口に手を突っ込んで、赤ん坊は笑った。

第十章　1929年11月24日

　光に見限られた大気は謂《いわ》れのない郷愁を漂わせ、木々の影は刷られたように落ち葉の上で静止している。空っ風が口笛を吹くような音を立てて落ち葉を吹きあげては影を動かし、ついばむものを捜していたチャムセ《こすずめ》を埃《ほこり》の球のように吹き飛ばそうとしているが、チャムセは片目を閉じ羽根をふくらませて風をじっと堪《こら》えている。鋼《はがね》色の空、凍りついた川、氷の上には何枚かの木の葉がマルリンセンソン《ほしざかな》のように散らばり、風が吹くたびに氷の上をすべっている。チャムセは風が弱まった瞬間を逃さずにフルチョク《ぴょい》と飛びあがって、川原の枯れ草のなかに身を投げた。

チッチッポッポク　チッチッポッポク　チッチッポッポク　チッチッポッポク、京城《けいじょう》行きの普通列車が龍頭山《ヨンドウサン》の前の鉄橋をトィーと汽笛を鳴らしながら渡り、煙の尾を長く引いて遠ざかっていった。どこかの家のマダン《にわ》に繋《つな》がれている犬が汽笛を追いかけるように遠吠《とおぼ》えをあげ、街のあちこちから遠吠えが湧《わ》き起こった。

普通学校の終業を告げる鐘がテーンテーンと空に漂うと、冬の午後の光までもが鐘の音とともに空に吸い込まれそうになったが、風呂敷《ふろしき》包みをかかえた朝鮮人の子どもたちが校門から駈《か》け出てきて、川原のまわりが笑い声やふざけ声で賑《にぎ》やかになると、忘れていたことを思い出したかのように太陽が雲の切れ目から顔を覗《のぞ》かせ、血の気の失《う》せた風景に陽《ひ》の光を馴染《なじ》ませていった。

ベッタリ（舟橋）は川のなかに氷で固定され、子どもたちがその上を飛び跳ねても軋《きし》むことはない。朝鮮人のおとなたちはトゥルマギ（外套《がいとう》）と布のマフラーのなかにからだを縮め吐く息で顔を曇らせ、自分の影を木の葉のなかに踏みつけるようにして行き交っている。ベッタリを渡ると、土手沿いにはクンゴグマ《やきいも》やクンバム《やきぐり》を売る屋台が並んでいて、トゥボクトゥボク、という足音が近づいてくるたびに、クンゴグマヨー《やきいもー》、クンバ《やきぐ》ミヨー《りー》と声を掛けるものの、寒さのただなかに歩を停める者は少ない。

しばらくすると、それぞれの家からペンイ《こま》やソルメ《そり》を持ってきた男の子たちが川原に集まってくる。ソルメといっても、板切れの下に針金をはめ込んだだけのもので、板の上にまたがり針金をつけた棒を両手に持ってすべるのだ。三十分も経《た》たないうちに、棒を握りしめるあかぎれや霜焼けだらけの小さなてのひらがじっとりと汗ばみ、首のなかから熱が立ちのぼってくる。

「ネ《ぼくの》　ペンイガ《こまが》　チエイル《いちばん》　チャルドンダ《よくまわる》」

「トララ《まわれ》　トララ《まわれ》」

「ト《もっと》パルリ《はやく》」

　氷の上でペンイを打っている男の子たちの歓声に、クァークァッと白鳥の鳴き声が混じる。氷が薄く、ところどころ穴が開いている龍頭《ヨンドゥ》モクのあたりでは四羽の白鳥がひと塊になって泳いでいる。二羽の親鳥は、まだ毛が生え変わらない灰色の二羽の雛鳥《ひなどり》を先導するように冷水の上をすべり、黒い嘴《くちばし》の先から綿のような白い息を吐いている。

　二時間前とは逆の方向から釜山《プサン》行きの普通列車が姿を現し、トィーと汽笛を鳴らすと、犬の遠吠《とおぼ》えがモーンモーンと街中に響き渡り、親鳥たちは申し合わせたように大きな翼をひろげた。長い首を前に倒し翼の動きを強く速くしてからだを浮かびあがらせ、翼の先が水を打つか打たないかの水際《みずぎわ》を滑空する。右の翼を下げて旋回すると右の翼だけがもげ落ちてしまったかのようにくっきりと水面に映った。首を二十度の角度で前方に、水搔《みずか》きを後方に伸ばして、すこしずつ高度をあげていく。もう影はどこにも映らない。ひろげた翼を水平にして高く高く、龍頭山と冬空を背景にして高く高く、重なり合って列《つら》なって高く高く——、川原から見あげると、二羽の白鳥は影そのもののように黒ずんで見えるが、翼を傾けて旋回するときに首の側面と翼の先が白く翻《ひるがえ》った。

　白鳥たちは二羽の雛鳥を中心に円を描きながら高度を下げていき、水搔きを前に出し脚を突っ張らせて着水した。しばらくは高揚をおさえられない様子で、はばたいて水をはね散らしたり、前進して水面に白い帯をひろげたりしているが、雛鳥たちがそばに寄ってきて首をくねらせたり翼のなかに嘴を入れたりすると、首を空に伸ばして、クァッ！　クァッ！　クァーッ！　クァッ！　クァッ！　クァーッ！　カーン、カーン、カーン、カーン、尋常小学校の終業を告げる鐘が白鳥たちの歌を遮《さえぎ》った。

紺色の外套《がいとう》に狐《きつね》の毛皮を巻いた日本人の子どもたちが土手の向こうから現れてベッタリを渡ったが、朝鮮人の子どもたちは彼らに目もくれなかったし、日本人の子どもたちも彼らには目もくれなかった。日本人の通う密陽《ミリャン》尋常小学校と朝鮮人の通う密陽普通学校は歩いて十分も離れていない距離にあり、家同士がとなり合っている子も少なくなかったが、日本人と朝鮮人がいっしょに遊ぶことはなかった。教わる国語は同じでも、学校と遊び場は異なっていた。

フィーンフィーン　フィーンフィーン、北風は朝鮮人の家だろうが日本人の家だろうがお構いなしに戸を叩《たた》き、招き入れてもらえないものだから隙間《すきま》風となって忍び入り、寒さを染《し》み込ませる間もなくつぎの家の戸口へと走って行った。

ある家では、縁側にござを敷いて、もうほとんど目の見えない老女が大根を藁縄《わらなわ》で縛っていた。手が早く、あっという間に大根の梯子《はしご》がひぃ、ふぅ、みぃ、軒下に吊《つる》してたくわんを拵《こしら》えるのだ。老女のとなりでは赤い綿入れを着た孫娘がときおり鼻水をすすりながら綾《あや》取《と》りをしている。やま、かわ、たんぼ、うまのめ、つづみ、ふね、やまに戻ったときに、フィーンフィーン、風は綾取りの紐《ひも》を揺らして、フィーンフィーン フィーンフィーン。

ある家では、近所の男女が十人ほど集まって蒸したカムジャ《じゃがいも》を食べ、マッコルリ《どぶろく》を呑《の》み、歌をうたいながらみんなでチプシン《わらじ》やパグニ《かご》やカマニ《かます》を編んでいた。

花の村 鳥の村 わたしの故郷
青い野原 南風が吹くと
川辺の柳が踊る村
そこで遊んだあのころが懐《なつ》かしい

外に飛び出した風がフィーンフィーンと嗄《しゃが》れ声を張りあげてうたうと、道ゆくひとびとは背中を丸めたり肩を竦《すく》めたりという無力な仕種《しぐさ》をくりかえし、枯れ草は気が違ったように激しく頷《うなず》いたそばから激しく頭を振ったりした。フィーンフィーン、突風が道から道へ家から家へと渡り歩く、フィーンフィーン フィーンフィーン。

ある家では、年若いナムピョン《おっと》が藁で縄を縒《よ》り、年若いアネ《つま》がナムピョンと向かい合って針仕事をしていた。

ある家では、十と九つの姉妹が猫行火《あんか》の火燵《こたつ》に脚を突っ込んでお手玉をしていた。お手玉のなかには煎《い》った小豆と鞐《こはぜ》が三枚入っていた。鈴をねだったが買ってもらえないので、母親に古い足袋を切ってもらったのだ。シャリシャリシャリ、鞐は小豆と擦れて壊れた鈴のような音を立てた。シャリシャリシャリ、おひとつおひとつおさぁらい、シャリ、おふたつおふたつおさぁらい、シャリ、親玉を落とした姉はお手玉の紐をゆるめ、なかから小豆を取り出して口に放った。ずりーわ、お姉ちゃん。ずるうないわ、落としたひとが食べりゃええの。じゃあ、あたしも落とす。シャリシャリシャリ、おひとつおひとつおさぁらい、シャリ。ずりーわ、わざとやったろ！

ある家では、日暮れまでにはまだ時間があるというのに家中の戸を閉め切り、若い男がチャメ《うり》に似た缶のなかに火薬を詰めていた。風が息をひそめてヘンナンチュ（離れ）に入り込んだ瞬間、男の手もとにどんよりした光を投げていたはだか電球が切れてしまった。男はびくっと肩をあげて振り向くと、立ちあがって戸の錠がおりていることを確認してから燐寸《マッチ》を擦った。一点の光が生じて男の顔を仄明《ほのあか》るくしたが、ホロンプル《ランプ》に火が灯《とも》る前に、フィーンフィーン、風は火を吹き消した。

ある家では、お産の真っ最中だった。まだテンギモリ（未婚女性のお下げ髪）をあげていない女が両脚を大きくひろげていきんでいた。付き添いはやもめのスンモ《おば》ひとりきりだった。産神婆《サンシンハルメ》、産神婆、クジョ《ただ》　ピオニ《ねがわくば》　ムサヒ《ぶじに》　テオナゲハソソ《うまれますように》。スンモは産神《サンシン》床《サン》に向かって祈りの言葉をつぶやきながら両手を頭に掲げたままひれ伏した。ピオナニ《ねがわくば》　コンガンハン《げんきな》　サネアイガテオナゲハソソ《おとこのこがうまれますように》と、祈って、お願い、男の子、と女は痛みで言葉をぶつ切りにしながらいきんだ。産神婆、産神婆、ピオナニ　コンガンハン　サネアイガテオナゲハソソ、スンモは祈りの文句を変更して産神床に向き直った。あっ、降りてきた、生まれそう、と女が叫び、スンモはソクチマ（下着のスカート）をまくりあげて覗《のぞ》き込んだ。股《また》のあいだから胎嚢《たいのう》が出ている。アイグ、ひらいてる、ヒムネラ《がんばれ》！ ヒムネラ！ アヤッ《いたい》！ 女は全身の力をひとところに集めていきんだ。ナワッタ《でた》！ モ《あ》リダ《たまだ》！ チョグンマント《もうひといき》！ ヒムネラ！ 風は祭床《チエッサン》の蠟燭《ろうそく》の炎を揺らして立ちあがり、生まれてくる子どもの父親のもとへと急いだ。

男は四歳の次男と店番をしていた。男の子はリアカーのなかからコムシン《ゴムぐつ》を取り出して棚に並べるのを手伝っていた。

「オー《よおし》テダンハンデ《えらいぞお》、アボジ《おとうちゃん》があとで肩車してやるからなぁ」

「アボジ、クンバム《やきぐり》、かって」

「クレグレ《おお》、買ってやるとも」

「クンバム、たかい？」

「そんなに高くないよ」

「いくら？」

「五銭ぐらいかな？」

「パム《くり》はどこのやまからとってくるの？」

「さぁ、どこの山でも採れるだろ」

「ぼく、パム、とってみたい」

「じゃあ、今度アボジと採りに行こう」

「シンナンダ《わぁい》！　アボジといく！　アボジといく！」

風は火鉢の灰に息を吹きかけて子どもの誕生を知らせようとしたが、火の勢いを僅《わず》かに強くしただけだったので、あきらめてマダン《にわ》のほうにまわり込んだ。

女がひとり佇《たたず》んでいた。冬だというのに木綿の白いチョゴリに黒いチマを穿《は》き、腰のあたりを麻紐《あさひも》で結んでいた。井戸端には大きな平たい石と包丁と沸騰《ふっとう》した湯を入れた鍋《なべ》が用意してあった。トゥンドゥンドゥン　トゥンドゥンドゥン、女はプク《たいこ》の音を聞いていた。自分がなにかに打ち鳴らされているのか、自分がなにかを打ち鳴らしているのか、女にはわからなかった。その音を聞いているのは女と風だけだった。プクの音に合わせて、風はフィーンフィーンと笛を吹き、女は擦り足で前に進んだ。トゥンドゥンドゥン　トゥンドゥンドゥン　フィーンフィーン、女の顔には冬の仮面が貼《は》りついていた。トゥンドゥンドゥン　トゥンドゥンドゥン　フィーンフィーン、女はマダンの隅で卵を抱いているアムタク《めんどり》の羽を捻《ひね》りあげた。コキーッ！　茶色い羽が飛び散った。コキーッ！　コキーッ！　アムタクは自由になろうとして脚をばたつかせたが、女は左右の脚をコムシン《ゴムぐつ》で踏みつけて覆《おお》いかぶさった。左手で羽をつかみ、右手で首を捻る、ハナ《いち》トゥル《に》セッ《さん》ネッ《し》　タソッ《ご》　ヨソッ《ろく》　イルゴプ《しち》、アムタクは嘴《くちばし》を大きくひらいて青白い舌を突き出す。トゥンドゥンドゥン　トゥンドゥンドゥン　フィーンフィーン、アムタクはクックッと伸びあがって蹴《け》ろうとするが、女は喉《のど》もとに親指を食い込ませる。トゥンドゥンドゥン　トゥンドゥンドゥン　フィーンフィーン、アムタクは真っ白な瞼《まぶた》を閉じてぐったりとなった。女は脚を持って頭から熱湯に沈め、ゆっくりと鍋の内側を撫《な》でるようにアムタクのからだをハンボン《いっしゅう》、トゥボン《にしゅう》させて手を放した。包丁の刃先でアムタクを横向きにしたり沈めたりする。脚を握って湯からあげる。平たい石の上に仰向けにする。トゥンドゥンドゥン　トゥンドゥンドゥン、女は湯気の立つアムタクに手を伸ばす。まず脚、黄色い皮がするりと抜ける。つぎは羽、オクスス《とうもろこし》の皮を剝《む》くように、トゥンドゥンドゥン　トゥンドゥンドゥン、両手がそれ自体意志を持ったように動くのを、女は見た。トゥンドゥンドゥン　トゥンドゥンドゥン、首を絞めたときに飛び出たのだろう、肛門《こうもん》から腸が垂れ下がっている。真っ赤、てのひら、火傷《やけど》した、熱さは感じないのに。パガジで井戸水を汲《く》んでてのひらを浸すと、激しい冷たさがいっきに皮膚に染み通った。

　女はふたたびアムタクを熱湯に浸《つ》けた。浸ければ浸けるほど羽は抜きやすくなるけれど、皮と肉がまずくなるからほどほどにしないと、ハナ《いち》　トゥル《に》　セッ《さん》　ネッ《し》　タソッ《ご》、湯からあげて平たい石の上に置く。アムタクから立ちのぼる湯気で手もとがよく見えない。フィーンフィーン、風が湯気を払ってやる。鶏冠《とさか》も頭も脚も肛門から飛び出ている腸も真っ白だ。トゥンドゥンドゥン　トゥンドゥンドゥンドゥン、女はときどき水にてのひらを浸して羽を毟《むし》る。羽といっても、もうサボテンの棘《とげ》のような根もとしか残っていない。摘《つま》んで、抜く、摘んで、抜く、けっこう力が要る、指を水に浸す、抜く、抜く、抜く、トゥンドゥンドゥン　トゥンドゥンドゥン、水に浸す、抜く、抜く、抜く、トゥンドゥンドゥン　トゥンドゥンドゥン、脚を片手でつかんで肛門を目の高さにする。肛門のまわりに羽が残っている。指に力を入れるたびに、前に垂れている頭がトルロンドルロン《ぶらぶら》と揺れる。抜く、抜く、トルロンドルロン。井戸水をポルコク《ざぶっ》とかぶせてから、金盥《かなだらい》の水に浸けてムウ《だいこん》の泥を落とすようにサッサッサッ《ごしごし》　サッサッサッ。骨と肉だけになった翼をめくると、裏側にまだ羽が残っていた。摘んで、抜く、摘んで、抜く、一本だって見逃さない、丸裸にしてやる。短くて固い頭の羽を指先で摘んで、抜く、抜く、抜く。盥に新しい水を入れて洗う。アガ《あかちゃん》のおむつを洗濯するときのようにサッサッサッ　サッサッサッ。頭を引っ張って首を擦《こす》ると、皮膚がひきつれて半目がひらいた。茹《ゆ》だって膜が張っているけれど、目尻のほうに僅《わず》かに黒目が見える。サッサッサッ　サッサッサッ、手は素早く動いているのに脈は不自然なほどゆっくり搏《う》っている、冬眠中のペム《へび》のように、トゥグン……トゥグン……トゥグン……。

チャ《さあ》　ケクッテジョッチョ《きれいになりましたよ》。女は井戸水を汲《く》んで羽を流し、石の上にアムタクを寝かせた。トゥンドゥンドゥン　トゥンドゥンドゥン　フィーンフィーン、包丁をつかむ、腰を屈《かが》める、関節のまわりに切れ目を入れる、トッ《ボキッ》と折る、包丁で叩《たた》き切る、右脚！　切れ目を入れる、トッと折る、叩き切る、左脚！　金盥のなかに左右の脚を投げ入れる。トゥンドゥンドゥン　トゥンドゥンドゥン、胸から腹にかけて包丁の刃を当てる。刃先を肉に沈める。赤黒い血が湧《わ》き出して、アムタクの白い膚《はだ》を赤く染める。血は爪《つめ》のなかにもあかぎれのなかにも入り込み、トゥッ《バキッ》トゥッ《バキッ》、女はひらかないクンデムン（両開き戸）をこじあけるように力任せに肋骨《ろっこつ》をひらいた。

女は左手で肋骨を引っ張ったまま、右手を血溜《ちだま》りのなかに入れて刃を上に向けた。トゥンドゥンドゥン　トゥンドゥンドゥン、刃先で首を裂いていく、嘴《くちばし》の下まで、トゥンドゥンドゥン　トゥンドゥンドゥン、手の動きが止められない。なにか声に出したいけれど、両手と同じように声も思い通りにならない。声帯が動かない。女は懇願した。なにを懇願しているのか、なにに懇願しているのかわからないまま全身全霊で懇願した。胸と背中が板のようなもので挟まれ、それがいっそう強く、サルリヨジュセヨ《おねがいします》！　チェ《どう》バル《か》　サルリヨジュセヨ《おねがいします》！

女はアムタクのなかに手を突っ込み肋骨にへばりついている肺をはがして金盥のなかに棄《す》てた。イゴン《これは》　モンモケッタ《たべられない》。胃袋を毟《むし》り取って棄てた。イゴット《これも》　モンモゴ《たべられない》。心臓と肝臓はとっておく。イゴハゴ《これと》イゴヌン《これは》モグルスイッソ《たべられる》。女はそうっと愛情深く手をすべり込ませ、まだ脈打っているかもしれない新鮮な内臓を徐々にほぐしていった。トゥンドゥンドゥン、指に奇妙なあたたかさが、クンジョッ《ぬる》クンジョッ《ぬる》、生命そのものの熱が湯気となって、トゥンドゥンドゥン、女はアムタクの内臓をてのひらにのせてすくいあげた。トゥンドゥンドゥン　トゥンドゥンドゥン、内臓をごっそり盗み取られたアムタクのなかには血まみれの卵が転がっていた。殻にも卵白にも護《まも》られていない剝き出しの卵黄が、タックゴン《ピンポンだま》ぐらいのがハナ《ひとつ》、パム《くり》ぐらいのがトゥル《ふたつ》、テチュ《なつめ》ぐらいのがトゥル、ウネン《ぎんなん》ぐらいのがトゥル、コン《だいず》ぐらいのがネッ《よっつ》、アイゴ、もっと小さいのがクドゥルギ《うじむし》みたいにウグルウグル《うようよ》と！　女は包丁の刃で米粒大の卵黄を血液といっしょに石板から落とした。包丁は刃も柄も血で濡《ぬ》れている。アイグ、だれかを殺したみたいに！　だれを殺した？　だれを殺したい？　トゥンドゥンドゥン　トゥンドゥンドゥン、コムシン《ゴムぐつ》のなかの素足にも血が、なまあたたかくて粘っこい血が、トゥンドゥンドゥン　トゥンドゥンドゥン、女は砂肝《すなぎも》を半分に切って皮を剝《は》ぎ、なかに詰まっているチンジョプサル《むしあわ》のような砂袋を毟った。井戸水で血と砂袋を洗い流すと、ところどころ灰色がかり、ところどころ黄色がかったその白い臓器は、海の底の目のない生き物のようにいまにも泳ぎ出しそうだった。トゥンドゥンドゥン　トゥンドゥンドゥン、女は卵巣の一部にプラル《こうがん》のようなものがぶらさがっているのを見つけた。なかのものを疵《きず》つけないように包丁の先で皮を破くと、ムルコン《どろっ》と流れ出たのは卵白で、てのひらにこぼれ落ちたのは卵黄だった。明日生み落とされるはずだった卵、今晩殻ができるはずだった卵。女はその卵黄を先に取り出した小さな卵黄のとなりに並べると、腸をほどいて長く伸ばしていった。トゥンドゥンドゥン　トゥンドゥンドゥン、刃先をなかに入れて腸をひらいていく。トゥンドゥンドゥン　トゥンドゥンドゥン。

女はプオク《だいどころ》からひと握りの粗塩《あらじお》を持ってきて、塩で腸を揉《も》んで洗った。そして最後に、二本の脚を包丁の柄で叩《たた》き、トゥンドゥンドゥン　トゥンドゥンドゥン、骨を抜き取って棄《す》てた。

ずいぶん時間が経《た》った、血まみれの時間が。午後の光が薄れはじめている。どこから現れたパリ《はえ》が砂肝の上で手を擦り合わせている。フィーンフィーン、風はパリを追い払い、パリの代わりにタムジェンイ《つた》の葉を落として、心臓のまわりでサルチャッ《ひく》サルチャッ《ひく》と躍らせた。サルチャッサルチャッ　フィーンフィーン　サルチャッサルチャッ　フィーンフィーン。

女はマダン《にわ》の隅に穴を掘って要らない臓器と骨を埋めた。埋めないとケ《いぬ》が食べる、ケにもテジ《ぶた》にもタク《にわとり》の味を覚えさせてはいけない、タクを襲って食べるようになるからね。井戸端に戻ると、パガジで井戸水を汲《く》んで石板にかぶせ、血と内臓の破片をてのひらで擦《こす》って、もう一度水を汲んで包丁と金盥《かなだらい》をきれいにした。血が土に染み込んでいくとともに、女は顔に貼《は》りついていた仮面がすべり落ちていくのを感じた。

石の上では十一月のマダンには不似合いな美しい内臓が輝いている。心臓。肝臓。砂肝。卵。女はアムタクの空《めんどり》っぽの腹を覗《のぞ》き、ゆっくりと首を捻《ひね》ってマダンの隅に置き去りにされている三つの卵を見た。フィーンフィーン、北風が強くなる。まだ残っているアムタクのぬくもりを消し去るために、フィーンフィーン トゥンドゥンドゥン トゥンドゥンドゥン、風が遥《はる》か彼方《かなた》からプクの音を連れてくる。フィーンフィーン トゥンドゥンドゥン トゥンドゥンドゥンドゥン、だんだん強く、速く、強く！ 強く！ トゥンドゥンドゥン！ トゥンドゥンドゥンドゥン！ 槍《やり》でも投げつけられたような痛みに頭を貫かれ、女はよろめいて膝《ひざ》をついた。トゥンドゥンドゥン！ 頭のなかで光が炸裂《さくれつ》し、トゥンドゥンドゥン！ アイゴ、ヌンブショラ《まぶしい》！ 女は井戸の縁にしがみついた。トゥンドゥンドゥン！ トゥンドゥンドゥン！ 真っ暗。なんにも見えない。でも視線は感じる。暗《くら》闇《やみ》を通してだれかがわたしを見ている。トゥンドゥンドゥン トゥンドゥンドゥン フィーンフィーン、プクとは違う音が聞こえる。なんの音だろう？ 微《かす》かなぼんやりした光の点が浮かびあがり、フィーンフィーン、風の音だ。女は意識の底でもがいた。目の前に口を開けている闇に呑《の》み込まれるわけにはいかない。風の音だけに意識を集めて光の輪を押しひろげていくと、プクの音が遠ざかっていった。トゥンドゥンドゥン トゥンドゥンドゥン フィーンフィーン、もう風の音しか聴こえない。フィーンフィーン、女は井戸のなかへ身を乗り出していることに気づいてハンバル《いっぽ》 トゥバル《にほ》とあとずさったが、オッチル《ぐらり》と視界が揺れ、井戸の塀が塔のように聳《そび》えて倒れかかってきた。両手を突っ張らせると掌に赤い手形がついた。血？　さっき洗ったばかりなのに。だれの血？　女はてのひらを顔に近づけた。なんにもついてない。フィーンフィーン　フィーンフィーン、視界がはっきりして頭痛が薄らいでいく。女はマダンの静けさに耳を澄ました。フィーンフィーン、薄墨色の空の下で木の枝や枯れ葉やもの干しやチャントク《かめ》の影が揺れている。わたしの口は動いている。だれかと話をしてるように。でも声も言葉も出てこない。目の下もシルッ《ひく》シルッ《ひく》と動いている。すこし眠ったほうがいいのかもしれない。十分か二十分。女は井戸の縁に手をかけて立ちあがった。

「オモニ《おかあさん》、ケンチャナヨ《だいじょうぶ》？」

　フィーンフィーン、喜香《ヒヒャン》は風の音が弱まるのを待って口をひらいた。

「ケンチャナ《だいじょうぶよ》」

「すごく顔色が悪いよ」

「ちょっとめまいがしただけよ」汗が背中を流れ、腋《わき》の下から脇腹《わきばら》につたっている。

　雨哲《ウチョル》は平たい石の上に目を落とした。鶏冠《とさか》が小さいし、卵があるからアムタクだ。三羽しかいない大事なアムタクをどうして潰《つぶ》してしまったんだろう？　アボジ《おとうさん》の誕生日は過ぎたばかりだし、素苑《ソウオン》とおれは十二月だからまだ先だし、雨根《ウグン》は四月で、オモニは五月――、なんの祝いだろう？　重九節《チュングチョル》（旧暦九月九日）は終わったし、親戚《しんせき》のだれかが結婚したという話も聞かないし、儒林《ユリム》（儒学者たち）の孝行者の表彰式は来月だ。

「ソンニム《おきゃくさん》がくるの？」雨哲は訊《たず》ねた。

喜香は台所から藁《わら》と藁を縒《よ》った紐《ひも》を持ってくると、内臓を腹のなかに戻し、アムタクを藁でくるんで両端を縛った。

「渡してきておくれ」

「え？」

「渡してきておくれ」喜香はまったく同じ口調でくりかえした。

「どこに？」

「サムナム《すぎのき》の家よ」

「……」

「おまえのきょうだいが生まれたのよ」

雨哲は顎《あご》をすこしだけあげて藁の包みを見た。

「渡してきておくれ」三度目だった。

「……明日、大会なんだよ」

「走って行けば五分もかからないでしょう？　オモニ《おかあさん》の代わりに渡してきておくれ」

これ以上この話をつづけたくない、雨哲は藁の包みを受け取り、母親に背を向けて歩き出した。

「禁縄《クムジュル》に唐辛子が挟んであるかどうか見てきておくれ」

フィーンフィーン　フィーンフィーン、風と女がもたれ合うように佇《たたず》んで女の息子を見送っている。フィーンフィーン、息子の背中が見えなくなると、女は風でめくれあがったチマ《スカート》を包丁でおさえた。

フィーンフィーン、風がソムチョゴリ（綿入りチョゴリ）の襟首から入り込む。雨哲はサムナムの家の方角ではなく、校洞《キョドン》のほうへ歩き、細い坂道をのぼっていった。夕暮れ時の坂道は静かでひと気がなくどこまでもつづいていた。どの家の門にも「立春大吉」か「建陽多慶」と書いた紙が貼《は》ってある。達筆もあれば粗筆もあるし、濃い墨もあれば薄い墨もある。雨哲は両班《ヤンバン》（支配階級）屋敷の門の前にある馬上台《マサンデ》に目を落とした。このあいだ散歩をしたときに、これなぁに、と雨根に訊《き》かれ、両班が馬に乗るときの踏み台なんだよ、と答えたけれど、おれはいま馬に乗ってどこかに走り去りたい気分だ。ギャンギャンギャン！　どこかの家のマダン《にわ》でケ《いぬ》が喧嘩《けんか》してる。ギャンギャンギャン！　どこかの家の台所から夕食のテジコギクッ《ぶたにくスープ》とマヌルジャンアチ《にんにくみそづけ》のにおいが漂ってくる。いつからだろう、家族で食事をするのが苦痛になったのは。

今年の二月にハルメ《おばあさん》が死んで、チャンネシク《そうしき》で弔問客たちから、サムナムの女が妊娠しているらしいという噂《うわさ》を聞かされた。あの日からオモニ《おかあさん》の様子がおかしくなった。ハルメの死を悼《いた》んでいるんだろう、仲のいいモニョ《おやこ》だったからな、とアボジ《おとうさん》はいったけれど、三七日が過ぎても、四十九日が過ぎても、オモニのめまいと吐き気は激しくなるばかりだった。ひどいときは三日も寝たきりで、食べることも、チュッカン《かわや》に行くこともできなかった。ポヤク《かんぽうやく》を飲んでも、鍼《はり》を打ってもらっても、巫女《ムーダン》に憂患《ウファン》クッをやってもらってもよくならなかったのは、きっと、サムナムの女の腹が日に日に大きくなっていったからだろう。

雨哲《ウチヨル》はアムタク《めんどり》の包みをかかえなおした。いったい、なんといってこれを渡せばいい？　オモニガポネシヨッソヨ《おかあさんからです》　チユカハムニダ《おめでとうございます》、なんて口にできるはずがない。冷たい空気を吸いたい、もっともっと冷たい空気を。雨哲は氷の下の水の気配に耳を澄ませながら川を渡り、三角州の真ん中に立った。フィーン　フィーン、風が刃向かうように真正面から吹きつけてくる。雨哲は冷気で肺がふくれあがるのを感じた。白鳥がいない。いつもは龍頭《ヨンドゥ》モクあたりで泳いでいるのに。クァッ！　クァッ！　クァーッ！　雨哲は空を見あげた。白鳥が飛んでいる。ハナ《いち》　トゥル《に》　セッ《さん》　ネッ《し》　タソッ《ご》　ヨソッ《ろく》　イル《し》ゴプ《ち》　ヨドル《はち》　アホプ《きゅう》、翼は夕陽《ゆうひ》に染まっているが、翼の陰になった胴体は青みを帯びている。

なんて美しいんだろう。こうやって川のまん中に立っていると、戦争なんてどこにも存在しないみたいだ。いや、でも、おれが、いま、この脚で立っている三角州が、氷で固定されているように見えて、実は氷の下を流れる水に絶えず削られているように、そのうちこの十一文の足を置く場所さえ消えてなくなるはずだ。

棘《とげ》の入った親指が疼《うず》く。雨哲は指の肉を噛《か》んで棘を出そうとした。どこで入ったんだろう？　たぶん、昨日、神社の本殿のなかでだ。

板の隙間《すきま》から午後の光が真横に長く伸びていた。彼女は小さなご神体に手を伸ばして撫《な》でてからソゴッ《したぎ》を脱いだ。場所が場所だけに昨日の合房《ハッパン》はなんだか儀式めいていた。どちらかが我慢できなくなるまでじっと動かないでいましょう？　なかに入れたままってこと？　そうよ。我慢くらべだね。おれたちはぴったりと隙間なく抱き合い、ひとつになって溶け出している部分だけを感じてお互いの目を覗《のぞ》き込んでいた。口をひらいたのは彼女のほうだった。アンデケッソヨ《もうだめよ》。もうすこし我慢して、すごくあったかくて気持ちいい。あぁ。動いてる。動かさないで。きみが動いてるんだよ、ほら、またパルル《びくっ》パルル《びくっ》。パスラッパスラッ、落ち葉を踏む音が近づいてくる。トゥグントゥグン、心臓の音が、パスラッパスラッ、おれの？　彼女の？　トゥグントゥグン、張り裂けそうな心臓の音が、トゥグントゥグン、おれは腰を動かした、ゆっくりと。パスラッパスラッ、足音は停《と》まってもおれは停まらなかった。彼女は自分の手の背を噛んで声を殺した。ガランガラン、鈴が鳴った。おれは腰の動きを速くした。パンパン、柏手《かしわで》が二回打ち鳴らされた。おれは射精した。トゥグントゥグン、おれたちの鼓動に合わせて足音が遠ざかっていった。トゥグン　パスラッ　トゥグン　パスラッ。

チッチッポッポク　チッチッポッポク、列車の音が雨哲を現実に引き戻そうとしたが、トィーと汽笛を鳴らして衙東山《アドンサン》の向こうに消えると、雨哲はふたたび記憶のなかに引き返していった。

彼女はおれの許婚《いいなずけ》だ。半年前にアボジ《おとうさん》に見合いをしてみないかと誘われた。池仁恵《チインヘ》さんといってな、八人きょうだいの七番目だ。一番目と八番目だけが男で、二番目から七番目まで女がつづいて、その七番目だったからオンニドゥル《あねたち》から子どものように可愛《かわい》がられて育ったそうだ。米屋の娘だ。ほら、おまえも知ってるだろう、駅前の下村理髪舘《かん》のとなりにある大きな米屋だ。店とは別に家と倉庫を持っておるし、従業員も三、四人おる。かなり裕福だから結納品をたくさん持ってきてくれるだろう。でな、池仁恵さんはオモニ《おかあさん》について料理や針仕事などの花嫁修行をしておるのだが、十六歳まで書堂《ソダン》（私塾）で勉強しておったから、漢字とハングルの読み書きができて、「銘心宝鑑《ミョンシムポガム》」や「沈清伝《シムチョンジョン》」などの本を愛読しているらしい。おまえより二つ歳上《としうえ》だ。美人ではないそうだが、嫁は顔で選んではいかん。気立てが優しくて明るくて働きものだったら申し分ない。とにかく、いい嫁になると評判の娘だから一度逢《あ》ってみるといい。逢わないことにははじまらんからな。

あまり期待をしないで見合いの席についたが、決して不美人ではなかったし、角度によっては美人に見えるときもあった。そしてなにより、なんの気取りも構えもなく真っ直《す》ぐに目を見て話す、その話し方に魅《ひ》かれて、この女《ひと》となら一生話しつづけることができるかもしれないと思い、嫁にもらうことに決めた。
納采《ナプチェ》（婚約）を交わして、納幣《ナッペ》（結納）を終えると、ふたりきりで逢うことを許され、梅雨が明けたころからは毎日待ち合わせをして逢うようになった。彼女の話を聞き、彼女に話を聞いてもらうのが欠かせないことになりつつあった。じっと話を聞いてくれているときにふたつの瞳《ひとみ》がからかうように微笑《ほほえ》みかけてきたり、聡明《そうめい》そうに光ったり、流れ落ちそうなほど潤《うる》んだり――、八月のある日、その瞳に魅きつけられておれは彼女の唇に接吻《せっぷん》した。一度接吻すると接吻しないではいられなくなり、彼女の唇と舌が赤く腫《は》れるほど、話しながら接吻しているのか接吻しながら話しているのかわからなくなるほど、おれは彼女に接吻をした。
八月の最後の日だった。朝から雨が土の上を跳ねまわっていた。昼過ぎに雨の幕のなかから太陽が顔を覗《のぞ》かせて、おれは雨があがるのを待ち切れずに彼女の家に走っていった。すっすっはっはっ　すっすっはっはっ　雨があがった途端に空の上で炎が渦巻いて燃えさかっているような暑さになり　すっすっはっはっ　その火勢が地上のすべてを燃やし尽くそうとして　すっすっはっはっ　すっすっはっはっ　道とおれのからだから湯気が立ちのぼった　すっすっはっはっ　すっすっはっはっ　すっすっはっはっ　すっすっはっはっ　すっすっはっはっ　すっすっはっはっ
彼女は家の前で丸椅子《まるいす》に座って待っていた。

雨があがったら、あなたがくるような気がしたの。

こなかったらどうしたの？

そんなこと考えなかったわ。

変だよ。

あら、変じゃないわよ。だってちゃんときてくれたじゃない。

彼女は微笑み、小さくて白い前歯が見えた。

おれは噴き出る額の汗をチョクサム（麻のチョゴリ）の袖《そで》で拭《ぬぐ》いながら川べりを歩き、彼女はおれの影を踏んでついてきた。カンアジプル《えのころぐさ》とチルギョンイ《おおばこ》が生い茂る道を通り過ぎ、足もとの石と藪《やぶ》に注意しながら手と手を取り合って、サンスリナム《くぬぎ》の幹と枝と葉に覆《おお》い隠された小さな原っぱに辿《たど》り着いた。

おれは彼女の顔をじっと見た。

なぁに？

逢いたかった。

昨日逢ったばかりじゃない。

別れるとすぐに逢いたくなる。

じゃあ、ずっといっしょにいるしかないわね。

早くいっしょになりたい。

おれは蟬《せみ》が鳴きしきるサンスリナムの下で彼女に接吻をした。舌を吸う。口のなかが彼女の唾《つば》でいっぱいになる。メクン《つる》メクン《つる》した歯の裏を一本一本舐《な》める。彼女の舌先がソッ《ちろ》ソッ《ちろ》と動き出して舌を吸われる。吸われるがままに。もっと。もっと。息を吸うために唇を離すと、うつむいた彼女の頰が火照《ほて》って、八月の陽光がテンギモリ（未婚女性のお下げ髪）の上で光った。メーンメーンメーンメーン　メーンメーンメーンメーンメーンメーンメーン　チルルルアーッ　チルルルアーッ　チルルルアーッ。彼女は目を瞑《つむ》ってサンスリナム《くぬぎ》に凭《もた》れかかり、樹皮のように静かになった。コルムをほどいてチョゴリを脱がせ、ソクチョクサム（チョゴリの下着）を両手でひろげても声ひとつ洩《も》らさなかった。鎖骨の右下に薄茶色の黒子《ほくろ》があるほかは真っ白な乳房に木漏れ陽が落ちている。

イエプグナ《きれいだ》。

言葉が口からすべり出た。

チョアヘヨ《すきよ》。

彼女は目を瞑ったままいった。

風が吹き、乳房の上で光の円が揺れた。おれはひざまずいた。親指でそっと撫《な》でると、赤い乳首はポングッ《つん》と立ちあがって上を向いた。雨あがりのせいだろう、土も草も汗ばんで蒸れたようなにおいを発している。片方の乳房をてのひらにおさめ、もう片方の乳房に顔を近づけて乳首を口に含む。口のなかでさらに硬くなった乳首を舐めたり吸ったりしているうちに心臓が限界まで速く脈打ち、欲望を押しとどめることができなくなった。おれは水色のチマに手をかけた。

それは駄目よ、結婚してからじゃなきゃ駄目なのよ。アンデヨ《やめて》　プタギエヨ《おねがい》、ほかのことならなんでもするわ、でも、それだけは駄目。

彼女はチマをおさえたが、おれは彼女の手首をつかんでチマをまくりあげ、草の上に押し倒した。

アンデヨ！　シロヨ《いやよ》！　それは夫婦になってからするって決まってるのよ。

彼女は脚をつかまれたアムタク《めんどり》のようにはばたき、つつき、わめき散らした。

シロッ《いや》！

彼女の口をてのひらで塞《ふさ》いだ瞬間、真っ黒な魂が真っ赤な内臓のなかにすべり堕《お》ちるのを感じた。暴れるからだを押さえつけてソゴッ《したぎ》をずりおろし、パジとソクパジ《パンツ》をいっしょに脱いだ。ぴったり合わさった膝頭《ひざがしら》を両手でつかんで左右にひろげ、腰を脚のあいだに割り込ませたものの、どこにどう入れていいのか見当もつかない。夢中だった。筋肉という筋肉が縮こまっていた、おれも彼女も。気がつくとなかに入っていた、なかに！　でも何度突いても奥まで入れることはできない。走り出すときのように深呼吸をして思い切り突くと、押し潰《つぶ》された悲鳴がフューと喉《のど》に引き取られた。おれは両肘《りょうひじ》で自分の体重を支えて強く速く打ちつけた。

――吸った跡が痣《あざ》のように残った乳房、ひらいたまま動かない脚、掠《かす》り疵《きず》ができている白いふともも、草が握りしめられている右手、ポソンが脱げた左足の指は不自然なほど反りかえっている――、なんだか死んでるみたいだ。心配になって左胸に耳を当ててみた。トットットットットットットッ、動いてる、よかった、トットットットットットットッ、
おれは彼女の髪を撫でながら耳に口をつけた。

ケンチャナ《だいじょうぶ》？

……シロヨ《いやよ》。

ミアン《ごめん》。

……ミアン。

すごく痛かったのよ。

……痛かった……。

彼女は目をひらき、アンチョゴリ（肌着）の襟を合わせて上体を起こした。

妊娠したらどうしよう。

……うれしいよ。

はじめてだったのよ。

おれだってはじめてだよ……どうしよう、そのチマ。

血は水で洗えば落ちるからだいじょうぶだけど……オンニ《おねえさん》に聞いたことがあるの……水でよく洗えば妊娠しないって……ちょっと洗ってくる。

彼女がアイ《こども》のような素早さで右足に残っているポソンを脱いで歩き出したので、おれはあわててソクパジだけを穿《は》いてあとを追いかけた。

彼女はチマのままトンボントンボンと川に入っていき、水が腰のあたりまでになると流れに背を向けて立ち停《ど》まった。水色のチマが水の動きに合わせてハヌジョ《ゆ》ッ《ら》ハヌジョ《ゆ》ッ《ら》と、水とともに流れて行けないことを哀《かな》しむようにハヌジョッハヌジョッ——、目を瞑《つむ》ると瞼《まぶた》の闇のなかに光の円がいくつも浮かんだ。

なに眠ってるの？

目を開けると、彼女の素足が見えた。チマは滴《しずく》を垂らしながら彼女のからだにぴったりと貼《は》りついている。ふくらはぎ、膝《ひざ》、ふともも、腰、おれは濡《ぬ》れたチマのにおいを吸い込んでいった。

眠ってなんかないよ。

あら、眠ってたじゃない。

眩《まぶ》しいから目を閉じてただけだよ。

太陽が背後にあるせいで彼女の顔は真っ黒に見える。キーッ！　キーッ！　キーッ！

木立ちに潜む名前のわからない鳥が警笛のような声をあげた。

どう？　落ちたでしょう？

うん。

血は落ちるのよ。

彼女は大真面目《まじめ》な顔をしてチマを雑巾《ぞうきん》のように絞った。ふくらはぎ、膝、ふともがが見えた。

脱いでしばらく干したほうがいいよ。

……そうね。

おれはひんやりとふやけている白い手を握った。そして水のにおいを伴って水の音から遠ざかり、陽光が棒のように降りている木立ちのあいだを歩いて、ふたりだけの秘密の場所に戻った。

彼女はチマを脱いでサンスリナムの枝にかけると、しゃがんでコギを隠しながらソゴツ《ぎ》に手を伸ばした。

見せて。

シロヨ《いやよ》、恥ずかしいわ。

恥ずかしくなんかないよ。もう隠すことなんかなにもない。立って。

彼女は立ちあがって腕の力を抜いた。おれは八月の光に曝《さら》された下半身を見た。黒子《ほくろ》？　違う、蟻《あり》だ、踝《くるぶし》からふくらはぎへと這《は》いのぼっている。

蟻だよ。

チュギョヨ《ころして》！

おれはひとさし指の腹で蟻を潰《つぶ》し、その指を蟻に代わって上へ上へと這いあがらせた。濡れてへばりついている叢《くさむら》のなかに分け入ると、なかはあたたかく粘ついていて、あんなに固くきつかったのが嘘《うそ》のようにするりと指を迎え入れてくれた。

もうすこしひらいて。

彼女は黙っていいなりになった。おれはふとももに手をかけて顔を近づけた。唇を下の唇に合わせて舌を動かすと、彼女は息を吸って、吐いた、すぅ、はぁ、すぅ、はぁ、すぅ、はぁ。

もう一度したい。

駄目よ、まだオルオル《ひりひり》するもの。

今度はそっと、ゆっくりするから。

おれは彼女を抱きしめながら草の上に倒れた。彼女のからだに覆いかぶさると、おれの汗のにおいが彼女をすっぽり包み込んだ。おれは蟬《せみ》の声を聞きながら彼女のなかに入った。メーンメーンメーン　メーンメーンメーン　チルルルアーッ　チルルルアーッ、さっきよりずっと柔らかくて、ずっと濡《ぬ》れている。指を指に絡《から》ませ両腕をひろげて腰を動かす。メーンメーンメーン、すべるように、メーンメーンメーン、沈むように、メーンメーンメーン、溶けるように、チルルルアーッ　チルルルアーッ、蝉が鳴いている。

彼女は唇を薄くひらいて口のなかに蓄えていた息を吐き出した。はぁ、はぁ、はぁ、突きあげるたびに息が短くなり、はっ、はっ、はっ、はっ、あっ、あっ、あっと声が混じるようになって、彼女の膝《ひざ》がプドゥルブドゥル《がくがく》とふるえ出した。おれは腰の動きを止めて訊《たず》ねた。

痛い？

……ううん……。

おれは彼女の顔を見護《みまも》りながらそっと腰を動かしていたが、堪《こら》え切れなくなってだんだん動きを速くしていった。いきそうだと思った瞬間、彼女は瞼をひらいておれの目を見詰めた。すべてを問い、すべてを求めるおそろしい眼差《まなざ》しだった。

ずっといっしょ？

ずっといっしょだ。

死ぬまで？

死ぬまで。

放さないで。

放さない。

約束して。

約束する。

わたしだけよ。

彼女はおれの背中に腕をまわしてしがみつき、おれは彼女の頭を両手でかかえ込んだ。太陽を直視してしまったときのような眩しい金色の光が背骨から脳天に向かって駈《か》けあがり、その光と、笑いたいような泣きたいような気持ちがティジュッパッチュッ《ごちゃごちゃ》になって混ざり合い、彼女の息と蟬の声がオンマンジンチャン《ぐちゃぐちゃ》になって混ざり合い、あっあっあっあっ、チルルルアーッ　チルルルアーッ、あっあっあっあっあっ、チルルルアーッ、あっあっ、チルルルアーッ、あっあっ、チルルルアーッ、おれは彼女のなかに射精した。

川から戻ってきた彼女はテンギモリをほどいて腰まである髪を指で梳《す》いた。髪を両手でかきあげたときに持ちあがった乳房を目にした瞬間、生まれてはじめて、だれかを自分のものにしたのだという感慨が湧《わ》き起こってきた。

彼女は長い首を馬のように静かに傾けて髪を編んでいた。

大きなおなかでテンギモリをしてるなんて頭がいかれてるに違いないってオンニ《おねえさん》がいってたわ。

え？

あの女よ。

……あぁ。

この街であの女の味方なんていやしないわよ。

あぁ。

アボニム《おとうさん》はなにもいってないの？

なにもいってない。

あなたは浮気なんてしないでね。


口にくわえた赤いテンギ《リボン》で髪の端を結ぶと、彼女はおれの顔を見たが、おれは彼女の顔を見ることができなかった。生まれてはじめてあなたと呼ばれたことも、口のなかに彼女の味が残っていることもなんだか決まりが悪かったというか、一線を越えてしまい、もう引き返すことはできないのだという気持ちが膨らんでいたからだ。

服を着ると、さんざん泳いで川からあがったときのようにからだが重く感じられた。これからおれはひとの人生を巻き添えにして生きていかなければならないのだ、この女の人生と、この女が生む子どもの人生を担《にな》って――。

おれはいつものように川べりを歩き、なにを話したのかは忘れたがいつものような冗談を口にして、彼女はいつもより屈託なく笑っておれの横顔を見あげた。不意に、汗で湿った彼女の指がコーッ《ぎゅっ》と握りしめてきた。

女が歩いてくる。大きな腹に両手をあてて水のなかを歩くようにゆっくり――、サム《すぎ》ナム《のき》の女だった。本妻の家から十分も離れていない場所で姦通《カントン》して妊娠するという大それたことをしているというのに、女の顔は白い花のように儚《はかな》げで美しかった。

あの女はおれのナムドンセン《おとうと》かヨドンセン《いもうと》を孕《はら》んでいる、そしておれもこの女を孕ませたかもしれない、と思ったとき、おれのなかでなにかが跳びはねるのを感じた。結婚前に彼女と寝たのは、性欲よりもアボジ《おやじ》への復讐《ふくしゅう》心のほうが強かった。アボジがオモニ《おふくろ》の目を盗んで毎日愛人のもとに通っているということを知っても、家のなかで怒りを明かすことはできなかった。出口を塞《ふさ》がれた怒りはおれのなかで熱く硬くなっていった。おれは怒りを彼女のなかに注ぎ、溶かしてもらいたかったのかもしれない。

だんだん女の顔が近づいてきて、首のあたりが熱くなり息も満足にできなくなった。

擦れ違う瞬間、サムナムの女はおれと目を合わせて微笑《ほほえ》んだ。

アンニョン《こんにちは》　オディガヨ《どこいくの》？

咄嗟《とっさ》に会釈《えしゃく》を返してしまった。

彼女が非難するようにてのひらに爪《つめ》を食い込ませたので、おれは歩く速度をあげてサムナムの女から遠ざかった。

知り合いなの？

知らないよ。

向こうは知ってたわよ。でも、信じられない！　わたしがあの女の立場だったら、知ってたとしても顔なんかあげられない。にやにやして声をかけるなんて最低！　どうして頭なんか下げたの？

はずみで……。

駄目よ、無視しないと。

雨哲《ウチヨル》はかじかんだ手で藁《わら》の包みをかかえなおした。そして氷の下の水の流れと膚《はだ》の下の血の流れに耳を澄ましながら川を渡って、土手を駈《か》けあがった。おれのからだもアム《めん》タク《どり》のからだも凍え切っている。すっすっはっはっ すっすっはっはっ 息とともに過去の出来事をからだの外に吐き出し すっすっはっはっ すっすっはっはっ 空気とともに新しい出来事を吸い込まなければ すっすっはっはっ すっすっはっはっ すっすっはっはっ すぅはぁ、雨哲は深呼吸をしてから枝折り戸《サリッムン》を開けた。大きなサムナムの下を通って井戸の脇《わき》を通り過ぎると、家のなかから女の泣き声が響いてきた。声自身の弾みでしゃくりあげるのを止められない幼い子どものような泣き方だった。

「ケシムニカ《ごめんください》！」雨哲は腹から声を出した。

障子がひらいて、見知らぬ中年女が顔を出した。

「どちらさまですか？」

「李容夏《イヨンハ》の息子の雨哲です」

「あぁ、このたびはどうも……わたしは美玲《ミリョン》のスンモ《おば》の玉順《オクスン》でございます」

「これ、オモニ《おふくろ》から預かってきたんですが」雨哲は藁の包みを差し出した。

「……チョンマル《ほんとうに》　コマプスムニダ《ありがとうございます》。ちょっとおあがりになってください。生まれたアガ《あかちやん》はあなたさまのヨドンセン《いもうと》にあたるわけでございますから、是非、顔を見てやってください」

「……」

「男の子ではございませんでしたから、あの通りずっと泣き通しで、お乳もやろうとしないんですよ。わたしは、もう、あの娘《こ》の気が晴れるまで泣かせておくつもりでございます。アガはアンパンのほうに寝かせておりますから、どうぞ、おあがりになってください。さっ、どうぞ」

雨哲はコムシン《ゴムぐつ》を脱いで家のなかにあがった。アボジ《おやじ》が毎日訪ねている家だ。一歩、一歩、足を進めるごとに憎しみが嘔吐《おうと》のようにこみあげてきて、胃のまわりの筋肉に力を入れなければならなかった。

アガ《あかんぼう》は白い布にくるまれて眠っていた。その顔は足の裏のように黄色く、骨格がわかるほど痩《や》せていた。死んでいる？　寒気のような痺《しび》れがからだ全体にひろがって、唇が強張《こわば》り、瞬《まばた》きさえぎこちなく感じられた。

「サセンア《しせいじ》として生まれ、エミ《ははおや》にも見向きもされないものでございますから、わたしはもう、不憫《ふびん》で不憫で」

　玉順が膝《ひざ》をついて、片手を首のうしろに差し入れ、もう一方の手を尻《しり》の下に入れて自分のからだに引き寄せようとすると、アガは唇と手足を痙攣《けいれん》させて泣いた。

「おぉ、よしよし、おぉ、いい子だ。オラボニ《おにいさま》がおまえの顔を見にきてくださったんだよ。ほら、かわいらしい顔を見せてごらん。だっこしてくださいますか？」

「ぼくは、そろそろ失礼いたします」声の端になんとか言葉がひっかかってくれた。

「そうですか？　それでは外まで」玉順は首を支えていた手をずらして肘《ひじ》の内側に頭をのせ、右手を股《また》のあいだから入れて尻と背中を支えて立ちあがった。

「結構です。ここで失礼いたします」

　雨哲はコムシンを履いて、早足で女と赤ん坊の泣き声から遠ざかった。フィーン　フィーン、風が頰に吹きつけ、膚《はだ》に染《し》み込んでくる。風に背中を押されて走り出したとき、雨哲は自分がどれだけからだを強張らせていたかということに気づいた。

　喜香《ヒヒャン》はプオク《だいどころ》で夕食の支度をしていた。

「渡してきたよ」

　振り向いた喜香の目は息を殺しているようだった。

「男の子？」

「女の子だよ」

　ふたりは一瞬だけ見詰め合い、そして同時に目を伏せた。

雨哲は母親に背を向けて走り出した　すっすっはっはっ　すっすっはっはっ　走って走って　血管という血管を駈《か》けめぐっている毒素のような怒りを　すっすっはっはっ　蒸発させたい　すっすっはっはっ　雨哲は嶺南楼《ヨンナムル》の石段を一段飛ばしで駈けあがった　ハナ《いっち》トゥル《にっ》！　ハナ　トゥル！　腕を大きく振って！　ハナ　トゥル！　ハナ　トゥル！　腰を入れて！　ハナ　トゥル！　上に！　ハナ　トゥル！　前に！　はぁはぁはぁはぁ　吐く息が白くなり鼻水が流れ出て　はぁはぁはぁはぁ　はぁはぁはぁはぁ　鼻水をソムチョゴリの袖で拭《ぬぐ》って　今度は下りだ　ハナ　トゥル！　ハナ　トゥル！　ハナ　トゥル！　ハナ　トゥル！　はぁはぁはぁはぁ　深く息を吸ってぇ　すぅ　吐いてぇはぁ　吸ってぇ　すぅ　さぁのぼりだ　ハナ　トゥル！　ハナ　トゥル！　ハナ　トゥル！　ハナ　トゥル！　ハナ　トゥル！　よしっ！　のぼりきった！　降りるぞ！　ハナ　トゥル！　ハナ　トゥル！　だれかが石段をのぼってくる　はぁはぁはぁはぁ

「雨哲、おれだよ」

佑弘《ウホン》だった。お互い家の仕事を手伝っているので、普通学校時代のように毎日遊ぶというわけにはいかなかったが、卒業後もときどき逢《あ》って話をしていた。

「どうしたんだ。すごい顔をしてるじゃないか」

佑弘は階段の真ん中まであがってきた。

「はぁはぁはぁはぁ、おまえこそ、はぁはぁはぁはぁはぁはぁはぁはぁ」

佑弘の顔が青白いのは満月のせいばかりではないようだった。雨哲は親友の顔に突き詰めたものがあるのを見てとった。

「おまえのオモニ《おかあさん》に、雨哲はちょっと前に走りに出たわよ、といわれてあちこち捜しまわったよ」

「はぁはぁ、なんかあったのか？」

「……ちょっと話そう」

ふたりの影が嶺南楼のなかに入っていくと、風は息を止めたが、月光が枯れ草やサムナム《すぎ》をざわめかせている。すっきりと晴れた夜空だった。見あげていると踵《かかと》が地面から浮きあがりそうなほど大きな満月で、あまりにも大きいのでだれかが描いた絵のなかに佇《たたず》んでいるようだった。

「大会はいつだ」

「明日だ」ようやく息がおさまった、雨哲は鼻で深呼吸をした。

「調子はどうだ」

「まぁまぁだ」

「優勝できるといいな」

ふたりは黙り込んだ。雨哲は佑弘から目を逸《そ》らして欄干から身を乗り出した。納采《ナプチェ》をしたことは報告したが、彼女と寝てしまったことは内緒にしていた。サムナムの女の家を訪ねて腹違いのヨドンセン《いもうと》の顔を見たことも、おれはたぶん黙っているだろう。普通学校を卒業して、たった一年半しか経《た》っていないのに、話せることより話せないことのほうが多くなってしまった。

佑弘は月から放たれた光のなかで思考を一点に絞っているようだった。

「七時の〈のぞみ〉に乗る」

「どこに行くんだ？」

「上海」佑弘の声が小さくなった。

「上海？」

「たぶん、もう帰れないと思う」佑弘の声はさらに小さくなった。

大きな空気の塊が生まれ、浮かぶことも沈むこともできずに胸の内に留《とど》まっている。雨哲は息をするためになにかしゃべらなければならなかった。

「義烈団《ウィヨルタン》か……」

その名前が静電気のようにふたりのあいだに流れた。雨哲は欄干にある自分の手を見た。手はじっとしているように見える。震えてはいない。震えているのはおれの目か？

「もう荷物はまとめたのか」

「荷物っていったって、そんなに持って行けないよ。怪しまれるだろ？　行李《こうり》ひとつだ。アボジ《おやじ》に見つからないようにチャントクテ《かめおきば》に出しておいた」

「ヒョン《にいさん》とは連絡がついたのか？」

「生きてるか、死んでるのかもわからないよ」佑弘は顎《あご》が胸にくっつくほどうつむいたが、すぐに顔をあげて射るような眼差《まなざ》しを月に向けた。

「死ぬ価値があることをしたい」

雨哲ははじめて親友のことを怖いと思い、そう思ってしまったことが無性に哀《かな》しかった。

「もう時間がない」

「……駅まで送ってくよ」

「ここでいい。チャルイッソラ《さようなら》」

「……チャルガラ《さようなら》」

佑弘の足音は木の葉が散る音よりも密《ひそ》やかに消えていった。雨哲は呻《うめ》いたが、一、二分のあいだ自分が呻いていることに気づかなかった。月の光が聞こえるようだった。月の光が嗅《か》げるようだった。雨哲は怒りや哀しみが湧《わ》き起こる場所よりもっと深くに、寒さや暑さを感じる場所よりもっと深くに潜っていった。美しい夜だった。十六年間生きて、もっとも美しい夜だった。風が戻ってきて、すべてを元通りにしようとしたが、もはやすべてが手遅れだった。川の氷が溶け出した！　もう立ち停まっていることはできない。おれは走る！　十一文のふたつの足を置く場所がどこにもなくなっても、前に、前に、足を踏み出して、走るしかない！　雨哲は今日起こったことを胸いっぱいに吸い込んで、走り出した。すっすっはっはっ　すっすっはっはっ

女は布団のなかでだれかの手を求めるように指を動かした。わたしたちは手をつないではだかで仰向けになっていた。こないのよ。なにが？　こないの。え？　あのひとの手はわたしの手首をそっと握って、動きを止めた。あのひとの子どもを身ごもることであのひとともっと固く結ばれるはずだったのに、あのひとはすこしずつすこしずつつないだ手をほどいていった。夏になって、もうだれにも隠すことができないほどおなかが大きくなると、あのひとはわたしのからだに指一本触れなくなった。わたしは逢《あ》うたびに、あのひとの汗で指をすべらせたけれど、あのひとの膚《はだ》はわたしの指を拒んでいた。

嫌い？

なにが？

わたし。

嫌いなわけないじゃないか。

好き？

好きだ……でも……。

でも？

……いっしょにはなれない。

……。

アネ《つま》と別れることはできない。

……。

元気ないい子を生んでくれ。

どういう意味？

……。

もう逢わないってこと？

逢いたい……でも……。

逢えないの？　どうして？　わたしには逢わなくてもいいから生まれてくる子どもには逢ってあげて。男の子にはアボジ《ちちおや》が必要なのよ。

男の子と決まったわけじゃないだろう。

男の子よ。

あれが最後の会話になるなんて——、ぞっとするほど静かな家で、静けさのなかであのひとを待って、待って待って待って、なんてことだろう、こんなに近くにいるのに逢うことができないなんて！　ううん、逢いに行くことはできるのよ。でも逢いに行ってなんになるの？　逢いにきてくれないということは、逢いたくないということなんだから。あのひとを殺すしかないと思った。あのひとの子どもを身ごもったまま川に飛び込むしかないとも思った。でも、もし、男の子が生まれたら、あのひとは、息子の顔を見に――。

突風が吹いて、サムナム《すぎのき》が縛られた女のように身を捩《よじ》って、サアーサアーサアーサアーサアー、頬がタクムタクム《ひりひり》して、涙が乾いている。きっと、すこし眠ったんだろう。産神床《サンシンサン》の蠟燭《ろうそく》は燃え尽きているのに部屋全体がうっすらと明るい。月の光だけでこんなに明るくなるものかしら？　女は東窓《トンチャン》の月影に引き寄せられるようにして立ちあがったが、痛みに顔を歪《ゆが》めて壁に寄りかかった。腰、脚、首、肩、腕、痛みがない場所を見つけるのが難しいくらいだ。女は右手を壁につきながら前に進んだ。ハンバル《いっぱい》ア《い》ヤッ《たい》！　ハンバル　アヤッ！　ハンバル　アヤッ！

足音を聞きつけて、女のスンモ《おば》がアンパンの扉を開けた。

ちょっと前に雨哲《ウチョル》さんがいらしたわよ。

雨哲？　あのひとといっしょに？

いいえ、ひとりでいらしたの。チャネ　ヒョンニム《おくさま》にお祝いの品を渡してほしいと頼まれたみたいよ。

え？

ほら、そこにある藁《わら》の包みよ。

女は肩を壁に擦りながらゆっくりと腰を落とし、おそるおそる床の上に尻をついて、藁の包みをほどいた。毛を毟《むし》られ腹を割《さ》かれたアムタク《めんどり》が姿を現した。

なに、これ？

……アムタクだね。

いやがらせよ。

いやがらせじゃないだろう、おまえの乳がよく出るように大事なアムタクを捌《さば》いてくださったんだろう。

タク《にわとり》を食べるとアガ《あかちゃん》が鳥肌になるというしいったえを知らないわけがないでしょう？

アァイグ、おまえはものごとをなんでも悪くとるから。

いやがらせなのよ！

アイグ、まぁ、落ち着いて、ちょっとアガの顔でもご覧なさい。お乳をあげたらどうなの？　そら、アガを抱いておあげなさい。あんまりじゃないか、生んでから一度も抱かないなんて。

わたしは抱かない。あのひとがこの子を抱くまでは抱かないの！

アイゴー、ユナンスロッキヌン《なんてことだい》。

女はアムタクの首をつかんでよろけるように縁側に出ると、その腕を大きく振りあげ、サムナム《すぎのき》の幹めがけて投げつけた。ベシャ！　アムタクは地面に叩《たた》きつけられ、卵と心臓と肝臓と砂肝が枯れ葉の上にぶちまけられた。サアーサアー、サムナムの枝が女の頭上で狂ったように踊り出し、サムナムの影が這《は》うように庭の外へと伸びていった、サアーサアー サアーサアーサアーサアー。

だれかがわたしのうしろに立っている。声を出せない、首も動かせない、金縛《カウイヌリム》りだと思った瞬間、女はその腕に抱きすくめられた。あなた？ ねぇ、あなたなの？ その腕は膚《はだ》を通して記憶より確かなものを伝えてきた。ええ、わかってるのよ、ええ、ええ、全部わかってるのよ。女が頷《うなず》きながら力を抜いて縁側に座ると、その腕もふっと力を抜いた。フィーンフィーン フィーンフィーン、風が背後の気配を連れ去ってしまった。フィーンフィーン、女は自分の手に目を落とした。月の光を浴びて紋白蝶《ペチュヒンナビ》の鱗粉《りんぷん》をまぶしたように銀色に輝いている。

サアーサアーサアーサアー、女は風に揺さぶられているサムナムを見あげた。ちょうどサムナムの天辺《てっぺん》あたりに月がのぼっている。女は月をただ眺めるのではなく、詰問《きつもん》するように凝視した。

間違っているということははじめからわかっていました。でも、わたしは、自分の気持ちを抑えることができなかったんです。出逢《であ》ってしまったことは消せません。出逢わなかったことにはできません。わたしはあのひとに出逢い、越えてはいけない線をいくつも越えてしまいました。

ねぇ、あなた、わたしの声が聞こえますか？　わたしはあなたを愛しています。わたしはあなたと出逢ったことを後悔していません。わたしはあなたを愛したことを恥じていません。わたしはあなたを愛しています。あなただけを愛しています。愛しています！

腿《もも》の筋肉が小刻みにふるえ、小さなくすくす笑いが口からあふれ出した。わたしは狂ってる？　ううん、狂っていない。なぜ狂わないの？　どうしたら狂えるの？　この痛みも、この痛みも、この痛みも、全部あなたに抱かれた痕跡《こんせき》なのよ。あなたのからだにはなんの痕跡も残っていないでしょう？　でも、わたしのからだにはこんなにくっきりと痛みが残っているのよ。わたしはこのからだから離れてどこかへ行きたい、遠く、遠く、うんと遠くへ——。

月の光は女のなかに束ねられている思いにそっと指を入れた。ほどいてもほどいてもすぐに束ねられるので、明るく冷たい光で照らし出すしかなかった。女が希《のぞ》んでいるのはたったひとつの名前だけだった。その希みを声にすることができずに、女は痛む腹をかかえて歯を食い縛った。容夏《ヨンハ》。歯の隙間《すきま》から名前が漏れた。女は亡《な》きひとの名を呼ぶようにその名前を呻《うめ》きつづけた。容夏、容夏、容夏、容夏……。

第十一章　風のなかの敵

釜山《プサン》公設運動場の日陰は霜柱で土が持ちあがり、日向《ひなた》は溶けた霜でぬかるんでいる。慶尚南道《キョンサンナムド》の各地から集まり、学校や会社などの所属別に整列している選手たちは、口から羽毛のように白い息を吐きながら、ときおり足踏みをして寒さを堪《こら》えていたが、紺の背広姿の朝鮮体育会の会長が表彰台の階段をのぼりはじめると、踵《かかと》に踵をつけて気をつけの姿勢になった。厳粛な面持ちで壇上にあがった会長は右足を引いてくるっと背を向けると、脂肪のついた首に皺《しわ》を寄せて日の丸を見あげた。

「東向け、東！　天皇陛下に拝礼！」

大会委員長が号令をかけ、運動場にいる体育会の役員たちと選手たちのみならず、観客席にいる選手たちの家族や、オジンオやタンコンなどを箱に入れて首からぶらさげている売り子までもが一斉に日の丸を仰ぎ見て拝礼した。

「国歌斉唱！」

君が代は
千代に八千代に
さざれ石の
いはほとなりて
苔《こけ》のむすまで

白の綿シャス《シャッ》に白のパジ姿の選手たちのなかにひときわ目立つ格好をした少年がいた。雨哲《ウチョル》は89の番号布を縫いつけた赤いロニンシャス《ランニングシャツ》から出たうなじを反らして柱の上の旗を見あげていた。日の丸は左から右にはためいている。時計と反対まわりに走るから向かい風になるな。なにかを考えて緊張を紛らせたかったが、寒さのあまり接《つ》ぎ木するようにしか考えられなかった。こいつはいい脚してるな、ふとももの裏の筋肉が浮き出て競走馬みたいになってる、きっと速いに違いない、でもちょっと痩《や》せ過ぎか、チュップ《さむ》タ《い》！　全部で何人いるんだろう、三百人？　いやもっといる、五百人？　この糞《くそ》寒いなか、薄着のおれたちを立たせて長話するなんてどうかしてる、拡声器の調子が悪くてなに話してるのか聞こえやしない、チュップタ！　早く走って筋肉をあたためたい、チュップタ　チュップタ！　足踏みをして霜柱が潰《つぶ》れる音を聞いた瞬間、勝ちたいという欲求が耳の縁までのぼりつめてきた。走りたい！　いますぐ！　早く出発線に立ちたい！
トゥグン　トゥグン　トゥグン　トゥグン！　雨哲は高鳴る心臓を鎮《しず》めるために臍《へそ》のあ

たりに両手をあてて深呼吸した、すぅ　はぁ　すぅ　はぁ　すぅ　はぁ　すぅ　はぁ　すぅ　はぁ。

勝ちたい。でも、勝つために走るのではない。どちらかというと、敗《ま》けたくないという気持ちのほうが強い気がする。おれは敗北から一歩でも遠ざかるために走っているのかもしれない。日ごとに踏みつけられ、日ごとに搾《しぼ》りとられ、日ごとに打ちのめされ——、朝鮮人は敗北をくりかえしている。敗け！　敗け！　今日も敗け！　でも、嘆いてはいけない、うんざりしてはいけない、あきらめてはいけない。闘いは終わったわけではないのだから。おれは風のなかの敵に闘いを挑む。おい！　倭敵《ウェチョク》め！　おれと勝負しろ！　おれの心臓は恥辱を吐き出し、天に向かって直訴している。トゥグン！　トゥグン！　トゥグン！　トゥグン！　トゥグン！　トゥグン！　トゥグン！

「正々堂々と闘い、最後まで最善を尽くすように」

雨哲は洟水《はなみず》を啜《すす》りながら、着替えと運動靴を置いてある運動場の隅に移動して、手拭《てぬぐ》いで洟をかんだ。とにかく寒い。足の指の感覚が失《な》くなりかけている。まずい。走ってからだをあたためないと。風呂敷《ふろしき》に尻《しり》をついて靴紐《くつひも》を結び直そうとしたが、手がかじかんで紐をほどくことができない。雨哲はてのひらに何度も息を吐きかけてから靴紐をほどき、交差している部分の紐の捩《よじ》れを直していった。靴よ、靴、どうかおれの足をだれよりも速く終点に運んでおくれ、おれの大切な靴よ。今年の春まで地下足袋《じかたび》で走っていたが、走り込むと足の裏が痛くなるので、オモニ《おふくろ》に頼んで斜《はす》向かいの靴屋に特注で拵《こしら》えてもらった。なんで商売敵《がたき》の店で靴なんて注文するんだ、とアボジ《おやじ》には怒られたけれど、コムシン《ゴムぐつ》と地下足袋と傘と角帽しか売っていないうちとは違って、洋靴店《ヤンファジョム》はイルボンサ《にほんじ》ラム《ん》相手に革靴や運動靴を拵えて売っていたから。おれは足型をとってもらう前に細かく注文した。色は黒で、なるべくやわらかい革がいいです。靴底は厚くして、七ミリくらいの鉄の突起を十個つけてください。紙と鉛筆を貸していただけますか？　子どもの犬歯みたいな鉄のチン《つめ》です。革底で走るとすべるんですよ。

雨哲は靴紐を蝶《ちょう》結びにして立ちあがった。右足だけちょっときつい気がする。やり直しだ。踵《かかと》をつき爪先《つまさき》を立てて手前の穴からすこしずつゆるめていく。立ちあがる。今度は踵がすこし浮く。だめだ、やり直し！　なにやってるんだ、おれは！　雨哲は舌打ちしてどさりと腰を落とした。いけない、焦《あせ》りは禁物だ。雨哲は自分を落ち着かせるためにわざとゆっくり紐をほどいて最初の穴から絞りあげていった。そして走っている最中にほどけたりしないように蝶結びの輪を二重にして、立ちあがった。よし、今度はうまくいったみたいだ。

足踏みしても腿《もも》あげしても問題ないようなので、雨哲はそのまま観客席の外側を走った。すっすっはっはっ　すっすっはっはっ　もうすぐ最初の競技がはじまる　ドゥンドゥンドゥン　ドゥンドゥンドゥンドゥン　プク《たいこ》を打ち鳴らす音がはじまったぞ　在植《ジェシク》　イギョ《がんば》ラ《れ》！　時敬《シギョン》チミョンアンデ《まけるな》！　観客席に家族がいないのは　きっとおれだけだ　元気だったらオモニ《おふくろ》が素苑《ソウオン》と雨根《ウグン》を連れて応援にきてくれたんだろうけど　すっすっはっはっ　すっすっはっはっ　オモニは寝込んでるし　アボジ《おやじ》はいまでもおれの顔を見ればすっすっはっはっ　おい雨哲　走ってばかりおると世間から離れるぞ　李家《イガ》の長男だということを忘れてはいかんぞ　すっすっはっはっ　彼女には知らせなかった　はじめて彼女と寝たあの日から　すっすっはっはっ　すっすっはっはっ　おれは彼女と寝ることばかり考えて　すっすっはっはっ　彼女の顔　すっすっはっはっ　彼女のからだ　すっすっはっはっ　彼女の声　すっすっはっはっ　すっすっはっはっ　彼女がいたらきっと集中できない　おれひとりでいい　だれかに応援してもらいたいなんて思ったことは一度もない　ずっとひとりで走ってきた　すっすっはっはっ　普通学校を卒業してから毎日毎日　すっすっはっはっ　すっすっはっはっ　チョッタク《いちばんどり》が鳴くと同時に跳び起きて井戸水で顔を洗って体操して　すっすっはっはっ　密陽《ミリヤン》から三浪津《サムナンジン》まで往復六十里（約二十四キロ、朝鮮の一里は約四百メートル）を走って　すっすっはっはっ　すっすっはっはっ　昼間はコムシン《ゴムぐつ》を売って　夕方四時から六時までは密陽川の堤防の上を全力ですっすっはっはっ　チン《つめ》で土をはね飛ばし　すっすっはっはっ　すっすっはっはっ　雨哲は掲示板の前を通り過ぎた　六位までの名前と記録が白墨で書かれている　タン！　拳銃《けんじゅう》が鳴るたびに全身の筋肉がびくっと反応する　すっすっはっはっ　すっすっはっは

っ　いまは百メートル走で　つぎは二百メートルだから　あと三十分くらいか　直前まで走ってたほうがいいだろう　すっすっはっはっ　すっすっはっはっ　すっすっはっはっ

「次は千五百メートル走ですから選手のみなさんは集まってください」

拡声器で名前が呼ばれて、一列になって白線の前に進む。白線の前で立ち止まる。トゥグン！　トゥグン！　トゥグン！　トゥグン！　屈伸をする。拳銃を持った男が弾倉に火薬を詰める。右脚をうしろに引き、右腕を前に出して構える。拳銃の銃口が空に向けられる。筋肉という筋肉を弓のように引き絞って、真正面を睨《にら》みつける。

「ついて、よぉい」

タン！　雨哲は自分のからだから矢のように飛び出した。

勝った！　はぁはぁはぁはぁ、トゥグン！　トゥグン！　トゥグン！　千五百と五千で優勝！　これで京城に行ける！　朝鮮神宮大会に慶南地区代表として出場できる！　トゥグン！　トゥグン！　あとは一万メートルだけだ。三位までに入賞すれば出場権を獲得できるけど、トゥグン！　トゥグン！　おれは優勝する！　ぜったいに優勝する！　はぁはぁはぁ、息がおさまってくれない、はぁはぁはぁ。靴紐をほどいて結び直していると、他の選手や選手たちの家族の目が背中に集まってくるのを感じた。トゥグン！　トゥグン！　だめだ、心臓が、トゥグン！　トゥグン！　トゥグン！　トゥグン！

ン！

雨哲は風呂敷の上に仰向けになって手脚を伸ばした、はぁはぁはぁ、おれの息、トゥグン！　トゥグン！　おれの心臓、密陽川《ミリャン》の鉄橋を渡る汽車みたいだ、チッチッポッポク　チッチッポッポク、トィー！　白い雲が走ってる、はぁはぁはぁはぁ、突然、声を伴わない言葉が迫ってきた。

死ぬ価値があることをしたい。

その言葉は一瞬のうちに、ひとびとの歓声やプク《たいこ》やナルナリ《ふえ》や手拍子の音を追い払い、雨哲のなかの静寂をも埋め立てていった。

おい、雨哲、知ってるか？　朝鮮にも国旗があるんだぞ。

え？

おれも見たことがないんだけど、ヒョン《にいさん》が説明してくれた。日の丸は白地に赤だろ？　太極旗《テグッキ》は真ん中の円が赤と青に分かれてるんだ。

太極旗っていうのか？

あぁ、三国時代に寺が紋に使ったのが起源なんだって。四隅に線があるそうなんだけど、左側の三本と四本の線は無限を、右側の五本と六本の線は光を表すんだってヒョンがいってたよ。

ぎゅっと胸が痛んで黙り込んだ。佑弘《ウホン》も黙り込んでいた。痛みそのもののなかに甘美さがあり、それがおれたちを奇跡のような瞬間へと導いていった。おれたちは風を受けてはためく太極旗を見た。おれのふたつの目と佑弘のふたつの目で確かに見たのだ。その瞬間は生まれたときと同じように、ゆっくりと消滅していった。

雲はさっきよりも速く流れているが、おれの心臓はもうそれほど速くは打っていない。遠く、微《かす》かに、いまにも止まりそうなほどゆっくりと、トゥグン……トゥグン……トゥグン……。

競技の始まりを告げられて、雨哲は立ちあがった。そして鼓動と同じ律動で出発線に向かって歩いていった。雨哲はだれとも共有できない沈黙の言葉を聞いた。

死ぬ価値があることをしたい。

第十二章　奠雁礼《チヨナンレ》

仁姫《インヒ》は妹をうしろから抱くようにして青いチマの紐《ひも》を胸の上で縛ってやった。

「きつくない？」

「ええ」

「きつく結ばないと落ちてきてみっともないのよ。お乳が張ってきたわね」

「え？」仁恵《インヘ》は首をうしろに捻《ひね》った。

「気分が悪くなったりおなかが張るようなことがあったら我慢しないで目で合図しなさいな、いまがいちばん大事なときなんだから」仁姫は裾《すそ》から青いチマがすこしだけ覗《のぞ》くように調節しながら、赤いチマを妹のからだに巻きつけてコルム《ひも》を結んだ。青と赤のチマは男と女の合一を象徴している。

「……知ってたの？」

「知ってるわよ。仁恵はなんでも顔に出るもの。でも、アボジ《おとうさん》とオモニ《おかあさん》とオッパ《おにいさん》は知らないわ。わたしたちだけよ」

「わたしたち？　仁慶《インギョン》オンニ《ねえさん》と仁永《インヨン》オンニと仁順《インスン》オンニと仁由《インユ》オンニも知ってるの？」

仁恵はチョゴリの襟を合わせて、自分の手でコルムを結んだ。

「もちろん」仁姫はセットン（五色布）と白汗衫《ベクハンサム》（手を隠す付け袖《そで》）がついている黄緑色の円衫《ウォンサム》（礼服）を妹の腕に通してやった。大輪の牡丹《ぼたん》と色とりどりの蝶《ちょう》が刺繍《ししゅう》してある花嫁衣装だ。

「延吉《ヨンギル》は？」と訊《たず》ねて、仁恵は円衫の紐をコルムにしようとした。

「それは結ばないの、こうやって一重にして垂らすのよ。アイグ、延吉なんて知るわけないじゃないの、まだ十六よ」

「あら、雨哲《ウチョル》とひとつしか違わないわよ」

「それでもやることはやるのね」仁姫は寿の一字を金糸で刺繍《ししゅう》してある真っ赤な大帯をうしろで蝶結びにした。

「妊娠したのは今年のはじめごろでしょう？　生まれるのは十月ね。初夜に妊娠したってことにすれば、だいじょうぶよ。生まれたときにはばれるでしょうけど、終わりよければすべてよしよ。仁恵、熊《コム》かひぐま《クンゴム》の夢をみなかった？」

「いつも目を醒《さ》ますと、忘れちゃってるのよ」

仁姫はさっき自分が結いあげてやったチョク《まげ》の上に真珠、翡翠《ひすい》、金、銀、紫瑪瑙《めのう》、紅玉、珊瑚《さんご》、石雄黄《ソグンフアン》で飾りつけてある花冠《ファグァン》をのせ、竜がついている金のピニョ《かんざし》でチョクを突き通し、アプチュルテンギ（両端に珠をつないである幅五、六センチ、長さ百二十センチほどの赤いリボン）をピニョに巻きつけて胸の前に垂らし、花紋、蝙蝠《こうもり》紋、石榴《ざくろ》紋、寿福紋を金で箔《はく》押してあるトゥラクテンギ（幅十二センチ、長さ二百五十センチほどの赤い緞子《どんす》を二つ折りにしたもの）をチョクにかぶせて背中に垂らしてやった。

仁姫は紅をひとさし指の腹にたっぷりつけると、妹の両頬《ほお》に円を描いてむらができないように塗り潰《つぶ》していった。

「胎夢《テモン》はオモニ《おかあさん》がみるとは限らないのよ、アボジ《おとうさん》がみる場合も多いんだからね。雨哲《ウチョル》さんに訊《き》いてみなさい。熊《コム》かひぐま《クンゴム》だったら男の子、蛇《ベム》か蝮《サルムサ》だったら女の子よ」

「訊いてみるわ」

仁恵《インヘ》が純白のポソン《たび》を履いた右足を花靴《コッシン》におさめると、仁姫は鏡台の布をめくった。

「ご覧なさい、とってもきれいだから……でも……淋《さび》しくなるわ」

「遊びにきて」

「そうたびたびは行けないわよ。実家の者がたびたび顔を出すと嫌がられるのよ」

「じゃあ、わたしが遊びにくる」

「そんな時間ないわよ。十月にはオモニになるんだから」

「オモニ……まだ実感湧《わ》かないわ」

「つわりはだいじょうぶ？」

「あんまりだいじょうぶじゃないけど……」

「食べる真似《まね》だけしなさいな」

「見るだけで気持ち悪くなるの」

引き戸が開いて、花嫁の二番目と三番目のオンニ《あね》が入ってきた。

「新郎《シンラン》がチョンパン（正室）に入ったわよ」

「アイゴ、たいへんだ」

オンニドゥル《あねたち》は床を敷き、牡丹《ぼたん》が描かれた屏風《びょうぶ》を立て、膳《ぜん》に二本の蠟燭《ろうそく》と三杯の水を供えると、慌《あわ》ただしくアンパン（奥座敷）から出て行った。

「わたしもちょっと手伝ってくるわね。座って休んでなさいな」

仁姫が出て行くと、仁恵は鏡に近づいて自分の姿を見た。なんて美しいんだろう。トゥグン　トゥグン　トゥグン　トゥグン、心臓が何度か打つあいだ、仁恵は自分の姿に見惚《みと》れていた。美しい花嫁衣装を身に纏《まと》ったからだけじゃないわ。喜びがわたしに美しさを加えているのよ。あのひとといっしょになる。いっしょに生きていく。あのひとはこの子のアボジに、わたしはこの子のオモニになる。なんて素晴らしいんだろう！　仁恵は両手を腹の上に置いた。李《イ》雨哲、池《チ》仁恵、ふたつの名前がひらいてここでひとつに繋《つな》がっている。仁恵はまだ名前のない胎児に語りかけた。今日はアッパ《おとうさん》とオンマ《おかあさん》の奠雁礼よ。雁《かり》は一度契《ちぎ》りを結ぶと生涯別れることがないの。貞節、従順、信義、情愛が深い渡り鳥なのよ。今日、アッパはウリオモニ《わたしのママ》に木雁《モクキロギ》を渡して永遠の愛を誓うのよ。花嫁のオモニ《はは》と四人のオンニドゥルと親戚《しんせき》の女たちは手分けをして親迎《チニョン》（花婿《はなむこ》が花嫁を迎えに行く儀式）の支度をしている。

マダン《にわ》の真南の方向に大礼床《テレッサン》の卓が置かれ、卓のうしろには牡丹の屏風《びょうぶ》が立ててある。

卓上には様々な縁起物が並べてある。東の花婿側には小豆を口まで入れた花瓶、西の花嫁側には胡麻《ごま》を半分ぐらいまで入れた花瓶が置いてあり、それぞれに梔子《くちなし》、柾《まさき》、竹が生けてある。カレトク（長く伸ばした餅《もち》）で拵《こしら》えたふたつの竜餅《ヨントク》の頭には皮を剝《む》いた栗と棗《なつめ》が挟んであり、蜂蜜《はちみつ》をつけて胡麻をまぶした棗、青と紅《あか》の糸束、二本の燭台《しょくだい》、米を入れた鉢なども並べてある。紅《あか》い風呂敷にくるまれたひとつがいのタク《にわとり》も供えてあるが、ココテーッコココ　コキオーココ、とときおり首を動かし、あたりを見まわしている。

鳥が糞《ふん》を落としたり鳥の影がさすと不吉だといういいつたえがあるために、大礼床のまわりには天張が張られている。

仁姫《インヒ》が花婿の一行が待機している二軒隣の趙家《チョガ》まで走って、親迎の支度が整ったことを伝えると、顔中墨で塗りたくったハムジネビ（花婿に付き添って結納品を運ぶ男性）が玉や絹やノリゲ《かざりもの》が入ったハム（結納《ゆいのう》品を入れた函《はこ》）を担いで新婦の家の門を潜《くぐ》った。花嫁のアボジ《ちち》である載植《チェシク》が出迎えて、「ご苦労さまでした。さぞ、お疲れだったでしょう」と頭を下げるが、ハムジネビは、「ひとつ踊りでも披露してくださいよ」といってハムをなかなか渡そうとしない。

花嫁のオモニである完善《ワンソン》が訪問酒《パンムンジュ》とスェーゴギチム（牛肉の蒸しもの）と韓菓《ハングァ》やサグ《りん》ア《ご》やコッカム《ほしがき》を膳《ぜん》にのせて運んでくると、ハムジネビはようやく、「ひとつ、新郎をよろしくお願いします」とハムを渡し、マダンの筵《むしろ》に座って酒を呑《の》みはじめた。

載植はハムを膳にのせ、北を向いて四拝してから花嫁が待機しているアンパン（奥座敷）に入った。

「仁恵《インヘ》、いい嫁になりなさい」載植は末娘にいった。

「はい」仁恵はアボジに頭を下げた。

「下馬《ハマ》！」ホルジェビ（親迎の進行を司《つかさど》る漢学を学んだ老人）を務めている宗厚《チョンフ》ハルベ《おじいさん》がよく透る声で笏記《しゃくき》（式次第）の最初の項目を読みあげた。

仁恵は目を瞑《つむ》り、紗帽《サモ》をかぶり団領《タンリョン》を着て、飛鶴の胸背に角帯を結んでいる雨哲《ウチョル》が黒い木靴で門のなかに進み、親戚や年寄りたちに黍《きび》や灰を投げつけられて鬼神を祓《はら》われている様子を思い浮かべた。

「主人迎婿于門外《チュインヨンソウムンウエ》」

仁恵はアガ《あかちゃん》の背中を撫《な》でるように自分の下腹部を撫でた。いま、ウリ《わたしの》アボジ《パパ》がアッパ《パパ》と向かい合って会釈《えしゃく》を交わしたのよ。

「床致席《サンチソク》」

アッパが大礼床の前に歩いて行ったわ。

「跪坐《クエジャ》」

アッパがひざまずいた。

「使者執雁而従《サジャジバンイジヨン》」

アッパが雁夫《キロギアボム》から紅《あか》い袱《ふろしき》に包まれた木雁《モクキロギ》を受け取ったわ。

「奠雁《チヨナン》」

アッパが木雁の頭を左向きにしてウリオモニ《わたしのママ》に渡して、ウリオモニがチマをひろげて受け取ったのよ。桃色の絹のチマチョゴリよ。ウリオモニは四十四歳だけど、まだまだ若くてきれいよ。秋にはだっこしてもらえるわよ。

「置雁于地《チアンウジ》」

ウリオモニが木雁を大礼床にのせたわ。

「復伏与平身《ポクポクヨピヨンシン》」

アッパが立ちあがった。

「小退再拝《ソテジエベ》」

二歩退いて二拝よ。アッパとオンマは川原で何度も練習したのよ。いっしょにお祈りしましょう、アッパが間違えませんようにって。さぁ、奠雁礼が終わった、もうすぐオンマの出番よ。

「行親迎礼《ヘンチンヨンレ》」

アッパは大礼床の東側に立って東に顔を向けてるの。オンマのオンニドゥル《おねえさんたち》やオンマとアッパのチング《ともだち》がからかったり、悪口をいったり、ふざけた格好をしたりして、アッパを笑わせようとしてるのよ。でも、笑っちゃだめ。笑ったら、最初に生まれるのは女の子だから。でも、もう決まってるのよね。あなたは男の子？　女の子？　オンマのおなかのなかでいまごろキッ《くす》キッ《くす》笑ってるんでしょう？　胎《はら》の子へのいとおしさがこみあげてきて、仁恵は息を弾ませ、あえいだ。早く、この子の頬《ほお》に触れたい。早く、この子に乳を吸わせたい。頭のなかでアガの顔がアロン《もや》アロン《もや》とふくらんで、紅い唇がじれったそうにひらいた瞬間、眉毛《まゆげ》の下の骨に頭を締めつけられ、膝《ひざ》の力が抜けた。花冠《ファグァン》がチョレッパン（初夜の床）に転がった。仁恵はオンニドゥルが初夜のために用意してくれた籾糠《もみぬか》を敷いたヨガン（尿器）のなかに吐いた。アイグ　ヒムドゥロ《くるしい》！　両目からあふれた涙が頬のヨンジ《べに》を溶かしてしまった。

「媽逢女出門《モボンヨチュルムン》」ホルジェビが笏記《しゃくき》を読みあげたが、仁恵の耳には届かなかった。

夕立でずぶ濡《ぬ》れになってしまったように花嫁衣装が重くへばりついている。汗？　これは汗の音？　汗の音なんてはじめて聞いたわ。仁恵はもう一度吐いて、茶色の吐《と》瀉物《しゃぶつ》を見た。朝食べたごま粥《がゆ》を全部戻してしまった。この子のために無理して食べたのに、アイゴー。

戸が開き、手母《スモ》（花嫁の付き添い）の衣装の青いチマを身につけた仁姫《インヒ》と仁慶《インギョン》が入ってきた。

「どうしたの？」

「ちょっと……」仁恵は秒刻みに息を吐いている。

「吐いちゃったのね。水を持ってきて。あっ、それから、宗厚《チョンフ》ハルベ《おじいさん》にすこし待ってほしいと伝えて」

仁慶がアンパンから出て行った。

「……ミアンヘヨ《ごめんなさい》」

「仕方ないわよ、普通のからだじゃないんだから」

「どうしよう、顔がオルッオルク《ぐしゃぐしゃ》になっちゃった」

「なんにも心配することないわよ。わたしたちがきれいにしてあげるから」

仁慶が鉢《サバル》に水を入れて戻ってきた。

「ほら、冷たい水よ。ぐっと飲みなさい」

仁恵は口を濯《すす》いでヨガンのなかに水を吐き、ひと口だけ飲んで喉《のど》を潤《うるお》した。

「もっと飲みなさいな」

「あんまり飲むと、式の最中にチュッカン《かわや》に行きたくなっちゃうから。妊娠して、とっても近くなったのよ」

ふたりの姉は仁恵の顔と服を直してやった。

「ケンチャナ《だいじょうぶ》？」

「力を抜いて。わたしたちが支えてるから安心しなさい。さぁ、行きましょう」

白汗衫《ペクハンサム》で手を覆《おお》い、その手で顔を覆った仁恵がふたりの姉の助けを借りて立ちあがった。アンパンから出ると、廊下には白い木綿の布が敷き詰めてあり、仁恵は花靴《コッシン》で静かに白布を踏んで大礼床《テレッサン》があるマダン《にわ》まで進んだ。花嫁の登場をいまかいまかと待っていた親戚《しんせき》や近所のひとびとの口から「アー　イェプダ《きれいだ》」「美男美女だよ」という感嘆の声と溜《た》め息が洩《も》れた。

「婿東婦西《ソドンブソ》」

花婿は東側に、花嫁は西側に立って大礼床を挟んで向かい合う。

「行盥悦礼《ヘングアンヨルレ》」

手母《スモ》がふたりの前に小さな水鉢《サバル》を運んでくる。

「婿盥于南《ソグアンウナム》　婦盥于北《プグアンウブク》」

花婿は南を、花嫁は北を向く。

「盥水洗手《クァンスソンス》」

花婿は手袋を脱いで指先を水に浸《つ》けて下に敷かれた韓紙《ハンジ》に水を弾《はじ》き、花嫁のほうは腰を屈《かが》めて手を洗う真似《まね》だけして、手母が三度水を弾く。

「各正位《カクジョンウイ》」

ふたりはふたたび向かい合う。

「婦先再拝《プソンジェベ》」

手母に腕を支えられた花嫁が花婿に二度頭を下げる。

「婿答一拝《ソダプイルベ》」

花婿は跪《ひざまず》き、花嫁に軽く頭を下げる。

「婦又先再拝《プウソンジェベ》」

花婿は立ちあがり、花嫁は二度交拝《キョベ》する。

「婿又答拝《ソウタッペ》」

花婿はふたたび跪いて答礼をする。

「各跪坐《カクグェジャ》」

ふたり同時に跪く動作によって百年の偕老《かいろう》を誓い合う交拝礼が終わるが、ひとつのふくべをふたつに分けた盃《さかずき》で酒を呑み交わす合卺礼《ハプクンレ》がはじまる。

「進床《チンサン》」

手母が徳利と盃とふくべの盃とティギム《てんぷら》やコッカム《ほしがき》が並べられた小さな膳《ぜん》をふたりの

前に置く。花婿の膳には先祖や根本を象徴する栗が、花嫁の膳には富貴多男を象徴する棗《なつめ》がのっている。

「使者斟酒《サジャジムジュ》」

手母がふたりの盃に酒を注《つ》ぐ。

「初酌除酒《チョジャクジェジュ》」

花婿は最初の盃を呑み干し、手母が花嫁の口もとに盃を近づける。

「再酌再除酒《チェジャクジェジェジュ》」

手母と花婿と花嫁が同じ動作をくりかえす。

「又斟酒《ウジムジュ》」

三度目の酒はふくべの盃に注ぐ。

「三酌換酌《サムジャクファンジャク》」

手母は花婿が口をつけた盃に青糸を巻いて花嫁に呑ませる真似をする。

「婿輯酌《ソジプジャク》」

手母は花嫁が呑む真似をした盃に紅糸を巻いて花婿に手渡し、花婿は盃を干す。

「挙飲《コウム》」

ティギムに箸《はし》をつけ口に運ぶ真似をする。

「礼畢撤床《イエピルチョルサン》」

四人の手母たちが膳をかたづけ、合巹礼が終了する。

「礼畢改服《イエピルケボク》」

花婿と花嫁とはその場に立ったまま四人の手母たちに官服と円衫《ウォンサム》を脱がせてもらう。花婿は黄金色のパジとチョゴリという平服になり、花嫁は赤いチマに緑色のチョゴリ姿に変わる。

ホルジェビ（進行役）が退場し、花婿と花嫁が照れ臭そうな視線を交わすと、ふたりの友達《ともだち》チングたちは紙吹雪を投げてふたりをはやし立てた。

女たちは大礼床《テレッサン》をすこしずらして式場を整理し、チングたちからの祝い物である鏡台、針箱、盥《たらい》、額縁、鉢、匙《さじ》と箸などを大礼床に並べた。

普通学校で雨哲《ウチョル》と同級生だった金辰範《キムチンボム》が祝辞を述べるために巻紙をひらいた。

「雨哲くん、式場が明るくなるほどのかわいくて福のある花嫁をもらって、きみはほんとうに幸せだね。子どもをたくさんつくって末永く幸あれ。でも花嫁を愛しすぎて、陸上の力が落ちたといわれないように、運動にも励んでください。チュカハムニダ《おめでとうございます》」

巻紙をおさめて祝い物の上にのせ、友人一同がふたりに向かって敬礼すると、花婿は大部屋《おおべや》クンバンの定められた席につき、花婿の上客《サングク》（来賓）は舎廊房《サランバン》（客間）に入り、花嫁は小部屋《こべや》チャグンバンで宴が終わるのを待った。

庭《にわ》マダンは親戚《しんせき》や近所のひとびとであふれかえり、女たちはつぎからつぎへと訪れる客のためにククス《そうめん》、トク《もち》、スェーゴギボックム《ぎゅうにくいため》、ピョニュク《うすぎりにく》、サムチ《さわら》、パンオ《ぶり》、チョン《チヂミ》などをお膳《ぜん》に盛りつけている。式のはじめから呑《の》んでいるハムジネビ（結納品を運ぶ男性）役の基政《キジョン》が大声でうたいはじめると、やかましく入り乱れていたおしゃべりが静かなざわめきに変わり、渦を巻いていた笑いがクェジナチンチンナネという反復のなかに吸い込まれていった。

クェジナチンチンナネ　クェジナチンチンナネ
空にはきらきらお星さま
クェジナチンチンナネ
行こう行こう　みんなで行こう
クェジナチンチンナネ
川を渡って白い道に出よう
クェジナチンチンナネ
町の川辺には砂利道が多い
クェジナチンチンナネ
暮らしのなかには物語が多い
クェジナチンチンナネ
空に織機を置いて

クェジナチンチンナネ
鯉《こい》を釣って杼《ひ》にしよう
クェジナチンチンナネ
正月十五日に
クェジナチンチンナネ
八月の秋夕《チュソク》も過ぎた
クェジナチンチンナネ
月日は過ぎても哀《かな》しみは残る
クェジナチンチンナネ

夕陽《ゆうひ》に濾過《ろか》された光がマダン全体に酔ったような色彩を漂わせている。花婿に同行してきた上客《サンゲク》や雁夫《キロギアボム》は陽が翳《かげ》る前に帰路についていたので、マダンに残っているのは招かれていない客ばかりだった。洗濯や掃除の途中で家を抜け出てきた普段着の女たちも、花嫁と花婿のあいだに生まれてくる子が男か女かで賭《か》けをしている白い髭《ひげ》のハルベ《おじいさん》たちも、かじりかけのまま乾いてしまった韓菓《ハングァ》にたかっているパリ《はえ》も、つぼみかけたミンド《たん》ウルレ《ぽぽ》の蜜《みつ》を吸っているペチュヒンナビ《もんしろちょう》も招かれてはいなかった。三月の終わりの風が、いつ果てるともないおしゃべりのなかにポッコッ《さくら》の花びらをハンニプ《いちまい》トゥイプ《にまい》と舞い落とし、ひとびとに春の日が暮れかけているということを気づかせようとしている。

花婿がマダンに降りて、「みなさま、今日は婚礼にきてくださって、チョンマルロ《どうも》コマプスムニダ《ありがとうございました》。寒くはありませんか。どうぞあたたかいものでも召しあがってください」とあいさつをすると、ある者はおしゃべりをしている女の顔から目を離して「アイグ、どこかにいいお嫁さんはいないかしら」といい、ある者は口いっぱいに頬張っているコッカム《ほしがき》を飲み下してただ頷《うなず》き、またある者はテチュ《なつめ》の種を吐き出して「蝦蟇《がま》（秀《すぐ》れた男児のたとえ）のようなアドゥル《むすこ》をたくさん生むように」といって筵《むしろ》から腰をあげた。

仁恵《インヘ》が新房《シンバン》（初夜を過ごす部屋）のオンドルの煙突の近くに座っていると、雨哲《ウチョル》がなかに入ってきた。

「ケンチャナ？」雨哲は酒でやわらかくなった目で妻となった女の顔を見た。

「ケンチャナヨ《だいじょうぶ》」仁恵の声は広い川を流れる水のように抑揚がなかった。

「疲れた？」

「……すこし」

咳《せき》払いがして戸がひらき、訪問酒《パンムンジュ》と寄せ鍋《チョンゴル》とチヂミ《チヨン》をのせた酒案床《チュアンサン》を仁永《インヨン》が運んできてくれた。仁恵は黙って徳利を傾け、雨哲は盃《さかずき》に手を添えた。

仁永が目の隅で雨哲を捉《とら》えながら仁恵に向かっていった。

「もうすぐ新房ヨッポギ《のぞき》がはじまるから、余計なことはしゃべらないようになさい。いい？　俊湖《チュノ》や裕源《ユウォン》もいるから、弟夫《チェブ》（義理の弟）に服を脱がせてもらって、ふたりいっしょに横になるのよ」

仁永はアンパンから出て行った。

「……いつ話したの？」

「なんにも話してないわ。知ってたのよ」

「……つわりっていつ終わるの？」

「さぁ……早く終わってくれないかしら？　食べたそばから全部吐いちゃって、ほんとうに苦しいのよ。もう、なんにも食べたくないわ」

「食べてくれよ。ひとりのからだじゃないんだから」

「シィーッ」仁恵が唇にひとさし指を立てた。

俊湖や宗九《チョング》や裕源たちが指に唾《つば》をつけて障子に穴を開け、新房ヨッポギ《のぞき》がはじまったようなので、雨哲はまず自分のチョゴリを脱いで、踝《くるぶし》のところで縛ってあるテニム《ひも》をほどいてパジをおろしてから、仁恵の花冠《ファグァン》をとってトゥラクテンギとアプチュルテンギをはずし、コルム《ひも》をほどいてチョゴリを脱がせてやった。仁恵は竜の飾りがついている金のピニョ《かんざし》を引き抜いてチョク《まげ》をテンギモリ（お下げ髪）に直し、下着姿で静かにチョレッパン（初夜の床）に横たわった。雨哲が蠟燭《ろうそく》の灯を布団の端で消すと、障子の向こうの忍び笑いが足音とともに遠ざかっていった。

「なんとか切り抜けたな」

「ええ。でも、まだ新行《シンヘン》（花嫁を花婿の家へ連れて行くこと）と再行《チエヘン》（ふたたび花嫁の家に花婿が訪ねること）があるじゃない」

「アボジ《おやじ》とオモニ《おふくろ》にはばれたくない」

「……シオモニ《おかあさん》にはばれるかもしれない」

「まぁ、ばれたときはばれたときだ……おなか膨らんできた？」

「ちょっとね」

「見せて」

雨哲は仁恵のソクパジをおろして臍《へそ》のあたりにてのひらをあてた。

「このあたりだよね」

「たぶん」

「動く？」

雨哲は仁恵のとなりに仰向けになった。

「動くのはまだまだ先よ。きっと、足なんかまだこんなよ。アジャンアジャン《トコトコトコ》　アジャンアジャン」仁恵はひとさし指となか指で雨哲の胸にのぼっていった。

「カンジロウォラ《くすぐったい》」雨哲は小さな足をつかまえた。

「大きな手ね」

「仁恵の手が小さいんだよ」

「ううん、あなたの手が特別大きいのよ。ほら、わたしの手がふたつともすっぽり入っちゃう」

雨哲は妻の頭をそっと抱き、髪の分け目を舌でなぞった。仁恵はくすぐったがって身を捩《よじ》ったが、つむじのあたりに熱い吐息《といき》を感じて、夫の肩で笑いを塞《ふさ》いだ。髪に塗った椿油《つばきあぶら》のかおりが汗のにおいと混じり合い、ふたりはそのにおいを深く吸い込んだ。

仁恵は夫の硬く張りつめたからだが自分を貫きたがっているのを感じ、雨哲は妻のあたたかくやわらかなからだが自分を包みたがっているのを感じた。真夏の川原で求め合ったときのようながむしゃらな激しさはなかったが、互いが互いを求めているということは確かだった。ふたりは抱き合ったままそっと揺れた。

「抱きたい」

「……アンデヨ《だめよ》」

――節張った大きな手に手をとられて下へもっと下へ、唇に割り込んできたぶ厚い舌に歯や歯茎や舌に残っている味をひとつ残らず舐《な》めとられ、握りしめた手を上下しながら布団のなかに頭を入れて下へもっと下へ、顎《あご》を撫《な》でられ、頭をおさえられて、ゆりかごのなかにいるみたい、ゆりかごを揺すってるみたい、あなたの手で、わたしの手で、揺すって、揺すられて、揺すって、揺すられて、仁恵、アイグ、仁恵、うんと高いところからあなたの声が、仁恵！　チブン《やね》よりもピョル《ほし》よりも高いところから、仁恵、仁恵、仁恵！

すぅ……はぁ……すぅ……はぁ……太くて深い寝息が聞こえる。欲望が漂い去ったあとはいつも歌が途切れてしまったような淋《さび》しさをおぼえる。つづきの歌はどんなに息を吸い込んでもうたうことができないし、どんなに耳を澄ましても聞くことができない。完全に消えてしまった。タクと《ぷっつり》。仁恵は夫の手をそっと握ってみる。さっきよりあたたかい。手を放して胃をおさえる。吐くかもしれない。メスッメスク《むかむか》する。でも吐くものなんてなにもない。ひどい臭《にお》いの黄色い胆汁でチョレッパンを汚したくない。眠ろう。眠れば吐かずに済む。このままなんとか眠れれば……すぅ……はぁ……すぅ……はぁ……わたしのほうがちょっと速いわ……すぅ……はぁ……すぅ……はぁ……だんだん合ってきた……すぅ……はぁ……すぅ……はぁ……起きているのでも寝ているのでもない……小舟のなかで仰向けになって……すぅ……はぁ……疲れとぬくもりと吐き気の上をたゆたって……こんな初夜でいいのかしら？　オンドンイ《おしり》の下に白布を敷いて、処女の証《あかし》を見せたかったのに……凶《わる》いことが起きたらどうしよう……結婚前に交わって妊娠した罰が……すぅ……はぁ……足の先に足がある……すぅ……はぁ……手の先に手がある……ずっと……ずっとよ……すぅ……はぁ……。

　コッキオー、チョッタク《いちばんどり》だ、走らないと、雨哲《ウチョル》は重力のような眠気に逆らって瞼《まぶた》を開けた。え？　ここはどこだ？　あぁ、そうか、昨日は親迎《チニョン》で、仁恵《インヘ》のうちで初夜を迎えたんだ。右腕が痺《しび》れて首筋もひどく凝っている。あまりにも眠りが深くて、寝返りも打たなかったんだ。さっきの夢、とってもいい夢だったのに、もう思い出せない。夢の最中ずっと夢をみていることを意識していて、なんだかだれかの夢を覗《のぞ》いてるみたいだった。フィーンフィーン　トルコンドルコン　トルコンドルコン、風が強そうだ、晴れているんだろうか？　走りたい！　あと一週間は結婚の儀式がつづくらしいけど、一週間も走れないなんて冗談じゃない、仁恵をうちに連れ帰ったら走ろう、アボジ《おやじ》とオモニ《おふくろ》に止められたって、おれは走る！　雨哲は走ろう走ろうと急き立てる脚の筋肉をなだめながら家の静けさに耳を澄ました。夜よりも静かだ、昨日あんなにたくさんのひとが出入りしたのが嘘《うそ》みたいだ、みんな酔って眠ってるんだろう。雨哲はからだを伸ばし、さっきよりも明るくなった部屋を見まわした。他人の家で眠るのははじめてだ。首を倒してとなりを見ると、化粧気のない仁恵の寝顔があった。なんだか不思議な気がする、こんなに近くで女が眠っているなんて、ちらっと盗み見てるんじゃなくて、じろじろ見てるのに、目を醒《さ》ます気配が全然ない。このおなかのなかにいる子どもも眠ってるんだろうか？　それとももう起きてるんだろうか？　男の子？　女の子？　おれに似てるんだろうか、それとも仁恵に似てるんだろうか。仁恵のオンニドゥル《あねたち》はみんなたっぷりしたからだをしてるけど、仁恵もそのうちああなるんだろうか？　妊娠してから腰のまわりに厚みが出てきたし、オンドンイも大きくなった。つきあいはじめたころも決して痩《や》せてはいなかったけれど、腰はくびれていたし腹はてのひらみたいに平らだった。

あの日々は過ぎてしまった。日々のほうではなく、おれたちが通り過ぎたんだ、ふたりで手を繫《つな》いで。いや、もうふたりじゃない、仁恵の胎《はら》のなかにはおれの子がいる。秋になったら、おれは妻と子に送り出されて家を出る。妻と子はおれの帰りを待つ。家に帰ると妻と子に出迎えられる。これからずっと、おれと仁恵のどちらかが死ぬまでずっとだ。おれは一足五十銭のコムシン《ゴムぐつ》を売って、死ぬまで妻子を養わなければならない。それが、幸福か？　きっと幸福なんだろう。幸福の重さに堪《た》え切れなくなったら？　それでもおれは幸福を担《にな》いつづけなければならないんだろうか？

仁恵は目を開けた。そして不意に微笑《ほほえ》んだ。雨哲は妻の濡《ぬ》れた眼差《まなざ》しと微笑んでいる口もとを間近に見た。仁恵は目を閉じた。雨哲が瞼をなか指の腹でそっと押すと、仁恵は目を開けてさらに微笑んだ。ふたりはこれ以上近づけることができないほど顔を近づけて微笑みを交わした。仁恵は自分の顔を見て微笑んでいる夫の顔を記憶に留《とど》めたかったが、顔を近づけ過ぎてふたつの目しか見えなかった。目で目を飲み込んだみたいに目が目でいっぱいになって——。

ふたりで迎えたはじめての朝だった。ふたりは朝の静けさを分かち合うために、もう一度瞼を閉じて静かに横たわった。

「あぁ、そうだ、熊《コム》かひぐま《クンゴム》の夢をみなかった？」

「熊かひぐまだったら男の子、蛇《ペム》か蝮《サルムサ》だったら女の子なんだって」

「え？」

「あぁ、胎夢《テモン》か。オモニ《おかあさん》がみるんじゃないの？」

「アボジ《おとうさん》がみる場合もあるんだって。ねぇ、みなかった？ わたしと出逢《であ》ってからよ」

「さぁ、みたかもしれないけど、思い出せないなぁ。アボジに聞いたことがあるけど、英雄が誕生するときは、太陽か星が口から入る胎夢をみるみたいだよ」

「わたしも本で読んだことがあるわ。薔花《チャンファ》と紅蓮《ホンリョン》のオモニは仙女から花を受け取る夢をみたそうだし、朝鮮の太祖の李成桂《イソンゲ》のオモニの胎夢は竜が天から降りてきて自分のおなかに入るものだったらしいわ。昨夜はどんな夢をみたの？」

「それが思い出せないんだよ。とってもいい夢だったのに、チョッタク《いちばんどり》の鳴き声で目が醒《さ》めちゃって……あっ、でも、なんか思い出せそうだ……だれかが出てきたんだ……」

「だれが出てきたの？」

「ちょっと待って、いま思い出すから……山のなかを走ってたんだ……どこの山だろう……木の葉が積もっててとっても柔らかいんだ、道が……まるで走ってないみたいに楽に深く呼吸ができて、その呼吸が、なんていうんだろう……幸せな感じなんだよ……葉っぱと葉っぱのあいだから光がさして、光そのものが揺れてるみたいにカンパッカンパ《ちらちらちら》ク《ら》……青白い光が……」

「夜なの？」

「……わからない……でも夜じゃないと思う……きっと緑が鬱蒼《うっそう》としてるから暗いんだ。あぁ、あんまり説明をつけると、実際みた夢と違っちゃうな。そのままいうから、そのまま聞いて……落ちてるのは枯れ葉なんだけど、樹《き》に繁《しげ》ってる葉っぱは青々としてるんだ、真夏みたいに……でも暑くないし、寒くもない……で、走ってるおれをみてるおれがいるんだよ、こっち側に……走ってるおれがいるのはあっち側なんだ……だから、おれは夢だってことに気づいてる」

「きっと、起きる寸前で眠りが浅かったからじゃない？」

「きっとね……うーん、そこからが思い出せない。思い出せない部分は飛ばすね。普通学校の裏庭にいるんだ……おれのとなりには……佑弘《ウホン》がいる、そうだ、佑弘だ！　アルミの弁当箱の蓋《ふた》を開けて、半分こにして食べてるんだ。おれの弁当だ。食べながら笑ってる。佑弘なんか口からごはんを噴き出しちゃって。なんで笑ったのかはわからないけど、とにかくふたりでカルカル《ゲラゲラ》笑ってるんだ……でも、不思議なんだけど、呼吸はね、走ってるままなんだよ、すっすっはっはっ、すっすっはっはって、さっき話した山のなかの夢もつづいてて、もうひとりのおれは走りつづけてるんだ」

「それで？」

「おしまい。つまらないだろ？　話すとなんてことないんだ、夢なんて。でも、みてるときは、このまま目醒《めざ》めたくないと思ったほど幸せだったんだ……自分がみた夢の話なんてしたの、はじめてだよ」

「つまらなくなんてないわ。わたし、あなたの夢、知りたいもの。これからも夢をみたら話してね」

「毎日みたら？」

「毎日話して。佑弘《ウホン》って友だち？」

「……親友だ」

「昨日きてた？」

「きてない。もう密陽《ミリヤン》にいないんだ」

「引っ越したの？」

「ああ」

「遠くに？」

「京城だ」

雨哲《ウチヨル》ははじめて妻に嘘《うそ》をついた。佑弘はおれだけに打ち明けたのだ。自分のアボジ《おやじ》にも秘密にして上海に旅立ったのだ。佑弘のアボジとオモニ《おふくろ》はどうしているんだろう？

ふたりきりの息子がふたりとも義烈団《ウィヨルタン》に入ってしまって、アボジは警察に事情聴取されたんだろうか？　いや、佑弘のヒョンニム《にいさん》が義烈団員だということを知ってるのも、きっとおれひとりだ。仁恵《インヘ》には嘘をつきたくないけれど、仁恵がなにかの拍子にオモニやオンニドゥル《ねえさんたち》に話して、彼女たちがナムピョン《おっと》やチング《ともだち》に話したら、佑弘と佑弘の家族の命に関《かか》わることになりかねない。

「なにを考えてるの？」仁恵は夫の肩に頭をのせた。

「なにも……」雨哲はひとさし指で妻の眉毛《まゆげ》をなぞり、顳《こめかみ》と唇にそっと触れた。朝の光が顔の左側にあたって膚《はだ》を輝かせている。髪がほつれている長い首をてのひらで撫《な》でながらぬくもりと柔らかさをからだ全体で受け止めているうちに欲望が立ちあがるのを感じた。雨哲は眠っていたときのように薄く唇をひらいている妻の顔を両手で挟んで唇を近づけた。

だれかの足音が近づいてきて、仁恵は両目を大きく見ひらいた。ふたりは布団からからだを起こしてチョゴリを羽織った。

「入ってもいいですか？」仁由《インユ》の声だった。

「どうぞ、お入りください」雨哲が答えた。

「チャルチャッソヨ《おはようございます》。ほんとうだったら新妻が拵《こしら》えるしきたりなんですが、この娘《こ》は普通のからだじゃないから、わたしが拵えました。話を合わせてくださいよ」仁由は松の実と胡麻《ごま》が入ったチュクとチャプチェ（肉野菜入り春雨炒《いた》め）とキムチをのせたアチムサン（朝食の膳《ぜん》）を運び入れた。

「どうなの、調子は？」仁由は妹の顔を見た。

「ぐっすり眠らせてもらったおかげで、とっても気分がいいわ。この一週間、毎朝吐き気で目を醒《さ》ましてたんだけど、今日はぜんぜんよ。おなかにアガ《あかちゃん》がいることを忘れちゃうくらい」

「朝起きて食べないでいるとあとで気持ちが悪くなるから、弟夫《チェブ》といっしょに食べなさいな。昨日はほとんど食べなかったでしょう？　アガがおなかを空《す》かせてるわよ」

「チャル　モグルケヨ《いただきます》」

「オソ　モゴラ《どうぞめしあがれ》」仁由は昨夜の酒案床《チュアンサン》を持って新房から出て行った。

雨哲は匙《さじ》を口に運びながら佑弘のことを考えた。おれは十七歳で妻を娶《めと》った。佑弘は独身のまま二十歳になり、三十歳になるんだろうか。いや、二十歳になる、三十歳になることは、佑弘にとっては意味がないことなんだ。佑弘にとって意味があるのは、自分がこうなろうと決意した存在に近づくこと、いや違う、佑弘は自分の存在になんか拘泥《こうでい》していない。**死ぬ価値があることをしたい**といったんだ。佑弘は二度と戻ってこないんだろうか。妻を娶り、子をもうけ、大抵のひとが人生と呼ぶ日々の暮らしのなかに。**死ぬ価値があることをしたい**。この言葉に、おれはいつか導かれるような予感がする。だとしたら、いつ？　どこへ？

戸が開いて、仁由が井戸水を張った金盥《かなだらい》を持って入ってきた。雨哲は顔を洗って、仁由から手拭《てぬぐ》いを受け取って拭《ふ》いた。

「アボニム《おとうさま》はもうお目醒《めざ》めですか？」

「ええ」

「身支度を整えたらごあいさつにうかがいます」

雨哲はパジの前身頃を左上に重ねて腰紐《こしひも》を結び、足首にテニム《ひも》を巻きつけて蝶《ちよう》結びにした。

「じゃあ、先に行ってるよ」雨哲は新房を出た。

仁恵は鏡台の前に座ってテンギモリをほどいた。てのひらに椿油《つばきあぶら》を二、三滴垂らし、髪になすりつけて光沢が出るまで櫛《くし》でよく梳《す》き、髪を三つに分けて編んでいった。編んだ髪を根元の輪に巻きつけて髷《まげ》をつくろうとするが、毛の量が多過ぎるのか、輪が大き過ぎるのかうまくまとまらない。アイグ　チャム《どうして》。仁恵は深呼吸をしてピニョを簪《かんざし》をはずし、もう一度編み直した。昨日までテンギモリだったんだから仕方ないわ、どれくらい経《た》てばオンニドゥル《ねえさんたち》みたいに素早くきれいにまとめられるのかしら？　ひと月？　ふた月？　な

仁恵は輪に髪をからめてピニョをさし、お下げの尻尾《しつぽ》を髪のなかに入れて隠した。なんとか止まってくれたけど、これじゃあきっと歩いたりしているうちにほどけてしまう

わ。

仁恵は新房から出て、井戸端で洗濯をしている姉に声をかけた。

「仁由オンニ《ねえさん》！　髪がうまくまとめられないの」

「アイグ、この前教えてあげたじゃない。寝坊して、髪も結《ゆ》えない妻なんて最低よ」

仁由は濡《ぬ》れた手を前掛けで拭いて、妹を鏡台の前に座らせて髪を梳いた。

「いい？　編んだ髪の根元に輪をつくってそれにお下げを巻きつけるのよ。ちゃんと見てなさい。まず、きつく三つに編んで、お下げの尻尾を黒い布で縛って、ちょうどいい大きさの輪っかをつくるの」

仁恵はものごころついたころからいっしょにコンギノリ（石遊び）やチュモニノリ（お手玉投げ）をして遊んだ二歳上のオンニ《あね》に髪を結ってもらっているうちに甘美な淋《さび》しさがフォルフォル《ふわり》と浮きあがるのを感じた。今夜眠って、朝になったらわたしはこの家の一員ではなくなる。十年、二十年が過ぎて、この子が婚礼を迎える歳《とし》になったら、わたしは今日のことを懐《なつ》かしく思い出すのかしら？　そして、この子に語って聞かせるのかしら？　オモニ《おかあさん》はね、十九歳のときに嫁入りしたんだけど、最初の朝は自分の髪も結えなかったのよって。

「こつは輪の大きさよ。小さ過ぎるとピニョが入らないし、大き過ぎると、ピニョで止まらない。お下げを輪に巻き終わったら、ピニョを輪にさして止めるのよ。アイグ、チマをオンドンイ《おしり》に敷くと皺《しわ》になるわよ」

仁恵はチマをひろげて座り直して、オンニの手の動きを目で追った。深い森……枯れ葉が積もった山道……青白い光……すっすっはっはっ　すっすっはっはっ……あのひとは走ってる息の感じが幸せだったっていってたわ。わたしは走ってるあのひとを見るのが好き。待ち合わせの場所に走ってくるあのひとの顔も好きだけど、チャルガ《げんきで》、と手を振りあげて走り去っていくあのひとのうしろ姿のほうがもっと好き。もう川原や神社で待ち合わせできないなんて、ちょっと残念だわ。

佑弘《ウホン》ってどんなひとなんだろう。友だちがすくないあのひとが親友というくらいだから、きっととっても親しかったのね。仁恵は自分が夫の友人に嫉妬《しっと》めいた感情を抱いていることに気づいた。あのひとはわたしの夢をみることがあるのかしら？　わたしはあのひとと合房《ハッパン》してから、同じ夢をくりかえしみるわ。わたしははだかなの……あのひとがはだかかどうかはわからない……目を閉じているから……あのひとはわたしの名前を囁《ささや》く……仁恵、仁恵……あのひとの声が膚《はだ》という膚に染《し》み通って、いつもなら意識しない産毛《うぶげ》の一本一本まで逆立って、からだの芯が痺《しび》れていく……わたしはあのひとを呼吸するの、すぅ、はぁ、すぅ、はぁ……。

「あら、なんか顔が赤いわよ、熱でもあるんじゃない？」仁由《インユ》はヨドンセン《いもうと》の額に手をあてた。

「え？ 熱なんかないわよ」

「熱はなさそうねぇ、妊娠すると体温が高くなるのよ。さぁ、できあがりましたよ。明後日からは新しい家で寝起きするんですからね。いくらつわりがきつくても、シオモニ《しゅうとめ》のあとに起きるようではミョヌリ《よめ》失格ですよ。チョッタク《いちばんどり》が鳴く前には、もう顔を洗って髪を結っておかないと駄目ですよ。わかりましたね」

「わかりました」

「あなたは末娘でみんなに可愛《かわい》がられたから心配よ」

「ケンチャナヨ《だいじょうぶよ》」

「……昨日、凶《わる》い夢をみたのよ」

「どんな夢？」

「口に出せないほど凶い夢よ」

「仁由オンニ《ねえさん》は心配性だから……心配しないで、わたし、幸せになるわ」

仁由はヨドンセンの優しそうな眼差《まなざ》しを鏡のなかで受け止めて目を潤《うる》ませた。

朝食を済ませると、クンバン《おおべや》に花嫁のオッパ《あに》やスクプ《おじ》や近所の男たちが車座に座って、新郎タルギ《いじめ》がはじまった。真ん中に座っている花婿の両足は布で縛られている。

「初夜の酒案床《チュアンサン》はおいしかったか」花嫁のオッパの俊湖《チュノ》が訊《たず》ねた。

「おいしかったです」

「なにを食べた」

「寄せ鍋《チョンゴル》とチヂミ《チヂョン》だったかな？」

「そんなことを訊《き》いとるんじゃない！」俊湖は棍棒《こんぼう》を握って花婿《はなむこ》の脚に振りおろした。

「食べ残しをよこせ」花嫁のクンアボジ《おじ》の祥造《サンジョ》が手を差し出した。

「みんな食べてしまいましたよ」

「ヤー《おい》　イノマ《このやろう》！」祥造が棍棒で花婿の足の裏を打った。

「初夜をどんな風に過ごした！」カッ（鍔《つば》の広い帽子）をかぶって長く白い顎鬚《あごひげ》を蓄えている老人が皹割《ひびわ》れた声で訊ねた。

「どんな風にというと？」雨哲《ウチョル》は口籠《くちごも》った。

「初夜をどんな風に過ごした！」老人は落ち窪《くぼ》んだ目を鋭くして、関節だけがふくらんで見える皺《しわ》と染みだらけの手でプチェ《おうぎ》をあおいだ。

「妻の服を脱がしました」雨哲は答えた。

「初夜をどんな風に過ごした！」老人はプチェを投げ出して棍棒を杖《つえ》にして立ちあがった。

「貞修ハルベ《チョンスおじいさん》は耳が遠いから大きな声で答えなさい」花嫁のスクプの裕源《ユウォン》が命じた。

「服を脱がせました！」雨哲は大声で答えた。

「服を脱がせて、なにをした！」

「妻を抱きました！」

「どういう風に抱いたか！」

「えー、ちゃんと……」雨哲は赤面して俯《うつむ》いた。

老人は色褪《いろあ》せてすぼんだ唇をさらにすぼめて、ふっふっと息を刻んだ。笑ったんだろうかと思った瞬間、棍棒が足の裏に打ちおろされた。

「アヤ《いたい》！」

「痛いのは当たり前だ。おまえも仁恵を痛い目にあわせたろ？」老人ははっきりした発音で訊《き》いた。

「……」雨哲は打たれた足を押さえながら、呆然《ぼうぜん》と老人の黄ばんだ歯を眺めた。歯を見せているってことは、やっぱり笑ってるんだろう。隙《すき》っ歯だけど一本も欠けてない。いったいいくつなんだ？　仁恵のハルベ《おじいさん》か？　いや、もっと歳《とし》がいってるはずだ、チュン《ひいお》ジョハルベ《じいさん》？

「質問したことに答えんか！　イロン《この》　ポルッオンヌンノム《ぶれいものめが》！」老人は棍棒を握りしめた手に力を込め、また同じ足を打った。

「アヤ！　チャルモッテスムニダ《もうしわけありません》」

「痛くしたあとに、かわいがったか！」

「はい！　かわいがりました！」雨哲は声を張った。

「どれ？　見てやろう。仁恵！」老人は名を呼んだ。

チャグンバン《こべや》で壁に耳をつけてチョマジョマ《はらはら》していた仁恵は、チマをひろげ右膝《ひざ》を立ててお辞儀をしてからクンバン《おおべや》に入ると、口を結んだまま目だけで足を縛られた夫と微《ほほ》笑《え》みを交わした。

「おぉ、コッ《はな》のように美しく、ピョル《ほし》のように明るいチュンソンジャ《ひまご》よ」

「ちゃんとかわいがられたかどうか、声を聞けばわかる。仁恵、なにか一曲うたってみなさい」俊湖《チュノ》がヨドンセン《いもうと》に命じた。

仁恵は背筋を伸ばし、子が宿っている下腹部にそっと両手をあてて深呼吸した。紅を塗った唇が艶《つや》やかに動き出した。

花を買いませ花を　花を買いませ花を
サラン　サラン　サラン　サラン　サラン
サランの花です
花籠《はなかご》を担《かつ》いで　花売りに出たの
赤い花　青い花　黄色くて白い花
藍色《あいいろ》に紫　桃色の色とりどりよ
輝く花　まだらな花もきれいよ

陽光とそよ風を受けようと頭をのけぞらせているムグンファ《むくげ》のようだった。

歌の最中に仁恵《インヘ》のオンニドゥル《あねたち》がユクポ（干し肉）やククス《そうめん》を載せたお膳《ぜん》を運んできて、俊湖が雨哲《ウチョル》の足の布を解いてやった。老人は踊り出し、雨哲の手を引っ張って踊るように促した。

花を買いませ花を　花を買いませ花を
サラン　サラン　サラン　サラン　サラン
サランの花です
固く結んだつぼみの花　房の花　微笑む花
ぱあっとひらいた花　蜂《はち》を集めてうたった花
蝶《ちょう》が止まって踊った花
あの花この花の香が漂ってくるよ
あの花この花　はまなす　牡丹《ぼたん》　蘭《らん》　芝草
すべての香草　芍薬《しゃくやく》　薔薇《ばら》

仁恵の歌が終わると、一同は盛大な拍手をしたが、老人は黙って雨哲の手を握って振った。雨哲が手を放すと、老人の手は行き場を失った。

「チュンジョハルベ《ひいおじいさん》」仁恵がその手をとっててのひらで包んだ。

「このサウィ《むこ》はなかなか立派な青年だが、わしの家の花を摘《と》み盗ってしまいおった。アイグ、淋《さび》しくなる。仁恵や、アイグ、チュンソンニョ《ひいまごむすめ》や、今度逢《あ》うときはわしの葬式かもしれんな」老人はチュンソンニョ《ひまご》の手を頬に擦《こす》りつけて涙ぐんだ。

「チュンジョハルベ、わたし、幸せになります。かならずヒョンソン《ひまごのこ》の顔をお見せします。約束しますよ」仁恵は老人の肩を抱いて背中を撫《な》でた。

仁恵は台所の釜《かま》の蓋《ふた》を三度動かして家に別れを告げた。外に出ると、太陽が家の正面を日向《ひなた》にしていた。陽射《ひざ》しはタクンタクン《ぽかぽか》とあたたかいのに、風はフィーンフィーンと吹き荒《すさ》んでいる。雨哲は風に目を細めて空を見あげ、仁恵が出てきたことに気づいていない様子だった。仁恵は夫の姿を見た。わたしはこのひとが好きだ。今日から同じ屋根の下で暮らすんだと考えるだけでトゥグントゥグン《ドキドキ》するほど好きだ。仁恵は夫と同じものを見るために顎《あご》をあげた。真っ青な空、透けるような薄雲が風に流されている、フィーンフィーン　フィーンフィーン。

丙寅《へいいん》の吉日だった。花婿が馬にまたがり、花嫁が上げ輿《カマ》のなかに入ると、花嫁の母は赤い紙切れを何枚か握らせた。

「川を渡るときや城隍堂《ソナンダン》(守り神を祭る堂)を過ぎるときは、これを道に投げつけて雑《チャッ》鬼《キ》を追い払うんですよ。向こうのご両親にはよく孝行して、いいミョヌリ《およめさん》になりなさい。子どもをたくさんつくって、幸せになるのよ」

花婿が踵《かかと》で腹を蹴《け》ると、馬はタガッタガッ　タガッタガッと歩き出した。花嫁行列を見物するために、駅前にはたくさんのひとが集まっていた。駅周辺は日本人街だったので、チマチョゴリ姿の女よりも和服姿の女のほうが多かった。

花嫁の父を乗せた上げ輿が通り過ぎ、花嫁の兄が大股《おおまた》で歩き、ハニム（花嫁の世話係）を務める花嫁の四人の姉たちがチョゴリの紐《ひも》を風になびかせて通り過ぎた。最後尾は嫁入り道具と花婿の親族への贈り物を乗せたリアカーを引いた人夫たちだった。

見物している日本人の女たちはリアカーに積まれた木函《きばこ》にはなにが入っているかを話していた。

舅《しゅうと》と姑《しゅうとめ》と義弟と義妹には絹のチョゴリとパジとチマ、花婿の親戚《しんせき》たちにはポソン、その他にはチャルトク、林檎《りんご》、梨、柿、マッコルリ、ヤンニョムカルビ（味つけした牛肉）などが入っていたが、日本人たちは裁縫箱や鏡台や人形箱が入っているものだとばかり思っていた。

稲森きわは銘仙《めいせん》の着物に紬織《つむぎお》りの帯をしめて沿道に佇《たたず》んでいた。雨哲が前を通り過ぎるときに会釈《えしゃく》をしたが、慣れない馬にまたがって緊張している雨哲は手綱をぎゅっと握りしめ前だけを見ていた。あの子が……あの、母のお産を手伝っていただきたいんです、とわたしをおぶって駈《か》け出した男の子がお嫁さんをもらうなんて……光陰矢の如《ごと》しだ。あの子は、あのとき、普通学校に通っているといってたから、十三かそこいらだったはずよ。ひぃ、ふぅ、みぃ、よぉ、四年が過ぎているでしょう？　きっと、十七かそこいらね。十七といったら、茂の息子と同じくらいだけれど、正吉よりずっとしっかりしているわ。

わたしたちは朝鮮人と融和し、一体化したいと思っているのに、光州では反日示威が起こり、上海や満州もずいぶん物騒だそうだ。密陽《みつよう》も安全ではない、上海義烈団は密陽出身者が多いそうだから、どこにひそんでいるのやら……稲森きわは風に逆らって前に進んだ。せっかくだから橋の袂《たもと》までお見送りしましょう。

花嫁を乗せた上げ輿が龍頭橋《ヨンドゥ》をゆっくり渡りはじめた。輿《こし》の戸がひらいて、花嫁の手が出たと思ったら、赤い紙がパルラン《ひら》パルラン《ひら》と舞いあがった。フィーンフィーン、風は魔除《まよ》けの紙を花嫁の実家のほうに吹き戻し、一枚たりとも橋や川には落とさなかった。きわは草履《ぞうり》の脇《わき》に舞い落ちた赤い紙を見おろした。これは、きっと魔除けね、でも、血痕《けっこん》のように見える。花嫁が落としていった血痕……いけない、こんなことを考えちゃいけないわ。きわは自分でも説明のつかない胸騒ぎをおぼえながら、最後尾の人夫が見えなくなるまで花嫁行列を見送った。フィーンフィーン　フィーンフィーン。

第十三章　モンダル鬼神

あっ、動いた。しぶを抜いたどんぐりを臼《うす》で挽《ひ》いて粉にしていた仁恵《インヘ》は、杵《きね》から手を放して大きな腹をかかえた。アイグ、アヤ。胎児は足踏みをするように蹴《け》って、からだぜんたいを一回転させた。寝返りを打ったのかしら？　それとも、生まれる日のためにからだを鍛えてるの？　今月頭に臨月に入ったけれど、アボニム《おとうさん》もオモニム《おかあさん》もまだ七カ月だと思っている。まるで産み月みたいなおなかね、きっと男の子よ、くれぐれも無理をしないでおくれ、流れたりしたら悔やんでも悔やみきれないからね、とオモニムは毎日家と店の掃除をやってくれている。臨月に入って、からだのだるさが増し、子宮が収縮しておなかが張ることが多くなった。無理は禁物、でも休むわけにはいかない、三度の食事を拵《こしら》えるのは嫁の仕事よ。仁恵は立ちあがって腰を伸ばしてから、臼の前に座って杵を握りしめた。

「いい？　生まれてくるときはちゃんと教えなさい、オンマ《ママ》生まれてくるよって。突然、陣痛が起きたらオンマもおまえも困ったことになるんだからね、いい？ わかった？」

胎児は返事をするように腹を強く蹴った。最近、自分でも意識しないうちにこの子に語りかけていることが多い。でも、話しかけたり、おなかをさすったりすると、ほんとうによく動くんですもの。

「明後日はオンマの二十歳の誕生日なのよ。おまえも早く生まれてきなさい。早く、オンマに顔を見せて。早くオンマに声を聞かせて。早くオンマのおっぱいを吸って」

仁恵は口を噤《つぐ》んだが、胎児に話しかけることはやめなかった。アッパ《パパ》はケジャン（蟹《かに》のしょうゆ漬け）が大好物なの、カルグクス（手打ち麺《めん》）もかぼちゃ粥《がゆ》も好きよ。素苑《ソウオン》コモ《おば》の好物はコッカム《ほしがき》よ。素苑コモはヨドンセン《いもうと》みたいになついてくれてるの。わたしはオラボニ《おにいさん》が一人、オンニ《おねえさん》が五人、ナムドンセン《おとうと》が一人いるけれど、ヨドンセンがいないの、だからずっとヨドンセンがほしかったのよっていったら、わたしはずっとオンニがほしかったの、仁恵オンニ！ って抱きついてきたのよ。雨根《ウグン》サムチョン《おじ》はおまえより五歳上だから、ヒョンニム《にいさん》だと思って遊んでもらいなさい。聞かず三年、言わず三年っていうけれど、わたしはアボニムにもオモニムにもかわいがってもらって、とっても幸せよ。さぁ、どんぐりが粉になった。水を入れて煮て固めれば、おいしいトトリムク（どんぐり餅《もち》）のできあがり。ムクは雨根サムチョンの大好物なのよ。

そろそろ素苑コモが普通学校から帰ってくるころよ、タニョワッスムニダ《ただいま》って。そしたらオンマ《ママ》といっしょに、タニヨオシヨッソヨ《おかえりなさい》っていいましょうね。仁恵は粉を鍋《なべ》に移し、ハンアリ《かめ》からパガジ（瓜《うり》の容器）でハナ《いち》トゥル《に》セッ《さん》、水をすくって入れると、しゃもじで掻《か》き混ぜてどんぐりの粉を溶かした。アッパはいまごろ堤防の上を走ってるわよ、すっすはっはっ　すっすはっはっ、アッパはとっても足が速いの。雨根サムチョンはね、アッパに肩車して走ってもらってるわよ。おまえも首が据わったら肩車してもらいなさい。アッパは五尺九寸もあるから、遠くまでよぉく見えるわよ。

仁恵は昨夜のことを思い出した。うなじに接吻《せっぷん》してくれたあたたかい唇、背中に寄り添ってくれた広い胸、うしろからおなかを抱いてくれた大きな手——、あっ、動いた、足だ、足のかたちにおなかがもりあがってるぞ、元気な子だなぁ、おい、走ってるぞ、ハナトゥル《いっちにっ》！　ハナトゥル！　すごいぞ、素質あるぞ！　あのひととわたしのからだはまるで鋳型《いがた》に流し込まれたように隙間《すきま》がなく、わたしとこの子のあいだにも隙間がなくて、わたしたち三人、満たされた思いに首まで浸って眠りに沈んだ。仁恵は松の枝と葉を竈《かまど》にくべ、燐寸《マッチ》を擦って放り投げると、プルム《ふいご》を吹いて火を立ちあがらせた。もうすっかり慣れて、考えごとをしていても手が勝手に動いてくれる。ここはウリチプ《わたしのうち》だもの、ここはウリプオク《わたしのだいどころ》だもの。このチプ《うち》であのひととわたしのアイ《こども》を育てていくんだもの。仁恵はかぼちゃの皮を匙《さじ》でパッパッ《ごりごり》とこそげ取り、包丁で縦半分に割り、中身をつかみ出して乱切りにして、煮立った湯のなかにそっと沈めた。

後の家《ともよ》のチングヤ
前の家のチングヤ
花かごを横にして
ナムルを摘みに行きましょう
上がるとオルコサリ（いいわらび）
下がるとヌッコサリ（遅いわらび）
後の小川で洗っては
前の小川ですすいで
半月の空　丸い釜《かま》のなか
明星のように掬《すく》いあげて
生姜胡椒《しょうがこしょう》でヤンニョム（味付け）をして
十二のお膳《ぜん》を用意して
アボジ　オモニ
早く早く起きて
小用を足して顔を洗って
絹の手拭《てぬぐ》いで顔を拭《ふ》いて
朝ごはんを召しあがってください

枝折り戸《サリッムン》の音がする。アッパ《パパ》が帰ってきたみたいよ、さぁ、急ぎましょう。仁恵《インヘ》はかぼちゃをしゃもじで潰《つぶ》し、糯米《もちごめ》の粉と栗の粒をすこしずつ加えながら底のほうから掻《か》き混ぜた。そうだ、素苑《ソウオン》コモ《おば》が帰ってきたら油菓《ユグァ》をつくらなきゃね、今朝約束したのよ、つくりかたを教えてあげるって。

難しい？

難しくなんかないわよ、まず糯米の粉を蒸してこねる、それから粉を敷いた台で薄く伸ばして、適当な大きさに切って乾かすのよ。油でゆっくり揚げて水飴《みずあめ》を塗って、パプルカル（炒《い》った米の粉）をまんべんなくまぶせばできあがり。

簡単そうね。

簡単よ。こつは戸を閉めきってオンドルの熱で乾かすことよ、風にあたると亀裂ができるのよ。

仁恵は煮詰まってあぶくが立っているかぼちゃ粥《がゆ》に塩を振って味見した。マシッタ《おいしい》。洋銀《ヤンウン》鍋を竈《かまど》からおろして、水に浸《つ》けておいたムク《もち》を四角に切って皿に盛りつけ、白菜《ペチュ》キムチをみじん切りにし胡麻《ごま》油と醤油《しょうゆ》で味を整えてムクに和《あ》えた。さて、と、トトリムクはできた、かぼちゃ粥もできた、キムチは切った、ごはんは蒸すだけ、コンチ《さんま》はもうそろそろ焼きあがる。仁恵は腕まくりをおろし、乳房の下で結んでいたチマの端をほどいた。

みんな男の子男の子っていうけど、オンマ《ママ》はおまえが女の子でもがっかりしないわよ、だって、楽しいじゃない、いっしょにお料理したり、いっしょにお裁縫したり。胎児は思い切り腹を蹴《け》った。もがき苦しんでいるかのように二本の手と二本の脚をばたつかせた。仁恵は痛みのあまり呻《うめ》くこともできず、包丁を手にしたまま柱に寄りかかった。蹴った、また……、オジュム《おしっこ》を漏らしてしまいそうな痛み……目も開けていられない……横になりたい……でも、まだ、途中だ……仁恵は食い縛った歯の力をゆるめて、胎児の頭があるあたりを左手でさすりながら深呼吸をくりかえした。すぅ、はぁ、すぅ、はぁ、ねぇ、おまえ、いまは、だめよ、いま、陣痛が、起きたら、今日の、晩ごはんが、台無し、すぅ、はぁ、すぅ、はぁ……髪の生え際《ぎわ》からいっせいに汗が噴き出て、顔に流れ落ちている。眉毛《まゆげ》のところで止まっているのもあるし、顎《あご》の下をつたって首から胸もとへ入り込んでいるのもある。すぅ、はぁ、すぅ、はぁ、止まった、アガ《あかちゃん》が静かになった。仁恵は壁に手をつきながら立ちあがった。

手拭いで顔の汗を拭って目を開けると、風炉《プンノ》から煙があがっていた。アイグ　オトッカジ《たいへん》！　仁恵はあわててコンチを網からとって皿にのせた。

素苑コモ、遅いわねぇ、学校でなんかあったのかしら？　イルボンサラム《にほんじん》の先生はいうことをきかない生徒を放課後まで立たせるそうだけど、あの子に限ってそんなことないわよね？　通知表は全部十だし、友だちもたくさんいるし、立たされる理由なんてなんにもないわ。きっと、そろそろ帰ってくるでしょう。でも、今日は油菓《ユグア》は無理ね、まぁ、糯米《もちごめ》は長く浸《つ》けておいたほうがなめらかになるから、明日にしましょう。仁恵は鉄釜の蓋《ふた》を開けてしゃもじでごはんをよそり、ヌルンジがこびりついている鉄釜に米の研ぎ汁を入れて蓋をかぶせた。

お膳《ぜん》を床におろしてアンパンの戸を開けると、舅《しゅうと》と夫が胡座《あぐら》をかいて議論していた。舅がひろげている東亜日報の見出しが仁恵の目に入った。〈蔣氏、飛行機で凱旋《がいせん》〉

「ごはんができあがりました」

「素苑は？」雨哲《ウチョル》が怪訝《けげん》そうな顔をした。

「遅いんですよ」この家に嫁いだ日からずっと素苑がお膳を運んでくれていた。わたしがお膳を運ぶのは、そういえば、はじめてだ。

「よくいって聞かせんとな。嫁入り前の娘なんだから」容夏《ヨンハ》が新聞をめくった。

仁恵《にわ》はマダンを抜けて店の裏木戸を開けた。

「ごはんができあがりました」

コムシン《ゴムぐつ》を並べて遊んでいた雨根《ウグン》が振り向いた。

「オソオセヨ《いらっしゃいませ》」

「コムシンを一足くださいな」仁恵は客になった。

「五十せんです」

差し出された小さなてのひらに小銭を落とす真似《まね》をして、仁恵は微笑《ほほえ》んでいる姑《しゅうとめ》の顔を見た。

「アガシ（義妹）が帰ってきてないんですけど」

「え？」

姑と嫁は同時に通りを見た。通りは、もう、真っ暗だった。

喜香《ヒヒャン》はほんの数秒なにかを必死に思い出そうとしているように顔を顰《しか》め、糸で吊《つ》りあげられた人形のように腰をあげた。

「ちょっと学校まで行ってみるから、先に食べててくださいな」

「おいで、ヒョンス（義姉）といっしょに食べましょう」仁恵が両手を差し出したが、雨根は母親の手をぎゅっと握って放そうとしなかった。

「ぼく、オンマ《ママ》といっしょにいく」

「ごはん、冷めちゃうわよ」

「ヒョンスと食べなさい」喜香が強い調子でいった。

雨根は目を足もとに落としコムシンの先で床を蹴《け》ってから、仁恵の手をとった。

静かな夕食だった。

仁恵は雨根のためにコンチの骨《さんま》をとってやった。

「ねぇ、素苑《ソウオンねえさん》ヌナ、どこいっちゃったの？」雨根は蓋が閉まったままのコンギを横目で見た。

「じきに帰ってくる」容夏は憮然《ぶぜん》とした表情を崩さなかった。

「ほら、お口がお留守になってますよ。ちゃんと嚙《か》んで、クルコク《ごっくん》して、つぎはムク《もち》を食べたらどうですか？　トリョンニム（義弟）の大好物だから、トトリムクを拵《こしら》えたんですよ」

食後のスンニュン《おこげじる》を飲んでいたころに枝折り戸《サリッムン》が開く音がした。

「帰ってきたわ」下腹部が緊張しているので、両手をうしろについてそうっと立ちあがった。

アンパンの戸が開いて、喜香が入ってきた。痩《や》せた胸が不規則に上下し、プルム《ふいご》のようにせわしない息が四人の耳に響いた。

「どこにも、どこにもいないんですよ、担任の山下先生は、いつも通り下校したというし、いつもいっしょに帰る仁緒《インソ》は、ベッタリ（舟橋）の前で別れて龍頭山《ヨンドウサン》のほうに歩いて行ったたって、栗を拾いに行ったたって、だから栗林まで行って、大声で呼んでみたんですけど、いないんですよ、どこにも、どこにもいないんです、交番に行きましょうか？」

「警察は倭奴《ウエノム》を護《まも》り、チョソンサラム《ちょうせんじん》を監視するためにおるものだから、相手にしてくれんだろう」

「じゃあ、どうしますか！」

「落ち着いてなんていられますか！」

「捜しに行ってくる」雨哲《ウチョル》は立ちあがった。

「わたしも」仁恵は夫のあとを追った。

「おまえは雨根と待ってなさい。普通のからだじゃないんだから」

雨哲と容夏と喜香がアンパンを出ると、家のなかはいっそう静かになった。

「ヌナ、どこいっちゃったの？」

「栗を拾いに行ったんですよ」仁恵は意志の力で心拍を平静に保とうとしていた。

「ヌナ、かえってくる？」雨根の声は水っぽくて、いまにも泣き出しそうだった。

「帰ってきますよ」仁恵の喉《のど》から出たのはくぐもった嗄《かす》れ声だった。

「かえってこなかったら？」

「帰ってきます」仁恵は無理に微笑《ほほえ》んで柿の皮を剝《む》いた。

いったい、あの子の身になにが起こったんだろう。なにごともなく帰ってくればいいけれど、なにかが起こったということだけは確かみたいだ。なにが起こったの？　栗を拾っている最中に足を挫《くじ》いて歩けなくなったのかもしれない。柱時計がタカッという音を立てて、テーン　ハナ《いち》……テーン　トゥル《に》……テーン　セッ《さん》……テーン　ネッ《し》……テ

ーン　タソッ《ご》……テーン　ヨソッ《ろく》……テーン　イルゴプ《しち》……七時、七時よ！　真っ暗な林のなかでトルドル《ぶるぶる》ふるえて……泣いて……あの子はとっても怖がりなのよ！

「迎えに行きましょう」

仁恵は柿の汁でべとついたてのひらを前掛けで拭いて立ちあがった。

このままヌリッヌリッ《のろのろ》歩いてもしょうがないわ、仁恵はベッタリの前で歩を停《と》めた。月も星も出ていない、明日はきっと雨だ、雨が降らないうちに見つけ出さないと――、黒々とした川の流れを凝視しているうちに、もしかしたら川に落ちてしまったのかもしれない、と仁恵は雨根の手をコーッ《ぎゅっ》と握りしめた。

「いたいよ」

「ミアンヘヨ《ごめんなさい》」

手の力を緩《ゆる》めた瞬間、うなじに這《は》うような感触がして身ぶるいした。

「どうしたの？」

「なんでもないわ」鼻腔《びこう》いっぱいにつんとするにおいがひろがっている。たぶん、これは、恐怖のにおいだ。

「どうしたの？」

「なんでもないわ」だれかに見られている。

振り向くと、石段の上にひとが……白いチマチョゴリを着た女がふたり……手を繋《つな》いでいる……素苑《ソウオン》?

「ヌナを捜しに行きましょう」

嶺南楼《ヨンナムル》のほうに去った白いひと影を追いかけて、仁恵《インヘ》は雨根《ウグン》の手を引っ張って石段をのぼっていった。一段のぼるごとに暗闇《くらやみ》は濃くなり、風もないのに空気に押し返されているような抵抗をおぼえた。石段をのぼり切って嶺南楼のほうに歩いていくと、柱の陰で白いチマが翻《ひるがえ》った。仁恵は雨根の手をほどいて階段をあがっていった。心臓が胎児のように胸を蹴飛《けと》ばし、頭のなかが恐怖で浸されて、仁恵はなにも考えられなくなった。白い影は手を繋いだまま振り返った。ひとりは見知らぬ女だったが、もうひとりは、素苑だった。アガシ（義妹）、とつぶやいたのかつぶやかなかったのか自分でもわからなかった。白い影が消えた。仁恵はすべての感情が自分の外にトゥンドゥン《ふわふわ》と漂い出るのを感じた。素苑は死んでしまった……あれは霊魂なのよ……素苑の手を繋いでいた美しい女は阿娘《アラン》よ……　劔痕欲磨春江碧《けんこんみがかんとほっしはるのかわあおく》　恨水年々花血瀉《こんすいねんねんかけつそそぐ》……。

「ヒョンス（義姉）！」

大きく息を吸って声を出そうとしたが、呼吸がぶつ切れの喘《あえ》ぎ声に変わっていた。

「ヒョンス！」

仁恵は雨根に背を向けたまま頷《うなず》いた、からだを動かすことはできなかった。

「ぼく、こわいよぉ」

仁恵は渾身《こんしん》の力を込めて首を捻《ひね》り、駈《か》け寄ってきた義弟を両腕で包み込んだ。雨根の顔は涙と鼻水でびしょ濡《ぬ》れだった。

「ヌナ《ねえさん》はどこいっちゃったの？」

仁恵は喉《のど》にこみあげてきた塊を飲みくだし、ふるえる声を吐き出した。

「帰ってきますよ」

欄干から川を見下ろすと、ベッタリを渡る夫の姿が見えた。

「ヒョン《にいさん》ですよ、ヒョンスは走れないから、先におりててちょうだい」

石段を駈け降りていった雨根のあとを追って、仁恵は腹を庇《かば》いながらハンバル《いっぽ》ハンバル《いっぽ》、足を動かした、動かしていないと足が地面に吸い込まれそうだった。ハンバルハンバル、歩きながら嶺南楼を振り返ったが、白い影はどこにも見えなかった。この子はさっきからトル《いし》になってしまったかのように身じろぎひとつしない、この子も怖いのかしら？　ケンチャナヨ《だいじょうぶよ》、オンマ《ママ》がついてるからね、なにがあってもオンマが護《まも》ってあげるからね、安心なさい、なにも恐れることはないわよ、恐ろしいものが見えたら、オンマがおまえの目を塞《ふさ》いであげる、恐ろしいものが聞こえたら、オンマがおまえの耳を塞いであげる、恐ろしいものが迫ってきたら、オンマが立ち塞がってあげる。

夜明け前に落水《ナクスツムルソリ》の音を聞いた。

「雨だ……」

「雨ですね……」

「起きてたのか……からだに毒だぞ」

「……雨に濡れて……」

「……川に落ちたか……」

その言葉で、かろうじて残っていた睡眠の可能性が打ち消された。鼓動が速まって、胎児がしこりのように硬くなりはじめた。この家で眠っているのは、きっと、雨根《ウグン》だけだ。どうして栗なんて拾いに行ったのかしら？　栗はわたしの大好物だから、わたしを喜ばせようと思ったの？　この辺で栗林があるのは龍頭山《ヨンドゥサン》の北側だわ、あそこは崖《がけ》から下が深い淵《ふち》になってるから……でも、あの子は泳ぎが得意だし……仁恵《インへ》の脳裏に白い女の影が蘇《よみがえ》った。あれは、素苑《ソウオン》じゃないわ、混乱してたから見間違えたのよ、素苑はきっと帰ってくるわ。

タニヨワッスムニダ《ただいま》

タニヨオシヨッソヨ《おかえりなさい》

帰ってきて、お願いだから、帰ってきてちょうだい、ハヌニム《かみさま》　ピナイダ《どうか》　ピナイダ《どうか》、わたしのアガシを無事に帰してください、お願いします。

稲光が走ってクァン《どおん》という音が轟《とどろ》いた。雷はウルルンウルルン《ごろごろ》という音を引き摺《ず》りまわして風を猛《たけ》り狂わせ、その手を斧《おの》のように打ち下ろした。クァン！　家全体が縮こまり、窓硝子《ガラス》がトルコンドルコン《かたかた》トルコンドルコン……。

「捜しに行く」雨哲《ウチヨル》は布団から起きあがった。

「あなた、気をつけて」

仁恵は仰向けになったまま、夫がチョゴリのコルム《ひも》を結び、パジの腰紐《こしひも》を結び、足首にテニム《ひも》を巻きつけるのを見護《みまも》った。

「目を閉じるだけでもいいから横になっていてくれ。それから、オモニム《おふくろ》を外に出さないように、川が増水して危ないから」

夫がコンノパン（向こう部屋）を出てしばらくすると、サーサーサーと雨が地を打つ音がした。仁恵は不安と恐怖で消耗していた。できることなら夫の腰に両手を巻きつけ、なにも考えずに眠りたかったが、夫は嵐《あらし》のなかに出て行ってしまった。この嵐のどこかにいるヨドンセン《いもうと》を見つけ出すために——、仁恵は両手を横についてからだをすこしずつ起こし、鏡台の前まで四つん這《ば》いになって進むと、暗闇のなかで髷《まげ》を結《ゆ》ってピニョ《かんざし》を突き通した。しっかりなさい、あなたの仕事は朝ごはんを拵《こしら》えることよ、おいしい朝ごはんを拵えなさい。

雨哲は蝙蝠《こうもり》傘を突き出して、前屈《まえかが》みで川べりの道を歩いていった。川はクロンイ《だいじや》のようにうねって堤防に押し寄せている。セーンと突風が吹いて、傘にからだを引っ張られる。ウィホメ《あぶない》！　雨哲が手をゆるめた隙《すき》に、風は傘をもぎ取ってどこかへ吹き飛ばしてしまった。ピロモグル《ちきしょう》！

　雨哲は走り出した。すっすっはっはっ　すっすっはっはっ　雨が　顔に　腕に　脚に吹きつけてくる　フィーンフィーン　なんだかひとの声みたいだ　金切り声？　悲鳴？フィーンフィーン　稲光だ　すっすっはっはっ　クァン《どおん》！　パジッパジッ！　近いぞすっすっはっはっ　すっすっはっはっ　きっと雷に樹《き》がへし折られたんだろう　すっすっはっはっ　すっすっはっはっ　アヤ《いたい》！　なんだこれは？　松葉だ　風が松葉を吹き飛ばしてるんだ　すっすっはっはっ　雨哲は目の前に右手をかざして落ち葉が積もった山道に入っていった　すっすっはっはっ　すっすっはっはっ　素苑！　どこにいる？　どうか無事でいてくれ　素苑！　素苑！　素苑！　すっすっはっはっ　すっすっはっはっチョルポッチョルポッ　水が川のように流れて　チョルポッチョルポッ　すっすっはっはっ　腐った落ち葉はすべるから気をつけないと　チョルポッチョルポッ　転ぶぞ！すっすっはっはっ　すっすっはっはっ　からだはどんどん熱くなって　すっすっはっはっはっ　トロンイ（藁《わら》の蓑《みの》）からは湯気が立っているのに　すっすっはっはっ　すっすっはっはっ　泥水がコムシン《ゴムぐつ》に　すっすっはっはっ　ポソン《たび》がぐしょ濡《ぬ》れに　すっすっはっはっはっ　もう足指の感覚がない　パジの裾《すそ》が冷たい　すっすっはっはっ　冷たさが膝《ひざ》まで

這《は》いあがってきて　でも　すっすっはっはっ　素苑はもっと冷たい　すっすっはっはっ　すっすっはっはっ　早く見つけないと　肺炎になって凍《こご》えてしまう　すっすっはっはっ　素苑は栗を拾いに行ったんだ　龍頭《ヨンドゥ》モクの上の栗林がいちばん　すっすっはっはっ　大きな栗が　すっすっはっはっ　すっすっはっはっ

　雨哲は栗林のぬかるみに足をとられて身動きができなくなった。はぁはぁはぁはぁ、空が稲光で爆発したように見えた瞬間、栗の樹の枝になにかがぶらさがっているのが見えた。ハンバル《いっぽ》ハンバル《いっぽ》、雨哲はそれに近づいた。見憶《みおぼ》えのある柄だった。はぁはぁはぁはぁ、黒い冊褓《チェッポ》(本を包む風呂敷《ふろしき》)を枝からはずし肘《ひじ》の内側にぶらさげて、雨哲は前に進んだ。崖《がけ》っ縁《ぷち》のカルテ《あし》が薙《な》ぎ倒されていた。落ちた?　龍頭モクに――。

　崖から身を乗り出しているポドゥナム《やなぎ》は垂れ下がった枝をチェチク《むち》のようにしならせている。雨哲はポドゥナムの幹に手をついて龍頭モクを覗《のぞ》き込んだ。サーサーサー、闇のなかに雨が吸い込まれていく。舌が口いっぱいに膨れあがって、うまく動いてくれない。オモニ《おふくろ》になんと伝えよう、雨哲は雨のにおいしかしない大気を吸い込んで号泣した。分厚い雨のカーテンの向こう側で夜が明け、雨雲が重く垂れこめている灰色の空が姿を現した。新しい朝だというのに、チョッタク《いちばんどり》もチャムセ《すずめ》も鳴かなかった。泣いているのは、ぬかるみのなかに立ち尽くしている雨哲だけだった。

飯台には豆もやし飯、白菜の根ポムボク（白菜の根を煮て、穀物の粉と茹《ゆ》で豆を加えてさらに煮込んだ料理）、鱈《たら》の白子汁、白菜《ペチュ》キムチ、カクトゥギが並んでいる。

雨根は匙《さじ》で鱈の白子をすくって口に入れると、「マシッチョ《おいしいね》」と母親に笑いかけたが、母親の目が虚《うつ》ろなことに気づくと、自分の顔の笑みを打ち消して、「マシッチョ」と不安そうに父親の横顔を見た。

「クレ《うん》」容夏《ヨンハ》は咀嚼《そしゃく》しながら頷《うなず》いた。

「帰ってきたわ！」白子をすくおうとした喜香《ヒヒャン》は匙から手を放した。

「え？　なにも聞こえませんよ」仁恵《インヘ》は耳を澄ました。

「ほら、帰ってきたわよ」匙は白子汁のなかに沈み、喜香は立ちあがった。

チョルポッ　チョルポッ　チョルポッ、雨音のなかから足音が近づいてきた。喜香が戸を開けると、全身ずぶ濡《ぬ》れの雨哲がマル《いたのま》に入ってきた。喜香と容夏と仁恵の目は雨哲の腕にぶらさがっている冊褓に釘付《くぎづ》けになったが、雨根は兄のトロンイからしたたり落ちるしずくを見ていた。

「龍頭モク近くの栗の木にぶらさがってた。川に落ちたんだ」雨哲は声を絞り出した。

喜香は大きく息を吸って、両手を心臓に持っていった。

「崖にすべったあとがあった……」

喜香の口からようやく悲鳴がほとばしった。

「アイゴーッ！」

外に飛び出そうとした喜香を取り押さえようとしたとき、冊褓がほどけて、いがぐりと水を吸ってふくれた修身と国語の教科書、赤い布の筆入れ、アルミの弁当箱が床に落ちた。

喜香は全身をひきつらせて身もだえし、雨哲の手を握りしめて左胸に押し当てた。

「アイゴ、素苑や、アイゴー！」

トゥグン　トゥグン　トゥグン　トゥグン！　熱した針が血管のなかを走りまわってるみたいだ、トゥグン！　トゥグン！　堪え難い苦痛が鼓動とともに四肢から指先にまでひろがり、雨哲の呼吸は喘《あえ》ぎ声に変わった。ウルジマ《なくな》！　泣いてどうする！　いま、泣いたら、泣きやむことができなくなる、泣いても素苑は戻ってこない！　仁恵はもうじきおれの子を産む、雨根はまだ五つだ、ウルジマ！

「オモニ《おふくろ》、いまは嵐だから行けない。嵐がやんだら、龍頭《ヨンドウ》モクに捜しに行こう」

仁恵は鍋《なべ》のなかのじゃがいもに箸《はし》を突き通して茹《ゆ》であがったことを確認すると、鍋の取っ手を布巾《ふきん》でつかんで湯をこぼし、じゃがいもの皮を手早く剝《む》いていった。ふっくらとよく煮えてるわよ。アッパ《パパ》もハルベ《おじいさん》もハルメ《おばあさん》も朝ごはんを食べないで龍頭モクに行ってしまったわ。ごはんを食べに帰ってくるかどうかわからないけれど、いつ帰ってきてもいように昼ごはんの支度を整えておかなきゃね。仁恵は腹のなかの子に語りかけながら三日間赤い煮汁が出なくなるまで茹でたどんぐりの実とじゃがいもを臼《ウス》に入れて杵《きね》でついた。一昨日から水に浸《つ》けてある糯米《もちごめ》はどうしようかしら？　今晩パッチュクにでもしようかしら？　パッチュクはね、糯米の粉でうずらの卵ぐらいの白玉を拵えて、小豆粥《がゆ》といっしょに炊いて、蜂蜜《はちみつ》をちょっぴり加えるのよ、おいしいわよ、とっても。アッパにはいえないけどオンマ《ママ》はおまえが女の子のほうがいい気がしてきたの。いつもオンマのとなりに立って、おしゃべりしながら手伝ってくれていた素苑がいないと、台所がこんなに静かだなんて――、フッフッ《ずるずる》と鼻を啜《すす》りあげる音がして振り返ると、台所の入口に雨根が立っていた。

「オンマはいつかえってくるの？」

「……さぁ……」

「ヌナ《ねえさん》は？」

「……」仁恵は一瞬目をとじ、哀《かな》しげに頭を振った。

「ヌナ、しんじゃったの？」

「……」仁恵は義弟のかたわらに膝《ひざ》をついて頭を抱いた。

「ヌナ、かわにおちちゃったの？」雨根は両手を突っ張らせて顔を離すと、仁恵の目をまともに見た。

「……」仁恵は義弟の目を見詰め返すことしかできなかった。

「でも、ヌナはとってもおよぎがじょうずなんだよ」

「そうね……」

「オンマ《ママ》とアッパ《パパ》とヒョン《にいさん》はヌナをさがしにいったんだよね？　ヌナをみつけてかえってくるんだよね？　もうちょっとしたらみんないっしょにかえってくるんだよね？」

「帰って……」

「ぼくもさがしにいく」

「いけません。おとなりの英一《ヨンイル》と遊んでらっしゃいな。お昼ごはんができたら呼びに行きますから」

雨根は鼻をクンクン《ぐずぐず》いわせながら背を向けると、テッマル《えんがわ》でコムシン《ゴムぐつ》を履いてマダン《にわ》に降り、門の外に向かってタバッタバッ《とぼとぼ》と歩いていった。

まだ早いわ、帰ってきてから仕上げないとみんな冷めてしまう。パプ《ごはん》は春のように温かく、クッ《スープ》は夏のように熱く、ジャン（醤）は秋のようにさわやかに、スル《さけ》は冬のように冷たくしなさい、とオモニ《おかあさん》に教わったものね。水瓶《みずがめ》のなかが空っぽだから水を汲《く》んでおきましょう。ケンチャナ《だいじょうぶ》、おなかにさわらないようにちょっとずつ汲んで、そろそろと運ぶからケンチャナヨ。足先でコムシンを探って履くと、背中が板のように強張《こわば》って下腹部に痛みが走ったが、仁恵はてのひらで痛みをなだめながら歩いた。

やっぱり痛い。いつもはすぐにおさまるのに、おさまったかと思うと襲ってきて、弱まるどころかますます強くなっていく。仁恵《インヘ》は二、三歩進んでは立ち止まり、痛みをやり過ごすために大きく深呼吸して、また歩き出した。空は薄い青だった。十月半ばの清々《すがすが》しい大気が肺いっぱいにひろがった。マダンのあちこちにできた水たまりが枯れ葉の下でパンチャッパンチャッ《きらきら》と輝いている。空も大気も枯れ葉も哀《かな》しみに息を殺しているわたしたちと呼吸を合わせているみたいだ。そういえば、わたし、今日で二十歳になったのね。生まれてはじめてよ、だれにも祝ってもらえない誕生日なんて。

さっきよりも強い痛みが走り抜け、仁恵は立ったままからだを捩《よじ》って、すぅ、ふぅ、すぅ、ふぅ、と息を吸って吐いた。オンマ《ママ》の誕生日はどうでもいいのよ、いままで十九回も祝ってもらったんだから。でも、おまえは、おまえが生まれる日はみんなに祝福してほしい。みんなに喜んでほしい。哀しみのなかに、苦痛のなかに、不幸のなかに、おまえを生み落としたくない。ハヌニム《かみさま》！　ピナイダ《どうか》　ピナイダ《どうか》　ピナイダ、素苑《ソウオン》を無事に帰してください、ピナイダ　ピナイダ……痛みで祈りがぶつ切れになったが、歩を停めることはできなかった。仁恵は大きな腹をかかえてピチルビチル《よたよた》と井戸端を通り過ぎた。ハヌニム　ピナイダ　ピナイダ、この子が無事に生まれてきますように。アイゴ　アニヤ《だめ》！　わたしったら！　みんなが素苑を捜しまわっているときに、この子のことを祈るなんて。だけど、でも、どうしても、祈らずにはいられないの、いま、この子のことを祈ってやれるのは、わたししかいないから。ハヌニム　ピナイダ　ピナイダ、この子が無事に生まれてきますように。ハヌニム　ピナイダ　ピナイダ、素苑を無事に家に帰してください、ピナイダ　ピナイダ……。

門を潜《くぐ》り抜けると、街全体が奇妙な沈黙に覆《おお》われていた。道のあちこちに散乱している折れた枝や風に吹き飛ばされた瓦《かわら》や門戸《ムンチャッ》のせいでウルトゥンブルトゥン《でこぼこ》になった家々や樹々《きぎ》の影をおそるおそる踏みながら、仁恵はペッタリのほうに歩いていった。

いつもは空を映すほど澄んでいる密陽《ミリヤン》川が泥水で濁っている、この泥水のなかに素苑が——、仁恵は川から目を逸《そ》らして龍頭《ヨンドゥ》モクの方向を見た。夏になると、この辺りの子どもたちは素っ裸になってポドゥナム《やなぎ》の天辺《てっぺん》から龍頭モクに飛び込むけれど、あそこで溺《おぼ》れた子どもは多いそうだ。深いし、水草が多いから、屍身《シシン》(遺体)はまず浮きあがらない……。

オンニ《ねえさん》　仁恵オンニ

ふいに素苑の声が降ってきた。嶺南楼《ヨンナムル》を見あげてみたが、かくれんぼ《スンバッコッチル》をしている小さな子どもと日向《ひなた》ぼっこをしている老人の姿しか見えない。ター　スモンニ《もういいかい》！　アジギヤ《まーだだよ》！　ター　スモンニ！　アジギヤ！

オンニ

せがんでいるような、じれったがっているような、ちょっと鼻にかかった素苑の声だった。

オンニ《ねえさん》
仁恵《インヘ》はてのひらで乳房を覆った、トゥグン！ トゥグン！ 心臓が弾んでいる、トゥグン！ トゥグン！ 心臓がからだじゅうにあるみたいだ、トゥグン！ トゥグン！ トゥグン！ トゥグン！ トゥグン！

仁恵オンニ

甘くすぐったい声にうなじを撫《な》でられ、仁恵は振り返った。素苑《ソウオン》！ 川沿いの道がまさに曲がり切ろうとするところに、素苑は立っていた。一昨日の朝、家を出て行ったときの白いチョゴリと黒いチマだ。遠くて、輪郭はぼやけているのに、その目はじっと、黒く、瞬《まばた》きもせずにこちらを見ている。アヤッ！ 仁恵は顔をあげたまま腹を押さえてうずくまった。サアッサアッサアッ、風が樹々《きぎ》を渡って赤や黄色の枯れ葉を舞い踊らせても、素苑のチマは揺らぎも渦巻きもしなかった。素苑の立っている場所だけが周囲から絶縁されているようだった。クックルックック、山の上で鳥が啼《な》いた。クックルックク、啼きやむと同時に素苑は掻き消えてしまった。心臓はありったけの力で突きあげて警告しているのに、仁恵の意識は痛《いた》みから離れて浮《ふわ》ふわ《ふわ》トゥンドゥン トゥンドゥン トゥンドゥン、なにもかもが遠ざかっていくなか、水音だけがくっきりと、クァルクァル クァルクァル クァルクァル クァルクァル、仁恵は水音に誘われるようにして川原に降りていった、クァルクァル　クァルクァルクァル　クァルクァルクァル　クァルクァル　クァルクァル。

一本の大木が川のなかに倒れていた。そして、その大木に寄り添うように白い塊が浮いている。なに？　あれは？　布団？　ううん、白い犬？　仁恵はコムシン《ゴムぐつ》を履いたまま水に入っていった。膝《ひざ》まで入ったところで、全身を突っ張らせた。ひとだ。背中と頭のうしろだけ水に浮いている。黒いのはテンギモリ（お下げ髪）だ。サラム《たすけて》！　声が、出ない。サラム《たすけて》！　サルリョ《だれか》！　サルリョジュセヨ《たすけて》！　仁恵は岸にあがって走った。骨という骨が抜けてしまったかのようにからだに力が入らない。すっぽ抜けたコムシンにつまずいて膝を岩に打ちつけたが、走って走って、走って！　ベッタリの前の金物屋に飛び込んだ。主人の延一《ヨンイル》が驚いた顔で見ているが、声が、出ない。外に出て川を指差した瞬間、あっあっあっという喘《あえ》ぎ声が口からあふれて、てのひらで口を塞《ふさ》いでも、あっあっあっあっあっあっあっあっあっ。

気がつくと、ひとだかりのうしろにいた。ひとびとの頭の隙間《すきま》から面書記の崔《チェ》と米屋の金《キム》が川に入っていくのが見えた。仁恵は両肘《りょうひじ》を腹の脇に押しつけて突っ立っていた。崔は腋《わき》の下をつかみ、金は足首をつかんで、それを岸まで運んできた。だれかが用意した藁《わら》の筵《むしろ》の上にそれは寝かせられた。

アイグ　はだかなんてねぇ　犯されて川に投げ棄《す》てられたんじゃないのかね？

アニ《いや》　嵐だったから水に脱がされたのよ　鈴善《ヨンソン》のときも基原《キウオン》のときもはだかだったじゃない　鈴善なんてあがってくるまでに一週間もかかったから　足と手の皮がスーッと剝《む》けて　髪の毛がスーッと抜けて
真夏だったからねぇ　顔がこぉんなに膨れて　真っ赤な黴《かび》がこびりついて火傷《やけど》したみたいだったわ　それはそれは美人だったのにねぇ
アイゴ　かわいそうに　全身に鳥膚《とりはだ》を立てて
寒かったろうねぇ
手になんかつかんでるよ
水草よ　苦しかったろうねぇ
疵《きず》だらけだわ
岩にぶつかったんだ　膝《ひざ》なんて肉が抉《えぐ》れて骨が見えとるじゃないか
血は出てないわね
水で洗われたんだろう
この流れだからね
これはどうしたわけだろう
あぁ　これはサンチヨノ《やまめ》が食いおったんだわな　サンチヨノはからだのやわらかいところを食いおるから　腹を食い破ったんじゃろう

アイゴ　腸がはみ出してるじゃないか

何匹かなかに入っとるんじゃないか？

仁恵はヌリッヌリッ《のろのろ》と話をつづけているひとびとを掻《か》き分けてそれに近づいていった。そして、見た。青白い乳房と薄桃色の乳首を。そして、見た。白くふやけて皺《しわ》だらけになっているてのひらと足の裏を。そして、見た。うっすらと産毛《うぶげ》が生えている陰部を。そして、見た。鼻と口のまわりにかたまっている卵の白身を勢いよく掻き混ぜたときのような泡を。

「あっあっアガシ（義妹）です、わっわたしの、あっアガシです、みっ見ないで、見ないでください！　こっこの子は、十一歳なんです。だっだっだれにもはだかを見せたことがないんです！　穢《けが》れのない、きっきっきっきっ生娘なんです！」

そして、見た。白く濁っている目を。その目が灯《あか》りでも点《とも》されたようにパンチャッ《きらっ》と光った瞬間、仁恵は破水した。

目を開けると、母親の完善《ワンソン》が覆いかぶさるようにして傍らにいた。

「アガシは？」仁恵は自分の声が安定しているのに驚いた。

「アイグ、筵《むしろ》にくるまれたまま……」

「どこに？」

「家のなかには入れないで、しばらくマダン《にわ》に寝かせられていたけれど……シアボジ(舅《しゅうと》)と李ソバン《だんな》がリアカーにのせて……」

「お葬式は？」

「エザン(礼葬)で済ませるんでしょう。親より先に死ぬのは親不孝だからね」

「お墓は？」

「シオモニ(姑《しゅうとめ》)が泣いて泣いて取り乱してたから詳しいことは訊《き》けなかったけれど、校洞《キョドン》あたりに埋めるんじゃないかね。お墓といっても、小さな穴を掘って石を積むだけだから……」

「アイゴー」

「おまえはアガ《あかちゃん》を生むことだけに集中しなさい。どうなの、陣痛は？」

「なんだか痛みが遠くなったみたい」

「でも、破水してるから、じき生まれるはずですよ。チマがびしょ濡《ぬ》れで、面書記の崔《チェ》氏と米屋の金《キム》氏が担《かつ》いできてくれたんですよ」

崔氏と金氏が？　屍身《シシン》を引きあげた手でわたしを？　アイゴー、仁恵はからだじゅうに水と腐肉のにおいがまとわりついている気がして身ぶるいした。

「アイグ、まだ七カ月なのに、衝撃で破水して……ちゃんと生まれてくるかしら？」

「……ケンチャナヨ、きっと、元気に生まれてくるわよ。あぁ、そうだ、みんなの昼ごはんはどうなったのかしら？　わたし、つくりかけで……」

「だれも、なにも食べてないと思いますよ」

「トリョンニムも？　おとなは辛抱できるけれど、トリョンニムは可哀想よ。おなかを空《す》かせて、哀《かな》しくて……帰ってきたら、なにか拵《こしら》えてあげて」

「おまえも、いまのうちになにか口にしといたほうがいいわよ、丸一日かかる場合もあるんだから」

「いま、何時？」

完善は嫁入り道具として持たせた壁時計を見た。

「十一時半？　あら、十一時半のはずはないわねぇ」

仁恵《インへ》は頭を持ちあげて壁時計を見た。

「止まってる」

「ほんと、止まってるわ」

「……オモニ《おかあさん》、時計の捻子《ねじ》を巻いて」

「……いま、何時だろうね？」

「お願い、オモニ、店の壁に時計がかかってるから見てきてちょうだい。この子が生まれるときの時間をおぼえときたいのよ」

完善は立ちあがってコンノパンから出て行った。溜《た》め息めいた静寂に取り囲まれている時計が救《たす》けを求めるように仁恵を見おろしている。出産することも、生まれ育った家ではないコンノパンに横たわっていることも、この家にオモニがいることも、まるで現実ではないみたいだ。そして素苑が死んでしまったことも――、倒れた大木に寄り添うように浮いていた屍身《シシン》を思い出しかけて、仁恵は時計の代わりに秒を刻んだ。トッタッ　トッ　タッ、素苑が帰らなかった日の翌朝から捻子を巻いていない、トッ　タッ　トッ　タッ、毎日昼ごはん前にかならず巻いていたのに、トッ　タッ　トッ、でも、今朝は動いていた、トッ　タッ　トッ　タッ、十一時半といったらちょうど、トッ　タッ、わたしが素苑を見つけたころだ、トッ　タッ　トッ　タッ　トッ　タッ。

「三時二分前だったから、三時に合わせときましょう」

完善が蝶《ちょう》型の鍵《かぎ》で捻子を巻いて振り子を動かした途端に、カタッと爪《つめ》で弾《はじ》いたような音を立てて、テーン　テーン　テーン、時計は平静を装《よそお》って秒を刻みはじめた、トッタッ　トッ　タッ　トッ　タッ、その音を聞いているうちに頭のなかが眠気でぬかるんで――、いいえ、それはゆっくりと目をひらいた。白濁した眼球からプスルブスルとクドギ《うじ》がこぼれ落ち《ぼろぼろ》、口からは血まみれのサンチョノ《やまめ》が飛び出して。アー！　アー！　アー！　アー！　アー！

「アイグ、仁恵や、どうしたの？　仁恵！　しっかりなさい！」

「あぁ、あぁ、夢をみたのよ、アガシの、顔が、あぁ、あぁ、オモニ《おかあさん》、降りてきた、ア《あかち》ガ《やん》が、生まれそう、生まれる！」

「脚をひらいて踏んばって、ふぅ、ふぅ、ふぅ、そう、力を溜《た》めていきみなさい。痛みが遠くなったら力を抜くの。ずっといきんでたら持たないわよ。痛みが近づいてきたら、痛みと息を合わせていっきにいきむのよ。さぁ、水を飲んで」

仁恵は肘《ひじ》でからだを支えて水を飲むと、ふぅ、ふぅ、ふぅ、と猫のように息を音にした。

「オモニ、産神床《サンシンサン》は？」

「不幸があったばかりだし、他人の家だし、オモニが勝手に祀《まつ》ることはできないわ」

「じゃあ、なにに祈ればいいの？」

「ハヌニム《かみさま》に祈りましょう」

ハヌニム！　今日は生みたくありません。明日も、明後日もいやです。できることなら、アガシの喪が明けてから、ナムピョン《おっと》とシオモニ《しゅうとめ》とシアボジ《しゅうと》とトリョンニムの涙が涸《か》れ果ててから、わたしの内に固まっている哀《かな》しみが溶け出してからにしてください。この子も、きっと、いまは、生まれたくないと思います、アヤ！　アヤ！　陣痛《いたい》が戻ってきた。仁恵は敷布団の端を握りしめて背中をのけぞらせた。生まれてから一度も経験したことのない激しい痛みだった。痛み以外のことを考える余裕がない。毛穴という毛穴から汗がいっせいに噴き出して、髪がびしょ濡《ぬ》れになった。アンデケッソ！　サルリ《たす》ョジョ《けて》ヨ！　こんな痛みが十分もつづいたらわたしもアガも壊れてしまう。サルリョジョヨ！　サルリョジョヨ！「ヒムネラ《がんばれ》！」完善《ワンソン》は娘が叫び声をあげるたびに腰をさすり、額の汗を拭《ふ》いてやっている。アヤ！　でも、逃げちゃだめ。苦しんでるのはわたしひとりじゃない。痛みに立ち向かわないと！　たとえ、この世のなかのだれにも祝福してもらえないとしても、歓迎してもらえないとしても、抱きとめてもらえないとしても、わたしは祝福する！　歓迎する！　抱きとめる！　仁恵は天井の一点を凝視して、歯を食い縛った。

陽《ひ》の光が消えかかるころに産声があがった。

李家《イガ》のひとびとは素苑《ソウオン》の礼葬《エザン》を終えて家に戻っていたが、誕生した子の祖父にあたる容夏《ヨンハ》は五歳の息子とともに店に出ていたし、祖母の喜香《ヒヒャン》はアンパンに籠《こも》っていたので、産声を聞いたのは父親の雨哲《ウチヨル》だけだった。

雨哲はコンノパンの戸を開けた。血液と汗の臭《にお》いが鼻につく。反射的に息を止め、布団の上に並んでいるふたつの頭に目の焦点を合わせた。イサンハダ《おかしい》。仁恵の顔の輪郭が歪《ゆが》んで見える、焚《た》き火の向こうを見ているときみたいにハヌルハヌル《ゆらゆら》ハヌルハヌル……。

「……あなた？」

「あぁ」

「タル《おんなのこ》です」

「タルか……」

「……がっかり？」

「おれのはじめての子だ。がっかりするはずがないじゃないか。チャンモニム《おかあさん》は？」

「台所でミヨックク《わかめスープ》をつくってくれてるわ。オモニム《おかあさま》は？」

「……泣いてる」

仁恵は頰《ほお》がそげて瞳《ひとみ》ばかりが目立つ夫の顔を見た。我が子とはじめて顔を合わせたというのに、その瞳にはなんの光も生まれなかった。暮れ泥《なず》んでいく部屋といっしょに夕闇に溶けてしまいそうだった。真っ白なペネッチョゴリ（産着）を着せられたカンナン《あかん》アイ《ぼう》は葉から毟《むし》り取られたエボルレ《いもむし》のように身を捩《よじ》って、あぁあぁあぁとか細い声をあげた。

「おぉよしよし、いい子だ、泣かないで、アッパ《パパ》をごらん、ほら、おまえのアッパよ、アッパもオンマ《ママ》もここにいるわよ。泣きやんで、アッパにお願いしなさい。アッパ、だっこしてって」

手は、洗った。何度も洗った。でも、この手は筵《むしろ》にくるまれたヨドンセン《いもうと》の屍身《シシン》を抱いた手だ。墓穴を掘った手だ。墓石を持ちあげた手だ。それらの感触は死んでいない。

まだ両手のなかで生きている。この手はまだ解放されていない。囚《とら》われているのだ。でも、抱かないわけにはいかない。おれはこの子のアボジャ《ちちおや》なんだから。雨哲《ウチョル》は右手を首のうしろに、左手を背中の下に差し入れて、カンナンアイを自分のからだに引き寄せた。

「あら、上手。わたしより上手かもしれない」

「五年前、雨根《ウグン》が生まれたときによくだっこした……でもやっぱり男の子と女の子は違うね」

「どこが？」

「抱くのが怖い……壊れそうな気がする……」

雨哲はカンナンアイの膚《はだ》のにおいを鼻から吸い込んだ。この世のなかにこんなに甘く、切なくなるほど懐《なつ》かしいにおいが他にあるだろうか。でも、おれの鼻にはあのにおいがこびりついている。水死体《イクサチェ》は水からあげるとあっという間に腐ると聞いていたが、校洞《キョドン》のエジャント(子どもの墓所)に辿《たど》り着くころには、鼻の穴をひらいているのが堪えられないほどだった。

掠《かす》り疵《きず》ひとつない膚、この膚に疵がつかないように護《まも》ってやらなければ。危険は至るところにある。回避可能な危険もあれば、回避不能な危険もある。この子を護ってやらなければならないおれ自身が、回避不能な危険に遭遇するかもしれない。危険は真正面からやってくるとは限らない。右から、左から、背後から、頭上から、足もとから、こうしているあいだにもパチャッ《じり》バチャッ《じり》忍び寄って一撃を加える隙《すき》を狙《ねら》っているかもしれない。

この子には強くなってほしい。賢くなってほしい。臆病《おくびょう》になってほしい。

仁恵はトングル《つる》のようにスルルと手を伸ばして夫の頬《ほお》に触れ、髪の毛を優しく引っ張った。

「あなた、この子の名前は？」

「男の子だったら信太《シンテ》、女の子だったら美玉《ミオク》にしようと考えていたんだ」

「美玉。女の子らしいきれいな名前だわ。美玉、おまえの名前は美玉よ、美玉や」

美玉は父親の腕のなかで泣き出した。声といっしょに手脚まで震わせているカンナンアイを見ているうちに、雨哲はもうひとりのカンナンアイを思い出した。サムナム《すぎのき》の女とアボジのあいだに生まれた、血を分けているというのに名前も知らないヨドンセン――。

「わたし、ちょっと目を閉じていいかしら？」

「眠ったほうがいい」

「夕ごはんはオモニが拵《こしら》えていますから、できあがったらアボニム《おとうさま》とオモニム《おかあさま》とトリョンニム（義弟）といっしょに召しあがってくださいな」

「プッチャゲ《おやすみ》」

「目を閉じるだけ……」仁恵は娘の頬に唇を寄せると静かに瞼《まぶた》を降ろした。

「コマップネ《ありがとう》……いい子を生んでくれて……」

眠った、と思ってそうっと腰をあげると、妻の唇が動き出した。

「……わたし……あなたといっしょになってよかった」

「……おれもだ」

「……こんなことが起こって……でも……あなたの子を生むことができて……よかった……よかったと思っちゃいけないのかしら」

「いや、よかった……ほんとうによかったよ」

仁恵は妊娠していたときの癖で、両手を腹に持っていった。

「あぁ、もういないんだった。ウルップルッ《ぶよぶよ》よ、こんなおなか、あなたに見せられないわ。わたし酔っぱらってるみたいね。でも眠りたくないの。眠ったら恐ろしい夢をみるから」

「カンナンアイ《あかんぼう》はもう眠ってるよ」

「そうね、静かにしなくちゃ、オモニ《ははおや》なんだから、でも、でも……わたし……あなたが好きよ」

「あんまりしゃべると、カンナンアイが起きちゃうよ」

「カンナンアイなんていわないで、あなたがつけた名前を呼んであげて」

「シー、目と口を閉じなさい」雨哲は保護者のようないいかたをし、仁恵はその言葉に従った。
ヒュー ヒュー ヒュー ヒュー ヒュー ヒュー……おまえが無事でよかった……わたしが無事でよかった……ヒュー ヒュー ヒュー そのほかのことはわたしたちの外で起こったこと……いま……ここには……だれもいない……ヒュー ヒュー ヒュー ヒュー ヒュー ヒュー ヒュー 聞こえるのはわたしたちの寝息だけ……ほかには……なんにも聞こえない……ねぇおまえ……静かにチャルチャラを小夜《さよう》いましょう……また目を醒《さ》ますまで……チャルチャラ……。ヒュー ヒュー ヒュー ヒュー ヒュー ヒュー ト
ウーッ トゥーッ トゥーッ
……この音なにかしら？ 水？ 水が落ちてるの？ どこかに穴が開いてるのね……
トゥーッ トゥーッ トゥーッ……どこに……見えない……真っ暗だわ……トゥーッ
トゥーッ トゥーッ トゥーッ トゥーッ トゥーッ……どうしよう……セスッテヤか
サバル《はち》があったらいいのに……トゥーッ トゥーッ トゥーッ……困ったわ……びしょ濡《ぬ》れになったら眠れないわ……ねぇあなた……そこにいるんでしょ？ 口を開け……て
……血を……あたたかい血の滴《しずく》を……口で……受けるように……トゥーッ トゥーッ
トゥーッ トゥッ トゥッ トゥッ トッ トッ トッ トッ トッ トッ ト
ッ トッ トッ トッ トッ トッ トッ トッ。

市の立つ日だった。城の内《ソンアン》（密陽川《ミリヤン》の北側の街）は朝から賑《にぎ》わっていたが、陽《ひ》が暮れかかるころには往来は疎《まば》らになり、ぺ《なし》やサグァ《りんご》が入ったサルリハムジ（木の器）を頭に乗せた女たちが足早に李家《イガ》の前を通り過ぎていった。

「三日前に女の子が生まれたんだってね」

「え？　知らなかった」

「七カ月の早産だったらしいよ。ほら、女の子が溺《おぼ》れ死んだじゃないか、その衝撃で生まれちゃったんだよ」

「禁縄《クムジュル》が張ってないね。あれは不浄を禁じ、鬼神を追い祓《はら》うためのものだからね。家のなかが不浄だと……」

「喜香《ヒヒャン》は泣き暮らしてるって話だよ」

「アイゴ、可哀想に」

「シオモニ《しゅうとめ》もミョヌリ《よめ》も可哀想だよ」

女たちの声は噂《うわさ》話というにはあまりにも大きかったので、マダン《にわ》でチェギチャギ（羽《は》子《ご》蹴《け》り）をしていた雨根《ウグン》の耳にも届いていた。

ガサッと踏みつけた枯れ葉のあいだからパルチャッ《ぴょん》と跳び出たキトゥラミ《こおろぎ》がコムシン《ゴムぐつ》の先に乗った。つかまえようと思って、そうっと腰を屈《かが》めると、パルチャッと跳んで枯れ葉の下に隠れてしまった。爪先《つまさき》で枯れ葉を蹴散《けち》らしてみたがどこに隠れたかわからない。そこらじゅうおちばだらけだよ。ヌナ《ねえさん》がピッチャル《ほうき》ではくかかり、ぼくがスレバジ《ちりとり》をもつかかりだったのに、ヌナはしんじゃった。アッパ《パパ》はおみせだし、ヒョンス（義姉）はアガ《あかちゃん》につきっきりだし、ヒョン《にいさん》ははしってるし、オンマ《ママ》はまだねてるのかなぁ？

雨根はコムシンを脱いでテッマルにあがった。家のなかは静かだった。足音を立てないように廊下を歩いて、アンパンの戸に手をかけた。半分だけ開けて、首をなかに入れた。

「オンマ」

「……あぁ、雨根や」

「ぼく、おなかすいた」

「いま、起きますよ」

喜香は上体を起こし手櫛《てぐし》で髪を梳《す》いてピニョ《かんざし》でまとめると、壁に手をつきながら布団から立ちあがった。

「めまいがひどくって……」

「ケンチャナヨ《だいじょうぶ》？」

「ヒョンスとアガが寝てるから小さい声でね。オンマがおいしいコグマ《さつまいも》チヂミを拵《こしら》えてあげますよ」

オンマがつくってくれたチヂミはあったかくっておいしくて、おなかのなかがタクン《ほか》タクン《ほか》になる。ヒョンスがおよめにきてからは、ヒョンスがごはんをつくるようになった。ヒョンスにはぜったいないしょだけど、ぼくはオンマのごはんのほうがすきだ。オンマはアッパ《パパ》にもヒョンスにもチヂミをはこんでいった。ぼくはオンマがもとにもどったみたいでうれしかった。オンマはヒョンスとアガ《あかちゃん》のへやから、わらのつつみをかかえてでてきた。

「それなぁに」

「胎盤よ」

「たいばんってなぁに」

「ヒョンスのおなかにアガが入ってたときのお布団よ。おまえもオンマのおなかに入ってたときは、胎盤の上にねんねして、臍《へそ》の緒からまんまを食べてたのよ」

「へそのおってなぁに」

「オンマのおへそとおまえのおへそを繋《つな》いでいた綱よ。いまでも大切に取ってあるわ」

「どこに？」

「今度見せてあげる」

「そのたいばん、どうするの？」

「川に流すのよ。元気で無事に大きくなりますようにって、チヨサンニム《ごせんぞさま》に祈るのよ。

さぁ、オンマといっしょに川に行きましょう」

喜香《ヒヒヤン》は右腕で藁《わら》の包みを抱いて、爪先《つまさき》をコムシン《ゴムぐつ》にすべり込ませた。

「雨？」

「あめなんかふってないよ」

喜香は目を凝らして、てのひらを上に向けた。肉眼では見えないが、てのひらが僅《わず》かに湿り気を帯びた。ふるいにかけたミルカル《こむぎこ》のような細かい細かい雨――。

蝙蝠傘《こうもりがさ》をつかんで歩きはじめた母親を雨根は小走りで追いかけた。ミリュナム《ポプラ》が並ぶ川沿いの道を龍頭山《ヨンドウサン》のほうに歩いていき、阿娘閣《アラン》の前あたりで追いかけた。

喜香は胎盤を川に放った。プンドン、と沈んで浮かびあがった藁の包みに、筵《むしろ》にくるんだまま埋葬した素苑《ソウオン》の屍身《シシン》が重なった。タルが溺《おぼ》れた川にチョッソンジャ《ういまご》の胎盤を流すなんて――、喜香は赤ん坊の健康と安全を祈ることを忘れてしまった。

雨脚が強くなった。

黒い傘をひらいた。

空から落ちた雨粒が川面に無数の波紋を投げかけている。

喜香はなんの脈絡もなく、空も雨も川も同じ魂を持ったひとつのものなのだと思った。

雨根は肘《ひじ》にできた痂《かさぶた》を毟《むし》りながら傘で半分隠れた母親の顔色を窺《うかが》っていた。たいばんはもうみえないのに、どうしてじっとしてるんだろう。ぼくがぬれちゃってるのに、どうしてかさにいれてくれないんだろう。かさをもったオンマ《ママ》のてがふるえてる。プドゥルブドゥル。だれかべつのひとがオンマのてをつかんでゆすってるみたいだ。ムソウォー《こわい》。オンマがムソウォー。ぼく、おしっこしたい。さっきからずっとがまんしてるけど、もうもれちゃいそうだよ。でも、オンマは、いま、きっと、すごくこわいかおしてる。おしっこなんていったらおこられるかもしれないし、ないてるかもしれない。ないてたら、ぼく、どうすればいいんだろう。

「オンマ、おしっこ」雨根は足踏みをしながらいった。

喜香は傘を持ちあげて振り向いた。泣いても怒ってもいない顔だったので、雨根はヒューと息を吐いた。

「そこでしなさい。あと三年経《た》ったら普通学校に入るんだから、なんでも自分でするのよ」

喜香は傘を息子の上にさしてやり、雨根は川に向かって8の字を描きながらおしっこをした。

母子《おやこ》の姿を川原に残したまま陽《ひ》は没していった。雨の筋は見えなくなったが、雨が傘を打つ音は激しくなっていった、トッ　トッ　トッ　トッ　トッ　トッ、あんな淋《さび》しいところで、たったひとり土に埋められて、トッ　トッ　トッ、墓石など置かずに傘をひらいてくれればよかった、トッ　トッ　トッ　トッ　トッ、右手で傘を握り、左手でアドゥル《むすこ》の手を握っているから耳を塞《ふさ》ぐことができない、フドゥーッ　フドゥーッ　フドゥーッ、フドゥドゥッ　フドゥドゥッ　フドゥドゥッ、喜香《ヒヒャン》は雨根《ウグン》の手を振り解《ほど》いて左耳を塞いだ、チャーッ　チャーッ　チャーッ、雨よ、降り止《や》んでおくれ、お願いだから、降り止んでおくれ、今夜だけでいいから、チェバル《おねがい》！

雨根は振り解かれた指に力を込めて拳《こぶし》を握った。十日以上切ってもらっていない爪《つめ》がてのひらに食い込んだ。

「オンマ《ママ》、ケンチャナヨ《だいじょうぶ》？」

みみをふさいでるからきこえないのかな？　でもあっちがわのみみはふさいでない。あめのおとがうるさいから？

「オンマ！」

喜香はゆっくりと斜め下に首を落として、息子の顔を見た。

「みみがいたいの？」

「アニヤ《ううん》、ケンチャナ《だいじょうぶよ》……ミアナダ《ごめんなさい》……ヌナ《おねえちゃん》のことを考えてたの……ヌナが雨で……」

喜香はかじかんだ手でかじかんだ息子の手をとって土手をのぼっていった。

サムナム《すぎのき》が喜香の目と足を止めた。喜香は自宅とは反対のほうに歩いていった。枝折《サリッ》り戸《ムン》の紐《ひも》が切れ、地面に倒れていた。その戸を踏んで、ふたりはマダン《にわ》に足を踏み入れた。あの女は娘を生んで、三七日《みなぬか》の祝いもしないうちにこの家を引き払って、スンモ《おば》に任せていた東亜旅館に越していった。フドゥドゥッ　フドゥドゥッ、濡《ぬ》れそぼったサムナムの枝から大粒の雨が落ちて傘に当たった。喜香は傘を背中にずらしてサムナムを見あげた。サーサーサー、このマダンのなかでは雨音も静けさにしか聞こえない。サーサーサーサーサーサー、あの女がここで暮らしていたことも、あのひとが毎日ここに通ってあの女を抱いていたことも、あの女があのひとの娘を生んだことも、すべてが過ぎ去ったことだというのに、わたしだけ、わたしだけが終わってしまった物語のなかに取り残されている気がする。あのひとがあの女と別れわたしのもとに戻ってきた日から、新しい物語をはじめられるはずだったのに……

　家は暗さと静けさと冷たさを湛えてうずくまり、長いことひとの棲《す》んでいない湿った黴《かび》のにおいを発散していた。喜香は家から川へ目を移した。家はひとが去れば死ぬが、川は永遠に死なない。わたしは毎日、毎日、素苑《ソウオン》が溺《おぼ》れ死んだ川を見て暮らさなければならない。素苑の死は川とともに生きつづけるのだ。そしてこの川の水が涸《か》れることがないように、わたしの哀《かな》しみも涸れることはない。夜よりも黒い川を見詰めているうちに、喜香はいつしか足踏みをしていた。

　どうしてあしぶみなんかしてるんだろう？　おしっこをがまんしてるのかな？　それともオンマもさむいのかな？　チュップタ《さむいよ》。ほっぺがつめたくなっちゃった。いつもだったら、オンマはぼくのほっぺをりょうてでつつんでくれるのに。アイゴ　チュウォラ《さぶさ》ー《ぶ》ウリウグニ（わたしの雨根）のほっぺがこごえちゃうわって。はやくおうちにかえりたいよぉ。でも、オンマをここにのこしてぼくだけかえるわけにはいかない。オンマはヌナのことをかんがえてるんだ。あめにぬれてつめたくないかって。ヨンイルのハ《おじ》ルベ《いちゃん》がしんじゃったときのおそうしきは、たくさんひとがあつまって、たくさんごちそうがならんで、みんなたべたりのんだりうたったりしてて、おまつりみたいだったけど、ぼくヌナはつちにうめただけだった。ごちそうもなかったし、うめるのをみてたのは、ぼくとオンマとアッパ《パパ》とヒョン《おにいちゃん》だけだった。オンマもしんじゃうの？　いつかはしにますよ。ぼくも？　そんなこときくなってヒョンにしかられたけど、きっと、そのうちしぬんだ、ぼくも。でも、ぼくはつちのなかであめがしみこんでくるなんていやだ。しぬんなら、はれのひがいいな。

　雨根は落ち葉のあいだになにか光るものを見つけて拾いあげた。青い色硝子《ガラス》だった。濡れていたので、チョゴリの袖《そで》で拭《ふ》いてからチュモニ《ポケット》に入れた。

「なにを拾ったの？」

　突然問われて、雨根は肩をフムチッ《びくっ》とあげた。

「棄《す》てなさい。ここのものは拾っちゃいけません」

「どうして？」

「どうしても」

チッと舌打ちして、雨根は廃屋のテッマルに硝子を投げつけた。硝子は闇のなかのどこからか光を吸ってきらめいて砕けた。雨はいつの間にか止《や》んでいた。息切れしたような静けさがマダン《にわ》に降り立ち、目に見えない雨の香が目に見えるような濃さで漂いはじめた。

第十四章　川の王子

仁恵《インヘ》はパガジ（瓜《うり》の容器）で井戸水を汲《く》みあげた。チャガウォラ！　冷《つめ》たい、龍頭《ヨンドウ》モクさえ凍っているというのに、井戸水が凍らないというのはどうしたわけだろう。この井戸は龍頭モクより深い？　まさか、ね。仁恵は洗濯物に石鹸《せっけん》をなすりつけ、素足で踏み、井戸水で流し、絞り、洗濯棒で打ち、ふやけて真っ赤になった足を手拭《てぬぐ》いで拭《ふ》いてコムシン（ゴム沓《ぐつ》）を履いた。ホォホォホォホォと息を吐きかけ、てのひらを擦《こす》り合わせても指の感覚は戻ってこない。

あのひとのパジとチョゴリ、アボニム（お父さま）のソクパジ、オモニム（お母さま）のソクチマ（下着のスカート）、トリョンニム（義弟）のパジとチョゴリ、わたしのチョゴリ、いちばん多いのはあの子のおむつとタムチョゴリだわ。仁恵は空っ風にひったくられそうな洗濯物を洗濯ばさみでとめながら空を見あげた。

空は朝靄《あさもや》が晴れてやさしい青になっていた。どこまでもどこまでもつづく青、この空の下にわたしはいる、この空の下に素苑《ソウオン》はいない、それとも鬼神となってこの空の下を彷徨《さまよ》っているのかしら？　でも、こんな風に思えるのは、素苑がわたしの娘じゃないからだわ。もし、あの子が、美玉《ミオク》があんな目に遭ったら、アンデ《だめ》、そんなこと考えちゃアンデ、考えるだけでもアンデ。

二カ月が過ぎた。二カ月を堪えた。この二カ月間、家のなかの沈黙を乱さないように、廊下を歩くときも、俎《まないた》の上でパ《ねぎ》を刻むときも、夜泣きするあの子をあやすときも、沈黙を押し返すようにゆっくりそっとやらなければならなかった。それでも、なんとか、二カ月が過ぎた。わたしたちは素苑が遺《のこ》した沈黙を乗り切れた。でも、オモニムだけは沈黙をカンナンアイ《あかんぼう》のように抱きしめて手放そうとしない。今朝もアンパン（奥座敷）の前を通り過ぎたときにくぐもった泣き声が聞こえた。でも、きっと、美玉の百日宴《ペギルジャンチ》にはオモニムも笑顔を見せてくれるでしょう。あの子が生まれたのは十月十四日だから、百日宴は、ハナ《ひい》トゥル《ふう》セッ《みい》、一月二十一日、ソルラル（正月）の前だわ。イルボンサ《にほんじ》ラム《ん》は新暦で祝うから、明日が大晦日《おおみそか》なの。街のあちこちで門松やしめ縄や鏡餅《もち》を売っていて、ナムジャ《おとこ》もヨジャ《おんな》も忙しそう。みんなもう慣れてしまったのかもしれないけれど、この狭い街でひと月のうちにお正月が二度も訪れるなんて、やっぱり変だわ。

仁恵の背後からタク《にわとり》が近づいてくる。誇らしげに鶏冠《とさか》をふりまわしているスッタク《おんどり》は金盥《かなだらい》に嘴《くちばし》を突っ込んでチューッ《ぐい》と上を向き、ココッと喉《のど》を鳴らして水を飲んだ。

「シィー　シィーッ、アンデ《だめよ》、石鹸が混じってるんだから。ちょっと待ちなさいな。これが終わったら、とうもろこしと貝殻をシルコッ《たぁん》と食べさせてあげるから」
仁恵は石鹸水を流してスッタクを追い払うと、コチルコチル《かさかさ》になった唇を舌で湿らせて密陽《ミリヤン》アリランをうたった。
ちょっと見てよ　ちょっと見てよ
わたしを見てよ
真冬に咲く花を見るように　わたしを見てよ
アリアリラン　スリスリラン　アラリガナンネ
アリラン峠を越えてきてよ
やっと逢《あ》えたあのひとに
口きくことさえできないで
はにかむだけのわたしなの
洗濯物を干す手に弾みがついたとき、ウダンタン《ぱたぱた》　ウダンタン《ぱたぱた》という足音が聞こえてきた。
「アボジ《おとうさん》が！　アボジがたいへんだよ！　いすからころげおちちゃった！」
仁恵はタムチョゴリ《うぶぎ》を手にしたまま店に走っていった。
「どうしました？」

仁恵は容夏《ヨンハ》の頭を持ちあげて自分の腿《もも》にのせた。顔、首、腕に赤い発疹《はっしん》が出ている。ただごとじゃない、風疹《プンジン》だったらわたしにも染《うつ》るし、アガにも染る——。

「アイグー《いたい》！」容夏は目鼻口をぎゅっと顔の中心に集めて喘《あえ》ぎはじめた。

仁恵は額に手を当ててみた。

「すごい熱です」

高熱のために顔中が汗で光っている。仁恵はタムチョゴリで額の汗を拭《ぬぐ》ってやった。どうしよう、あのひとは走っているし、オモニム《おかあさま》には美玉《ミオク》の面倒をみてもらっているし——、わたしが判断するしかない。

「医者先生《ウイサンセンニム》に診てもらいましょう。雨根《ウグン》や、医者先生を呼んできてちょうだい、アボジの具合が悪いからきてくださいっていうんですよ、パルリ《いそいで》！」

雨根は通りの向こうで開業している朝鮮人の医者を呼びに走った。

「アボニム《おとうさま》、ちょっとの辛抱ですよ、医者先生がきますからね」

すぅ、息が！　すぅ、息を！　すぅすぅ、吸うことしかできない。喜香《ヒヒャン》は？　すぅ、どこに？　すぅ、声が息にさらわれてしまう。すぅ、もっと近づけてくれ！　耳を！

容夏はミョヌリ《よめ》の目に目で訴えた。ミョヌリの目はいっぱいだった、恐怖で。すぅ、なにを恐れている？　なにを？　すぅすぅ、トルパリニョソク《ちんたらやぶいしゃめ》！　なぜ飛んでこんのか！　鼻の先におるのにオスロンオスロンしおって。すぅ、唾液《だえき》とともに金属の味が湧《わ》いて、すぅすぅ、舌の付け根が痺《しび》れて、すぅすぅすぅすぅ、痛みを突き破って声が出た。アイタ《いた》ヤ！

トゥルルッと大きな音を立てて硝子戸が開いた。アイグ、雨根め、硝子がはずれるからそっと開けろといつも注意しとるのに！　医者の革靴と白衣の裾《すそ》と黒い革の鞄《かばん》が見える。容夏は汗で濡《ぬ》れた頭皮に冷たい風を感じながらヒューと音がするまで息を吸った。すぅ、脈をとられる、すぅすぅすぅ、袖《そで》をめくられ腕を調べられる、すぅすぅ、胸と腹と背中に聴診器を当てられる、すぅすぅすぅすぅ、脚と足首を調べられる、すぅすぅすぅすぅ。

「どうしたんでしょうか？」

ミョヌリのうわずった声が真上から聞こえた。

「丹毒《たんどく》ですな」

「丹毒？」

「どこかにけがをされていたということはなかったでしょうか？」

「いえ……なかったと思います」

容夏はここ何日かのことを振り返ってみた。けがをするようなことはなかったし、ささくれもかさぶたもないし、からだのどこも痛くなかった。昨夜の寝つきもよかったし、今朝の目醒《めざ》めもよかった。丹毒？　ほんとうに丹毒なのか？　医者の顔も声も遠くぼんやりしている、うんと高い場所から見おろされているみたいだ。

「難しい病ではありません。注射をすれば、おそらく二、三日の内にはよくなると思います」

針の先が右腕の内側のいちばんやわらかいところに沈む。痛くない。からだのあちこちで暴れ狂っている痛みに較《くら》べたら、注射の痛みなどモギ《か》みたいなもんだ。アイゴー！　チェギラル《ちくしょう》！　イノマー《このやろう》！　容夏は知っている限りの悪態を並べて痛みを打ち負かそうとした。イロン《この》チャプキヤ《わるいやつめ》！　コンダル《ごろつき》！　ケーセッキ《いぬちくしょう》！　パーボーチャシク《ばか》！

「あのぉ、染《うつ》るということは……」仁恵《インヘ》が小さな声で訊《き》いた。

「心配ありません。丹毒は染りません」

ミョヌリ《よめ》は染ることを恐れていたのか、まぁ止《や》むを得ん、乳飲み子をかかえておるからな。容夏は雨根《ウグン》の顔を見た。両目はいつもより黒みを帯び、顔は小さく頼りなげだった。声をかけてやりたい。心配せんでいい、アッパ《パパ》はすぐよくなるからな、となりの英《ヨン》一《イル》と遊んでおいで。

「安静にして、ミクラジクッ《どじょうじる》を食べさせて、あとで薬を取りにきてください」

注射器をアルミの小箱にしまう。聴診器を折りたたむ。黒い鞄の口金を閉める。鞄を持って立ちあがる。トゥルルッと乱暴な音がして硝子戸が震える。容夏は硝子越しに往来を眺めた。フィーンフィーン、風が地面から吹き起こり、フィーンフィーン、渦巻く砂ぼこりが医者の白衣を巻きあげて、セーンセーン　フィーンフィーン、不意にのしかかってきた疲れを痛みがはねのけ、アイゴー！　叫んだはずなのに声にならない、セーンセーン　フィーンフィーン、痛み、疲れ、寒気がからだのなかでせめぎあって、セーンセーン　フィーンフィーン　セーンセーン　フィーンフィーン。

「こんなところで横になっていたらおからだにさわります。アボニム《おとうさま》、わたしの肩につかまってください。危ないですからゆっくり……そう、そうです……首に腕をまわしてください、完全に寄りかかってもかまいませんよ、いいですか？　立ちあがりますよ……ヨンチャ《よいしょ》、立ちました……歩きますよ……オルンチョク《みぎ》　ウェンチョク《ひだり》　オルンチョク　ウェンチョク、雨根や、戸を開けて！　オルンチョク　ウェンチョク、オモニム《おかあさま》に知らせて！」

　容夏《ヨンハ》は尿意を催して目を開けた。ミョヌリ《よめ》が壁に凭《もた》れて眠っておる。ソンニョ《まごむすめ》も乳首を口に含んだまま眠っておる。唇の端からあふれておる白い乳を拭《ふ》いてやりたいが、手を布団から引き抜くことさえままならん。一日の大半を寝て過ごしておるので、朝なのか昼なのか夜なのか見当もつかん。ウッシン《ずきん》ウッシン《ずきん》、痛みの音だ、ウッシンウッシンウッシンウッシン、眠る前より強くなっておる、痛みを訴えたり、痛みに抗《あらが》ったり、痛みを堪《こら》えたりする力はもう残されていない、わしには痛む力さえないのだ。でも、失禁だけはしたくない、濡《ぬ》れたパジやソクパジ《パンツ》をミョヌリに脱がしてもらうくらいなら、死んだほうがましだ。

容夏は仁恵《インヘ》の顔を見た。鉛色の瞼《まぶた》は眼球のかたちに盛りあがっているが動いてはいない。乳飲み子の世話と、わしの看病で疲れ果てておるのだろう。たった三日ですっかり窶《やつ》れてしまいおった。栄養と睡眠をたっぷりとらんと乳が出なくなるだろうに……もう……**きっと……このまま……だとしたら……早いほうがいい……これ以上**……もう一度眠ってみるか……容夏は目を瞑《つむ》って、ミョヌリとソンニョの寝息を聞いた……ソンニョのほうがずいぶん速いぞ……すぅすぅすぅ……こうやって他人の寝息を聞くのもいいもんだ……痛みがなかったらもっといいんだが……やはり我慢できん、起こすしかないか、いや、もうすこしだけ我慢してみよう、なにか別のことを考えねば、なにか別のことを……明日は市が立つ日だ、雨哲《ウチョル》は基平《キピョン》と完宰《ワンジェ》に連絡をとってくれただろうか、基平はうちに勤めて十年になるから日当四十銭、完宰は去年の秋からで、まだ仕事をおぼえとらんから二十五銭なんだが、喜香《ヒヒャン》から聞いておるだろうな……。

すると、戸の隙間《すきま》からチョンクッチャン（熟成みそなべ）のにおいが入ってきて、ゆっくりとあたたかく床の上を横切っていった。クルコッ《ごくん》と生唾《なまつば》を飲んで、容夏は目を開けた。食欲はないし、食べたら吐くに決まっておるが、食べてみたい、喜香の拵《こしら》えるチョンクッチャンは絶品だからな。唾を何度か飲むと口のなかがカルカル《からから》になって無性に水が飲みたくなった。ムルカジョワ《みずだ》 ムル《みず》！ クルコックルコッ《ごくごく》と喉《のど》を鳴らして何杯も何杯も、胃がチュルロンチュルロン《たぷんたぷん》になるまで飲んでみたい。

「ムル」

仁恵の瞼は動かない。

「オイ！」容夏は自分の声にむせて咳《せ》き込んだ。

「ケンチャヌセヨ《だいじょうぶですか》？」仁恵はアガを乳房から離してあわてて襟を搔《か》き合わせた。

容夏は咳き込みながらひとさし指をあげてミョヌリ《よめ》を招いた。

仁恵はアガをそうっとアギイブル（赤ん坊用の布団）に寝かせると、チョゴリのコルムを結んでからシアボジ《しゅうと》の顔に顔を寄せた。

「ムル」

「ムルですか？」

頷《うなず》く代わりに瞼を降ろした。

「ただいまお持ちします」

立ちあがったミョヌリのチマをつかもうとしたが指先すら届かなかった。

「その前に」容夏はまた咳き込んだ。昨夜から痰《たん》がクァルテチュン《なめくじ》のように喉につっかえ、吐き出すことも飲み下すこともできんのだ。

「はい？」

「……ヨガン（尿器）」

「ソピ《おしっこ》ですか？」

「うぅむ」

仁恵は腰紐《こしひも》をほどいてパジをおろし、ソクパジを膝《ひざ》までずりおろした。容夏はアガ《あかんぼう》が泣いて紛らわしてくれればいいのにと思いながら、恥ずかしさと痛みを堪えて脚をひらいた。仁恵は股間《こかん》にヨガンを置いて顔を背けた。容夏は仰向けのまま性器《チャジ》の先をヨガンに入れた、チョルチョルチョル　チョルチョルチョル……

「アボニム《おとうさま》、おからだが汗でべとついていますよ。熱い手拭《てぬぐ》いで拭《ふ》きましょうか？　さっぱりしますよ」

「ムル」

「あっ、そうでした、ただいま」仁恵はアガの寝顔を確認してから腰をあげた。

「チョンクッチャンも」

「チョンクッチャン？」

「どうせ、食べられん。見て……においを……」

なぜ、仁恵がわしの看病をして、喜香《ヒヒャン》が食事の支度をしておるのだ？　あれはわしの妻だ、妻が夫の看病をするのが自然だろうが……あれはわしを嫌っておる、口には出さんがあのことを根に持っておるのだ、あの……。

戸がそろりと開き、仁恵がチョンクッチャンの入ったトゥッペキ（土なべ）とムルテジョプ（湯飲み）を載せたお膳《ぜん》を運んできた。仁恵はシアボジ《しゅうと》を抱き起こすと、水が入ったムルテジョプを口に近づけた。容夏《ヨンハ》は熱いクッ《スープ》を飲むようにひと口だけ啜《すす》って咳き込んだ。仁恵が背中をさすって、濡《ぬ》れた口のまわりを拭いてやると、容夏はトゥッペキから立ちのぼる湯気を吸い込んだ。

「雨哲《ウチョル》……呼んで……夜明けまでは……生き……」痰が絡《から》まり言葉と言葉をうまく切り離すことができない。

「アボニム《おとうさま》、なんてことをおっしゃるんですか？　いまは苦しいですけれど、かならずよくなります。丹毒は難しい病ではないと医者先生《ウィサンセンニム》がおっしゃっていたじゃありませんか」

容夏はひとさし指を伸ばして振った。

「雨哲を……」

容夏は仁恵が出て行くと、首を横に倒してソンニョ《まごむすめ》を眺めた。生後二カ月……チョッ《うい》ソンニョ《まご》……この子の記憶には影すら残らない……それを考えるとすこしだけ淋《さび》しい。ハルベ《おじいさん》はこういうひとだったという影ぐらいは遺《のこ》したい。でも、もう、時間がない。もうすぐ息がなくなる。医者がなんといおうと、わしのからだのことはわしがいちばんわかっとる。息があるうちに……長男に……もうじき李家の主《あるじ》となる雨哲に……。

アンパンに入ってきた雨哲は父親の顔の上に顔を屈《かが》めた。

「アボジ《おとうさん》」

震える舌の上で言葉がのたうって、あと一歩で声になるという手前で口のなかでへたばり、息とともに喉《のど》の奥深くに引き取られていった。

「アボジ、ケンチャヌセヨ？《だいじょうぶですか》」

「ケ……ケ……」苦しい……大きな痰が……。

雨哲は父親を抱き起こし、口もとにてのひらを差し出した。

「アボジ！　ペーッ！　ペーッ！」

容夏は息子のてのひらに痰を吐くと、すぅ、ふぅ、すぅ、ふぅ、と深呼吸をくりかえし言葉を呼び寄せるように唇を動かした。

「土に……埋めないでくれ……焼いて……川に……」

「アボニム《おとうさま》、なんてことをおっしゃるんですか！」仁恵が悲鳴のような声を出した。

「おまえは黙ってろ……わかりました、アボジ《おとうさん》にもしものことがあったら、茶毘《だび》に付します。遺骨と遺灰は川に流すんですね？」

「あぁ」

「約束します」

容夏はふぅっと息を吐いて胸の上で手を組んだ。煙だ。焚《た》き火？　セーンセーン　フイーンフィーン、こんなに風が強いのに煙が流れていないというのはどうしたわけだろう、セーンセーン　フィーンフィーン、なにを焼いておるのか？　容夏は縺《もつ》れた舌を動かして煙を舐《な》めてみた。豚肉か牛肉を燻《いぶ》しておるのか？　アニャ《いや》　アニヤ《ちがう》、わしのからだから煙が出ておるのだ。しかし熱くないぞ。わしは死んだのか？

雨哲は父親の顔から目を離すことができなかった。濡《ぬ》れた舌を動かしていると思ったら、紫色の歯茎と黄ばんだ歯を見せて笑っている父親の顔から——。

「おれがしばらくアボジとアガ《あかんぼう》をみているから、食事を済ませてきなさい。今夜が山かもしれない。オモニ《おふくろ》にも伝えてくれ」

食事を終えた仁恵はトンチミ（大根の水キムチ）とサンチェ（山菜）ナムルを載せたお膳《ぜん》をかかえてアンパンに入ってきた。

「オモニは？」

「雨根が脅《おび》えてるから、ふたりでコンノパンで眠ります、容体が急変したら起こしてくださいって」

「……冷たいな」雨哲は音を立てないように匙《さじ》を口に運んだ。

「でも、雨根はほんとうに脅えてるわ……素苑があんなことになってから、だれもちゃんとかまってあげられなかったでしょう？　ようやく普通の暮らしに戻りそうだったのに、アボニムが目の前で倒れて……ほんとうに可哀想ですよ」

雨根も可哀想だけど、この子も可哀想、と口に出せない言葉を胸の内に囲って、仁恵はアガ《あかんぼう》の顔に目を落とした。

「この子ったらいつまで寝てるんでしょう。夕方からおしっこもうんこもしてないのよ。そろそろ起こしておっぱいを飲ませないと」

正月の川の流れは　ああ！　凍りつつ溶けつつ
この世に生まれ　我が身はただひとり
アウ　トンドンダリ
我が君は　二月の十五日に
ああ！　高く吊《つ》るしし
灯《あか》りのごとく　万人を照らす顔《かんばせ》なり
アウ　トンドンダリ
三月になりて咲きぬる
ああ！　晩春のチンダルレ《つつじ》のごと

「……うたってる」
「……聞いたことがない歌だわ」
「オモニ《おふくろ》と結婚するまでは顔相占い師だったんだ。白頭山《ベクトウサン》から漢拏山《ハルラサン》まで流れ歩いてたそうだよ。でも不思議だ、さっきはモギ《か》みたいな声だったのに……」

歌で息が切れたのか、容夏は顔全体で息をしようとするかのように喘《あえ》ぎはじめた。吸うたびに息はつまずき、二度とふたたび吐き出されないのではないかと思われるほど長く休止した。そして、胸の上に重ねた手の指をパルルパルル《ぴくぴく》と動かし、薄目をひらいて聞き取ることができない言葉をつぶやきはじめた。

いきなり、容夏は譫言《うわごと》を打ち切り、水に潜る直前のように大きく息を吸った。

「美玲《ミリョン》！」

呼ばれて返事をするようにアガが泣き出した。

仁恵はぎくしゃくとからだを動かしてアガを抱きあげたが、アガはなにものかの手からもがき逃れるように背中を捩《よじ》り、突き出したてのひらをぎゅっと握りしめた。瞼《まぶた》を閉じたままの顔を見ているうちに、シアボジ《しゅうと》とアガが眠りのなかで繋《つな》がっているように思えて、仁恵はアガを揺さぶった。

「美玉《ミオク》、おめめを開けなさい。ほら、おめめを開けて、オンマ《ママ》のおっぱいを飲みなさい。どうしたの？　どうして泣きやまないの？　シィーッ　シィーッ、ハルベ《おじいさん》がお休みになっているんですよ、美玉や、泣きやみなさい、いい子、いい子だから」

アガが泣いている。おれの子か？　喜香《ヒヒャン》の生んだ息子か？　美玲の生んだ娘か？　泣き声だけではわからん、顔を見てみたい……でも……瞼を開ける力が……ない……ア《いた》ヤ《い》！……息を吸うたびにパヌル《はり》のような痛みが肺のなかにクックッ《ちくちく》と飛び散って……アヤ！……だれかぁぁぁ……助けてくれぇぇぇ……おかしい……声がからだの外に出て行かない……からだの内にも響かない……だれかぁぁぁ……助けてくれぇぇぇ……。

「まぁ、見てください、この子ったら汗を握りしめて、髪の毛まで水をかぶったみたいにびっしょりですよ」

仁恵は、ようやく泣きやんで目を開けたアガを抱きあげて、乳首を口に含ませた。

聞こえる……チョッチョッチョッチョッ……乳を吸う音だ……乳のにおいも……嗅《か》げる……嗅ぐことができる……冷たい……暗い……オルムコル（氷谷）のなかにおるのか……閉じて……ひらいて……ひらいて……目を閉じてもひらいても変わらない……真っ暗闇《くらやみ》で……閉じて……ひらいて……閉じてるのかひらいているのかもわからない……目があるのかないのかも……灯《あか》りをつけてくれぇぇぇ……灯りをぉぉぉ……。

「……やっぱり知らせたほうがいいんだろうな」雨哲《ウチヨル》はトンチミをサガッサガッと嚙《か》みながらいった。

「そんな必要ありませんよ」仁恵はアガから目を離して夫を見た。

「でも、ペダルントンセン（腹違いの妹）にとってはたったひとりのアボジ《ちちおや》だからな……ひと目も逢《あ》わせないのは……」

「オモニム《おかあさま》の身にもなってくださいな……ほかに知らせなければならない親戚《しんせき》は？」

「オモニ《おふくろ》に、父方の親戚はひとりもいないのかと訊《き》いたことがある。どこで生まれたのか、両親はどんなひとだったのか、オモニはなにも知らないと……」

「なにを話しておるのだ……手……足……至るところから手と足が……わしを追い出そうと……背中を押して……外側に……あぁ力が……力がない……アイグ　トン《くそ》みたいにからだの外に……小突きまわすな……突き飛ばすな……そんな乱暴をしなくともわしは出て行く……引き伸ばされ……膨らまされ……潰《つぶ》され……押し込まれ……アイゴー　アヤァァァァ……。


「訊いてみなかったのかしら？」

「訊いてみたけれど、話すたびにすこしずつ違うから、きっとほんとうのことは話したくないんだろうって。オモニは、話したくないことは聞きたくないというんだ」

「わたしだったら堪えられない。夫婦というものは過去も現在も未来も共有するものだと思うけど……あら、また寝ちゃったわ。ほぅら、もうすこし飲みなさいな、おめめを開けて」

　仁恵《インヘ》はアガ《あかんぼう》の頬をそっとつついたが、乳首から口を離して寝息を立てはじめたので、小さな顎《あご》を肩に乗せ下から上に背中をさすりあげてげっぷを出させた。

「……アボジエイン（父の愛人）をこの家に入れるわけにはいかない。だけど、ペダルントンセンだけはオモニに内緒で」

　コンノパンの戸がひらき、雨哲は言葉を切った。

喜香《ヒヒャン》はふたりには目もくれずに夫の前に腰を降ろした。そして目の見えないひとがもののかたちを確認するようにてのひらと指で夫の顔をなぞりはじめた。

手だ……手がわしの頬骨の上を行ったりきたり行ったりきたり……あたたかい……だれの手だ？……息が苦しい息が苦しい……海水を飲んだ……済州島のハムドク海水浴場だ……波がわしめがけてチョルソッ《ざぶうん》　チョルソッ《ざぶうん》……またきたっ……そっとうねりながら……わしをさらおうと……砕ける前に波に乗ってしまわんと……アイグ手も脚も動かん……あっ、きた！　今度のは大きいぞ！……チョルソッ　チョルソッ　サァー……あなた……だれかが呼んでおる……あなた……喜香の声だ……あなた！

容夏《ヨンハ》は瞼《まぶた》を開けて妻の顔を見た。近づいてきた長男の顔と嫁の顔を見た。そして嫁が抱いている孫娘の顔を見た。ひとりひとりの顔をゆっくりと目のなかに入れ、ふたたび妻の顔に戻った。

確か今年の五月で三十八になるはずだ……老《ふ》けた顔には似合わないほどなめらかな額……ヌンブシダ《まぶしい》……なんだこの光は……だれかが鏡で陽《ひ》の光を反射させておるな……喜香の顔がどんどん遠ざかっていく……目は離すまい……目を離したら消えてしまう……触りたい……妻の顔に……腕があがらない……わしの腕は鉛になってしまったのか……どうしても触りたい……重い……あがった……遠い……アンデ《だめだ》……届かない……喜香の顔は山根青黒《さんこんあおぐろならば》　四九前後《しくぜんごに》　定多災《さだめてわざわいおおからん》……雨哲の顔は正面有黄光《しょうめんにおうこうあらば》　無不遂意《いをとげざることなく》

印堂多喜気《いんどうにききおおからば》　謀無不通《はかりごとつうぜざるなし》……仁恵の顔は眼有紴紋《めにはもんあらば》　亦主六親若氷炭《りくしんのひょうたんのごとくなるをつかさどる》……美玉《ミオク》の顔は地庫光潤《ちこうじゅんならば》　晩景愈好《ばんけいいよいよよく》　而得安閑《あんかんをうる》……わしの顔は部位怜悧《ぶいれいりならば》　自然無禍無災《しぜんにかなくわざわいなし》……いちばん八字《パルチャ》（運勢）が凶《わる》いのは雨根《ウグン》の顔だ……鼻弱梁低《はなひくくりようひくからば》　非貧則夭《ひんならずんばようなり》……アイゴー……美玲《ミリョン》は……美玲は頭先過歩《とうせんにほをすぎれば》　初主好《はじめよく》　而晩景窮《ばんけいきゅうするをつかさどる》……美玲の生んだ娘は顔を見てやってもいない……名前だけは他人《ひと》に頼んで届けた……素真《ソジン》……生きていればそのうち逢《あ》えるときも訪れるだろうと思っていたが……素真や……おまえはどんな顔をしておるのか……いちばん顔相がよかったのは素苑《ソウオン》だ……アイグ素苑よ……わしのかわいい娘よ……なぜ龍頭《ヨンドウ》モクに落ちたのか……水が飛び散って川の面が閉じたとき……アボ《おとう》ジ《さん》とおまえの父伝子伝《プジョンジャジョン》の道も閉ざされた……おまえが肺から吐いた息の泡はプグルブグ《ぶくぶく》ル《く》と浮かびあがり……すぐに消えた……なにごともなかったかのようにアイゴー……魂よ……我がいとし子の魂よ……アイグ哀れな魂よ……落水《ナクス》の音を聞くたびに……軒下の水溜《みずたま》りに落ちる滴《しずく》の泡を見るたびに……わしはおまえの最期《さいご》の息を思う……おぉ素苑や……アボジの涙が見えるか……素苑や……わしはおまえの死を殺すことはできん……哀れだ……恨《ハン》をかかえて沈んだおまえも哀れだが……おまえはアボジとオモニ《おかあさん》にとってたったひとりの娘だった……雨哲にとってたったひとりの妹だった……雨根にとってたったひとりの姉だった……アイゴー　イロルスガー《なんてこった》……水から浮かびあがった屍身《シシン》の顔は……アイグヌンブシダ《まぶしい》！……光が走りはじめた……すごい速さで……素苑の変わり果て

た顔を切るように……アイグ目が見ることに追いつかない……目がぁぁぁぁぁぁぁ……。

「あなた！」喜香は詰《なじ》るように叫んだ。

その声でカムチャッ《びくっ》と両手をあげたアガ《あかんぼう》が甲高い声で泣きはじめた。

かたちが線になって……線が色に溶けて……白……黒……赤……青……黄色……緑……黄緑……茶……橙《だいだい》……灰色……桃色……水色……十一歳の誕生日に素苑に買ってやった十二色のトンボクレヨンだ……あれ？　どうした？　光が速度を失って……すぅ……はぁ……すぅ……はぁ……すぅ……はぁ……消えた……だれかの息で光が吹き消された……真っ暗……真っ暗だ。

「医者を呼んできます」雨哲は立ちあがった。

「医者を呼びに行ったら、おまえはアボジの最期に間に合いませんよ」喜香は顔の位置と表情を固定していた。

「でも、このままだと」

「もう、だれにも、このひとの魂を呼び戻すことはできません。このひとはあの世に旅立ちました」喜香の目には怒りが燻《くすぶ》っていた。

「仁恵《インヘ》、鏡を持ってきてくれ」

仁恵は泣きわめいているアガをアギイブルに降ろし、コンノパンから嫁入り道具の手鏡を取って戻ってきた。雨哲は手鏡を父親の口にかざした。鏡の表面がわずかに曇った。

「まだ、息はある……」

目のなかには針先ほどの光しか残っていなかった。

「アボジ《おやじ》！」

だれかが呼ぶ声が聞こえるが、なにをいっているのかわからない、だれかが泣く声が聞こえるが、なぜ泣いているのかわからない、だれかがうたう声が聞こえる、だれの声だかわからないが、とても懐《なつ》かしい、懐かしい女の声だ。

三月になりて咲きぬる
ああ！　晩春のチンダルレ《つつじ》のごと
皆が羨《うらや》む姿でお出まして
アウ　トンドンダリ
四月を忘れぬ　ああ！　また来しかな　鶯《うぐひす》よ
なにゆゑ　録事《ノクサ》（官職名）の君は
むかしのわたし　忘れしか
アウ　トンドンダリ
ソルソル　サランサラン、ひとすじの風が空から吹いて、ソルソル　サランサラン、カンパラム《かわかぜ》だ、川が近いぞ、ソルソル　サランサラン、地上ではチンダルレ、ミンドゥ《たんぽ》ルレ《ぽ》、チェビコッ《すみれ》がソルソル　サランサラン、川べりではカルテ《あし》、オクセ《おぎ》、ティ《ちがや》がハン《ゆ》ドゥル《ら》ハン《ゆ》ドゥル《ら》、陽《ひ》だまりの水のなかではときどきポクンと口を開けるインオ《こい》、ほっそりとした魚影がハナ《いち》　トゥル《に》　セッ《さん》　ネッ《し》……アイグ数え切れない、ウノ《あゆ》が川を遡《さかのぼ》っているということは春になったのだな、ソルソル　サランサラン、春の草の上で、彼女の手首を握ってゆっくり左右にひらいてからだを重ね、彼女は背中にしがみつき、手首をつかんで離れないようにして、ソルソル　サランサラン、はぁはぁとからだを波打たせて喘《あえ》ぎながら春のなかに溶け、溶けたのは白いふくよかな微笑《ほほえ》みと——。

五月五日に　ああ！　端午節の朝の薬は
千年の長生きの薬　君に捧《ささ》げむ
アウ　トンドンダリ
六月十五日　ああ！
水辺に棄《す》てられし櫛《くし》のごとき我が身
振り返るやもしれぬ君を
少しなりとも追ひて行かむ
アウ　トンドンダリ
七月の十五日　ああ！
あらゆる供へものを供へ

あの世にでも君と行かむと　祈り捧《ささ》ぐなり
アウ　トンドンダリ
八月の十五日　ああ！
中秋なれど
君とゐてこそ　今日は中秋なれ
アウ　トンドンダリ

強い陽射《ひざ》しのなかを水面すれすれにかすめ飛ぶ銀色のチャムジャリ《とんぼ》、カルテ《あし》の林のあいだをすいすいと泳ぐソグムジェンイ《あめんぼ》、すっぱだかでポドゥナム《やなぎ》の古木によじのぼりつぎつぎと淵《ふち》に飛び込む子どもたち、崖《がけ》の下で歓声があがり、手拍子とともに、容夏《ヨンハ》！　容夏！　容夏！　容夏！　ウィシャ《よおし》、今度はおれの番だ、と崖の下を見おろしたときに、囃《はや》し立てる子どもたちのなかに素苑《ソウオン》の顔が——、突然高らかな笑いが湧《わ》き起こり、まわりのものすべてが揺れはじめる。

九月九日に　ああ！
薬と食《は》む菊花が
庭に咲きしものを　君をらぬ時のいかに長かれ
アウ　トンドンダリ
十月　ああ！

切り倒れし菩提樹《ぼだいじゅ》のごとく
切り落とされし後は
顧みるひとなどだれもなく
アウ　トンドンダリ
だれの声かわかった。オンマ《ママ》だ。乳を吸いながら聞いた歌だ。白くやわらかな手に抱き降ろされて水の褥《しとね》に横たわり、ソルソル　サランサラン、乳のにおいが顔のまわりに漂い、カンパラムに瞼《まぶた》を撫《な》でられて——。
十一月
土間に一重の布団をかぶり　哀《かな》しきかな
いとしき君をなくしたる我が身ひとり
アウ　トンドンダリ
歌が止《や》んだ。
ソルソル　サランサラン。
なんて静かなんだろう。
容夏。
いちばん最初に名を呼んでくれたひとの声だった。
容夏。

風が止んだ。
すべてが絶えた。
名もなく、顔もなく、息もないものが川を流れていった。

第十五章　立春大吉

どの家の門柱にも厄払《やくばら》いのために桃木の枝《ボクスンアナムツカジ》が挿《さ》してあり、〈立春大吉〉という張り紙《イプチュンソ》が貼《は》ってあるが、うちの門戸にはなにも貼っていない。川原では娘たちがノルティギ（シーソーの両端に立って交互に跳びはねる遊び）をし、近所のひとたちはだれかの家のマダン《にわ》に集まってユンノリ（双六《すごろく》のようなもの）をしているのだろうが、うちの者はだれも加わっていない。目上の親戚《しんせき》がいる家を訪ねたり、訪ねてきた目下の親戚をもてなしたりして、どの家もひとの出入りが激しいが、うちは、長男が走りに出て、次男がとなりの家へ遊びに行っているだけで、訪ねてくるひとはひとりもいない。

喜香《ヒヒャン》は塀のところに落ちているポクチョリ（福掬《すく》い笊《ざる》）を拾いあげた。ハナ《いち》　トゥル《に》　セッ《さん》　ネッ《し》　タソッ《ご》、このうちでなにが起こったのか知らない若者が五人もいたということ？　知っていて、ポクチョリ　サセヨ《かって》！　とポクチョリを投げ入れたとしたら、嫌がらせに違いない。そろそろポクチョリ代をもらいにくるはずだが、払ってなどやるものか。これを買って台所にかけておくと福がくるといわれているが、僅《わず》か三カ月のあいだに娘と夫に先立たれたわたしに、どんな福がくるというのか、この先どんなことが起こったら、福がきたと思えるのだろうか。

今夜はチョッタク《いちばんどり》が鳴くまで眠らなくていいのね。

守歳《スセ》（宵越しの年守り）ですからね。

わたし、守歳ってだぁい好き！

なんですか、子どもみたいに。

オモニ《おかあさん》、わたしはおとな？

十三歳でお嫁に行く場合もありますからね。

わたし、ホロンプル《ランプ》に火を点《とも》してくるわ。

まだ早いですよ、陽《ひ》が落ちたらお願いするわね。

でも、どうして家中のホロンプルをつけなきゃいけないの？

帛王神《チョワンシン》が戻ってくる日だからですよ。

じゃあ、どうしてみんなの履物を隠すの？

鬼神《キシン》に見つからないようにするためですよ。

どうして鬼神は大晦日《おおみそか》に訪ねてくるの？

アイグ、どうしてどうしてって子どもみたいに。

どうして、どうしてって訊《き》いちゃいけないの？

オモニは忙しいのよ。おしゃべりばかりしてないで、カムジャでも剝《む》いてちょうだいな。

はぁい。もうひとつだけ訊いていい？

いいですよ、手を切らないように気をつけなさい。なぁに？

どうして、大晦日はチョッタクが鳴くまで家族みんなでおしゃべりしなきゃいけないの？

雑鬼《チャッキ》を祓《はら》うためだって聞いたことがあるけれど、どうしておしゃべりすると雑鬼を祓うことになるのかしらね？ アボジ《おとうさん》に訊いてみたら？

今夜はたぁくさん質問できるわね。

質問攻めにしたら、アボジが疲れちゃいますよ。

雨根《ウグン》は起きてられるかしら？

子どもは寝てもいいんですよ。

寝たら、眉《まゆ》が白くなるんでしょう？

でも、朝まで起きてるのは無理ですよ。

くすぐって起こしてあげるわ。

ほらほら、もっと薄く剥いてちょうだい、もったいないじゃないの。

オッパ《おにいちゃん》はソルラル（正月）も走るのかしら？

さぁ、走るんじゃないかしら？　雨の日も雪の日も走ってますからね。

春にはオッパのお嫁さんがくるのよね。

そうね。

仁恵《インへ》さんって、どんなひと？

賢くて優しいひとですよ。

ふぅん、来年は仁恵さんもいっしょに守歳をやるのね。わたし、なに訊こうかな？

アイグ、来年のことをいうと鬼が笑いますよ。

だって、楽しみなんだもん、ふふふふふ。

つぎは大根の葉をとってね。

はぁい。これって嫁入り修行？

なにいってるの。

ふふふふふ　ふふふふふ　ふふふふふ。

笑い声に鼓膜をくすぐられて、喜香《ヒヒャン》は頭を振った、ふふふふふ　ふふふふふ、口がカ《か》ル《ら》カ《か》ル《ら》で、眉の下の骨が眼球に食い込んでくる、ふふふふふ、ポクチョリが腕から落ちる。両手を口に押し当てて悲鳴の出口を塞《ふさ》ぐ、ふふふふ　ふふふふふ、鼻腔《びこう》を膨らませてなんとか息を吸う。耳鳴りだ、と思った瞬間、だれかが遠くで発しているような唸《うな》り声が喉《のど》から洩《も》れ、自分の手が塞いでいるのが口なのか耳なのかわからなくなって、手を放した。笑い声は途絶えていた。喜香は何度も息を吸って、肺を息で満たした。耳鳴りが消えて呼吸が安定してくると、恐れに代わって哀《かな》しみが覆《おお》い被《かぶ》さってきた。幻聴でもいいから笑い声を聞いていたい。発狂して、ずっと素苑《ソウオン》と話ができたらどんなにいいか――、頭をのけ反《ぞ》らせて目を閉じると、チュッと張《ぴん》った喉めがけて吐き気が這《は》いのぼってきた。

家のなかは遺品だらけだった。遺品を目にするたびに、ふたりの声が、蘇《よみがえ》るなどという生易《なまやさ》しいものではなく、いま、目の前でしゃべっているかのように生き生きと――、オンマ《ママ》、と雨根に呼ばれて我に返ると、一時間以上座り込んでいたということもすくなくない。

形見になるものをいくつか遺《のこ》して、あとは焼いてしまおうと思ったのは、一昨日の朝だ。けれど、もうこのチョゴリの袖に通す腕はない、このコムシン《ゴムぐつ》に入れる足はない、この鞄《かばん》の把手《とって》をつかむ手はない、この櫛《くし》で梳《す》く髪はない、このモジャ《ぼうし》をかぶる頭はない――、と理解はできても全部焼いてしまったらふたりが帰ってきたときに困るのではないかと思ってしまうのだ。それでも、なんとかわざと店の仕入れや売り上げや従業員のことを考え、手だけは忙しく動かして、丸二日かけてふたりの遺品を行李《こうり》に詰め込んだ。

喜香《ヒヒヤン》はポクチョリを拾いあげては、井戸の傍らに積んである行李にひとつひとつかぶせたが、行李からはみ出しているチマチョゴリやパジチョゴリやマゴジャ（上着）やトゥルマギ（外套《がいとう》）やポソンやトシ（腕抜き）やコムシンやチプシンを完全に隠すことはできなかった。

喜香はチョゴリの袖から燐寸《マッチ》箱を取り出した。わたしはなにをしようとしているのかしら？　頭が麻痺《まひ》し、なにも考えられない。夢をみてるみたい。夢のなかにいるときは現実だと信じ込んでいる夢を、夢から醒《さ》めたらすべて元通りになっているのだ。わたしはとなりで鼾《いびき》をかいて眠っているあのひとを起こさないようにそっと布団から抜け出し、朝ごはんとお弁当を拵《こしら》えて、あの子を揺すり起こすのだ。素苑や、起きなさい、朝ですよ、早く起きないと朝ごはん抜きで学校に行くことになりますよ。どうしても、これが現実だとは思えない。まるでだれかの身に起こった不幸を聞いて衝撃を受けているみたいだ。

わたしには昨日と今日の区別も、雨の日と晴れの日の区別も、夜と朝の区別もつけることはできない。けれど、時間は滞っているように見せかけてコバッコバッと進んで、じりじりじりじりいまもわたしを引き摺《ず》っている。重く巨《おお》きな車輪で押し潰《つぶ》してくれればいいのに、時間はわたしを鎖でがんじがらめにして進んでいるのだ。

眠い。立っているのが辛《つら》い。でも、眠るのは怖い。横たわると胸の痛みに堪えられず寝返りを打ち、チョックタクが鳴くまで輾転《てんてん》と寝返りを打ちつづける夜もある。

目を醒ますのは眠るよりも怖い。一睡もできないまま朝を迎えると、頭を叩《たた》き割られたように眠り、眠っているあいだだけはふたりの死を忘れていられる。夢のなかではあのひととあの子が、生きて、動いている。目を醒ました瞬間はまだそれが夢だとはわからないが、何度か瞬《まばた》きをして朝陽《あさひ》を目に入れると、凍りついた足を湯に浸《つ》けて感覚を取り戻すように、哀《かな》しみと恐れが自分のなかからせりあがってくる。そして、李素苑《イソウオン》は川で溺《おぼ》れて死にました、李容夏《イヨンハ》は丹毒で死にました、とふたりの死を自分自身によって宣告されるのだ。目を醒ますたびに、ふたりの死は更新され、決して過去のことにはならない。眠りはなんの足しにもならず、目醒めは苦痛でしかない。

行李にふたりの遺品を押し込むと、ふたりの不在は剝《む》き出しになり、家のなかに居ることが堪え難くなった。一昨日も昨日も店で寝起きした。仁恵《インヘ》がお膳《ぜん》を運んでくれて、食べていないのを見てとると、なにもいわずにお膳を下げ、チャッチュク（松の実粥《がゆ》）やミウム（重湯）に取り替えてくれた。チャッチュクやミウムなら喉《のど》に通るけれど、満腹になるまで食べることはできなかった。胃を食べ物で満たしたら、もう二度と、なにも食べることができないふたりに申し訳がない。それでも、時間に引き摺られて空腹感をおぼえ、ひと匙《さじ》ひと匙チャッチュクを口に運ぶ自分を許すことができず、昨日は半分も食べないうちに火鉢のなかに戻してしまった。

あのひとも、あの子も、市が立つ日に倒れた。時間が流れていることの証《あかし》のように市が立つ日は五日ごとにめぐってくる。あのひとが死んでから九回、あの子が死んでからは二十五回――、仁恵は育児と家事で忙しくしているから、わたしが店に出ている。オ《お》モニ《ふくろ》、そんなに働き詰めたらからだがもたないよ、おれと仁恵でなんとかできるから休んでください、いま、オモニにまで倒れられたら、おれはどうすればいいかわからないよ、と雨哲《ウチョル》はいうけれど、じっとしていることはできない。ペンイ《こま》のように動いていないと、ピングルビングル《くるくるくる》、速度が落ちて傾いたら紐《ひも》で打ってフィッフィッフィッ《ぺんぺんぺん》、いまは倒れるわけにはいかない、死んでしまえば楽になれるが、わたしは雨根《ウグン》のオモニだ、雨根はまだたったの五歳、アボジ《ちちおや》とヌナ《あね》を失ったあの子からオモニまで奪うことはできない。死ぬことは禁じられているのだ。

雨根とふたりで店に出てコムシン《ゴムぐつ》を売るたびに、喪事《サンサ》に服されまして言葉もございません、と悔やみ言を述べられ、わたしが会釈《えしゃく》をするものだから、雨根まで暗い顔で会釈を返すようになってしまった。あのひとは雨根の目の前で倒れた。火鉢の横のあたりだと聞いた。わたしはその場に居合わせたわけではないから、あのひととあの子の遺品が置いてない唯一《ゆいいつ》の場所である店を逃げ場にできるけれど、あの子はきっとアボジが倒れたときの光景を思い出しているに違いない。でも、すべてを燃やすわけにはいかないのだ。この店で稼ぎ、この家で暮らしていくしかないのだから。

あのひとのように、丸椅子《まるいす》に座って、ときどき火鉢でてのひらをあたためながら、背中を丸めて早足で行き交うひとびとを眺めていると、あのひとの目で眺めているような気がすることがある。あのひとに代わってというのではなく、あのひとが乗り移ってというのでもなく、あのひとが背後に立ってわたしを見詰め、あのひとの視線が頭のうしろから目玉の裏側に突き刺さってわたしの視線と束になるのだ。

殞命《いんめい》（死亡）と同時に家族全員で門の外に走り出て、アイゴー、アイゴーと哭《コク》をあげた。雨哲はアンパン（奥座敷）の戸をはずしてオンドルの煙突に近いところに置き、藁《わら》四束を敷いて頭を北向きにして寝かせた。わたしは真綿で耳と鼻の穴を塞《ふさ》いでから顎《あご》を支えて口を閉じた。雨哲がマダン《にわ》に立って、あのひとが着ていたソクチョゴリ（上肌着）の背中のほうを握りしめて、アボニム《ちちうえ》、ポック！　ポック！　ポック！　振り向いて着物でも持っていきなさい！　とソゴッ《はだぎ》を屋根に放り投げてホンプルギ（魂魄《こんぱく》呼び）を行った。

　雨哲はあのひとをはだかにすると、スク《よもぎ》を茹《ゆ》でた香湯水《ヒャンタンス》に布を浸して上のほうから拭《ふ》いていった。頭、首、胸、腹、腋《わき》の下、肩、二の腕、肘《ひじ》、腕、背中、腰、尻《しり》、性器、睾《こう》丸《がん》、肛門《こうもん》、太股《ふともも》、膝《ひざ》、脚の付け根、向こう臑《ずね》まで降りていったときに口をひらいた。

オモニ《おかあさん》、アボジ《おとうさん》は火葬にします。

驚いてあのひとの顔を見たが、見えたのは綿が詰まった鼻腔《びこう》だけだった。

骨と灰は川に流してほしいというのが遺言なんです。

わたしは黙って、雨哲が踝《くるぶし》、足の甲、足の裏、足の指先を拭《ふ》いて襲《スプ》を終え、寿衣《スイ》（経帷子《きょうかたびら》）、パジ、チョクサム、チョゴリを着せてポソンを履かせ、トゥルマギとトポ（羽織）を重ね着させるのを見護《みまも》った。

火葬なんてとんでもありません、二度死ぬことになりますよ、墓参りもできないし……。

アボジ《おやじ》の遺言なんです。

遺言だとしてもだめなものはだめです。一家の主《あるじ》を火葬にするなんて……。

おれはアボジと約束したんです。

内二洞《ネイドン》にある火葬場の炉であのひとが焼かれているあいだ、わたしはずっと考えていた。火葬にするのはイルボンサラム《にほんじん》か、コレラや腸チフスなどの伝染病で死んだ場合か、墓をつくるお金がないひとぐらいだというのに、なぜ、あのひとは火葬にして川に流してほしいなどといったのかしら？　だれかと約束を交わしたの？　あの女と？　でも、その約束にどんな意味があるというの？　心中して、ふたりいっしょに荼毘《だび》に付し川に流してくれというならわからないでもないけれど……アボジはしっかり目を見て訴えた、というから熱と痛みで錯乱していたわけではないでしょうし……ねえ、いったいなぜなの？　前々から考えていたの？　だとしたら、なぜ、ひと言相談してくれなかったの？

雨哲は白い手袋をして骨を拾い、アイグ、あのひとの骨を石臼《いしうす》に入れて杵《きね》で砕いた。クンクンクン　クンクンクン、粉になったあのひとは木綿の布が敷かれた白木の箱にプルプルと移された。雨哲は白い布で箱をくるんで抱きあげた。

鮎《あゆ》釣り船に乗るのは喪主だけだといわれたが、最後まで見送りたかったので雨哲といっしょに船に乗った。雨哲は屈冠《クルガン》をかぶり腹のところを藁縄《わらなわ》で縛って左袖を抜いた喪服《サンボク》を着ていたのに、船頭が柿色のパジチョゴリというういつもと変わらない出《い》で立ちなのが奇妙だった。

船頭が棹《さお》で川底を押して船が岸から離れると、儒学者《ソンビ》の鄭敬洪《チョンキョンホン》が「これまでの暮らしを弊履《へいり》のごとく棄《す》て、宮殿のごとき住処《すみか》をうつろにし、妻に幼き子を預け、我は極楽世界へ赴かん」と柩輿《きゅうよ》の先唱者の歌をうたってくれて、川原に集まった近所のひとびとが、エヘエヘヨ　ウォルヨチョチョ　エヘヨ、と声を合わせて囃《はや》してくれた。

密陽川《ミリヤン》は薄氷が張っていたが、三門洞《サンムンドン》の松林あたりはチョルジョルジョルと水が流れていた。クァーックァッ！　鳴き声がする方向を見ると、素苑《ソウオン》が溺《おぼ》れた龍頭《ヨンドウ》モクで数羽の白鳥が首を空に伸ばし、クァッ！　クァッ！　クァーッ！　とはばたいて水を打っていた。船の舳先《へさき》で乱れた水面に映る自分の影を眺めていると、真冬にはめずらしい優しいカンパラム《かわかぜ》に頰を撫《な》でられた。ソルソル　サランサラン　ソルソル　サランサラン、わたしはあのひとに対して怒りを抱いていた。あの女とつきあうずっと前から、あのひとが物思いに耽《ふけ》って萎《しお》れたように見えるたびに、あのひとの内に匿《かくま》われている何者かに嫉妬《しっと》していた。そして結局、あのひとは妻であるわたしにはなにも打ち明けてはくれなかった。

船頭が棹を押す手をゆるめて船が止まった。雨哲《ウチョル》は両膝《ひざ》をついて、あのひとを納めてある白い箱の蓋《ふた》を開けた。白手袋を嵌《は》めた手で箱を傾けると、ソルソル　サランサラン　ソルソル　サランサラン、あのひとは風と水に連れ去られてしまった。

突然、喉《のど》が詰まって苦しくなり、あのひとが死んでから一度も流れることのなかった涙があふれ出た。あのひとは立ち去りたかったのだ。あのひとはこの地で生まれたわけでも、この地を目指してきたわけでもない。あのひとにとって密陽は流離の途中でたまたま通りがかった異郷に過ぎなかったのだ。あのひとは立ち去りたくて立ち去れなかった——。わたしははじめてあのひとの願いの深さと広さを知った、いや、知っていて知らないふりをしていたのだ。ソルソル　サランサラン　ソルソル　サランサラン、カンパラムが鮎釣り船を揺らし、もういいですね、と船頭が棹を押そうとした。待って、もうすこし、このカンパラムがやむまで待ってください、わたしは目を瞑《つむ》って両手を合わせた。木が鉄になるまで命と福を護《まも》ってください、凶《わる》いものを持ち去って洛東江《ナクトンガン》に放ちなさい、極楽世界に行って常住なさい、いちばん上等なところへ行ってください、そして、子どもらの苦労もみんな持ち去ってください。

喜香《ヒヒヤン》は行李《こうり》のなかから紙が茶色くなっている『麻衣相法』と古びた包《ポタリ》みを取り出した。あのひとが密陽に流れ着いたときに持っていたのはこのふたつだけだった。

喜香は燐寸《マッチ》を擦った。ファッと伸びた炎がだれかに息を吹きかけられたかのように倒れ、喜香の指を焦《こ》がした。トゥゴウォ《あつい》！　喜香は燐寸を放った。燐寸は『麻衣相法』の上に落ちて炎を立ちあがらせると、表紙をひと舐《な》めして黒焦げにし、ページをめくるごとに火勢を強くしていった。ポタリに燃え移った炎は行李のなかにその舌を伸ばし、あっという間に三つの行李を火だるまにした。煙のなかからモラッモラッ《もうもう》と過去の声が巻き起こった。

あなたはどこからきたの？

喜香に逢《あ》いにきた。

わたしは、どこからって訊《き》いたのよ。

怒るときれいに見える。

怒らないときれいじゃないの？

顔相を占って差しあげよう。

……あんまり見ないで。

うーん。

……いいの？　悪いの？

歩く時の姿勢に気をつけたほうがいい。

姿勢が悪いのね。ねぇ、いつ、旅立つの？

行きたくても行けないよ、喜香と離れられない。

行きたいの？

行きたくない。

嘘《うそ》よ。あなたはいつかきっとわたしと子どもを置いて行ってしまうわ。

子ども？

……子どもができたみたい。

子どもができた？

あなたの顔とわたしの顔、どっちに似たほうが八字《パルチャ》（運勢）がいいの？

……それはおれの顔だけど……。

ねぇ、ふたりで顔相占いをして流れ歩くっていうのはどう？

……子どもが生まれるんだったら、密陽《ミリャン》に根を下ろすしかないな。でも、結婚するなんていったら、きみのアボジ《おとうさん》とオモニ《おかあさん》が大反対するだろう。どこの馬の骨だかわからん流れ者にうちの娘を嫁にやるわけにはいかんって。

反対されたら駆け落ちしましょう。ねぇ、金剛山《クムガンサン》の話をして。

何度も話しただろ？

何度でも聞きたいのよ。

仙女が遊ぶといわれるほど景色がきれいなんだ。水もきれいで、澄んだ湖もある。獅《し》子《し》や虎や熊のように見える奇岩があるんだよ。

港から近づいて行くと、いきなり屏風《びょうぶ》を立てかけたような山が目の前にひろがり、息を呑《の》むほど美しいんだ。遠くから見ると美しいだけなんだが、登りはじめると鋸《のこぎり》の歯のような峰があちこちに立ち塞《ふさ》がって、それは険《けわ》しく厳しいんだ。外金剛《ウエクムガン》には神渓寺《シングエサ》という寺がある。千四百年も前に普雲祖師《ボウンジヨサ》が創設し、壬辰倭乱《イムジンウエラン》のときには西山大師《ソサンデサ》がそこで僧兵を指揮したんだ。

金剛山に行くにはどうしたらいいの？

釜山《プサン》から高城《コソン》まで船で行って、港から登山口の温井里《オンジヨンニ》までバスで二十分、徒歩だと一時間半くらいはかかる。でも、金剛山電気鉄道が開通したら、鉄原《チヨルウオン》から内金剛《ネクムガン》まで陸路で行けるようになるよ。

何日かかるの？

船で一泊するから二日だな。

行ってみたいわ。

……そうだな……。

ひとりで行くのよ。

……いっしょに行きたい。

プイン《おくさん》とアイ《こども》に嘘《うそ》をついて？

……。

……ねぇ、雪岳山《ソラクサン》の話を聞かせて。

雪岳山は、四季おりおりで風景ががらっと変わるんだ。春は新緑、夏は濃い緑に覆《おお》われ、秋は紅葉、冬は純白の世界になる。奇岩や滝があるところに案内してあげるよ。アイグ、美玲《ミリヨン》に見せたいものがたくさんある。

あのひとは乳房と乳房のあいだに手を差し込み、わたしは目を閉じてあのひとの声を素肌に染《し》み込ませた。仙女が遊ぶといわれるほど景色がきれいなんだ、水もきれいで、澄んだ湖もある——、いまでもあのひとの声がわたしの膚《はだ》に発疹《はっしん》のように浮かびあがってくる。

あのひとが素真《ソジン》にしてくれたことといったら、面書記の趙鎔澤《チョヨンテク》に名前を書いた紙を届けさせただけ。でも、わたしは恨《うら》んだりしなかった。求めても、待ち焦がれても、恨むことだけはしなかった。なのに、あのひとは自分でつけた娘の名を一度も呼ばないうちに逝《い》ってしまった。アイゴ　イロルスガ《なんてこと》！　親に呼んでもらえないほど不幸な名があるかしら。素真！　アイグ、素真や、ネ《わたしの》　プルサンハン《かわいそうな》　タル《むすめ》！

あのひとが丹毒を患《わずら》っているという噂《うわさ》は耳に入っていた。けれど、まさか命を落とすとは思わなかった。そんなに重いと知っていれば、追い返されるのを覚悟で門を潜《くぐ》り、この子をアボジャ《ちちおや》に逢《あ》わせてやってください、と地に額を擦りつけて頼んだものを。ひと目でいいからアボジの顔を見せてやりたかった。ひと言でいいからアボジの声を聞かせてやりたかった。臨終に立ち会うことを許してもらえないなら、せめて死に顔だけは見せてやりたかったのに、あの女は殞命《いんめい》（死亡）の三日後にあのひとを焼いてしまった。アイグ、なんて冷酷な！　よくも、よくも、よくも、あのひとの屍身《シシン》（遺体）を焼いてくれたわね！


あの日、わたしは素真を抱いて、あのひとが毎日通っていたサムナム《すぎのき》の家から密陽川《ミリヤン》を見おろした。鮎《あゆ》釣り船がゆっくりと薄氷の張った川を進み、川原に集まった近所のひとびとが、エヘエヘヨ　ウォルヨチョチョ　エヘヨと声を合わせて囃《はや》した。船頭が棹《さお》を押す手をゆるめて船が止まった。クァッ！　クァッ！　クァーッ！　白鳥が首を伸ばしたり輪にしたりしていた。あのひとの息子が白い箱を水に傾けた瞬間、サラッサラッサラッサラッ、サムナムが枝を揺らして、サラッサラッ　サラッサラッ、風のなかであのひとの姿を見失ってしまった。

形見分けはしてもらえなかった。わたしのところには、一本の筆、一足のコムシン《ゴムぐつ》さえ遺《のこ》していかなかった。ひとかけらでもあのひとの骨を分けてもらえたのなら、紐《ひも》を通し首からぶらさげて乳房のあいだに挟んでおくのに。ううん、ほんとうは、あのひとの屍身を盗みたかった。わたしの布団に寝かせ、胸の上で組まれた手をほどき、鼓動の聞こえない胸に頭を預けるの。背中に腕をまわし、唇に唇をつけ、髪に指を何度もくぐらせて、腐って溶け出すまで抱きしめるの。そして殻を剝《む》かれ何日も放って置かれたクル《かき》のような目をこころゆくまで覗《のぞ》き込み、耳に唇をつけて囁《ささや》くのよ。あぁ、あなた、やっとわたしだけのものになったのね、あぁ、あなた、愛《いと》しい愛しいあなた、わたしのたったひとりの恋人、生涯の男、わたしだけの男、あぁ、あなた、サランヘヨ《すきよ》 サランヘヨ《すきよ》 チョンマル《だい》 サランヘヨ《すきよ》。

あなたはわたしのからだをうつぶせにし、腰を持ちあげてテンギモリ（お下げ髪）をねじりあげ、ひと突きでわたしのなかに入る。ウン《ああ》 コギエヨ《そこよ》 コギ《そこ》！ 息がつづく限り、わたしたちはどこまでも墜《お》ちて行けるのよ、底の底へ、光の届かない水底で戯《たわむ》れる真っ黒な魚のようにパルタッパルタッ《ぴちぴちぴちぴち》、あなたとわたしの境目がわからなくなるまでパルタッパルタッ――。

わたしはあなたに向かっていつも脚をひらいているわ。あなたはわたしの腰をつかんで、ゆっくりと顔に引き寄せる。唇で下の唇をひらいて、舌の先を丸めてパガッタペッタ《いれてだして》 パガッタペッタ《いれてだして》、音を立てて吸いながら両手を乳房に伸ばし、撫《な》で、揺らし、揉《も》みしだき、舌の動きが速くなるとともに指に力が籠《こも》って、アヤ《いたい》！　あなたは舌と手の動きを止める。止めないで！　食べて！　食べて欲しいの、残しちゃ嫌よ、全部あなたのものなんだから、食べて、きれいに平らげて！　わたしは背中をしならせ髪を振り乱して喘《あえ》ぎ、呻《うめ》き、叫び、自分の声のなかに頽《くずお》れる。今度はわたしの番よ。わたしはあなたの腋《わき》の下から漂ってくる酸《す》っぱい汗のにおいを嗅《か》ぎながら乳首を甘噛《あまが》みし、臍《へそ》のなかに唾《だ》液《えき》を溜《た》めて舐《な》めとり、ムルゴン《もの》を根元まで頬張って、アイグ飲んでも飲んでも喉《のど》の奥に入っていかないから、唇と歯茎と舌でしごいてしゃぶって貪《むさぼ》って、出して！　飲みたいの、あなたを飲みたいのよ！　口中に飛び散ったあなたを味わってクルコッ《ごっくん》。ほら、わたし、チョッチョッケ《ぐっしょり》よ、あなたの指で確かめて、濡《ぬ》れてるでしょう？　あなたが濡らしたのよ、だからあなたの口できれいにして。

髪、髪の生《はえ》え際《ぎわ》、額、鼻、眉毛、瞼《まぶた》、睫《まつげ》、目、耳、頬、唇、歯、歯茎、舌、顎《あご》、首、鎖骨、肩、乳房、乳首、腋の下、二の腕、肘《ひじ》、腕、手首、手、おや指、ひとさし指、なか指、くすり指、こ指、うなじ、背中、尻、肛門《こうもん》、臍、腰、陰毛、性器、ふともも、膝《ひざ》、ふくらはぎ、足首、足、おや指、ひとさし指、なか指、くすり指、こ指、あなたが愛撫《あいぶ》しなかったところはない、あなたが接吻《せっぷん》しなかったところはない、毎日、毎日、何千回、何万回と――、あなたはわたしのからだをわたしに遺《のこ》したの？　わたしのからだがあなたの形見なのね。わたしはあなたを追い出すことも、あなたから逃げ出すこともできない。わたしはいまもあなたに向かってひらいているし、あなたはいまもわたしのなかで動いているから。いったいどれくらいの月日が流れたら、からだじゅうにファサン《やけど》のように遺っているあなたの感触を遠く微《かす》かな記憶に変えられるの？　どれくらいの月日が流れたら、わたしはあなたを喪《うしな》うことができるの？　アイグ、こんなことになるんだったら、あの最中に殺してしまえばよかった。あなたがわたしを何度も突いたように、何度も何度も包丁で突いて、あなたの叫び声で鼓膜を震わせて、あなたの返り血を全身に浴びて――。

「あっ、オンマ《ママ》、いた！」素真《ソジン》の声だ。

美玲《ミリョン》は頬の内側を噛んだまま振り返って、二歳になったばかりの娘の顔を見た。

「あら、ひとりでおっきしてあんよしてきたなんてすごいわ。オンマ、ぜんぜん気づかなかったわ。さっきねんねしたばかりなのに、もうおめめを醒《さ》ましたの？　お昼寝が足らないと、まんまのときにねむねむになっちゃうわよ。オンマがおんぶしてあげるから、もう一度ねんねしましょう」

「ねんね、いや！」素真は大きく頭を振った。

「じゃあ、おっきしましょう。その代わり、オンマと約束して。ちゃんとまんま食べるって」

「あむあむ」

「そうよ、あむあむ、ごっくんよ」

「べっべっ」

「べっべっしたら、オンマ、めっめって怒るわよ。食べる？」

「はぁい」

「あぁ、いいお返事だわ」美玲は娘の開けっぴろげな顔を両手で包んで、そっと額に額をぶつけた。

「今日はお正月よ。お正月はね、素真の好きなものをたぁくさん食べられるわよ。いい？　トックッ《ぞうに》でしょう、チヂミでしょう、素真は水正果《スジョングァ》（生姜《しょうが》と桂皮《けいひ》の煮汁に蜂蜜《はちみつ》を溶かして、干し柿、松の実を入れた飲みもの）とシッケ（うるち米を炊《た》き麦芽を混ぜて醸《かも》した甘い汁）、どっちが好きかしら？」

「のんの、のんのぉ」素真は唇をチョッチョッと鳴らしながらひとさし指で頬をつついた。

「いま、飲みたいの？」

「いま！　いま！」素真は足踏みした。

「あら、いまって言葉、はじめてしゃべったんじゃない？」

「いま！　いまよ！」

「すごいわね、毎日新しい言葉を憶《おぼ》えて、素真は賢いわね。あと一年したら、なんでもおしゃべりできるようになるわ。オンマ、おまえとおしゃべりするのが楽しみよ」

「いま、のんの！」

「いまはね、チュバンジャン《いたまえ》もお昼寝してる時間なのよ、どうしようかしらね？ オンマとふたりでおんもに行く？」

「おんも！」

「じゃあ、オンマの背中におんぶして。階段は怖いからね」

「あぶい」

「そう、危ないのよ、頭から落っこちて首の骨でも折ったら、死んじゃうのよ」

ふふふふふふふふふふふ、素真は母親の首にぶら下がって頭を左右に振ったり、ふふふふふふ、肩をつかんで跳ねたりしながら、ふふふふふ、美玲《ミリョン》は娘の涎《よだれ》でうなじが濡《ぬ》れるのを感じた。

「死んじゃうってわかる？ オンマ《ママ》とアンニョン《バイバイ》よ」

「いや！」

「じゃあ、オンマの肩にしっかりつかまりなさい。そう、そうよ、いい？ ヨンチャ《よいしょっと》、アイグ重い、重くなったわ」

「ふふふふふ」

「チエバル《おねがい》、笑ってもいいから動かないで！ ほんとに危ないんだから、さぁ降りるわよ、オルンチョク《みぎ》　ウェンチョク《ひだり》　オルンチョク　ウェンチョク」
美玲は右手で娘の尻を支え、左手で手摺《てす》りにつかまりながら一段一段ゆっくりと階段を降りていった。
「オンマ、うたって」
「オンマ、集中してるのよ。右足と左足を間違えて落っこちたら一大事ですからね」
「うたって！」
「アイゴ、素真には敗《ま》けるわ。いったいだれに似たのか……」
かささぎのお正月は昨日までで
わたしたちのお正月は今日からです
きれいなテンギもわたしが下げて
新しいコムシン《ゴムぐつ》もわたしが履きます
オンニ《おねえさん》のチョゴリは黄色いチョゴリ
トンセン（弟か妹）のチョゴリはセットン（五色）チョゴリ
アボジ《おとうさん》もオモニ《おかあさん》もおめかしして
わたしたちのチョル（新年祝賀）をおよろこびになっています
「ポクチョリカプ《ざるだいを》　パドゥロワッソヨ《もらいにきました》」
「素真、オッパ《おにいさん》にお金を払ってちょうだいな、さぁ払えるかしら？」

美玲は娘をおぶったまま台所の壁にかかっているポクチョリ（福掬《すく》い笊《ざる》）をつかみとり、門のところに立っている少年に見せた。袂《たもと》から一銭紙幣を五枚出して素真に握らせようとしたが、素真は恥ずかしがって背中に顔を押しつけている。

「あら、この子、照れてるわ。じゃあ、はい、どうぞ。セヘ《しんねんに》　ポン《ふくを》　マニパダラ《たくさんもらいますように》」

「セヘ　ポン　マニパドゥセヨ《たくさんおうけとりください》」少年は五銭もらえたことに驚いて耳の縁まで真っ赤にし、「カムサハムニダ《ありがとうございます》」と怒ったように呟《つぶや》くと、踵《きびす》を返して走っていった。

美玲は少年が背を向けて走り去る一瞬の姿に涙ぐんだが、なぜ、なにに、こころを揺さぶられたのか自分でも説明がつかなかった。ふと気づくと、ポクチョリを手にしたままマダンの池の前にしゃがみ込んでいた。

「とと」

といわれて、氷の下に目を凝らすと、朱色と金色のインオ《こい》が泳いでいるのが見える。光の加減がおかしい。明る過ぎるのか、暗過ぎるのか、風景が突然眠り込んでしまったみたいだ。

「イルボン《にほん》のインオよ、にしきこい」

「にちきこい」

ポッコッ《さくら》、モグアナム《かりん》、ヌティナム《けやき》、ノドパムナム《ぶな》、枯れ木はどれもよく似ている。どうしたのかしら？　だれかの息で曇った硝子《ガラス》越しに見てるみたい、ううん、わたしの目で見てる感じがしないの、だれかの夢のなかにいるみたい……だれかが夢のなかのわたしをみている……アイグ、眠りに引き摺《ず》り込まれそう……眠い……美玲はコミの巣《くも》を払うように頭を振り、となりに立っている娘がはだしだということに気づいて抱きあげた。

「アイグ、はだしで！　さぁ、トゥルマギ（外套《がいとう》）を着て川原にノルティギ（板跳び）を見に行きましょう」

ほうきとちりとりを持ってマダンに現れた従業員が美玲に会釈《えしゃく》をしてから掃除をはじめた。

「今日は、何部屋？」美玲は訊《たず》ねた。

「十七部屋、全部埋まっています。満室です。郡庁内務課長の小林氏、穀物検査所長の井口氏もお泊まりです」

「食事はお客さまのご要望をお訊《き》きして、和食といわれても韓食といわれても対応できるようにね。トックッとチヂミとシッケと水正菓はどなたにもお出しするように調理場のほうに伝えておいてちょうだい。わたしはちょっと出てきます。嶺南楼《ヨンナムル》のあたりにいるから、急な用事ができたら呼びにきて」

「タニョオセヨ《いってらっしゃいませ》」

美玲は娘に真っ赤なトゥルマギと綿入れのソムチョゴリを着せ、寝癖のついた髪を手《て》櫛《ぐし》で直してやってから耳覆《みみおお》いのついた帽子をかぶせ、ヨウの襟巻《きつね》きを巻いてコムシン《ゴムぐつ》を履かせてやった。
「おんぶ！　おんぶ！」素真《ソジン》が万歳の格好でからだをぶつけてきた。
「おんぶはだめ。いっぱいあんよしておなかをぺこぺこにしないと、まんまをいっぱい食べられないのよ。ほら、おててをつなぎましょう。オンマ《ママ》がお歌をうたってあげる」
裏庭にはノル（跳び板）を置いて
お膳《ぜん》を出し　松の実を剝《む》いてくるみを割って
オンニ《おねえさん》と遊ぶ　ノルティギが
わたしは好きです　大好きです
美玲《ミリョン》は娘と手をつないでうたいながら小児科医院、薬局、百貨店、布団屋、呉服屋の前を通り過ぎた。イルボンサラムの店は開いてるけれど、チョソンサラムの店は閉まっている。イルボンサラム《にほんじん》は新暦でお正月を祝い、チョソンサラム《ちょうせんじん》は旧暦でお正月を祝うから。美玲はコムシン屋の前を通りかかって歌と足を止めた。木戸の隙間《すきま》から覗《のぞ》くと、硝子戸の内側に障子が引いてあり、なかの様子はわからなかった。娘の手をぎゅっと握って門のほうにまわってみる。トゥグン　トゥグン　トゥグン、喉《のど》に心臓があるみたい、きっとケグリ《かえる》の喉みたいにポルッポルッ《ひくひく》と動いてるに違いないわ。だれかが出てきたらどうしよう。あの女？　あの女の息子？　息子の嫁？　喪事《サンサ》に服されまして言葉もございません、と頭を下げるから、わたしとこの子にも同じ悔やみ言を返してほしい、喪事に服されまして言葉もございません、と。

「オンマ」

と呼ばれて目を返すと、娘がすこし離れたところで水がいっぱい入ったチャン（杯）を持ってでもいるように全身を強張《こわば》らせていた。美玲は娘を抱きあげインジョルミ《もち》よりも柔らかい頬《ほお》に接吻《せっぷん》し、ネ《わたしの》　キヨウン《かわいい》　タル《むすめ》　ナマネ《わたしだけの》　キヨウン《かわいい》　タル《むすめ》　アイゴウ《な》　エイロッケ《んて》　キヨウルカ《かわいいんだろう》、頬に頬を擦りつけながら主《あるじ》を喪《うしな》った家の門から遠ざかっていた。

川原では少女たちがノルティギに興じていた。チャルハンダ《うまい》！　右側の少女が板の上で跳ね、黒のチマがふわっとひろがって、ト《もっと》ノピ《たかく》！　左側の少女が跳ね、紺のチマが渦巻いて、チャルハンダ！　笑い声と喚声は聞こえる……でも……なんといっているのかわからない……耳のなかでウィンウィン反響して……がらんどう……留守……わたしのなかにわたしが見当たらない……あのひとへの思いはいまでもあふれているのに……どうしてわたしがいないの……わたしはどこへ去ってしまったの？

「のんの」

「……素真はまだのんのできないわよ。あのオンニドウル《おねえさんたち》ぐらいになったら、ね」美玲は娘を抱きしめ、踵《かかと》を軸にしてゆっくりからだを揺すった。

クワッ　クワッ　クワッ、一羽の白鳥が三声だけ鳴き、群れのなかから飛び出して薄氷の張った水の上をミクン《つうっ》とすべり、追って先まわりしたもう一羽の胸に胸をぶつけた。見分けがつかないほどそっくりな二羽の白鳥は先のほうが黒くなっている黄色い嘴《くちばし》を交わすと、その嘴を空に向けて声を合わせた、クァッ！　クァッ！　クァーッ！　クァッ！　クァッ！　クァーッ！

「ほら、ご覧、白鳥さんよ。あれがオンマ《ママ》で、あれがアッパ《パパ》、うしろから泳いでるのが子どもたちじゃないかしら？　ついこないだまで灰色だったのに、羽が抜け変わって真っ白よ、きれいだわね。氷の川で寒そうに見えるでしょう？　でも、だいじょうぶ、白鳥さんは寒いのが大好きなの。春になってあったかくなったら、家族みんなでシベリア目指して飛び立つのよ。シベリアって、とっても寒いとこらしいわよ。おまえのアッパが教えてくれたの。アッパはとっても物知りなのよ、どんなことを訊《き》いても、すぐに答えてくれるんだから。白鳥はね、夏シベリアで卵を生んで雛《ひな》を育てて、冬になって餌《えさ》がなくなると飛んでくるんですって」

「オンマ、アッパ」素真《ソジン》は白鳥を指さし、霜柱で持ちあがっている土を踏みつけると、ふふふ、ふふふふと笑った。

「素真や、オンマのアッパはこの川で溺《おぼ》れ死んだの。だから、オンマはこの川を敵《かたき》のように思っていたのよ。でもね、おまえのアッパがこの川に葬《ほうむ》られたから、オンマにとってこの川はお墓なの」
美玲《ミリヨン》はミリュナム《ポプラ》の枯れ木の影を全身に浴びながら娘の頭を撫《な》でる自分の右手を見護《みまも》った。チャルハンダ《うまい》！　クァッ！　クァッ！　ト《もっと》　ノピ《たかく》！　クアーッ！　凄《すさ》まじい沈黙のなかであらゆるものの声が生まれては消えていく。美玲、チョンマルイェプグナ《なんてきれいなんだ》
ヨギド《ここも》　ヨギド《ここも》　ヨギド《ここも》　チョンブネコダ《ぜんぶおれのものだ》　クァッ！　クァッ！　クアーッ！
「オンマ、うたって」
厳しいアボジ《おとうさん》はやさしくなり
泣き虫のトンセンも泣きません
あの家からもこの家からも聞こえる
ユンノリノルティギの音
わたしは　わたしは　お正月が大好きです
ソルソル　サランサラン　ソルソル　サランサラン、カンパラム《かわかぜ》が吹いて歌をさらい、歌とひとつになって吹き過ぎていった、彼方《かなた》へ――。

第十六章 1933年6月8日

テーンテーン、普通学校の鐘の音が聞こえる。白い開襟《かいきん》シャス《シャツ》に土色のズボンを穿《は》いた現場監督が、休憩！と怒鳴ると、韓服姿の人足たちは、ヨギ ヨンチャ サンサティヨとロープをひっぱって鉄の塊を川岸におろした。川のなかからあがってきたり、向こう岸からベッタリ（舟橋）を渡ってきた人足たちは川の水で顔と手を洗って口を濯《すす》ぎ、この春普通学校を卒業したばかりの基河《キハ》と萬植《マンシク》が土手を駈《か》けあがって福純屋《ポクスニネ》に入っていった。福純屋の弘珠《ホンジュ》は頃合いを見計らって拵《こしら》えておいた四十人分のテンジャンチゲ《みそなべ》とミナリナムル《せり》とペチュキムチ《はくさい》とポリパプ《むぎめし》を、イゴヨ《これだよ》、と指し示し、ふたりは食堂と川原を二往復して鍋《なべ》と釜と食器を運ぶと、目上の人足のためにチゲとポリパプをよそっていった。ようやく自分の分をよそり終えたふたりは、アイゴ《あの》 チョム《ちょっと》 トゥロカゲッス《いれてくだ》ムニダ《さい》、と車座のなかに割り込み、ポリパプにチゲをぶっかけて競うように食べはじめた。対岸では日本人の現場監督と技術者がござに並び、なにかをしゃべりながら弁当箱の蓋《ふた》を開けた。あちら岸の言葉はこちら岸には届かない、そのことが人足たちをくつろがせた。基河はベッタリと平行して打ってある木の杭《くい》を眺め、サガッサガッとペチュキムチを噛《か》んでいった。

「橋ができるんだな」

「なに寝ぼけたこといってるんだよ、おれたちがつくってるんだろ？」萬植はナムルを箸《はし》でつまんで口に放り込んだ。

「いや、なんか、な」

「なんだよ」

「大雨が降ると、学校が休みになって喜んだじゃないか」

「ああ、もう大雨ぐらいじゃ休校にならないな。来年の春には完成するだろう」

「ウノ《あゆ》やコギ《さかな》はだいじょうぶなんだろうか？」

「水の濁りは一時的なものだよ」

「なんか……」

「早く食わないと、チュッカン《かわや》に行く時間がなくなるぞ」

いちばん年嵩《としかさ》の時源《シウオン》がチゲをフルルッと啜《すす》っていった。

「今朝、李家《イガ》に長男が生まれたらしい」

「それはめでたい。あの家は不幸がつづいたからな」

「李家の八字《パルチャ》（運勢）もよくなるだろう。男の子は福を連れてくるからな」

「これで、あの嫁も安泰だ。李朝時代は七去《チルゴ》にかけて男の子を生めん女は離縁してもよしということになっとったからな」

「七去ってなんですか？」萬植《マンシク》がキムチを飲み下して訊《き》いた。

「七去之悪《チルゴジアク》といってな、妻を離縁する理由となる七つの条件のことだ。一、父母に順ならざる者。二、息子を生まぬ者。三、淫乱《いんらん》。四、嫉妬《しっと》。五、悪疾。六、多言。七、盗癖」

「いまも七去は生きとるぞ。張家《チャンガ》の蘭景《ナンギョン》は女ばかり三人も生んで離縁されたじゃないか」

「李家の嫁は学問をし過ぎて情が強《こわ》いって話だ。女が字や算術を憶《おぼ》えてどうするね。女は男の子をたくさん生んで、炊事と洗濯と針仕事ができればいいんだよ」

「あと、色気だな」

「色気は妻には求めんだろう」

「アイグ、イロン《いゃ》セッコル《らしい》」

人足たちは一斉に笑い声をあげた。

「沈清《シムチョン》のように孝に厚く、春香《チュンヒャン》のように操《みさお》が堅い娘だったら、娘ひとりでもかまわんよ」と財勝《チェスン》は器のなかに箸と匙《さじ》を入れて岩の上に置いた。滅多に会話に加わることのない財勝はいつも真っ先に食事を終える。

「財勝のところは娘五人だったな」

「アイゴ、前世で業《オプ》（後に因果を招く言動）が多かったんじゃないか」

「わしは女でかまわん」さも不快そうに口を歪《ゆが》めたので唾《つば》でも吐いて立ちあがるのではないかと人足たちは身構えたが、財勝はその場から動かないで脚のあいだで手の指を組み合わせた。

時源が話題を戻した。

「それにしても、李雨哲《イウチヨル》はたいしたもんだ。慶尚道《キヨンサンド》では敵《かな》うものがおらんだろ」

「いや、朝鮮でも五指に入るって話だよ」

「倭奴《ウエノム》にも敗《ま》けないさ」

「マル《うま》よりもセ《とり》よりも速いぞ」

「しかしだ、アボジ《ちちおや》の喪も明けないうちに走っていたのは感心できんな」財勝はだれとも目を合わせなかった。

「いや、走ることで哀《かな》しみを振っ切ろうとしたんだ」

まだ端午《タノ》で太陽は控えめに照っているというのに、昼食を終えておしゃべりをしている人足たちは耳のうしろまで脂色《やにいろ》に陽灼《ひや》けしている。

釜《かま》にへばりついたポリパプ《むぎめし》を匙でこそぎ落としながら崔民泰《チエミンテ》がいった。

「ヨドンセン《いもうと》が十歳かそこいらで龍頭《ヨンドゥ》モクで溺《おぼ》れ死んだろ。それから三月も経《た》たないうちに、今度はアボジ《ちちおや》が丹毒で急死して、他人にはわからんよ」

「李家《イガ》は何人家族だったっけ？」

「雨哲、雨根《ウグン》、雨哲オモニ《ははおや》、ミョヌリ《よめ》、タル《むすめ》、今朝生まれたアドゥル《おとこのこ》が加わるから六人だ」

「五人も養わなければならないんだぞ、アイグ、たった二十歳で。一足五十銭のコムシ《ゴムぐ》ン《つ》を売って、よくやっとるよ」

「容夏《ヨンハ》が亡《な》くなって何年になる？」

「二年前の冬だったろ？」

「四十歳の若さで……惜しい人物だった……」

「あの年の九月に満州事変が起きたんだったな」

「米屋の金《キム》が新聞をとっていて読ませてもらったが、〈第●師団司令部は●●日午前●●●●●に奉天に向けて遼陽から進発した〉ではなにがなんだかわからんよ。なぜ、師団名や日時まで伏せ字にしなければならんのか？」

「軍事上の秘密だからじゃないか？」

「日本軍はなんでもかんでも隠したがる」

「倭奴は臆病《おくびょう》だからな」

「マウメアントゥロ《きにくわん》！」

「去年の一月には李奉昌《イボンチャン》が天皇の暗殺に失敗したろ、手榴弾《しゅりゅうだん》を投げつけて」

「朝鮮総督の宇垣の演説が載っていたな。今回のふしょちけんはちつに恐ろしく堪えられないことた。さらに犯人が朝鮮人たというから、もっと恐ろしいのである。日朝の融和上でも、半島人士のちちょうをせつぽうする」

「京城出身の鉄道員だ」

「仕事を辞めてイルボン《にほん》に渡り、妻子とは音信を絶っていたって話だから、何年も計画を練って機会を窺《うかが》っていたんだろう」

「どこかの政治組織に入ってたんじゃないか？」

「大逆犯としか書いてなかったが」

「いまごろ、どこの監獄におるのか」

「アイグ、死刑になったよ」

「確か九月の終わりに死刑判決が出て、十日後に執行されたんだ」

「宮内大臣が乗った馬車に親指ぐらいの傷をふたつみっつつけただけだろ？　アイゴプルサンヘラ《かわいそうに》」

財勝《チェスン》が両手で口を囲ってそうっと声にした。

「天皇《チョンファン》がなんだ。天皇も同じ飯を食って、同じ糞《くそ》を垂れてるじゃないか」

「天皇が食う飯はこんなちゃないだろ」完柱《ワンジュ》は放屁《ほうひ》のような音を立ててげっぷした。

「食う飯は違っても糞は臭いだろ！」

「アイグ、大きな声を出すな。倭奴《ウェノム》に聞かれたら、不敬罪《ブルギョンチェ》でひっぱられるぞ」

「朝鮮人も日本人も等しく天皇の赤子ちゃないか」さっきからずっと俯《うつむ》いていた基河《キハ》が日本語でいってのけ、萬植《マンシク》ははっとして友人の顔を見た。

「おれは天皇の赤子なんかちゃない」萬植は水でも飲んでいるように上下している友人の喉仏《のどぼとけ》から目を離すことができなかった。

「……それはそうた……でも……たた……おれは同《おな》ちたっていいながら……ちかう扱いをしているのは日本人のほうたって……」ほとんど動かさない唇のあいだから熱っぽい声が洩《も》れた。

「じゃあ、もし、同ち扱いを受ければ天皇の赤子になるのか？」

「……そんなこと、あり得ないさ。日本人は鮮人、支那人と見下しているさ……」基河は友人の眼差《まなざ》しに精一杯堪え、堪え切れなくなって川の流れに視線を投げた。

三浪津《サムナンジン》の褒始重《ペシジュン》が大きな声でうたい出した。

日本の天皇を　下僕《しもべ》にし
日本の皇后を　下女にして
こきつかわん　昔干老《ソグロ》（倭《わ》寇《こう》と闘った将軍）の誓い

われらの模範に　いたさねば
老賊伊藤博文を　露領《ノリヨン》で襲い
三発三中で　撃ち殺して
大韓万歳を叫ぶ　安重根《アンジュングン》の義気
われらの模範に　いたさねば

「クンヘラ《やめろ》　クマネ《やめろ》！」

「チョッパリ（日本人野郎）に朝鮮語はわからんよ」

「朝鮮語はわからなくても、伊藤博文と安重根はわかるだろう」

裵始重はくっくっと笑ってうたいやめると、ポケットから煙草《たばこ》の缶を取り出して立ちあがり、川のほうへ一歩二歩進みながら紙に巻いて火をつけた。紫煙が肩からうしろにたなびいている。

「上海事変は去年の一月だったな」裵は口から煙草を垂らしたまま太陽に向かって目を細めた。

「日本軍が中国で暴れとるよ」

「いったい、これからどうなるんだろう。おい、おれにも一本くれ」

中右満《シンウマン》は裵から一本もらって燐寸《マッチ》を擦り、両頰を凹《くぼ》ませて深く吸い込んだ。

「上海事変の二カ月あとに満州国が建国された」

「五族協和、王道楽土、アイグだれが信じるかね」

「倭奴は信じてどんどん押し寄せてるじゃないか」

「今年の三月に国際連盟を脱退したな」

「国際連盟は四十二対一で満州からの日本軍撤退案を可決したから、国際連盟に留《とど》まるためには撤退しなければならなかったんだ」

「日本の暴走はもうだれにも止められんよ」

「アイグ、上海義烈団《ウイヨルタン》はなにしとる」

「義烈団も身動きがとれんだろう」

「いや、金元鳳《キムウオンボン》将軍はやってくれるよ」

「どうかな、捕まったら絞首刑だ」

「倭奴は朝鮮人が死んだってサンドゥルパラム《そよかぜ》ほどにも感じないからな。ソルソル　サランサラン　ソルソル　サランサラン」

「アイグ、倭奴に殺された同胞は息をしておらんし、生きてるわしらは息を殺しておる。堂々と息をしておるのは強盗だけか、アイゴーピロモグル《ひどすぎる》！」

「朝鮮の米はほとんど日本に持って行かれるから、まさに麦嶺難越《ポリッコゲ》（麦が実るまでの端《は》境《ざかい》期に食糧が欠乏する）だ」

「わしら小作人にはタルコッキ《だっこくき》と籾《もみ》を入れていたパガジ（瓜《うり》の容器）しか残らん」

「二月は草の根と木の皮で飢えを凌《しの》いだから、一日一日生きておるのが奇跡みたいだったよ」

「倭奴は朝鮮人に対しては目と耳を持っておらん。持っておるのは口と手と足だけだ」

「おっ、いいこというな。命令する、殴る、蹴《け》る」

「罵《ののし》る、縛りつける、踏みつける」

「いや、目と耳もあるぞ。始終見張っているし、聞き耳を立てているじゃないか」

「宇垣の野郎、なにが内鮮融和か。チョーセン、チョーセンとバカにしやがって」申右満はトキプルに唾《つば》と日本語をいっしょに吐きつけた。

「チョッパリめ！　強盗の癖にいばりやがって！」尹丁秀《ユンジョンス》も痰《たん》の塊をトキプルに吐いた。

「現場監督の山田はいばっておるが、あの技術者は……なんという名前だった？」

「知らんよ。わしらのあいだでは眼鏡で通っておるわ」

「眼鏡で十分だ」

「あの眼鏡はいつもびくついておる」

「あんなにびくつくチョッパリは見たことがない。自分の影にも肝を潰《つぶ》すだろう」

裵始重は火のついた煙草を川に放ると、肩越しに素早く背後を見遣《みや》って、はぁっと大きな溜《た》め息をつき、ずり下がった眼鏡の蔓《つる》をおや指とひとさし指で持ちあげる真似《まね》をした。人足たちは手を叩《たた》きながら爆笑し、キムチ臭い息をいっきに吐き出した。

「アイゴ、マッコルリでもいっぱいやりたいな」

「夕方、仕事帰りにやろう」

向こう岸のござに並んでいる日本人の現場監督と技術者が弁当の蓋《ふた》を閉めると、萬植《マンシク》と基河《キハ》は空になった鍋《なべ》と釜と食器をかかえて土手を駈《か》けあがった。度の強い黒縁眼鏡をかけた技術者は水筒の麦茶で口を濯《すす》ぎ、現場監督は楊枝《ようじ》で歯のあいだをつつきながら立ちあがると、両手を腰に当てて背中を反らし万歳の格好で空に伸びあがった。作業開始！　現場監督の銅鑼声《どらごえ》がこちら岸に届いた。持ち場についた朝鮮人の人足たちは、ヨギヨンチャ　サンサティヨと掛け声をかけてロープを引っ張り、鉄の塊を橋桁《はしげた》になる杭《くい》に打ちおろした。

クァーン　クァーンという音に驚いたピドゥルギたちが向こう岸から一斉に飛び立って、ミナリを摘《せり》んだり洗濯をしたりしている女たちの傍らに舞い降《は》りた《と》。

「李家《イガ》はあの嫁がきてからろくなことがないね。娘が十一歳で溺《おぼ》れ死ぬ、主《あるじ》が四十歳で病死する、どちらとも普通じゃあり得ないことだよ。よっぽどあの嫁の八字《パルチャ》が凶《わる》いのか」

「おや、知らないのかい？　今朝、まだ暗いうちに男の子を生んだそうだよ」

「男の子を！」

「それはおめでたいね」

「男の子を生んだんなら、きっとすべて円満におさまりますよ」宗実《チョンシル》はひと筋の髪の乱れもなくサントゥ《まげ》を結っている頭を高くあげ、ロープを引っ張っている夫の姿を確認した。先月嫁いだばかりなので、まだ娘時代を抜けていないあどけない表情をしている。

「わたしが姑《しゅうとめ》だったら絶対に許さないわ。孫は孫、夫は夫だもの」宗実と歳《とし》が違わないのに嫁の苦労が凝り固まった顔をしている真松《チンソン》は、となりで洗濯をしている宗実の髪油のにおいを嗅《か》ぎ、陽灼《ひや》けしていない華奢《きゃしゃ》で白い首を盗み見た。

「なにを許さないんですか？」宗実は洗濯の手を止めずに訊《たず》ねた。

「アイグ、あの嫁は姑に相談もしないで医者先生《ウイサソンセンニム》を呼んで注射を打たせたのよ。常識でしょう？　丹毒のときは注射しないって」

「あのふたり仲がいいよ。喜香《ヒヒャン》は市場でインオ《こい》を買って、臨月の嫁に食べさせてたよ」

「いや、不仲だって話はほんとうらしいよ。店で寝泊まりして、食事もいっしょにとらないんだからね」

「わたしだったら死ぬまで許さない」真松はミナリを乱暴に引き抜いた。

「目の前で倒れたからあわてて医者先生を呼んだんでしょう？　わたしでもそうするわ」宗実は両手を水に浸したまま空を見あげた。

「可哀想なのは娘だよ。素苑《ソウォン》の屍身《シシン》が浮きあがった日に生まれて、容夏《ヨンハ》が死んだ十八日後に百日宴《ペギルジャンチ》を迎えて、誕生も百日宴も家族のだれからも祝ってもらえないなんてさ、ア

イゴー　カヨップソラ《きのどくに》」

「今日はみんなで祝ってるでしょうよ、なにしろ長男だからね」

「喜香も素苑が死んだあとは様子がおかしかったけど、変な話、容夏が死んでからしゃんとしたじゃないか」

「あの夫婦はうまくいってなかったからね」

「有名な話じゃないか。サムナム《すぎのき》の女の家に毎日通い詰めて、娘まで孕《はら》ませて……」

「再婚したらしいよ」

「三十四歳にしてようやく髪《テンギモリ》をあげたわけだ」

「翡翠《ピチ》のピニョ《かんざし》や銀のノリゲ《かざり》や金剛石の指輪で妓生《キーセン》みたいに着飾ってるらしいよ」

「親戚《しんせき》に任せている東亜館はきれいな妓生を揃《そろ》えてるそうだね」

「アイグ、パリ《はえ》の数より妓生が多い晋州《チンジュ》には敵《かな》わないけれど、密陽《ミリャン》はむかしから妓生で有名じゃないか。桂香《ケヒャン》の芸名でならした裵貞子《ペチョンジャ》も暮らしたことがあるんだよ」

橋桁《はしげた》になる杭《くい》を打つ音がやむと、女たちはふっつり黙り込んだ。ソルソルサランサランソルソルサランサラン、水気をたっぷり含んだ六月の風が通り過ぎ、椿油《つばきあぶら》を塗りつけてテンギモリやサントゥ《まげ》を結っているために舞いあがりもしなければ乱れもしない女たちの髪の代わりに、川べりの柳の新緑が乙女の髪のように揺れている、ソルソルサランサランソルソルサランサラン。しろつめくさの白、れんげそうの桃色、かたばみの黄色、にわぜきしょうの赤紫、へびいちごの赤が川原を彩《いろど》り、もんしろちょう、もんきちょう、あげはちょうが風とともに舞っているが、つばめは風の誘いを断って地表すれすれに低空飛行し、急旋回しては羽虫を嘴《くちばし》で捕らえている。けやきの枝に拵《こしら》えた巣を見張っているかささぎのつがいは色も大きさもそっくりで雌雄の区別をつけることはできない。右側のほうが伴侶《はんりょ》に向かってカーッカーッとあいさつをし、金属のような光沢を持つ藍色《あいいろ》の翼をひろげて川原へと降りていった。

女たちはだれかがしゃべり出すのを待ちながらミナリを摘んだり洗濯をしたりしている。ソルソルサランサラン　ソルソルサランサラン、風が吹きやんだのをきっかけにして、容女《ヨンニョ》が三分間の沈黙を破った。

「東亜旅館のほうはいつも従業員が五、六人いて、日本人の料理人を二人も雇ってるらしいね」

「アイグ、朝鮮人が日本人を雇うなんて聞いたことがないよ」

「客もほとんど日本人だって話だよ」

「そりゃそうだろう、一泊二食付きで四円だよ。あんな高い旅館に泊まれるのは日本人しかいないよ。東亜館のほうには朝鮮鉄道局のお偉いさんがたが通ってるらしいよ」

「アイグ、妓生といちゃいちゃして、チングロウォラ《いやらしい》」

「うなきのかぱやきとコムタンクッパがおいしいそうだよ。校洞《キョドン》の鄭《チョン》が東亜旅館に勤めたことがあってね、客の余りものを食べさせてもらったんだってよ。総督府密陽出張所の所長が、内地のかぱやきよりおいしいって舌鼓《したつづみ》を打ってたそうだよ」

「一度味見してみたいね、食べ残しでもいいからさ」

「およしよ、あの女が経営する旅館になんて片足だって踏み入れたくないわ」

「アイゴ、チュジョペラ《けがらわしい》！ よそさまの夫を寝取って娘を生み、平気な面して再婚するなんて！ いったい、どんな男なんだい！」

「金海《キメ》からきたって話だよ」

「タグァンサラム《よそもの》か」

「どうせ財産目当てだろう」

「でも、あの女、美人じゃないか」

「美人といったって、三十四だろう？ おまえさんより七つも上じゃないか、年増だよ」

「子持ちの年増でも、炊事や洗濯を使用人にさせてさ、宝石や絹で着飾って、ドンドンクリームで化粧してさ、シセイトウやカネボウの香水をつけてしなをつくれば、男をたぶらかせるってわけさ」

「アァイグ、どうしてあの女ばかり」

「いや、それがさ、あの女の娘が小児麻痺《まひ》にかかって、手脚が不自由になったそうだよ」

「それは気の毒だ。まだ四つかそこいらだろう」

「気の毒なぐらいじゃなきゃ釣り合いがとれないよ」

「なにとの釣り合い？」

「あたしらとの釣り合いに決まってるじゃないか」

「でも、子どもには罪がないだろう」

「きっと、前世で罪を犯したんだよ」

「そうじゃなきゃ、ホロジャシク《ててなしご》なんかにならないよ」

ソルソルサランサラン　ソルソルサランサラン、風が女たちのおしゃべりに加わったが、マッタ《そうだ》と相槌《あいづち》を打ったのか、アニヤ《ちがう》と話を遮《さえぎ》ったのか、女たちにはわからなかった。

宗実《チョンシル》は腰をあげてベッタリのまわりを見まわし、橋の工事をしている夫の姿を捜した。

チャー《よーし》カンダ《いくよ》！　アッ《あっ》チャガワラ《つめたい》！　陽《ひ》のあたる淀《よど》みでは、すっぱだかの子どもたちが手脚を板切れのように伸ばしてわざと流されてみたり、水のなかから跳ねあがって潜ったり、ほかの子に水をかけたりして笑い声をあげている。六月の水はまだ冷たい。子どもたちは鳥膚《とりはだ》になって腕の産毛《うぶげ》が逆立ったくらいでは水からあがらないが、顳《こめかみ》が痛くなって唇が紫色に変わると、半袖のチョゴリとパジ《ズボン》とチマを脱いである三角州にあがって冷水で真っ赤に火照《ほて》った膚を陽に曝《さら》すのだ。宗実は向こう岸に夫の姿を見つけ、背伸びして手を大きく振った。木枠にセメントを流し込んでいるので気づかない様子だ。小石を拾って夫に向かって投げたつもりが、手もとが狂ってムルチョンセ《かわせみ》の群れの真ん中に落ち、ムルチョンセたちを飛びあがらせてしまった。

「アイグ、子どもじみた真似《まね》はおよしよ。亭主がよそ見してけがでもしたらどうするね？」

「わたしはずっと気にしてるのに、あのひとはわたしがここにいるとわかっていながら一度も見てくれないのよ。ちょっとぐらい見てくれたっていいじゃない」

宗実は拗《す》ねたように口をすぼめてミナリ《せり》を毟《むし》った。いちばん年嵩《としかさ》で孫が七人もいる庭《チヨン》善《ソン》がソッコイ《したぎ》とおむつを洗いながら嗄《しわが》れた声で密陽《ミリヤン》アリランをうたった。

ちょっと見てよ　ちょっと見てよ
わたしを見てよ
真冬に咲く花を見るように　わたしを見てよ
アリアリラン　スリスリラン　アラリガナンネ
アリラン峠を越えてきてよ
やっと逢《あ》えたあのひとに
口きくことさえできないで
はにかむだけのわたしなの

アリアリラン　スリスリラン　アラリガナンネ
アリラン峠を越えてきてよ
間違いだったよ　間違いだったよ
間違いだったよ
輿《こし》にのり嫁にきて　間違いだったよ

アイスケーキ！　アイスケーキ！　ヨッ《あめ》　サセヨ《いりませんか》　ヨシヨ《あめです》！　大きな鉄の鞄《かばん》を首からぶらさげたアイスケーキ売りとヨッ売りの少年が声を張り合いはじめたので、庭善はアリランをうたいやめた。カッ（鍔《つば》の広い帽子）をかぶった老人たちがプチェ《おうぎ》で顔をあおぎながら嶺南楼《ヨンナムル》の石段をのぼっていくのが見える。サムナム《すぎのき》の黒い梢《こずえ》の向こうには松林がひろがり、三門洞《サンムンドン》や駅前から遠足にきた日本人がのんびりと午後の陽射《ひざ》しを浴びている。龍頭《ヨンドゥ》モクのほうから走ってくるひとがいる。歩幅が大きくかなりの速度だが、長身で痩《や》せているのでマル《うま》やサスム《しか》というよりははばたきながら水の上を走るムルチョンセのように軽やかに見える。女たちは手の動きを止めて走る男を眺めた。すっすっはっはっ　すっすっはっはっ　すっすっはっはっ、うなじを強張《こわば》らせたまま背後を通り過ぎる息に耳を澄まし、すっすっはっはっ　すっすっはっはっ、男の背中が舞鳳寺《ムボンサ》の方角に消えるとふぅっと大きな溜め息をついた。

「ずんずん速くなるね。着ているシャス《シャツ》さえ引き離されそうな勢いだったよ」

「男のひとが走っている姿っていうのは、この世の中でいちばん美しいかもしれないね」

「アイグ、あんたの亭主が走っても美しくもなんともないよ」

庭善が一本の腕にでもなったかのようにからだをチュッ《ぴん》と伸ばしてチマを直すと、他の女たちもつぎつぎに立ちあがって帰り支度をはじめた。藁《わら》を束ねてかかえる女、笊《ざる》いっぱいのウノ《あゆ》の水を切る女、頭の上にパグニ《かご》を載せる女、両脇《わき》にパルレ《せんたくもの》とポジャギ《ふろしき》をかかえる女——、風はミナリ《せり》の砂を洗う女たちの手つきを真似《まね》てチマとチョゴリを優しく揺すった。

「密陽《ミリャン》じゃいちばん背が高いんじゃない？」

「背丈だったらうちの亭主も負けないが、李雨哲《イウチョル》は鼻筋がパンドゥッ《すうっ》と通って気品がある顔立ちをしてるだろ？」

「あの顔で雨の日も風の日も走るんだからね」

「うちの亭主なんか、雨の日は野良仕事にも出ないで、マッコルリをホルチャッホルチ《ちびち》ャッ《び》やりながら近所のナムジョンネ《おやじ》たちとファトゥ《はなふだ》をやってるよ、アイグ　ハンシメ《なさけない》」

「李雨哲は密陽の誇りだよ」

すっすっはっはっ　すっすっはっはっ　カンパラム《かわかぜ》が騒がしい雀《すずめ》をわんさと匿《かくま》ったポ《や》ドゥナム《なぎ》を揺らし　おれの足もとに落ちる木漏れ陽《び》を跳ねあがらせて　すっすっはっは

っ　すっすっはっはっ　緑！　すっすっはっはっ　この季節の緑が一年中でいちばん美しい　これを過ぎると太陽に焦《こ》がされて黒っぽくなる　すっすっはっはっ　六月の緑より緑なものはないと思う　すっすっはっはっ　雨哲は川を吹き渡る風のにおいを嗅《か》いだ　ようやく　すっすっはっはっ　この川がヨドンセン《いもうと》の命を奪い　アボジ《おやじ》の遺骨を流した川だということを忘れて　すっすっはっはっ　いや　忘れることはできないが　すっすっはっはっ　ウノを釣っているな　アイ《こども》が泳いでいるな　光が反射してきれいだなと　すっすっはっはっ　ふたりのことを抜きにして眺められるようになった　すっすっはっはっ　すっすっはっはっ　そしておれは　すっすっはっはっ　二十歳になった　ようやく　すっすっはっはっ　ようやくだ　喘《あえ》ぎ　喘ぎ　時が過ぎて　オモニ《おふくろ》は四十歳　仁恵《インヘ》は二十二歳　雨根《ウグン》は八歳　美玉《ミオク》はもうじき三歳　そして今朝　すっすっはっはっ　アド《むす》ウル《こ》が生まれた　すっすっはっはっ　歳月は一本の道のように繋《つな》がっているのではない　ところどころ崖《がけ》があって梯子《はしご》をかけなければ行き着けない　すっすっはっはっ　ヨドンセンとアボジがいなくなった日には梯子をかけたくない　すっすっはっはっ　すっすっはっはっ　すっすっはっはっ　すっすっはっはっ　鼻と口からポソッ《きのこ》のような白い泡を吹いていたヨドンセンの顔　ファッ《かっ》と目をひらいてすべてを吸い込みそうだったアボジの顔　すっすっはっはっ　ふたりの顔が膨らんで　すっすっはっはっ　膨らみ過ぎてこの目に映る現実の姿に馴染《なじ》めない　ふたりの声が大きくなって　すっすっはっはっ

大きくなり過ぎて この耳に響く現実の音に馴染めない クァーン クァーン！ チュルロンチュルロン アイスケーキ！ アイスケーキ！ ヨッサセヨ ヨシヨ！ うるさい！ お願いだから静かにしてくれ！ すっすっはっはっ すっすっはっはっ もっと速く走れば 音もかたちも色も 揺れる 砕ける 跳ねる 記憶も 哀《かな》しみも 喪失感も すっすっはっはっ 揺れる 砕ける 跳ねる すっすっはっはっ 生の現実を背後に脱《す》ぎ棄てて すっすっはっはっ 彼方《かなた》に見え隠れしている生の概念だけを すっすっはっはっ すっすっはっはっ でも いくら速度をあげても 現実は すっすっはっはっ おれのうしろにぴったりついて すっすっはっはっ アイグ近道をして ふと気づくとずっと前を走っていることもある ピゴパン《きたない》チャシク《やつめ》！ すっすっはっはっ すっすっはっはっ 現実と絶縁したいと思うときもある すっすっはっはっ いまいまもだ すっすっはっはっ すっすっはっはっ 昨日は一睡もできなかった すっすっはっはっ 寝不足で下瞼《まぶた》がシルッ《ひく》シルッ《ひく》 シルッシルッ 眠りたい すっすっはっはっ 眠らないとだめになる おれのからだ おれの精神 すっすっはっはっ でも 瞼を閉じると 暗闇《くらやみ》を通してふたりが すっすっはっはっ ふたりの背後には他の死者も すっすっはっはっ すっすっはっはっ 拷問《ごうもん》によって殺された義烈団員や その家族のすっすっはっはっ 歯を抜かれ 鼻を切り裂かれ 目をくり抜かれ 鼓膜を突き破られた顔 顔 顔 すっすっはっはっ 死者がつぎつぎに手を差し伸ばし 親しげに すっ

すっはっはっ　オソオノラ《ようこそ》　雨哲《ウチヨル》　すっすっはっはっ　アイ《こども》のころは眠ることが惜しかった　眠るよりは起きていたかった　もっともっと遊んでいたかった　走りはじめてからは　すっすっはっはっ　仰向きでも　横向きでも　うつぶせでも　からだを倒してヨ《じゅ》ル《う》も数えないうちに熟睡していた　すっすっはっはっ　すっすっはっはっ　ハナ《いち》　トゥ《に》ル　セッ《さん》　ネッ《し》　タソッ《ご》　ヨソッ《ろく》　イルゴプ《なな》　ヨドル《はち》　アホプ《きゅう》　ヨル《じゅう》　眠る前の十秒間の気持ち良さといったらなかった　すっすっはっはっ　布団はとっておきの贅沢《ぜいたく》品で　すっすっはっはっ　眠りはおおらかで優しい休息だったのに　すっすっはっはっ　眠りよ　どこへ去った　いったいどこへ　すっすっはっはっ　すっすっはっはっ　夢のなかで首まで川に浸《つ》かることもある　死にたいと思ったことはないのに　足が勝手に　すっすっはっはっ　おれのからだを川の深みへと運んで　すっすっはっはっ　すっすっはっはっ　サルリョジョ《たすけてくれ》！　ヌガ　ナジョム《だれか》　サルリョジョ《たすけて》！　すっすっはっはっ　すっすっはっはっ　昨夜はアボジ《おやじ》が遺《のこ》したスル《さけ》を呑んだ　すっすっはっはっ　首がまだ据わらないカンナンアイ《あかんぼう》のように頭がフヌルフヌル《ゆらゆら》揺れてチュッカン《かわや》まで歩くことができずすっすっはっはっ　ヨガン（尿器）で用を足したというのに　すっすっはっはっ　哀《かな》しみがおれを素面《しらふ》にする　すっすっはっはっ　すっすっはっはっ　アボジの骨は川に流し　ヨドンセン《いもうと》の屍身《シシン》は土に埋めたが　哀しみは　すっすっはっはっ　土に埋めることとも　水に流すこともできない　すっすっはっはっ　すっすっはっはっ　こうやって走

っていても　哀しみは　おれの踵《かかと》をつかみ　一瞬のうちに喉《のど》まで駈《か》けあがって　すっすっはっはっ　すっすっはっはっ　息を詰まらせ　脚を重くする　すっすっはっはっ　哀しみに捕まらないように前へ　前へ　すっすっはっはっ　すっすっはっはっ　未来　すっすっはっはっ　過去　すっすっはっはっ　未来はすべて過去にある　いつか息子にアボジであるおれの過去を語ってやろう　すっすっはっはっ　祖国である大韓帝国《テハンジェクッ》の過去を語ってやろう　すっすっはっはっ　すっすっはっはっ　満州や上海ではたくさんのチュングッサラム《ちゅうごくじん》が　すっすっはっはっ　イルボンサラム《にほんじん》に殺《や》られたらしい　すっすっはっはっ　ひとりひとり先祖から受け継いだ姓と　親から与えられた名を持っているというのに　倭奴は　すっすっはっはっ　その名を　決して　書き記さない　すっすっはっはっ　すっすっはっはっ　殺戮《さつりく》　略奪　搾取《さくしゅ》　強姦《ごうかん》　拷問　すっすっはっはっ　すっすっはっはっ　倭賊《ウェジョク》は朝鮮人ひとりひとりのこころに恐怖を宿し　すっすっはっはっ　恐怖によって朝鮮を統治している　すっすっはっはっ　大韓帝国　おれが生まれる二年前に強盗《カンド》日本《イルボン》に奪われてしまった祖国　すべて奪われたのか　あらかた奪われたのかまだ奪われていないものがあるのか　すっすっはっはっ　息子に　なにを奪い返せと教えればいいのか　あるいはなにを護《まも》れと　すっすっはっはっ　すっすっはっはっ　景福《キョンボッ》宮《クン》に押し入って国母《クンモ》を斬《き》り殺し　灯油をかけてユチェ（ご遺体）を焼き　香遠池《ヒャンウォンチ》に投げ棄《す》てた下手人は　すっすっはっはっ　日本の公使と陸軍の奴《やつ》らだというのに　絞首刑に

処されたのは三人の朝鮮人だった　すっすっはっはっ　天皇の馬車に手榴弾《しゅりゅうだん》を投げつけて捕まった李奉昌《イボンチャン》は　いきなり大審院で死刑になった　すっすっはっはっ　天皇の馬車には掠《かす》りもしなかったのに　アイゴー　すっすっはっはっ　すっすっはっはっ　こうやって走っているあいだにも　雨のように同胞の血が降り注ぎ　湯気のように同胞の呻《うめ》き声が立ちのぼり　検閲された記事に墨を引かれるように　同胞の名が黒く塗り潰《つぶ》され　すっすっはっはっ　すっすっはっはっ　死の街と化した全上海市中　日本軍が各目的地を占拠　すっすっはっはっ　あの日の新聞を手にしたとき心臓が殴られたみたいに跳びあがった　すっすっはっはっ　三年半前　親旧《チング》(親友)の佑弘《ウホン》は上海義烈団《ウイヨルタン》に入るといって夜行列車に飛び乗った　すっすっはっはっ　チャルイッソラ《さようなら》　チャルガラ《さようなら》　おれたちは嶺南楼《ヨンナムル》で別れの言葉を交わした　すっすっはっはっ　風よ　すっすっはっはっ　生まれいづる者に最初の息を与え　すっすっはっはっ　死にゆく者の最期《さいご》の息を奪う　風よ　すっすっはっはっ　どうかこの耳にこっそりと　親友の消息を教えてくれ　すっすっはっはっ　すっすっはっはっ　姜《カン》佑弘よ　おまえも死者の列に入っているのか?　すっすっはっはっ　すっすっはっはっ　倭敵《ウェチョク》は何十人　何百人　何千人殺しても　すっすっはっはっ　それが朝鮮人や中国人ならば　殺さなかったことにする　でも　すっすっはっはっ　殺さなかったことにできたとしても　生まれなかったことにすることはできない　すっすっはっはっ　名前まで抹殺《まっさつ》することはできない　すっすっはっはっ　姜

佑弘よ　今日おれの長男が生まれた　長男の名は信太《シンテ》に決めた　すっすっはっはっ　檀紀四二六六年六月八日　李信太　父　李雨哲《ウチョル》　母　池《チ》仁恵《インヘ》　すっすっはっはっ　すっすっはっはっ　すっすっはっはっ

雨哲は男子誕生の印の赤唐辛子と松の枝が挟んである禁縄《クムジュル》の下を潜《くぐ》った。パガジで井戸水を汲《く》んで飲み干すと、運動靴の紐《ひも》をほどいてはだしになり、パガジをつかんだ手に勢いをつけて、チャルサッ《パシャ》　サァー《ザァー》　チャルサッ　サァー　チャルサッ　サァー、水はロニンシャス《ランニングシャツ》の内側に入り込み、背中や胸を滝のように流れ落ちた。アー　シウォナ《きもちい》ダ《い》！　雨哲は濡《ぬ》れたシャスを膚《はだ》から剥《は》がすと、首に巻きつけていた手拭《てぬぐ》いを絞ってからだと髪を拭《ふ》き、縁側に揃《そろ》えておいたパジチョゴリに着替えた。

「アッパ《パパ》！」美玉《ミオク》が駈《か》け寄ってきた。

「タニョワッタ《ただいま》」雨哲は髪を手拭いで拭きながらいった。

「アッパ、タニョオシヨッソヨ《おかえりなさい》！」美玉は全身でアボジ《ちちおや》にかじりついた。

「オンマ《ママ》とアガ《あかんぼう》はどうしてる？」

「モルラ《しらない》。だって、オンマはアガばっかいだっこして、ミオクをぜんぜんだっこしてくえないのよ」

「仕方ないよ。アガはオンマがだっこしておっぱいをやったり、おむつを替えたりしてやらないと生きていけないんだよ。美玉はひとりで食べられるし、ひとりで着替えられるし、ひとりでチュッカン《かわや》にもいけるだろう？」

「シロ《やだ》！」

「美玉や、かわいいナムドンセン《おとうと》のためじゃないか、しばらく目を瞑《つむ》ってやりなさい」

「シロ！　ナムドンセンなんていらない！」

「そんなこといっちゃだめだ。そのうちヌナ《おねえちゃん》、ヌナってピョンアリ《ひよこ》みたいにアジャンアジャン《ぴょこぴょこ》ついてきて、かわいいぞぉ」

「だって、かわいくないんだもん」

「そんなにお口を尖《とが》らせてばかりいると、アッパがカンジルカンジル《こしょこしょ》しちゃうぞぉ」雨哲はタル《むすめ》を抱きあげると、腋《わき》の下をくすぐった。

「うふふふふ、あはははは、ふふふふ、クマン《やめて》！」美玉は身を捩《よじ》って脚をばたつかせた。

「じゃあ、アッパと約束するか」

「ふふふふ、やくそくすゆ、あははは」

「アガをかわいがりますか？」

「かわいがいます、ふふふ」

「アイグ《よおし》　チャカダ《いいこだ》！」雨哲はタル《むすめ》を顔の高さまで持ちあげて、頬《ほお》と頬を合わせて抱きしめた。

「おひげがじょいじょいすゆぅ」

「もっとじょりじょりしちゃうぞぉ」

「うふふふ、アヤッ《いたいい》！」

頰に頰を擦り寄せると、美玉は耳に潜り込むようにして囁《ささや》いた。の耳に潜り込むようにして囁《ささや》いた。

「アッパ、ミオクのことしゅき？」

「だぁい好きだよ。アッパのかわいいタル《むすめ》じゃないか」雨哲は美玉美玉《ミオク》を肩車してマダン《にわ》を一周し、手と手を繋《つな》いで店のほうに歩いていった。

店の裏木戸を開けると、喜香《ヒヒャン》が丸椅子《まるいす》に座ったまま深々と頭を垂れていた。からだが休まらないから布団で寝たほうがいいですよ、といつもいっているのに、店に布団を持ち込み、店で食事をし、チュッカン《かわや》やプオク《だいどころ》や井戸を使うとき以外はここから離れようとしない。だれに命じられたわけでもないのに、この店を自分の配置と決め、野営をする兵隊みたいに配置から離れようとしないのだ。ハルメ《おばあちゃん》、美玉が声をかけると、水から浮きあがって息継ぎをするように大きく口を開け、くたびれた微笑《ほほえ》みをソンニョ《まごむすめ》に向けた。そしてからだを引き摺《ず》るようにして立ちあがり、アンジャラ《おすわり》、と間延びした声で丸椅子を叩《たた》いたが、ハルメのおひざがいい、と美玉は脚のあいだにからだを割り込ませた。喜香は膝《ひざ》の上にソンニョをまたがらせると、生まれてから一度も鋏《はさみ》を入れていない長い髪を指で梳《す》いてやった。雨哲はこの場から締め出されたように感じて、裏木戸から外に抜け出した。

コンノパン（向こう部屋）に入ると、仁恵とアガ《あかんぼう》は顔と顔をカムジャ《じゃがいも》のようにくっつけて眠っていた。雨哲は産神床《サンシンサン》の前にひれ伏してピソン《いのり》をつぶやいた。慈悲深い産神婆《サンシンハルメ》、どうか、どうか、水の泡のようなアガが健康に育つようにお護《まも》りください、愚かなわたしどもはなにも知りません、なにもできません、慈悲深い産神婆、どうかこの子をお護りください、どうか頭が真っ白になるまで長生きさせてやってください。

雨哲は純白のペネッチョゴリ（産着）を身にまとい、笑ったような顔をして眠っているアドゥル《むすこ》を眺めた。真っ新《さら》なアガと並んでいると、脂《あぶら》じみた額に髪の毛を何本も貼《は》りつけている仁恵の顔はひどくくすんで不幸そうに見える。気配に気づいたのか、仁恵が目を開けた。

「あぁ、あなた」

「シィーッ」

雨哲は唇の前にひとさし指を立てて、息だけの声でアドゥルの名を呼んだ。

「信太《シンテ》ヤ」

「信太……信太……」

仁恵は眠らぬための足場を捜しているかのように夫の顔を眺めていたが、ゆらりと視線を傾けて瞼《まぶた》を閉じてしまった。玉童子《オクトンジャ》（玉のような男の子）を生んだ晴れやかな寝床に横たわっているというのに、瀕死《ひんし》の重傷を負って臥《ふ》せっているように見えるのはどうしたわけだろう。

「わたし、ひどい顔してる？」仁恵は瞼を閉じたまま訊《たず》ねた。

「そんなことないよ」

「鏡を……」

雨哲は鏡台の上にある手鏡をとって妻の手に握らせた。仁恵は顔の上に鏡をかざすと、瞼を開けて眉《まゆ》をひそめた。

「ひどい顔ね……あなた、この鏡、憶《おぼ》えてる？　アボニム《おとうさま》が亡《な》くなるときに口にかざして、息があるかどうかを確かめた鏡よ」

なぜこんなときにこんなことを口にするのか、雨哲には理解できなかった。

「家のなかにひとが増えても、いなくなったひとの影は消せないものね……子どもをふたり生んで……」

なんといえばいいかわからないので、つづきの言葉を待つしかなかった。切り倒された木のように黙し、樹皮のように表情を閉ざしているアネ《つま》の顔がオモニ《はは》にそっくりだということに気づいて、雨哲は驚いた。

「疲れたわ、もう……」仁恵は瞼を閉じた。十も数えないうちに枕《まくら》から頭がずれ落ち、鼾《いびき》混じりの寝息が響いてきた。

もう……なんだといいたいのだろう、わからない、アネがなにを考えているのか、わからない。雨哲は自分の内の静けさに耳を澄ました。ねんね　ころり　玉の子よ　空の仙女の　落とし子よ　オモニがよくうたってくれた子守歌だ。眠るよい子の　お部屋には　アイグ、歌詞が思い出せない。雨哲は柔らかな顎《あご》を見せて眠っているアドゥルのてのひらをひとさし指の腹でそっと撫《な》でた。幸福だと思えないのはどうしてだろう……幸福であるためになにが欠けているのだろう……わからない……眠い……すこし眠ろう……アネとアドゥルの傍らで……すこしだけ……目を閉じると走る律動がからだに蘇《よみがえ》ってくるのを感じた。すっすっはっはっ　すっすっはっはっ　顔が揺れる　顔が砕ける　顔が跳ねる　雨哲はその顔の名を声にした　李《イ》容夏《ヨンハ》　すっすっはっはっ　李素苑《ソウオン》　すっすっはっはっ　李信太　すっすっはっはっ　すっすっはっはっ　すっすっはっはっ

第十七章　孫基禎《ソンギジョン》万歳！　朝鮮万歳！

「アッパ《パパ》、みて、きれいないしでしょう？」

雨哲《ウチョル》は娘の声で頭をあげた。眠っていたのか？　明け方、いつもより十五分も早く三《サム》浪津《ナンジン》駅までの往復六十里を走ったせいだろう、眠い、座っていると眠ってしまう。雨哲は縫いかけの角帽を丸椅子《まるいす》の上に載せて立ちあがり、両手を上にあげて伸びをした。

「アッパ、みてよ！」

美玉《ミオク》は白い小石をふっくらと両のてのひらにおさめている。

「どこで拾ったの？」

「はしのしたよ。みずのなかにあったのよ」

美玉は金太郎粉ミルクの空缶を開けた。灰色、黒、白の小石、硝子《ガラス》や煉瓦《れんが》の破片、女の子は小さくてきれいなものを集めるのが好きだ、男の子は……男の子は？　だめだ眠い、目を開けていられない。

「はしってるときに、きれいないしをみつけたら、ひろってきてね」

「走ってるときは足もとは見ないんだよ」

「あら、ころんじゃうじゃない」

「転ばないよ」

「どこをみてるの？」

「うーん、なんにも見てないのかもしれないな」

「おめめをつぶってるの？」

「いや、目はひらいてて、見えてはいるけど、よく見てはいないんだ。いろいろ考えてるからね」

「なにを？」

「……なんだろうね……」

トルコットルコッ……缶を振る音だ……おれはまた目を瞑《つむ》っている……眠い……夕方、四時から六時まで堤防の上を走らなければならないのに……去年の五千メートルの最高記録は十六分十六秒四。慶尚道《キョンサンド》ではもちろん一位だったけれど、朝鮮では四位、日本十傑第二十位の成績だった。ベルリンには届かなかったが、一九四〇年の東京五輪にはなんとしても出場したい、そして五千と一万で金メダルをとる……一昨年から雨根《ウグン》が普通学校に通いはじめたから毎月六十銭の学費を納めなければならないし、美玉はもうじき六歳、信太《シンテ》は三歳の食べ盛りだし、生後四カ月になる慈玉《チャオク》と、来年の一月には口がまたひとつ増える……金のことを考えると走ってばかりはいられないが、走ってばかりいないと記録は縮まらない……すぅ……ふぅ……すぅ……ふぅ……おれの寝息か……手が見える……粧刀《チャンドカル》を握りしめた大きな手……男だ。

男は顎《あご》と首に石鹸《せっけん》を塗りつけ、立ったまま顔を空に向けた。だれだ？　おれか？　おれがおれの髭《ひげ》を剃《そ》ろうとしているのか？　白く大きな雲がゆったりと流れ、男の立っている場所が日向《ひなた》から日陰に変わった。おれじゃない。おれは男の首の上をすべる刃を見詰めている。日陰からまた日向に変わった瞬間、粧刀がきらめいて刃先が上になった。喉頸《のどくび》にすうっと血が流れ、男はおれを見た。アボジ《おやじ》！

「号外！」

雨哲《ウチョル》は目を開けた。ちょうど白いパジチョゴリ姿の青年が号外を撒《ま》き散らしながら店の前を駈《か》け抜けていったところだった。

「号外！　号外！」

戦争か？　雨哲は陽光と喧噪《けんそう》にたじろぎながら外に出た。強烈な陽射《ひざ》しが雨哲の目を晦《くら》ませ、全身に鳥膚《とりはだ》を立たせた。雨哲は道の真ん中に落ちている東亜日報の号外を拾いあげた。

〈待望のオリンピックマラソン　聖戦の最高峰征服　世界の視聴中集裡　堂堂、孫基《そんき》禎《てい》

君優勝　南君も三着堂堂入賞へ〉

「アッパ《パパ》、わるいしらせ？」美玉《ミオク》は不安げな表情で父親を見あげた。

「いや、すばらしいニュースだ。マラソンで朝鮮人がメダルをとったんだよ。金と銅だ。たいへんなことだよ」

雨哲は娘を両手で抱きあげた。ひと束の焚《た》き木をかかえてるみたいに現実感がない。額から大粒の汗がポルポル《だらだら》と流れ落ち、目玉はシューシューと蒸されてるみたいだ、トゥオ《っい》！　トウオ！　井戸水を何十回かぶってもこの火照《ほて》りを鎮《しず》めることはできないだろう。

「美玉や、アボジ《おとうさん》はちょっと走ってくる。ハルメ《おばあさん》が買物から帰ってくるまで店番をしておくれ」

「おきゃくさんがきたらどうしたらいい？」

「五十銭ですといって、お金をもらって、コムシン《ゴムぐつ》を渡しなさい」

「おつりだったらどうするの？」

「おきゃくさんに計算してもらいなさい」

「ぼうしやかさだったら？」

「きっとコムシンだよ。ケンチャヤナ《だいじょうぶ》、ハルメはもうじき戻るし、アッパもすぐ帰るから」

雨哲は嶺南楼《ヨンナムル》の石段を二段飛ばしで駈けあがった。亭子《チョンジャ》（展望部屋）のなかではカッ（鍔《つば》の広い帽子）をかぶった老人たちが号外を振りまわしながら歓声をあげていたので、速度をあげてさらに上へと駈けあがり、コンクリートの鳥居をくぐって参拝所に腰をおろした、はぁはぁはぁはぁ、メーンメーンメーンメーン　チルルルアーッ　チルルルアーッ　メーンメーンメーンメーン　はぁはぁはぁはぁ、ジージージージー、優勝、雨哲は頭を垂れ、祈るような格好で号外を読んだ。

〈九日午後三時（朝鮮時間午後十一時）にオリンピック競技場を出発したマラソンで、我らの孫基禎君が壮快！　三十余カ国五十六選手を一掃して、堂堂優勝を果たした。

一着孫基禎（養正高普生）　2時間29分19秒2

三着南昇龍（明大学生）　2時間31分42秒〉

メーンメーンメーン　チルルルアーッ　チルルルアーッ、外の暑さと内の熱さで頭がやられそうだ、ジージージージー　チルルルアーッ、きちんと通して読むことができない。

〈孫基禎君の優勝はすなわち朝鮮青年の将来を予言する……朝鮮の息子が世界を舞台に優勝を遂げた……快報に狂喜雀躍《じゃくやく》する雨の中の大観衆……至る所に爆発する万歳声……傘をさした観衆が放送の終わる零時以降から集まり始め、今か今かと結果を待ち構えていた。午前二時、二階の窓よりアナウンスが流れると、数百の観衆は万歳を唱えた……光化門《こうかもん》の十字路には曙光《しょこう》がさしたかのような活気にあふれ……孫基禎君万歳！　朝鮮万

歳！〉
一昨日の夜、おれが布団に入ったときにはオリンピック競技場をスタートしていたということだ。なぜ、忘れていたんだろう、いや、新聞には載っていたはずだ。この一週間、眠くて眠くて文字を読むことができなかった。昨日ゴールすると知っていたら、練習の前に駅前の朴《パク》の店に寄ってラジオを聞かせてもらったのに。

歓喜？

おれの胸は歓喜でふるえている。孫基禎万歳！　朝鮮万歳！　とわめきながら密陽《ミリヤン》中を走りまわりたいくらいだ。密陽だけではこの火照りを鎮めることはできないだろうから、三浪津《サムナンジン》、金海《キメ》、釜山《プサン》まで、おれが号外をばらまいて走ってやる。でも、この胸のふるえは？　歓喜を押し退《の》けて湧《わ》きあがってくるこの感情は？　トゥグン　トゥグン　トゥグン！　心臓が真実を吐き出そうとしてもがいている、トゥグン　トゥグン　トゥグン！

嫉妬《しっと》？

アニャ《いや》　アニヤ《ちがう》！　雨哲は即座に否定して目を閉じた。嫉妬ではない！　トゥグン　トゥグン　トゥグン！　嫉妬であるはずがない、トゥグン　トゥグン！

あれは一九三一年十一月の朝鮮神宮大会、アボジ《おやじ》が死んだ年の冬だった。おれは一万と五千に出場した。一万では二位だったが、五千では四位と振るわなかった。五千で優勝したのは平安南道《ピョンアンナムド》代表の辺龍煥《ピョンヨンファン》だった。辺とは何度か闘ったことがあるが、準優勝の青年ははじめて見る顔だった。おれは表彰台にあがる白の綿シャス《シャツ》とパジ《ズボン》に地下足袋姿の青年の顔を見た。青年はうつむいたまま表彰状を受け取り、壇上から降りて辺龍煥の横に並んだ。準優勝だというのに最下位にでもなったかのように、口のなかで歯を噛《か》みしめていた。

身長は五尺五寸、体重は十四貫というところか。ふとももは表も裏も左も右も鎧《よろい》のような筋肉で固められているが、膝《ひざ》から下はすっきりと細い、ひと目で走り込んでいるとわかる脚だった。速度をあげると、腰を高く保って強く蹴《け》るため上下動が激しくなりがちだが、彼は腰のひねりを効かせて歩幅を大きくし、腕振りで上体がぶれないようにしていた。とても力強いのにとても静かな走り。腕も脚も振り子のように規則正しく、まるで地面と足が磁石で吸いついているかのようにからだが上下しなかった。いったいどんな練習を積んでいるんだろう。

「東向け、東。天皇陛下に拝礼！」

大会委員長が号令をかけて、運動場にいる選手たちは一斉に日の丸を仰ぎ見て拝礼した。

「本大会に出場せられたる諸君においては、よく平素鍛錬せるところを発揮し、皇国民の意気と力とを宣揚せられ、本大会が所期の成果を収めましたることは邦家《ほうか》のため慶賀にたえぬところであります」

大会委員長が表彰台を降りると、「これをもって閉会式を終了します」という声がメガホンを通じて響いた。

おれは手拭《てぬぐ》いで汗を拭《ふ》いている彼に話しかけた。

きみはどこの代表？

平安北道《ピョンアンプクト》。

おれは慶尚南道《キョンサンナムド》代表だ。

どうりでサトゥリ《なまり》がきついと思った。

そっちこそ北のサトゥリでなにをいってるかわからないよ。平安北道のどこ？

満州との国境、鴨緑江《アムノッカン》のほとりだよ。

京城までどうやってきたの？

朝鮮鉄道で十時間もかかった。

いっしょに握り飯を食わないか？

いいのか？

チャオソ《どうぞ》。いくつ？

十九。

何年生まれ？

一九一二年。
おなじだ。
きみは慶尚南道のどこ？
密陽《ミリヤン》だよ。
本貫《ポングァン》(始祖地)は密陽だよ、密陽孫《ソン》。
両班《ヤンバン》だな。そうだ、名前を訊《き》いてなかった。
きみは李《イ》雨哲《ウチョル》だろ。
なんで知ってるんだ？
あそこ。
あぁ掲示板か……きみは……孫基禎だ。孫くん、もうひとつどう？
きみの分がなくなるよ。
いいよ、あとで食堂で食うから。
助かるよ、朝からなにも食ってないんだ。
なにも食わないで、あの走り？
水を飲めば腹が膨れるさ。
水？
チュプタ《さむい》。

チュブラ《さむいな》。公式大会ははじめて？

ああ、はじめてだ。いい靴履いてるな。

洋靴店《ヤンファジョム》に特注したんだよ。すべらないように靴底に鉄のチン《つめ》を十個つけてもらった、ほら。

予選のときにきみの走りを見て、となりのコースはごめんだと思ったよ。チンが跳ね飛ばした土が目に入るだろう。

きみはどんな練習をしてるんだ？

どんなって、走るだけだよ。

……おれは、ほら、背が高いだろ？　速度をあげると、どうしても爪先《つまさき》だけで走って上半身が浮きあがってしまうんだ。踵《かかと》から着地しようと意識はしてるんだけど、なかなか……。

靴の踵に鉛を入れて練習したら？

鉛？　鉛をどうやって踵に入れるの？

踵に入れられなかったら、布で足首に巻きつけるとか。

なるほど……。

石を両手に握って走るのも効果的だよ。おれは子どものころそうやって走ってた。

北のほうは寒いだろう？

いまの季節は零下二十度だけど、夏は三十度を越えるよ。

雪のなかをどうやって走るの？

雪が降ってるからといって練習を休んだら、一年のうち何日も走れないだろ。

……どっかで夕飯でも食わないか？

明日、仕事があるから夜行で帰らないといけない。

そうか、残念だな。

また、どこかの大会で逢《あ》うだろう。

あぁ、また逢おう。

チャル　モゴッタ《ごちそうさま》。

一年後の朝鮮神宮大会で再会したが、彼は〈陸上王国〉養正《ヤンジョン》の柿色パンツを穿《は》いていた。京城の養正高等普通学校は、四年前のロサンゼルスオリンピックで六位に入賞した金恩培《キムウンベ》らが輩出した陸上界の名門校で、どこの大会の表彰台も養正の柿色一色で染められ、優勝できないと会場中がざわつくほどの勢いだった。

養正運動部に入学した孫基禎の名はマラソンに転向してすぐに轟《とどろ》き渡った。日本の新聞も朝鮮の新聞も〈陸上界の彗星《すいせい》、孫基禎！　世界最高記録を樹立〉〈沈滞していた日本陸上界の新しい希望、朝鮮半島の孫基禎〉〈マラソン朝鮮の大気炎！　孫基禎前代未聞の最高記録達成〉と一斉に書き立て、世界記録を塗り替えるたびに日本と朝鮮で同時に号外が飛び交った。そして、おれはそれらの記事によって彼の生い立ちを知った。茶碗《ちゃわん》一杯の粟飯《あわめし》しか食べられなかった極貧生活、昼は学校、夜はチャメ《まくわうり》や角砂糖をかついで行商をしたり、毛糸で靴下を編んで売ったり、クンバム《やきぐり》を売り歩いたりして学費を稼ぎ、女もののコムシン《ゴムぐつ》を縄で足に縛りつけ血塗《ちまみ》れで走っていた幼少期、行商での僅《わず》かな収入をはたいて買った日本の足袋を、「それほど走ることが好きなら徹底的にやりなさい」と泣きながら渡した母親、日本に出稼ぎに行き、うどん屋で出前や皿洗いをしながら練習時間を捻《ひね》り出すために、足首に紐《ひも》を結びつけて窓の外に垂らし、夜明け前にとなりの理髪店の友人に引っ張って起こしてもらった少年期、洪水で流失した生家——。

おれは空腹と闘ったことがない自分を恵まれていると思い、彼に靴を見せびらかした自分を恥じた。

でも、いまでは、彼のほうが恵まれている。孫基禎だけではなくて、銅メダルをとった南昇龍《ナムスンリョン》も養正高等普通学校運動部の出身だ。養正では好敵手たちと切磋琢磨《せっさたくま》して一日中走っていればいいが、おれは食口《シック》（家族）を背負っている。独身だったら、上京して養正運動部の門を叩《たた》くのだが——、おれはいったいなにを考えているんだ！　好きな女を娶《めと》り、玉のような息子《むすこ》と金のような娘《むすめ》を儲《もう》けた——、すべて自分が希《のぞ》んだことではないのか？

嫉妬《しっと》。

シャス《シャッ》が汗で背中に貼《は》りついている。シャスもパジもコムシンも腕も脚も頭も窮屈に感じられる。嫉妬だ。穢《きたな》らしい嫉妬で魂までもがじっとりと汗ばんでいる。

〈新義州普校の当時のランニングの先生が話をしてくれた。生徒たちを連れて新義州堤防を一周するとき、一人の生徒が大きな石を手にして走っていたのである。なぜそんなものを持って走るのかと尋ねると、その生徒は、他の生徒とあまりにも離れてしまうので、と自信満々に答えた。堤防の真ん中くらいまで石を持って走った後、今度は石を捨ててあっという間に他の生徒を引き離してしまった。その生徒こそ、今日の孫基禎選手なのである〉

五年前の朝鮮神宮大会で、「石を両手に握って走るのも効果的だよ。おれは子どものころそうやって走ってた」といったのはほんとうの話だったんだ。おれは大袈裟《おおげさ》に話をつくっていると思って本気にしなかった。雨哲は叶緒《かねのお》を振った。ガランガラン、鈴が鳴った。パンパン、柏手《かしわで》を二回打ち鳴らしたが、頭も垂れず、祈願もしなかった。ガランガラン　ガランガラン　ガランガラン、雨哲はなかに居るだれかを叩き起こそうとしているかのように執拗《しつよう》に叶緒を振った、ガランガランガラン　ガランガラン、納幣《ナッペ》（結納《ゆいのう》）のあとにこのなかで仁恵《インヘ》と抱き合った。ガランガラン、おれたちは参拝に訪れるイルボンサラム《にほんじん》の足音と柏手を聞きながら互いのからだのなかから快楽を誘い出すことに熱中した。ガランガラン　ガランガラン、孫基禎と南昇龍は女などには目もくれずに走ることだけに精進し、ガランガラン、たった二本の脚で世界の頂点へと駈《か》けのぼった、ガランガラン！ ガランガラン！ 雨哲は足もとの石を拾って両手に握りしめ、石段をいっきに駈け降りた。

すっすっはっはっ すっすっはっはっ コムシンの踵《かかと》が浮いてうまく走れない すっすっはっはっ 肺も筋肉もおれが走ることに同意していない すっすっはっはっ 嫉妬 すっすっはっはっ 嫉妬 すっすっはっはっ 嫉妬 嫉妬 嫉妬め！ おれのなかから出て去《い》け！

雨哲は石を川に投げ棄《す》てようと腕を振りあげ、石をチョゴリの袖《そで》にしまって草の上に胡座《あぐら》をかいた。

南川橋《ナムチョンギョ》の上には号外の紙が散らばっていて、道行くひとが拾いあげては驚きと喜びの声をあげている。あるひとは袖に入れて持ち帰り、あるひとは読み終えて投げ棄て、またあるひとがそれを拾い、また棄て、川に落ちて流れ去った号外もある。号外が一枚もなくなると、街もひとも特別なことなどなにも起こらなかったかのように真夏の午後の静寂に回収されていった。

メヘー ウンメー、向こう岸では山羊《やぎ》と牛が草を食《は》み、高いのと低いのと対照的な声で鳴いている。橋桁《はしげた》の下に群生している葦《あし》が穂を揺らしている。いまは紫だが、蟬《せみ》の声が聞こえなくなるころには茶色がかって、秋にはすすきの穂のように白く毛羽立ってくるだろう。こうのとりが葦のふりをして片足で立って魚を狙《ねら》っている。なまず、鯉《こい》、うなぎやふなも旬だな。松林で涼んでいるひとたち、釣りをしているひとたち、朝鮮人は白い韓服を着ているからすぐに見分けがつく。雨根《ウグン》はどこで遊んでいるんだろう、目のとどくところにはいないから龍頭《ヨンドゥ》モクか？　龍頭モクで泳ぐのはやめなさい、おまえのヌナ《ねえさん》が溺《おぼ》れたことを忘れたか、と口を酸《す》っぱくしているんだが、仁恵の話では友だちといっしょにポドゥナム《やなぎ》から飛び降りているらしい。密陽《ミリャン》普通学校二学年竹組、四月の七日で十一歳になった。無理もないか、おれも十一歳のころは友だちと悪ふざけするのに夢中だった。フリチンで龍頭モクに飛び込んだり、かえるを生きたまま串刺《くしざ》しにして焼いて食べたり、よその畑の西瓜《すいか》や瓜《うり》などを盗んで食べたりしたものだ。うるさくいってもしょうがない、時期がくれば別のなにかに打ち込むだろう、おれが走ることに打ち込んだように、雨哲は溜《た》め息とともに草の上にからだを倒した。雲が鉤《かぎ》状にあばらのように伸びている、背骨がないあばらだな、終南山《チョンナムサン》の上にかかっている雲は大空をはばたく白鳥みたいだ、翼をひろげ、翼を傾けて向きを変え、アイグほんとうに飛んでるぞ、上空は風が強いんだな、風に揉《も》まれてつぎつぎにかたちを変えていく、ほら、撃たれて羽根を散らしてるみたいに見えるじゃないか。離れ離れに浮かび、浮かんで流されてはくっつき合い、ふっくらと乳房のように盛りあがって――、何年ぶりだろう、こんな風に雲を仰ぎ見るのは？

橋ができて往来が激しくなり、市が立つ日にはベッタリ（舟橋）だったときより繁盛《はんじよう》するようになったが、それでも以前より十足多く売れるかどうかだ。コムシン《ゴムぐつ》がまったく売れなくなることはあり得ないが、飛ぶように売れることもあり得ない。戦争がはじまって朝鮮人の生活がいまより苦しくなれば、すり減って穴が開いたコムシンでも履くようになるだろうし、自分の家で編んだチプシン《わらじ》で我慢するようになるだろう。そろそろ潮時だな、商売を変えないと。仮に記録を縮めることに成功し、四年後の東京五輪に出場できたとしても、イルボン《にほん》が食わせてくれるわけじゃない。おれが食わせなければならないのは、オモニ《はは》、アネ《つま》、ナムドンセン《おとうと》、アドゥル《むすこ》、タル《むすめ》、今度生まれるのは男だろうか、女だろうか？　走ること以外になにも考えていなかったころに戻るには何年遡《さかのぼ》ればいいんだろう。十年？　十五年？　普通学校にあがる前は、もっと速く走りたい、それしか希《のぞ》んでいなかったような気がする。その希みがあまりにも強かったので、腹や背中を強打されたときのように息が詰まり、苦痛にとてもよく似た希みをかかえてチョッタク《いちばんどり》が鳴くのをじっと待った夜もあった。走っているときはなにも考えられないのに、走っていないときは走ることしか考えられなかった。

薄目でちぎれ雲を追っていた雨哲《ウチヨル》は瞼《まぶた》を閉じた。太陽に灼《や》かれる。綿シャス《シャツ》を着ているのに、膚《はだ》にじかに触れてくるような暑さだ。暑さで息が弾み、脈動で顳《こめかみ》に溜《た》まった汗が流れ落ちる。ウィーンウィーン　ウィーンウィーン、蚊の唸《うな》り声に耳鳴りが割り込んだかと思ったら、地面がぐらりと傾いて、雨哲は両手で草を握りしめた。でも目は開けられない……眩《まぶ》しいから……眠いから……めまいに持っていかれそうになりながら瞼の薄い膜越しに太陽を眺めているうちに、雨哲は暑気と眠気にからだをすっぽりと包まれた。

――なにかを見ようとしているはずなのにかたちも色も現れてこない。でも、なにかの気配だけはすぐそこにあって、じりじりと忍び寄ってきている。あぁ、わかった、店でうたた寝したときにみた夢だ。アボジ《おやじ》？　アニ《いや》、アボジじゃない、違う男だ。真っ白でぶ厚い巻雲が太陽を隠し、男の立っている場所を日向《ひなた》から日陰に変えた。今度の男はかなり背が高く、かなり歳《とし》をとっている。髪はほとんど白くなっているが、残った黒髪に光が反射し、額に湧《わ》いた汗の玉がつぎつぎと石鹸《せっけん》の泡のなかに入っていく。男は立ったまま顔を空に向け、慎重な手つきで粧刀《チャンドカル》を動かしている。雲の破れ目から太陽が霞《かす》んで見えた瞬間、粧刀を握った手の甲の血管が浮きあがり、皺《しわ》だらけの喉頸《のどくび》に刃が――、二度目なのでそれほど脈は速くならない、息を吐いてぇ、はぁ、吸ってぇ、すぅ、はぁ、すぅ、はぁ。男はおれを見た。おれを通してなにかを見ているようだった。おれが男を通してなにかを見ようとしているように。鏡？　この老人がおれ？　粧刀はゆっくりと男の首に沈んでいく。もう、みたくない。大声を出して目を醒《さ》まさなければ。あっ、あっ、アイグ、声が出ない！　フィーンフィーン、風が雲を動かし男の顔を影にしたが、男の目には面白がるような輝きが宿っている。おれの反応をみて楽しんでやがる、自分の首を切っているのに痛くないのか。この夢は危険だ！　首が切断されたら、おれは川原で眠り込んでいるからだに戻れなくなってしまうに違いない。サルリョジョ《たすけて》！　ヌガ《だ》ナジョム《れか》！

トィー！　チッチッポッポク　チッチッポッポク　チッチッポッポク、京城行きの普通列車が龍頭山《ヨンドゥサン》の前の鉄橋を渡っていった。雨哲は土と草が発する蒸れたにおいを吸い込み、草と汗を握りしめたまま拳《こぶし》の背で額の汗を拭《ぬぐ》った。

店の丸椅子《まるいす》では美玉《ミオク》が脚をフンドゥル《ぶら》フンドゥル《ぶら》させていた。

「お客さんは？」

「こなかったわ。きんちょうして、そんしちゃった」美玉は小さなあくびをした。

雨哲はチョゴリの袂《たもと》から石を取り出し娘に渡した。

美玉はふたつの石を矯《た》めつ眇《すが》めつ眺めまわしていたが、つまらなそうな顔をしていった。

「なんだ、ふつうのいしじゃない」

「ふつう？」

「だってぇ、きれいでもないし、めずらしくもないし……アッパ《パパ》、どうしてこんないし、ひろってきたの？」

「……アッパにもわからない」

「こんどはもっときれいないしをひろってきてね」

「あぁ」笑みを浮かべようとしたが、左右の頬を誰かに引っ張られているような感じで、うまく笑うことができなかった。

雨根《ウグン》がとうもろこしを石臼《いしうす》で挽《ひ》いて拵《こしら》えたスジェビ（すいとん）をうまそうに食べながら勢い込んで話し出した。

「今日はさ、水やりの当番で、学校の井戸から実習場までバケツを持って何往復もしたんだけど、いつもは『おめえらの口かぁ出るにんにくの悪臭をけぇだだけでむかむかするんじゃあ、ちゃんと歯をみごおてから学校にけぇ』とか、『朝鮮漬けを弁当に入れてくんな』とかいって、なにかっていうとびんたを食らわす三宅先生がさ、バケツをひとつ持ってくれてさ、すごいんだよ、興奮して。『日本はなあ、この二十年間、世界最高記録を何回とのう出しょうたけど国際大会で惨敗し、そのたんびに国際競技界から、日本のマラソンコースは距離がみじけえにちげえねえと蔑視《べっし》されてきたんじゃあ。一昨日、ようよう積年の恨みを晴らせたんじゃ。宿願二十四年！　血涙の四半世紀！　マラソン日本！　世界初制覇！』ってラジオの放送員みたいに叫んで、なんかとっても変だったんだ。でさ、別れ際《ぎわ》にぼくの手を握って、『東京五輪はきみの兄さんの番じゃな』って」

雨根は萵苣《ちしゃ》のサム（包み）にコチュジャンを塗りつけポリパプ《むぎめし》を包んでひと口で頬張った。

「サムをするとき、てのひらに載せて包んではいけないし、そんなに大きく包んで口を膨らますのはみっともないですよ」喜香《ヒヒャン》が注意をした。

「今日はたいへんだったんだよ。午前中は実習場の野菜の水やりでしょう？　午後は松脂《まつやに》の採集だよ。量が少ないと先生に叱《しか》られるでしょう、みんなもう必死でさ、嶺南楼《ヨンナムル》あたりはどの木も皮を剝《は》いであるんだよ、今日なんか龍頭山《ヨンドゥサン》まで行ったんだ。鉄物屋の延《ヨン》志《ジ》は木登りが得意だから、ほら、近くの木でもうんと高いところは皮を剝いでないでしょう？　みんな怖くてのぼれないから。でも、延志はのぼったんだよ、天辺《てっぺん》のほうまで。で、落っこっちゃってさぁ、鴐谷洞《カゴクトン》の朴《パク》医院に行ったら、右足が骨折してたんだって」

雨根がヨルムキムチを嚙《か》みながらいった。

「アイグ危ない。頭から落ちて、下に岩でもあったら骨折じゃすみませんよ」喜香が眉《まゆ》を寄せた。

「サムチヨン、まつやにってどうやってとるの？」美玉が匙《さじ》でスジェビをよそった。

「木の皮を果刀《クアド》で剝がすか、枝を折るんだよ。しばらく待ってると、飴色《あめいろ》の樹液があふれてくるから、それを油紙に包むんだ。すぐに乾いて固まるよ」

「おいしいの？」

「食べ物じゃないよ。ホロンプル《ラ ン プ》の油に使うんじゃないかな？」

「軍需用だよ」雨哲はスジェビの汁を飲んだ。

「なに使うの？」雨根は息を殺したような眼差《まなざ》しを歳《とし》の離れた兄に向けた。

「貨物自動車の燃料だ」

「ほら、見てよ、松脂が爪《つめ》に入って真っ黒になっちゃった。洗ってもぜんぜんとれないんだよ。春はポプラ綿で大変だったし」

「ポプラ綿は軍服の中綿だ」

「三宅先生が『お国のために戦ようる兵隊さんのことをかんげぇて、がんばって働かにゃおえんで』って」雨根は頭をのけ反らし、よく光る目で兄の顔を見た。

「イルボン《に ほ ん》サラム《じ ん》の尋常小学校の宿題は松脂やポプラ綿の採集じゃないぞ」

「……ついでに松葉と松の内皮もとってきてもらったんですよ。米粉《サルカル》に内皮を練り込んだから、松の香りがするでしょう？　おぉ、よしよし」仁恵《インヘ》は左腕で娘を揺すりながら、右手でスジェビをよそって息子の口に入れた。

「もう自分で食べさせなさい、三歳なんだから」喜香がだれの顔も見ずにスジェビの器に声を落とした。

雨根は松片《ソンピョン》（米粉をこねて緑豆、青大豆、胡麻《ごま》などを餡《あん》にして入れた半月形の蒸し餅）を手にとって眺めた。

「松葉を押しつけて模様をつけたんですよ」仁恵の顔は一日中ミナリ《せり》を摘んだてのひらのように青白くむくんでいる。

雨根は松片を口に入れた。

「マシッタ《おいしい》」

信太《シンテ》は首を長く伸ばし松片を盛った皿を引き寄せようとしている。

「食べたいものでも、その器を自分の前に引き寄せてはいけませんよ」喜香がいった。

信太は右手を引っ込めて、母親の顔を見て、父親の顔を見た。

「ハルメ《おばあちゃん》は食べちゃだめっていったわけじゃないのよ。お食べなさい」喜香は腹の底では寛容であることを示すために口もとを緩ませたが、微笑は長つづきしなかった。

信太は松片をつかんで口に入れると、雨根の口調を真似《まね》ていった。

「マシッタ」

雨根と美玉が声を立てて笑ったので、信太は得意げに袖で口を拭《ぬぐ》った。

「松片をうまく拵《こしら》えられるようになれば、良い夫とめぐりあえるといういいつたえがあるのよ」喜香がいった。

「でも、うまく拵えるようになるのはたいがい嫁《とつ》いでからですよね」仁恵がいった。

「妊婦は半熟の松片を嚙《か》めば娘を生み、熟れた松片を嚙めば息子ができるともいわれているんだよ。どうしたの、ちっとも食べないじゃないか」

「……ええ……ちょっと……」

「戻してもいいから口にいれないと。ひとりだけのからだじゃないんですからね」

気まずい沈黙が落ちたのとほぼ同時に、雨根がその沈黙を拾いあげた。

「ヒョン《にいさん》、五千や一万で勝っても注目されないよ。やっぱりオリンピックの華はマラソンだよ」

「……明日からいっしょに走るか」

「え？　ほんと？　ぼく、学校ではいちばん速いんだよ。五年生にも六年生にも敗《ま》けてないんだ」雨根は顔をぱっと輝かせてスンニュン《おこげじる》を飲み干した。

「走るんなら毎日だぞ」

「はい！」雨根は両膝《ひざ》をついて腰をあげた。

「食べ終わってもすぐに立ちあがってはいけません。アボジ《おとうさん》が匙《さじ》を置くまでじっとしてなさい」喜香がいった。

「アボジじゃないよ」雨根は口を覆《おお》っているようなくぐもった声でいった。

「アボジだよ」信太《シンテ》は好物のいちごを両手に持って代わり番こに齧《かじ》った。

「はい、いちごですよ、あーんして、あーん」と潰《つぶ》したいちごをのせた匙を唇にくっつけたが、慈玉《チャオク》は口を開けてくれない。仁恵は喘《あえ》ぐように息を吐いて匙を皿に置き、右手で胸を押さえた。

「ケンチャナ？」雨哲が訊ねた。

仁恵はこみあげてきた吐き気で激しく咳《せ》き込み、雨哲が慈玉を抱き取ると、仁恵は両手で口を覆ってコンノパン（向こう部屋）から飛び出した。

「オンマ《ママ》、びょうき？」信太が訊いた。

「病気じゃないよ。おなかにアガ《あかちゃん》がいるんだ」雨根が答えた。

「ちょっと痩《や》せ過ぎじゃないか。四カ月なのにまだ首も据わってないし……」雨哲のてのひらにアガの頭蓋骨《ずがいこつ》のかたちが伝わってきた。

「アイグ、出産してひと月で妊娠させたから、お乳が出ないんですよ。今日も駕谷洞《カゴクトン》の礼珠《イエジュ》のところまでお乳をもらいに行ったんだけど、この子はお乳を飲むたびに吐くの、それも少しじゃなくって、ウエッと噴き出すんですよ、アイゴー」

テーン　テーン　テーン、柱時計が美しい音色で八時を告げたが、喜香《ヒヒャン》は眉のあいだを幾筋もの皺《しわ》で盛りあげて文字盤を睨《ね》めつけた。

「信太や、スンニュンを飲んだあとに、おかずに手をつけてはいけません」

慈玉は自分が叱《しか》られたとでも思ったのか、弱々しい掠《かす》れ声で泣き、家族はその泣き声に耳を澄ました。

口のなかに残っているキムチの味が気になって眠れない。舌で歯茎を舐《な》めまわしてみても、何度となく唾液《だえき》を飲み込んでみても、しつこくこびりついて離れてくれない。けれど、奇妙なことにこの感覚は自分からとても遠い、自分の口、自分の味覚ではないみたいだ、では、なぜ、こんなに気になっているのか、自分でもよくわからない。まるで針を引き毟《むし》られた時計になったみたいだ。内側では動いているのに外側は死んでいる、いや、反対か？　外側は動いているのに内側は死んでいる——、どっちでもいい、とにかくおれはどこかに深手を負っているんだろう。

雨哲は蚊帳《かや》のなかから抜け出し、パジだけを穿《は》いてテッマル《えんがわ》に腰かけた。夜は蒸し暑く、闇《やみ》のなかは生まれたての虫の声で充《み》ち充ちていた。キトゥルキトゥル　ツルラムツルラム　キルルルル、雨哲は月を見あげた。月はどこも欠けたところがない完全な円だった。南中を過ぎ西の空に傾きかけているから、午前二時半ごろか。銀色の月の光に照らされ、マダン《にわ》の隅の白い花がフリッフリッと霞《かす》んで見える。花はひとつひとつ、その小さな口から侘《わび》しげな香りを吐き出している。あれはヨドンセン《いもうと》が苗から育てたトラジ《ききょう》だ、ヨドンセンは幼いころから花が好きだった——、こんな風に痛みを伴わずに思い出せることが不思議でならない。ヨドンセンもアボジ《ちち》も、ただおれの視界から消えただけで、ある日ひょっこり帰ってくるような気もする。花が暗闇のなかでその香りを漂わせているように、ふたりともその気配を漂わせているのかもしれない、おれが嗅《か》ぎ取れないだけで——。

キトゥルキトゥル　ツルラムツルラム　キルルルル、結婚して六年、はじめて出逢《であ》ってから数えると七年になる。年ごと、月ごと、日ごとに関係が悪化している。この一年は、みんなで顔を合わせる食事のとき以外ほとんど会話していない。あれのときも、彼女は声ひとつ洩《も》らさずにじっと堪えているだけだ。つきあいはじめたばかりのころは、おれの名を呼びながら四肢をのびやかに動かし覆いかぶさってきたのに――、おれと彼女のあいだにわだかまりが生じたのは、あの日、ヨドンセンが帰ってこなかった、あの夜からだ。

屍身《シシン》を見つけた直後に産気づいたのは不幸だったと思う。でも、彼女の不幸とおれの不幸はまったく別のもので、共有することはできない。おれは臨月の腹をかかえ夕食を拵《こしら》えながらシヌイ（義妹）の無事を祈っていたのではないし、彼女は雨のなかでヨドンセンがすべり落ちた跡を見つけたのではない。おれは川に浮いたシヌイの屍身を見つけたのではないし、彼女はヨドンセンの屍身に土をかぶせたのではない。共有したことよりも共有しなかったことのほうが大きい。彼女が悪いわけではない、仕方がないことだ……出産後ひと月で孕《はら》んだのもおれが悪いわけではない、あれをしないと気詰りで、眠る前の沈黙に堪えられないからだ……仕方ない、仕方がないことだ……。

不意に、思い切り反りあがって刃《やいば》の一撃を待ち受けている喉仏《のどぼとけ》が浮かんだ。あの夢だ。なにかの暗示？　だとしたら不吉な暗示に違いない。おれになにかを伝えたいならば、また夢に現れるはずだ。今度は首が切り落とされるんだろうか？　なにを伝えようとしている？　雨哲は網膜に焼きついている男の顔を思い浮かべた。目、口、首、手、手に握られている粧刀《チャンドカル》──、粧刀だ！　夢のなかに含まれているときは注意してみなかったけれど、柄に竜の模様があった。間違いない、あれはアボジ《おやじ》が毎朝使っていた粧刀だ。おれがものごころついたときにはもう柄が飴色《あめいろ》になっていたから、アボジが密陽《ミリヤン》を訪れるずっと前から愛用していたものだろう。アボジ、粧刀をどうしてほしいんですか？遺骨と同じように密陽川に投げ込めばいいですか？　雨哲は今際《いまわ》のときに父親の舌の上でのたうっていた言葉に耳を澄ました。

使え。

どこにありますか？

パンダジ《たんす》だ。

雨哲はプオク《だいどころ》からホロンプル《ランプ》をとってきて燐寸《マッチ》を擦って火を入れた。サランパン（主人の部屋）に入ってパンダジの引き戸を下げると、あった！　粧刀はパンダジの底で息を潜めていた。

雨哲はホロンプルを井戸端に置き、粧刀を盥《たらい》の水のなかで揺すった。ホロンプルの油が切れて火が消えたが、つぎになにをすればいいかは手がわかっていた。スーッスーッスーッ　スーッスーッスーッスーッ　キトゥルキトゥル　ツルラムツルラム　キルルルル、研ぎ音が響いている空間と、虫の鳴き声が響いている空間が同一のものだとは思えない。おれの一部はいまもあの夢のなかに含まれ、あの男の一部はこの現実のなかに含まれている。おれが夢のなかであの男をみたように、あの男はおれが粧刀を研いでいる様子をみているに違いない。粧刀は月の光を弾《はじ》いて光り出したが、雨哲は研ぐ手を止めることができなかった、スーッスーッスーッスーッスーッスーッ……。

チョッタク《いちばんどり》が鳴くと同時に、綿シャス《シャツ》とパジに着替えた雨根《ウグン》がマダン《にわ》に出てきた。寝坊したら置いていくという約束で、走りはじめて十九日になるが、その約束は破られていなかった。靴は同じ運動靴を洋靴店《ヤンファジョム》に特注したが、一週間みてくれということなので、それまでは地下足袋で走ってもらうしかない。ふたりは他の家族を起こさないよう音を立てずにラジオ体操をし、早足で夜明けの街を通り抜け、川べりの道に出ると走り出した。

すっすっはっはっ　すっすっはっはっ　昨日までは中州一周だったけれど　今日は三浪津駅《サムナンジン》まで走るぞ　いいか！「はいっ　はっはっ　すっはっ」往復六十里だ　長い距離を走るためには一に呼吸　二に姿勢だ　呼吸は　すっすっはっはっ　すっすっはっはっ　二回吸って二回吐く　やってみなさい「すっすっはっはっ　すっすっはっはっ」そうだ　無理に吸おうとしても駄目だ　はぁっと強く吐き出してみろ「はぁ」もう一

度！　はぁっと吐き切って！「はぁっ　すうっ」　どうだ　無理しなくてもたくさん吸うことができるだろ？「ほんとだ」息が苦しくなったらこうやって腕を大きくひろげて　すぅ　はぁ　深呼吸しなさい　すぅ　はぁ　酸素をいっぱい肺に取り込んで「すぅ　はぁ　すっすっはっはっ　すっすっはっはっ」　うしろから姿勢を見るから前を走って　ハナトゥル《いっちにっ》　ハナトゥル　ハナトゥル！　ちょっとがにまたになってるぞ　そう　真っ直《す》ぐ　一直線上に　そうだ　すっすっはっはっ　踵《かかと》から着地して足の裏を転がすように重心を移動すること　すっすっはっはっ　すっすっはっはっ　からだを前に持っていこうとするな　肩に力が入ってる　そんなに力を入れると痺《しび》れてくるぞ　すっすっはっはっ　力を抜け　時計の振り子になったつもりで腕と脚を　そうだほぅら　腰が左右に回転してきた　自分でもわかるだろ　うんと楽になったのが　すっすっはっはっ　すっすっはっはっ「はっ　はっ　はっ　はっ　ちょっと苦しい」　息切れするのは速過ぎる証拠だ　ヒョン《にいさん》といっしょのときはおしゃべりできるぐらいの速さで　ひとりのときは鼻歌をうたえるぐらいの速さで走りなさい　すっすっはっはっ　おしゃべりや鼻歌ができなくなったら　いまのおまえには速過ぎるということだ　速度を落とせ　もっと　もっとゆっくり　長く走るためには息切れしない速度を維持することが肝心だぞ　すっすっはっはっ　すっすっはっはっ　ほら　夜が明けてきた　七灘山《チルタンサン》から太陽が昇って　終南山《チョンナムサン》に月が沈む　きれいだろ？　ヒョンは八月の夜明けに走るのが

いちばん好きだ　すっすっはっはっ　すっすっはっはっ　顎《あご》をあげると上体が反って腰に負担がかかるぞ　おいおい　それじゃあ下過ぎる　猫背で走ると肺が圧迫されて息苦しくなるぞ　すっすっはっはっ　軽く前傾して五メートルぐらい先を見ろ　すっすっはっはっ「すっすっはっはっ　きついな」きついだろ　最初の十里はおれだって　すっすっはっはっ　いつもきつい　でもそのうち筋肉があたたまって脚が軽くなる　もうすこしの辛抱だ　ハナトゥル《いっちにっ》　ハナトゥル　ハナトゥル　ハナトゥル！　さぁ上り坂だ！腕を振って！　歩幅を狭くして！　すっすっはっはっ　すっすっはっはっ　力んじゃだめだぞ　足をタッタッ《ぽんぽん》と置いてく感じで　そうだ　すっすっはっはっ　あんまり先を見ると　まだ上るのかと苦しくなるから　ちょっとだけ先を見ろ　どんなに急な上り坂でもかならず終わる　かならず下り坂になる　でも　すっすっはっはっ　下りが曲者《くせもの》なんだ　上りより楽だと思うだろ？　脚にかかる負担は大きいんだよ　すっすっはっはっすっすっはっはっ　さぁ上り切った！　下り坂だ！　おまえはまだ筋力がついてないから歩いてもいいぞ「すっすっはっはっ　ぜったい歩かない　走るって　すっすっ　決めたんだ　すっすっはっはっ　ヒョンといっしょに走って　すっすっ　いっしょにオリンピックを目指す　はっはっ」　すっすっはっはっ　すっすっはっはっ　ヒョンが前を走るから見てなさい　大きな歩幅でティトゥン《どた》ディトゥン《どた》走るのは最悪だ　下りは背中を反らして腹から前にいきがちだが　腕を下げてすこぉし前傾姿勢で　坂にからだを預

ける感じで　チューッ《さぁっ》と滑らかに降りる　速度を殺しちゃいけない　脚をつっかえ棒みたいにすると　すっすっはっはっ　膝《ひざ》に大きな衝撃がかかって痛みが出るからな　すっすっはっはっ　すっすっはっはっ　この坂を下り切れば三浪津駅《サムナンジン》まで平らな道がつづく　すっすっはっはっ　ヒムネラ《がんばれ》！　ツルラムツルラムツルラム　ツルラムツルラムツルラムツルラム「すっすっ　この蟬《せみ》　はっはっ　夕方だけに鳴くと思ってたけど　すっすっはっはっ　明け方も　すっすっ　鳴くんだね　はっはっ　ヒョン　ぼくちょっと　すっすっはっはっ　息が落ち着いてきた気がする」　そうか　帰りもこの速度で走って　密陽《ミリャン》川が見えたらすこし速度をあげるからな　すっすっはっはっ　ついてきてみろ　なに心配するな　はっはっと息が弾んで　話ができなくなるくらいだ　すっすっはっはっ　すっすっはっはっ　ツルラムツルラムツルラムツルラム　ツルラムツルラムツルラムツルラム　明るくなるとこの蟬は黙るんだ　代わってキルム《あぶら》メミ《ぜみ》やチャム《みんみん》メミ《ぜみ》がわめき出す　すっすっはっはっ「すっすっはっはっ　見て七灘山《チルタンサン》の天辺《てっぺん》が真っ赤だ　なんだか　すっすっはっはっ　落ちてるのか昇ってるのか　すっすっはっはっ」　真っ赤だ　すっすっはっはっ　空が撃たれて血を流してるみたいだな　すっすっはっはっ　すっすっはっはっ　すっすっはっはっ　すっすっはっはっ　すっすっはっはっ

雨哲《ウチョル》と雨根《ウグン》は頭から井戸水を浴び、テッマル《えんがわ》に濡《ぬ》れた足跡をつけてアンパン（奥座敷）に入った。食卓にはポリパプ《むぎめし》、テンジャンクッ《みそしる》、ヨルム《だいこん》キムチ、コンナムル《まめもやし》が並んでいた。

「新聞は?」雨哲は水《みず》キムチを運んできた母親に訊《たず》ねた。

「今日は届いてませんでしたよ」喜香《ヒヒャン》が水《ムル》キムチを雨哲の前に置いた。

「え? 変だな。基太《キテ》の奴《やつ》、配達し忘れたな。雨根、あとで駕谷洞《カゴクトン》の販売所に行ってもらってきてくれ」

「それより、おまえ、仁恵《インヘ》がつわりで起きあがれないんだよ。つわりっていうのははじっとしてると余計ひどくなるものだから、からだを動かしたほうがいいっていったんだけどね」

雨哲は関節が膨らみ爪《つめ》が黄ばんだ母親の指を見た。子どものころは、オモニの指ほど白くて細くて長い指を持っているひとはいないと思っていたのだが、おれの記憶が違うのか、オモニの指が変わったのか——

「慈玉《チャオク》は?」

「オンマ《ママ》のとなりでねてる」美玉《ミオク》は水《ムル》キムチを匙《さじ》ですくって口に入れた。

「アイグ、今日も礼珠《イェジュ》のところまで乳をもらいに行かないといけない」喜香は頭を反らせ、てのひらで喉《のど》のあたりをサルレサルレ《ばたばた》とあおいだ。

斜向かいの洋靴店《ヤンファジョム》の朴《パク》氏が両手に運動靴をぶらさげてマダン《にわ》を突っ切ってくるのが見えた。

「ぼくの靴だ！」雨根は口に入れたばかりのポリパプを噴き飛ばした。

「雨根や、食事の途中ですよ」

「ちょっと履いてみなさい」雨哲が席を立つことを許した。

雨根は朴氏から運動靴を受け取ると、テッマルに腰をおろして靴に足を入れた。

「爪先《つまさき》を立てて紐《ひも》を絞っていきなさい。一本一本捩《よじ》れないようにな。きつくし過ぎると甲が痛くなるし、ゆるいとすっぽ抜けるから、自分の足と相談しながら結びなさい」

「いちばん上は？」

「蝶《ちょう》結びにして、輪を二重にしなさい。ほどけた紐を踏んで転んだら怪我《けが》をする。それからどんなに急いでいても踵《かかと》を踏んではいけないぞ。靴のかたちが歪《ゆが》む。選手にとって靴は命だからな」

「ぴったりだ」雨根は立ちあがって靴を見下ろした。

「ちょっと走ってみなさい」

雨根はマダンを一周し、息を切らして笑った。

「シンナンダ《すごい》！　これならシンシン《ヒュンヒュン》走れそうだ。ヒョン《にいさん》、カムサハムニダ《ありがとう》！」

「クッ《しる》が冷めてしまいますよ」喜香がいった。

　コンノパン（向こう部屋）で柱時計が七回鳴った。その音のおかげで思い出すことができたとでもいうように、テッマルに座って雨根の走る姿を眺めていた朴氏が首を捻《ひね》った。

「東亜日報が停刊になったそうだ」

「え？」雨哲は匙《さじ》を置いて、ヨルムキムチを噛《か》むのをやめた。

「さっき、硬質コム《ゴム》が京城から届いたんだが、京城の河鎔《ハヨン》が教えてくれたよ。四日前、孫基禎が金メダルをとったときの写真が載ったろ？　読んだときは気づかなかったんだが、胸に日章旗がついてなかったじゃないか。東亜日報の記者が大勢連行されたそうだ、いまごろ拷問《ごうもん》を受けてるだろうよ、アイゴー」

雨哲はマル《いたのま》に重ねてある新聞を上から調べていった。八月二十五日の二面にその写真はあった。表彰台の上の孫基禎は世界の頂点に立っているというのに月桂冠《げっけいかん》で目のあたりを隠し、萎《しお》れたヘバラギ《ひまわり》のように頭を垂れている。白い長袖シャス《シャツ》に長ズボンの日本選手団のユニフォームを身に付けているが、胸の真ん中にあるはずの日の丸が、ない。

雨哲は写真の絵解きを読んだ。

〈「栄誉は我が孫君」

（上）頭には月桂冠、両手には月桂樹の植木鉢！　マラソンの優勝者〝我が勇士、孫基禎君〟

（下）マラソン正門を出て勇敢に出発する孫選手　（×印）〉

沈黙は李家《イガ》のひとりひとりを順番に睨《ね》めつけていった。美玉《ミオク》は顔から顔へと目を逃し、喜香は妙に固定された眼差《まなざ》しで左手くすり指にはめてある金の対指輪《サンカラッチ》をまわし、真新しい運動靴を履いた雨根は突っ立ったままうなだれ、下唇の噛んでいるところが白くなっていた。

拳《こぶし》を口に当てて写真を見ていた雨哲は拳をひらき、空気を撫《な》でるように指を動かしながら、激情を込めて、一語、一語、ていねいに切り落とした。

「チェギラル《ちきしょう》　テジョボリョラ《くたばれ》　ケーセッキ《くそったれ》　トロウン《きたない》　チョッパリ《にほんじんめ》」

「そんなことをいうと……」喜香がいった。

洋靴店《ヤンファジョム》の朴氏はふるえる太った手で前髪を掻《か》きあげ、大きな音を立てて鼻を啜《すす》ってからいった。

「孫基禎もただでは済まんだろうよ」

「関係ないじゃないか！」雨根が大きな声を出した。

「シー！」喜香がひとさし指を唇の前に立てた。

「倭奴《ウェノム》にとっては関係があるんだよ。孫基禎と南昇龍《ナムスンリョン》は無言で倭敵《ウェチョク》によって塗り潰《つぶ》された朝鮮の名を世界に知らしめた。ある意味では、上海で独立運動をしている義烈団《ウィヨルタン》の爆弾よりも威力があるんだよ。京城では優勝の知らせに、深夜で雨が降っていたにもかかわらず、何千人もの朝鮮人が外に飛び出し、万歳を連呼したというじゃないか。『独立《トンニップ》万歳《マンセ》』を叫べば罪になるが、あの夜、『万歳』を叫んだ朝鮮人はなんの罪にも問われなかったろ？　でも、朝鮮人ならだれしもこころの内で、『朝鮮万歳』と叫んでいたはずだ。河鎔が京城の民族新聞を持ってきてくれたんだよ。これは八月十日の社説だ。雨根や、読んでみてくれ」朴氏はチョゴリの袂《たもと》から新聞の切り抜きを取り出し、両の拳を腰のあたりで握りしめている雨根に手渡した。

雨根はふるえる声で読みあげた。

「我が孫基禎が優勝した。我が若き孫基禎は、世界に冠たる勝利に輝いた。マラソンの勝者・孫基禎は、スポーツ以上の勝者であることを記憶に留《とど》めよう！　朝鮮は、孫基禎、南昇龍両君に不遇と不幸を与えたものの、それでも両君は朝鮮に勝利と栄冠をもたらした。朝鮮の若者たちよ！　この言葉の意味がわかるだろうか！」

朴氏は額の汗を拭《ふ》き取ろうともせず痛みを堪《こら》えているような声でつづけた。

「号外に沈熏《シムフン》先生の詩が載っていたろ？　読みながら涙があふれてきたんで、涙が止まるまでくりかえし読んで暗記しちまったよ。〈君たちの朗報を伝える号外の裏に筆を走らせるこの手は形容しがたい感激で震えている。異国の空の下で、君たちの心臓にほとばしっていた血が二千三百万の一人である僕の血管の中を走っているからである。『勝った』という声を聞いたことのない我々の鼓膜は、深い夜、戦勝の鈴の音に弾《はじ》けんばかり破れんばかりだ。沈鬱《ちんうつ》な闇の中に押さえつけられていた故国の空も、オリンピックの聖火を燈《とも》したかのように一気に照らし出されようとしている！　ああ、わたしは叫びたい！　マイクを握って全世界の人類に向かって訴えたい！『これでも、これでも汝《なんじ》らは我らを弱い種族と呼ぶのか！』と〉」

洋靴店の主人は巾着《チュモニ》から煙草《たばこ》の缶を取り出し紙に巻いてくわえたが、チョゴリの袂《たもと》は燐寸《マッチ》が入っていなかった。雨哲が燐寸を擦って火を差し出すと、朴氏は貪《むさぼ》るように煙草を吸って、煙とともに言葉を吐き出した。

「ベルリンオリンピックのゴールのテープを切った瞬間、孫基禎は二千三百万同胞のこころを解放したんだ。今回の事件で新聞は潰《つぶ》された。孫基禎は走れなくなるかもしれない」朴氏は煙草を踏み潰し、その足に力を入れたままいった。

「でも、どんなに強大な敵にも、こころだけは、縛ることも、奪うことも、できない。我々は、起きあがる。どんなに踏みつけられても、起きあがる。我々は、奴隷《どれい》ではない」

朴氏は言葉を終《しま》い、雨根《ウグン》はとっくみあいをしている最中に無理矢理引き離されたときのように肩でしゃくりあげた。

朴氏は日本の張子《はりこ》人形のように何度も頷《うなず》きながら李家《イガ》のマダンを横切っていった。

「さぁ、テンジャンクッ《みそしる》をあたためなおしてきましたよ。冷めないうちに食べておくれ」喜香《ヒヒャン》の声は哀願する幼児のようだった。

雨根は深呼吸をして唇を結び、運動靴の蝶《ちょう》結びに手をかけた。涙が一滴ずつ鼻の頭から落ち、手の甲と真新しい運動靴を濡《ぬ》らした。

食事を終えた雨哲はマダンに降りた。水に濡らした石鹼《せっけん》を頬と首になすりつけ、アボジ《ちちおや》の形見の粧刀《チャンドカル》を握りしめた。メーンメーンメーン　チルルルアーッ　チルルルアーッ　ジージージー、雲が雨哲の立っている場所を日向《ひなた》から日陰に変えた。不意にだれかの手に首を絞められたかのように息苦しくなった。チルルルアーッ　チルルルアーッ、日向に目を投げると、ヨドンセンが植えたトラジのそばにあの男《いもうと》は立っていた。衝撃を受けているような、蔑《さげす》んでいるような、悼《いた》んでいるような――、そのほかの全《すべ》ての感情がないまぜになったような顔をしていた。雨哲の目と男の目が寸分のずれもなく重なった瞬間、太陽を直視してしまったかのように目が眩《くら》んだ。メーンメーンメーン　ジージージー、瞼《まぶた》を開けると、汗と血が首を伝って胸に降りていた。余りの暑さに痛みさえわからなかった。

雨哲は空に向かって声なき声で叫んだ。

孫基禎万歳！

朝鮮万歳！

（下巻につづく）

解説

許永中

男達は虚空《こくう》の果てに一条の光を追い求めて命を懸けた。

女達は身に振りかかる過酷な現実の中で男の直截《ちょくせつ》な愛を求めてその生涯を懸けた。

「8月の果て」は作家柳美里の母方祖父、李雨哲《イウチョル》とその家族をモデルに、植民地下朝鮮とその不幸な時代を背景にして、そんな男達、女達の鬼哭《きこく》を、柳美里が持てる限りの魂《こん》魄《ぱく》を注いで紡《つむ》ぎ出した悲しくも生々しい愛憎に溢《あふ》れたヒューマンストーリーである。

〝柳美里〟極めて愛らしく理知的雰囲気を漂わす典型的朝鮮美人。

〝柳美里〟ケタ外れに非常識ともいえる直情径行型行動を採る哀しい性《サガ》の持ち主。

そんな彼女に私が興味関心を寄せるようになってからけっこうな年月が経《た》っている。

彼女の処女作「石に泳ぐ魚」に作品の主題とは別にして、身近かな戦争悲劇を改めて考えさせられたことが最初の出会いである。

徴用で父親不在の我が家にも焼夷弾《しょういだん》の嵐《あらし》が襲いかかり、その直撃を受けて見知らぬ次姉は黒焦《こ》げの焼死、六歳の長女は全身大火傷《やけど》を負いながらも自力脱出、かろうじて生き残った。

しかし、顔面半分はケロイド状態、左手指は溶けて固まったままの状態で今日に至っている。母親は二歳の兄一人を自分の下着の中に入れ、自身火ダルマになりながら助け出すのが精一杯であったと聞く。そんな勁《つよ》く、たくましく生きる母と姉の生き様は、戦後生まれの私にも、育った住環境のこともあり、〃戦争〃そして、在日社会のおかれた理不尽さを否《いや》が応《おう》でも何かと考えさせ、又併せて朝鮮動乱中に自死の道を選ぶしかなかったという異母姉の存在も重なり家族という概念についても自己中心的な屈折した倫理観を持つに至っていた。

そういう中、柳美里の、家族、友人、その他身近かな人間達との信頼の絆《きずな》を自ら断ち切るかの思考世界との遭遇は、戸惑いとある種嫌悪感にも似た感情を覚えながらも、何《な》故《ぜ》か心の奥底では共鳴するものがあり、又、彼女独特の純粋で愚直なまでの一途《いちず》な気性に惹《ひ》きつけられ、以来何かと気に懸かる存在で今日に至り、作家柳美里の大成を願ってやまないファンの一人である。

我々在日一世世代の人達は、嬉《うれ》しい時も悲しい時も誰はばかることなく笑いころげ、泣きわめき、床を叩《たた》き地面を叩き、痛々しいまでにその情念を発露するが、柳美里もそれに負けぬ程のパッションの持ち主だと私は思う。

しかしこれは彼女に限ったことではなく、我々民族に共通する強い伝統と、固有の家族制度、社会環境に根ざしてきた〝歴史の産物〟でもあり、五臓六腑を振り絞り、腹の底から歌いあげる〝パンソリ〟の歌い方にもよく顕《あら》われている典型的な朝鮮人の一つの姿でもある。

しかし、柳美里の特異性は、たいていの修羅場を踏んで来ている私から観《み》ても、信じられない程の緊張感溢るる発想とがむしゃらな行動力とによって、なにが何でも徹底して自己の存在価値を追い求める傾向が強いというところにあると思う。

私には文学を語る素養も、その立場にも全くないものだが、人間の〝業〟を文章で描き尽くされた作品を文学だと思っている。

自身に正直であればあるほど、純粋であればあるほど、その精神は狂気と正気の狭間《はざま》で悶《もだ》え苦しみ、そして研ぎ澄まされてゆくものなのだろうが、しかし柳美里のこの独特の情熱は作家である限り、その作品世界に向けられてこそ正当な社会的評価も得られるものである。

〝業〟を抱えていない人間などそもそもこの世には存在しない。一部に厳然としてある柳美里に対する個人的誹謗《ひぼう》中傷の類《たぐ》いは必ずや雲散霧消し、その誤解も氷解するものと信ずる。

素顔の柳美里を何も知らずして無責任な発言ではあるが、偏《ひと》えに更なる柳美里の作家活動に期待し、本大作「８月の果て」を超える作品をどんどん世に発表していって欲しいと心より願うからである。

生死の境界線上を冥《くら》く思いつめて彷徨《さまよ》うかの柳美里の姿が脳裏からどうしても消えぬのも正直な気持ちだ。

それは本作「8月の果て」李雨哲の生母朴喜香《パクヒヒャン》が、父の愛人美玲《ミリヨン》が、雨哲の最初の妻池仁恵《チインヘ》が、愛人の金美影《キムミヨン》が、彼女達の霊魂がそのまま柳美里に憑依《ひょうい》して書かれたかのような読後感に深く浸されていることから来るものかもしれない。

柳美里の曾祖母《そうそぼ》から母親に至るまで三代に亘《わた》って複雑な愛憎が交錯する一大ドラマ、本作は柳美里版「女の一生」であり、柳美里版「戦争と平和」である。

朝鮮に限らず、いかなる国であろうが、そのおかれた状況にかかわらず国民は民族の誇りを忘れず、他国には侮《あなど》られたくないという、ある種屈折したナショナリズムを意識せずに持つものであろうが、ただ、日本と朝鮮半島とは、歴史的にも地政学的にも一衣帯水の関係であったことから、骨肉の争いにも似た歪《ゆが》んだ愛憎感情が存在することは否めない。

李雨哲の自己破滅型女性遍歴も、儒教精神からくるこの朝鮮民族の強い伝統である父親の絶対的権威に対する反発と、歪んだ復讐心《ふくしゅうしん》が導火線になって始まり、自己矛盾に気付きながらも敢えてその躬《み》を時代の激流に委《ゆだ》ね、愛憎劇を加速させてゆく。

単なる男の勝手なエゴイズムなのか、蓄積されてきた深い〃恨《ハン》〃の感情が為《な》せるものなのか、雨哲はただただ我が道を突き進む。

自分達の家から十分も離れていない愛人宅に通う父、それを知っても耐える母……。作中でその愛人と本妻とが近くの大衆浴場〝運河沐浴湯〟でハチ合わせる、裸の対決シーンは圧巻凄絶《せいぜつ》ではあるがなぜか身につまされる。

それは私自身の原体験、そして現在の私自身の家庭事情等とも相まって生じる感情であろうが、とにかく柳美里の描く〝女の情念〟は凄《すさ》まじい迫力をもって私を責め立ててくるのである。

雨哲は親友佑弘《ウホン》の言った〝死ぬ価値があることをしたい〟という言葉が脳裏から離れず、その言霊《ことだま》の呪縛《じゅばく》に苛《さいな》まれ続ける。走って結果を出す以外にそれに抗する術《すべ》はなく、だが現実はそれすらも許さない。残るは自己弁護と現実逃避でしかなかった。

全編通じて流れる〝すっすっはっはっ〟の息遣いは男達が激動の時代を儚《はかな》い夢に向かって懸命にひた走る姿を象徴しており、同じく流れる〝密陽《ミリャン》アリラン〟は、哀《かな》しくとも勁く生きる女達の愛情物語をそのまま集約したものであろう。

密陽アリランは他地のアリランとはその旋律に違いがあり、一度聴けば必ずその快活なメロディーと力勁い歌詞に自身の弱った心が勇気づけられ、〝大地の愛〟を感じとることが出来るものと確信する。

密陽アリランを聴き知る私は作者柳美里の本質も密陽アリランにその全《すべ》てが凝縮され

ているのではないかと、読後強く思うようになった。

舞台は第二幕に暗転してゆく。が、敬愛する自慢の兄雨哲に義絶《ぎぜつ》の掣肘《せいちゅう》を加え、永遠《とわ》の別れを決意する雨根の姿に、胸塞《むねふさ》がる想いをするのは私一人ではあるまい。

〝すっすっはっはっ〟〝すっすっはっはっ〟

私は今日も2メートル×4メートルの檻《おり》の中で〝8〟の字を書くようにして黙々と走る。

そういえば昔、父の背を追って早朝の淀川堤防上をよく走ったなあ〜。

父が雨哲になり、雨哲が雨根になり、雨根が私になり……。

〝すっすっはっはっ〟〝すっすっはっはっ〟

〝すっすっはっはっ〟〝すっすっはっはっ〟


（平成十八年十月、獄下愚人）

柳 美 里 著　ゴールドラッシュ

なぜ人を殺してはいけないのか? どうしたら人を信じられるのか? 心に闇をもつ14歳の少年をリアルに描く、現代文学の最高峰!

柚木麻子著　BUTTER

男の金と命を次々に狙い、逮捕された梶井真奈子。週刊誌記者の里佳は面会の度、彼女の言動に翻弄される。各紙絶賛の社会派長編!

リリー・フランキー著　東京タワー
―オカンとボクと、時々、オトン―
本屋大賞受賞

オカン、ごめんね。そしてありがとう――息子のために生きてくれた母の思い出と、その母を失う悲しみを綴った、誰もが涙する傑作。

リリー・フランキー著　エコラム

リリーさんが本気で考えた、愛、友情、エロス、人生……。イラストとともにつづられる、笑いと下ネタと切なさが詰まったコラム集。

辻 仁 成 著　そこに僕はいた

初恋の人、喧嘩友達、読書ライバル、硬派の先輩……。永遠にきらめく懐かしい時間が、笑いと涙と熱い思いで綴られた青春エッセイ。

辻 仁 成 著　海峡の光
芥川賞受賞

函館の刑務所で看守を務める私の前に現れた受刑者一名。少年の日、私を残酷に苦しめた、あいつだ……。海峡に揺らめく、人生の暗流。

町田 康著
ゴランノスポン
表層的な「ハッピー」に拘泥する若者の姿をあぶり出す表題作ほか、七編を収録。笑いと闇が比例して深まる、著者渾身の傑作短編集。

町田 康著
湖畔の愛
創業百年を迎えた老舗ホテルの支配人の新町、フロントの美女あっちゃん、雑用係スカ爺のもとにやってくるのは——。笑劇恋愛小説。

町田 康著
夫婦茶碗
あまりにも過激な堕落の美学に大反響を呼んだ表題作、元パンクロッカーの大逃避行「人間の屑」。日本文藝最強の堕天使の傑作二編!

山下澄人著
しんせかい
芥川賞受賞
十九歳の青年は、何かを求め、船に乗った。行き着いた先の【谷】で【先生】と出会った。著者の実体験を基に描く、等身大の青春小説。

又吉直樹著
劇場
大阪から上京し、劇団を旗揚げした永田と、恋人の沙希。理想と現実の狭間で必死にもがく二人の、生涯忘れ得ぬ不器用な恋の物語。

石井遊佳著
百年泥
新潮新人賞・芥川賞受賞
百年に一度の南インド、チェンナイの洪水で溢れた泥の中から、人生の悲しい記憶が掻き出され……。多くの選考委員が激賞した傑作。

新潮文庫最新刊

角田光代・島本理生
燃え殻・朝倉かすみ
ラズウェル細木著
越谷オサム・小泉武夫
岸本佐知子・北村薫

もう一杯、飲む？

そこに「酒」があった——もう会えない誰かと、あの日あの場所で。九人の作家が小説・エッセイに紡いだ「お酒のある風景」に乾杯！

伊藤祐靖著

自衛隊失格
—私が「特殊部隊」を去った理由—

北朝鮮の工作員と銃撃戦をし、拉致されている日本人を奪還することは可能なのか。日本初、元自衛隊特殊部隊員が明かす国防の真実。

鳥飼玖美子著

通訳者たちの見た戦後史
—月面着陸から大学入試まで—

日本人はかつて「敵性語」だった英語とどう付き合っていくべきか。同時通訳と英語教育の第一人者である著者による自伝的英語論。

沢木耕太郎著

オリンピア1936 ナチスの森で

ナチスが威信をかけて演出した異形の1936年ベルリン大会。そのキーマンたちによる貴重な証言で実像に迫ったノンフィクション。

沢木耕太郎著

オリンピア1996 冠〈廃墟の光〉

スポンサーとテレビ局に乗っ取られたアトランタ五輪。岐路に立つ近代オリンピックの「滅びの始まり」を看破した最前線レポート。

知念実希人著

ひとつむぎの手

命を縫う。患者の人生を紡ぐ。それが使命。〈心臓外科〉の医師・平良祐介は、多忙な日々に大切なものを見失いかけていた……。

8月《はちがつ》の果《は》て（上）

新潮文庫　ゆ－8－11

平成十九年二月一日発行
令和三年六月二十五日二刷

著者　柳《ゆう》美《み》里《り》

発行者　佐藤隆信

発行所　株式会社新潮社

郵便番号　一六二―八七一一
東京都新宿区矢来町七一
電話　編集部(〇三)三二六六―五四四〇
読者係(〇三)三二六六―五一一一
http://www.shinchosha.co.jp

価格はカバーに表示してあります。

乱丁・落丁本は、ご面倒ですが小社読者係宛ご送付ください。送料小社負担にてお取替えいたします。

印刷・大日本印刷株式会社　製本・加藤製本株式会社

ISBN978-4-10-122931-7 C0193